WAKACJE

T. M. Logan

WAKACJE

przełożyła
Beata Hrycak

BUKOWY●LAS

Tytuł oryginału: *The Holiday*

Copyright © T.M. Logan, 2019
All rights reserved. Wszelkie prawa zastrzeżone

Copyright © for the Polish edition and translation by
Wydawnictwo Bukowy Las Sp. z o.o., 2020

ISBN 978-83-8074-225-3

Projekt okładki: Paweł Cesarz
Fotografie na okładce: © Shutterstock / Paul Prescott, Paweł Cesarz
Redakcja: Iwona Gawryś
Korekta: Urszula Włodarska
Redakcja techniczna: Adam Kolenda

Wydawca:
Wydawnictwo Bukowy Las Sp. z o.o.
ul. Poznańska 91, 05-850 Ożarów Mazowiecki
Adres do korespondencji:
ul. Sokolnicza 5/21, 53-676 Wrocław
www.bukowylas.pl

Wyłączny dystrybutor:
Dressler Dublin Sp. z o.o.
ul. Poznańska 91, 05-850 Ożarów Mazowiecki
tel. (+ 48 22) 733 50 31/32
e-mail: dystrybucja@dressler.com.pl
www.dressler.com.pl

Druk i oprawa: Druk-Intro S.A.

Moim braciom: Ralphowi i Olliemu

Łatwiej przebaczyć wrogowi niż przyjacielowi.
WILLIAM BLAKE

Mucha krąży i siada.
Snuje się spokojnie po stygnącej skórze.
Rozczapierzone palce.
Otwarta dłoń umazana czerwienią.
Wygięte w tył ramię, kość roztrzaskana o skałę.
Nad głową więcej much, zwabionych zapachem śmierci.
Zapachem krwi, rozlanej ciemną kałużą wokół zgruchotanej czaszki.
Krople czerwieni kapią nieprzerwanie do czystego górskiego potoku.
Powyżej krawędź urwiska ostro wcina się w nieskazitelny błękit nieba.

SOBOTA

1

Jechaliśmy na północ, oddalając się od wybrzeża.

Przez przedmieścia Béziers i dalej, w głąb Langwedocji. Po obu stronach drogi ciągnęły się ciężkie od owoców winnice, niskie krzewy winorośli równymi rzędami maszerowały w dal pod intensywnym błękitem śródziemnomorskiego nieba. Za kierownicą siedział Sean w okularach pilotkach, z tyłu dzieci, pomiędzy nimi tkwił upchnięty bagaż podręczny. Lucy drzemała, Daniel grał na telefonie, ja oglądałam przesuwający się za oknem pejzaż. Klimatyzacja w wypożyczonym samochodzie nie wpuszczała do środka lepkiego upału późnego popołudnia.

Gdybym wiedziała, co nas czeka, w co się pakujemy, skłoniłabym Seana do zatrzymania auta i odwiezienia nas prosto na lotnisko. Albo wyrwałabym mu kierownicę, skręciła na pobocze i zmusiła go do natychmiastowego zawrócenia.

Ale nie wiedziałam.

Od paru tygodni, w miarę zbliżania się wyjazdu na letnie wakacje, intuicja podpowiadała mi, że coś się święci. Że coś nie gra. Sean zawsze umiał dostrzec pozytywne strony każdej sytuacji, rozśmieszał dzieci, przynosił mi gin z tonikiem, kiedy potrzebowałam czegoś na poprawę humoru. W podświadomym podziale ról w naszym małżeństwie ja byłam organizatorką,

ustalałam zasady, strzegłam granic. Sean pełnił funkcję świateł-
ka rozjaśniającego mrok – otwarty, zabawny, cierpliwy, prawdziwy optymista w rodzinie.

Teraz był poważny, skryty, wycofany. I jakby rozkojarzony,
podenerwowany, bez przerwy gapił się w telefon. Może praca go
przerastała… Czyżby utarczki z nowym szefem? Poniekąd za-
sugerował, że byłoby lepiej, gdyby został przez ten tydzień w domu, właśnie z powodu pracy. A może powodował nim lęk przed
dobiciem do czterdziestki, który jak gdyby narastał wraz z przy-
bliżającą się datą urodzin. Kryzys wieku średniego? Pytałam go,
czy boi się, że popadnie w depresję – gdybym wiedziała, co go
gryzie, moglibyśmy razem stawić czoło problemowi. On jednak
mnie zbył, uparcie twierdząc, że wszystko z nim w porządku.

Drgnęłam, gdy dotknął mojego uda.

– Kate?

– Przepraszam – powiedziałam z wymuszonym uśmiechem.
– Zamyśliłam się.

– Ile jeszcze do zjazdu?

Sprawdziłam w telefonie.

– Około dziesięciu minut drogi.

Zdjął dłoń z mojego uda i ponownie położył ją na kierownicy.
Ciepło jego palców jeszcze przez chwilę utrzymywało się na skórze i próbowałam sobie przypomnieć, kiedy ostatni raz czułam
jego dotyk, kiedy ostatnio wyciągnął do mnie rękę. Parę tygodni
temu? Miesiąc?

„Już sam fakt, że się nad tym zastanawiasz, świadczy o tym,
że coś jest nie w porządku". Tak zawyrokowałaby Rowan. Te wakacje były jej pomysłem, planowała je od dwóch lat. Rowan,
Jennifer, Izzy i ja – najlepsze przyjaciółki świętujące swoje czter-
dzieste urodziny tygodniem spędzonym wspólnie na południu
Francji, razem z mężami i dziećmi.

– Super – rzekł Sean. – Nic ci nie jest?

– Nic. Po prostu chciałabym być już na miejscu, rozpakować walizki.

– Jennifer i Alistair się odzywali? – Spojrzał w lusterko wsteczne. – Odkąd nas zgubili?

– Nie, ale na pewno jadą niedaleko za nami.

– Przecież mówiłem, że poprowadzę i żeby się nas trzymali.

Obróciłam głowę do męża. To do niego niepodobne, żeby martwić się o Jennifer i jej małżonka. Dobrze się z nimi dogadywał, ale poza moją osobą niewiele ich łączyło.

– Znasz Alistaira – powiedział. – Potrafi się zgubić nawet we własnym ogrodzie.

– No tak, masz rację.

Powróciłam do podziwiania bujnej zieleni przesuwających się za oknem winnic, ciemnych gron dojrzewających w letniej spiekocie. W oddali na tle nieba rysowały się czarne stożkowate wieże starego zamku.

Po około piętnastu kilometrach mapa Google skierowała nas w boczną drogę wiodącą przez jedną maleńką osadę po drugiej. Puimisson, Saint-Geniès, Cabrerolles – senne wioski z wąskimi uliczkami i starymi kamiennymi domami, starsi mężczyźni bezczynnie przesiadujący w cieniu i obserwujący, jak ich mijamy. Odbiliśmy w jeszcze węższą dróżkę, która pięła się coraz wyżej i wiła po zboczu wzgórza, gdzie winnice ustępowały miejsca sosnom. Wreszcie dotarliśmy na sam wierzchołek wzniesienia górujący ponad miasteczkiem Autignac, jadąc wzdłuż wysokiego bielonego muru. Na jego końcu znajdowała się czarna brama z metalowych prętów zwieńczonych grotami, a mój telefon poinformował mnie, że jesteśmy u celu podróży.

Sean zwolnił, wrota z czarnego metalu otworzyły się bezgłośnie, żwir delikatnie zachrzęścił pod kołami. Wjechaliśmy na teren posiadłości, kierując się ku willi. Długi podjazd był wysadzany wysokimi cyprysami, smukłymi i nienagannie przystrzyżonymi, które stały wyprostowane niczym gwardia honorowa. Za nimi po obu stronach rozpościerały się soczyście zielone, bujne trawniki podlewane zraszaczami obracającymi się leniwie w skwarze późnego popołudnia.

Sean zaparkował przed szerokimi kamiennymi schodami willi obok należącego do Rowan land rovera discovery.

Odwróciłam się. Lucy nadal spała z głową wciśniętą w zmiętoszoną bluzę. Długie blond włosy opadły jej na twarz. Od kiedy wkroczyła w nastoletniość, potrafiła spać wszędzie i o każdej porze, wystarczyło, że posiedziała w jednym miejscu dłużej niż dziesięć minut. Spała w drodze na lotnisko, spała w samolocie i spała teraz. Jak suseł. Zawsze uwielbiałam patrzeć na nią pogrążoną we śnie, od jej niemowlęctwa. Zresztą na zawsze pozostanie moim maleństwem, choć ma już szesnaście lat i mnie przerosła.

– Lucy, kochanie – odezwałam się cicho. – Jesteśmy na miejscu. Nie poruszyła się.

Jej młodszy brat, Daniel, siedział obok ze słuchawkami na uszach, pochłonięty jakąś grą na telefonie. Pod wieloma względami był jej przeciwieństwem – małą kulką energii, która nigdy nie przepadała za spaniem. Ani jako niemowlę, ani teraz, gdy stał się nadpobudliwym dziewięciolatkiem. Odsłonił jedno ucho i po raz pierwszy spojrzał za okno.

– To już tu?

– Szturchnij siostrę – poprosiłam. – D e l i k a t n i e.

Uśmiechnął się szelmowsko i trącił ją w ramię.

– Jesteśmy na miejscu, Śpiąca Królewno. W wakacyjnym domu.

Ponieważ nie odpowiadała, Sean rozpiął jej pas.

– Dajmy jej jeszcze pięć minut, a tymczasem wniesiemy bagaże. Chodźmy.

Otworzyłam drzwi, wysiadłam, przeciągnęłam się po podróży. Chłód klimatyzacji ulotnił się jak kamfora, a lipcowy upał otulił mnie niczym gruby koc. Powietrze pachniało oliwkami, piniami, ziemia była wysuszona na wiór. Wokół cisza, żadnego ruchu, żadnych ludzi – jedynie łagodny szelest wiatru w cyprysach i ciche tykanie stygnącego silnika.

Staliśmy tak, rozprostowując kończyny, mrużąc oczy w oślepiającym słońcu, chłonąc widok. Rowan nie kłamała: trzy przestronne kondygnacje willi z bielonego kamienia, terakotowe kafle, kolisty parking ocieniony drzewami oliwnymi, szerokie kamienne stopnie wiodące pod dwuskrzydłowe drzwi wejściowe z ciemnego, nabijanego gwoździami dębu.

– No, no – powiedział Sean i przez moment wydawał się szczęśliwy jak zwykle… jak dawniej.

Objęłam go w pasie ramieniem, musiałam poczuć przez chwilę jego fizyczną bliskość, gdy staliśmy ramię w ramię, podziwiając dom. Musiałam poczuć jego ciepło, dotknąć skóry, twardych mięśni pod koszulą. Przytrzymać go przy sobie.

Ale po kilku sekundach odsunął się ode mnie, wymknął mi się z rąk.

2

Na szczycie kamiennych schodów pojawiła się Rowan z rozłożonymi w geście powitania rękami.

– Witajcie w willi Corbières! – rzekła z uśmiechem. – Czyż nie jest cudowna?

Zeszła do nas, postukując obcasami wyglądających na drogie sandałów. Odkąd założyła własną firmę, zawsze prezentowała się nienagannie. Tego dnia miała na sobie jasnokremową sukienkę na ramiączkach i okulary przeciwsłoneczne marki Cartier wsunięte w proste kasztanowe włosy. Jakże zmieniła się moja odrobinę niezdarna koleżanka ze studiów – nosiła wtedy aparat na zębach i obwieszała ściany plakatami Take That – od czasu naszego pierwszego spotkania. Wszystkie byłyśmy inne niż wtedy, ale ona zdecydowanie najmniej przypominała dziewczynę z dawnych czasów. Uściskała mnie, a ja przymknęłam oczy, spowita wonią jej kosztownych perfum.

– Dom wygląda na większy niż na zdjęciach! – zawołałam, zdobywając się na uśmiech i kątem oka obserwując Seana, który wsadził głowę do samochodu i sprawdzał komórkę.

– Poczekaj, aż zobaczysz w środku – odparła Rowan. – Chodź, oprowadzę cię.

Wnętrze, całe w białym marmurze, o gładkich kamiennych ścianach, odkrywało przede mną pokój po pokoju, wszystkie przepięknie umeblowane, pełne światła, ozdobione dyskretnym malarstwem abstrakcyjnym. Dzięki klimatyzacji panował tu cudowny chłód.

– Należy do mojego klienta. – Rowan uśmiechnęła się konspiracyjnie. – Ostatnio wyjątkowo dobrze się dogadujemy.

– Niesamowite miejsce – odpowiedziałam i rzeczywiście tak było: willa wyglądała jak żywcem wyjęta z magazynu wnętrzarskiego. – Masz wieści od pozostałych?

– Jennifer z rodziną są jeszcze w drodze. Pomylili zjazd z A dziewięć. A Izzy przylatuje z Bangkoku przez Paryż jutro rano. Wyjadę po nią na lotnisko.

Poznałyśmy się pierwszego dnia na uniwersytecie w Bristolu. Byłyśmy sąsiadkami w akademiku, a później przeprowadziłyśmy się we czwórkę do wynajmowanego domu i mieszkałyśmy razem aż do ukończenia trzyletnich studiów. Przez chwilę tak bardzo zapragnęłam znaleźć się znów w tamtym miejscu, że nieomal poczułam aromat dziwacznych, ale przepysznych wegetariańskich potraw gotowanych przez Izzy, zapach maści rozgrzewającej w pokoju Jennifer, gdy wracała do domu po partii tenisa, uderzającą do głowy mieszankę perfum, lakieru do paznokci i różowego wina, gdy szykowałyśmy się wszystkie w pokoju Rowan do piątkowego wieczornego wyjścia. Wydawało się nam wtedy, że generalnie jesteśmy do siebie podobne – taki sam początek, ten sam uniwersytet, takie same nadzieje i marzenia na przyszłość, oczekiwanie na prawdziwe, dorosłe życie. Wszystkie chciałyśmy tego samego. A potem obroniłyśmy dyplomy i porzuciłyśmy nasze młodsze „ja" niczym wąż zrzucający skórę.

Przez ponad dziesięć lat od ukończenia studiów pilnowałyśmy wspólnych wyjazdów na długi letni weekend, co roku w inne miejsce: Dublin albo Praga, Edynburg lub Barcelona. Podtrzymywałyśmy tę tradycję pomimo dzieci, pracy i innych zobowiązań, ale jednego roku, gdy Rowan była w zaawansowanej ciąży z Odette, nie zorganizowałyśmy się i... jakoś zaniechałyśmy tych wspólnych wyjazdów. W rezultacie przez pięć lat z rzędu nigdzie się razem nie wybrałyśmy. Właściwie nie wiem dlaczego.

Te wakacje miały wskrzesić naszą tradycję, chciałyśmy zrobić coś wspólnie dla uczczenia naszych czterdziestych urodzin. Poważna liczba. Czułyśmy, że jeśli nie teraz, to już nigdy, więc po raz pierwszy w historii zamierzałyśmy odstąpić nieco od tradycji – tym razem zabrać ze sobą również wszystkie dzieci plus mężów, i nie na weekend, ale na cały tydzień. Spędzić ze sobą trochę więcej czasu.

Tak oto znalazłyśmy się w tym miejscu, pół życia od naszego pierwszego spotkania.

Przy boku Rowan zjawiła się mała dziewczynka i wyciągnęła do niej rączki. Rude falujące włosy miała związane w kucyki, pucołowate policzki usiane piegami.

– Mamo, weź mnie na ręce!

Rowan podniosła dziewczynkę i posadziła ją sobie na biodrze.

– Robisz się trochę za duża na noszenie, Odette.

– Nie jestem za duża.

– Dzień dobry, Odette – odezwałam się do dziecka. – Rośniesz jak na drożdżach. Ile masz lat?

Przyglądała mi się dużymi piwnymi oczami, trzymając się kurczowo ramiączka letniej sukienki matki. Uświadomiłam sobie, że są ubrane praktycznie tak samo.

– Pięć.

– Gdzieś tu jest Daniel. Na pewno chciałby się z tobą pobawić.

– Nie lubię chłopców – padła stanowcza odpowiedź.

Jak na zawołanie Daniel wpadł pędem do pokoju i zatrzymał się z poślizgiem tuż przed nami, z rumieńcami na jasnej cerze.

– Widziałaś telewizor? – zapytał z podziwem w głosie. – Wielgachny!

Rowan uśmiechnęła się szeroko.

– Jest też siłownia, sala gier, sauna i basen.

– Mamo, mogę później pożyczyć kamerę i nakręcić wideo?

– Tak, ale najpierw zapytaj tatę.

– Super. Idę poszukać basenu! – krzyknął i wybiegł ile sił w nogach.

– Ostrożnie! – zawołałam do jego oddalających się pleców.

Rowan otworzyła przeszklone drzwi i wprowadziła mnie na szeroki kamienny taras. Stał tam ocieniony parasolami długi stół z dwunastoma krzesłami, a widok roztaczał się na dużą winnicę porastającą łagodnie spływające w dół wzgórze. Dalej ciągnęły się łąki, lasy i niskie pofałdowane wzniesienia.

– Ludzie zamieszkiwali to miejsce już w pierwszym wieku naszej ery – oznajmiła Rowan. – Pierwotnie wznosiła się tu rzymska willa, później średniowieczny zamek, który popadł w ruinę, a teraz ten dom. Jest zwrócony na zachód, więc będziemy podziwiać niesamowite zachody słońca.

Stałam na tarasie, delektując się francuskim pejzażem. Rozmaite odcienie zieleni upstrzone jasnobrązowymi dachami, luźno rozrzucone wille i gospodarstwa, winnice i gaje oliwne, pola pszenicy obsadzone na obrzeżach drzewami owocowymi. Poczułam w środku lekki ból: oto jak żyje druga połowa świata. My nigdy nie moglibyśmy sobie pozwolić na wakacje w takim miejscu. Marzenie ściętej głowy.

– Rowan, tu jest cudownie. Wielkie dzięki za zaaranżowanie tego wyjazdu i zaproszenie nas wszystkich. Aż boję się pomyśleć, jaki byłby koszt tygodniowego pobytu.

Ścisnęła mnie za ramię i podążyła za moim wzrokiem ślizgającym się po tej idealnej scenerii.

– W sezonie prawdopodobnie około dwudziestu tysięcy – powiedziała. – Ale ta willa nie jest na wynajem, urządzają tu tylko firmowe spotkania i imprezy, no wiesz, dla nawiązania kontaktów w luźnej atmosferze.

Kiwnęłam głową, ale prawdę mówiąc, wcale nie rozumiałam: „nawiązywanie kontaktów w luźnej atmosferze" nigdy nie było częścią mojego życia zawodowego. Stojąc tu z Rowan, boleśnie zdałam sobie sprawę, jak odległe są nasze światy. Uwielbiam swoją pracę: od trzynastu lat w policji metropolitalnej badam miejsca zbrodni i być może zauważam zmiany u wszystkich innych właśnie dlatego, że sama czuję się zakotwiczona w jednym punkcie – ta sama praca, ten sam dom, ten sam tryb życia – od wielu lat. Może to kwestia perspektywy.

A może ma to związek z Seanem.

– Winnica, ogrody i mur zapewniają całkowitą prywatność – ciągnęła Rowan. – Wszystkie winnice na tym łagodnie opadającym zboczu w obrębie murów należą do posiadłości, tamte drzewa też. – Postawiła Odette na wyłożonej kaflami posadzce tarasu, ignorując marudzenie i protesty dziewczynki, i wskazała gęsty pas drzew niecałe dwieście metrów dalej. – Powinniśmy wybrać się tam wszyscy razem: podobno za tymi drzewami jest niesamowity wąwóz i wykuta w skale ścieżka, którą można zejść na sam dół do stawów. Nigdy nie kąpałaś się w tak czystej wodzie – spływa prosto z gór.

– Musi być strasznie zimna. – Gdy tylko wypowiedziałam te słowa, pojęłam, że zabrzmiały niewdzięcznie, choć Rowan chyba ich tak nie odebrała. *Co się ze mną dzieje?* Powinnam być szczęśliwa, mając przed sobą perspektywę tygodnia spędzonego w tej niesamowitej willi w otoczeniu bliskich mi osób.

– Poniżej tarasu, tu, na lewo, jest basen – poinformowała Rowan, odciągając mnie w bok i gestykulując nienagannie wypielęgnowaną dłonią.

Tafla gładkiej, nieskazitelnie błękitnej wody ciągnęła się aż po krawędź dolnego tarasu, wokół basenu rozstawiono leżaki i parasole. Widok był wspaniały.

– O rany – powiedziałam chyba już po raz dziesiąty. – Jak z luksusowego magazynu.

– A tam – Rowan wskazała wieżę kościoła – leży Autignac, dziesięć minut drogi spacerem. Piekarnia, mały supermarket i urocza restauracyjka na placu. W środę rano odbywa się targ. Nadzwyczajny, z mnóstwem lokalnych produktów, sprzedają też gotowe jedzenie, napoje, miejscowe rękodzieło. Będziesz zachwycona.

Nagle pokazała palcem wysokiego, ciemnowłosego mężczyznę w białej lnianej koszuli i płóciennych spodniach, rozmawiającego przez komórkę i chodzącego tam i z powrotem wzdłuż basenu.

– Patrz, Odette, tam jest tato.

– Tatusiu! – wykrzyknęła dziewczynka, przyciskając ręce do kamiennej balustrady.

Wysoki mężczyzna nie przerwał krążenia z telefonem przy uchu i papierosem w palcach.

– Tatusiu! – zawołała głośniej Odette. – Tatusiu! Tato!

Wydawało się, że mężczyzna nadal jej nie słyszy, mimo że echo jej głosu poniosło się aż po zboczu wzgórza.

– TATO! – krzyknęła jeszcze raz głosem tak przenikliwym, że aż musiałam się odsunąć.

Wreszcie ją zauważył, uśmiechnął się zdawkowo, pomachał niedbale ręką z papierosem, po czym wrócił do rozmowy.

Odruchowo dotknęłam ramienia Odette, próbując uspokoić jej narastające wzburzenie, ona jednak odtrąciła moją dłoń i zaczęła ciągnąć matkę za sukienkę.

– Czy Russ musi być zawsze dostępny pod telefonem? – zapytałam, opierając łokcie o gładką, nagrzaną od słońca kamienną balustradę.

– Praktycznie dwadzieścia cztery godziny na dobę przez siedem dni w tygodniu – odparła Rowan. – Pieniądze nie śpią, jak powtarza jego szef za Gordonem Gekko. Albo cytuje jakąś inną jego złotą myśl.

Miałam bardzo mętne wyobrażenie na temat profesji Russa: zajmował prestiżowe stanowisko związane z funduszami hedgingowymi, walutami i giełdą. Wiedziałam, że wiązało się z dużymi pieniędzmi, ale nie znałam żadnych szczegółów.

Zapiszczała komórka. Rowan zerknęła na wiadomość.

– Mamo! Weź mnie na ręce! – Odette nie przestawała szarpać matki za sukienkę, pozostawiając na pięknej tkaninie odciski spoconych rączek.

Rowan odpisywała na SMS-a, szybko przesuwając kciuki po ekranie telefonu.

– A może poszłabyś… zobaczyć, co robi tatuś?

– Nie! – Dziewczynka tupnęła nogą obutą w różowy sandał, a jej buzia cherubinka wykrzywiła się w grymasie. – Chcę na ręce!

– Mamusi zmęczyła się już ręka – odparła Rowan, nie przerywając pisania.

– Mamo!

– Chwileczkę, skarbie. – Rowan wycofała się do przestronnego wnętrza willi.

Odette nie dawała za wygraną i wbiegła za matką do środka. Rude kitki podskakiwały w gniewnym rytmie.

Musiałam pohamować uśmiech na widok tego przejawu temperamentu. Odette miewała absolutnie niesłychane napady furii, jeszcze zanim zaczęła chodzić. Najwyraźniej nie minęły do dzisiaj. A wręcz zdawały zaostrzać się z wiekiem.

Moja córka wyszła na taras z telefonem w ręku, przeciągając się i ziewając.

– Obudziłaś się! – powiedziałam. – Och, Lucy, chodź tu i spójrz na ten niesamowity widok. Cudowny, prawda?

Podeszła, rzuciła okiem. Trwało to może sekundę.

– Spoko – odparła, odwracając się w moją stronę. – Znasz hasło do wi-fi?

3

Dom miał dziesięć sypialni rozdzielonych między parter i piętro. Do naszej wchodziło się z korytarza pierwszego piętra. Posadzka z kremowego marmuru, zabytkowe drewniane meble, zwiewne moskitiery przywiązane w czterech rogach łóżka z baldachimem. Sean położył nasze walizki na łóżku i zaczął je rozpakowywać.

Daniel zjawił się w spodenkach kąpielowych, eksponując swoje chude jak patyki kończyny i bladą angielską cerę.

– Gotowy! – Nasunął na oczy okulary do pływania i wyrzucił w górę oba kciuki. – Tato, idziesz się kąpać?

Sean uśmiechnął się, kręcąc głową.

– Jeszcze nie.

– Chcę wskoczyć pierwszy!

– *J'ai presque fini* – rzekł Sean, wkładając do szuflad komody stos podkoszulków.

– Co?

– To po francusku: jestem prawie gotowy.

– Zaraz, to tutaj mówią po francusku?

Lucy oparła się o framugę drzwi, prychnęła i skrzyżowała ramiona.

– A to nie dlatego ten kraj nazywa się Francja?

Daniel zrobił minę.

– Nie umiem po francusku. A ty, tato?

– Jasne, że tak. My, Irlandczycy, od zawsze mieliśmy wiele wspólnego z naszymi francuskimi braćmi i siostrami.

– Na przykład co?

– Tak samo nie znosimy Anglików.

Cisnęłam w niego ręcznikiem.

– Żartowałem – odparł, przyciskając ręcznik do piersi.

Uśmiechnęłam się wbrew sobie.

– Tato tylko się tak wygłupia, Danielu. Doskonale dogadujemy się z Francuzami, dlatego uczysz się tego języka w szkole.

– Nic z tego nie pamiętam, poza *bonjour* i *pommes frites*.

Sean znalazł w walizce kąpielówki i wyciągnął je spod sterty koszul.

– Młodzieńcze, dzięki francuskiemu daleko zajedziesz. Ej, a wiesz, dlaczego Francuzi seplenią?

– Nie wiem.

– Bo jedzą *soupe à l'oignon*.

Daniel wybuchł histerycznym śmiechem, ale zaraz ucichł.

– Nie kapuję.

– Zupę cebulową. Supalonią. Brzmi prawie jak „seplenią"…

– Jezu, tato. – Lucy przewróciła oczami. – W życiu nie słyszałam gorszego suchara.

Sean zniknął w łazience, żeby się przebrać.

– Hej, Daniel! – zawołał zza drzwi. – A słyszałeś o tym, jak żaba wjeżdża do francuskiej restauracji na wózku inwalidzkim?

– Nie.

– I pyta: „Co? Smakowały?".

Nasz syn pokręcił głową.

– Tego też nie kumam.

– No bo Francuzi jedzą żabie udka – wyjaśnił Sean.

– O Boże – jęknęła zniesmaczona Lucy. Odwróciła się i poszła do swojego pokoju.

Daniel zmarszczył nos.

– Naprawdę?

– Czego oni cię w tej szkole uczą, synu? Nie wiedziałeś?

Sean wyszedł z łazienki w samych kąpielówkach, z nagim torsem. Rzucił na łóżko dżinsy, koszulę, portfel i kluczyki. Kilka miesięcy temu zaczął regularnie trenować na siłowni i efekty były wyraźnie widoczne: szersze ramiona i klatka piersiowa, węższa talia, lepiej zarysowane mięśnie. Wcześniej też był w niezłej formie, ale ostatnio zdecydowanie poświęcał jej więcej pracy i czasu. Ogarnął mnie dziwny niepokój i poczułam coś jeszcze... Ukłucie zazdrości? Tak jakby ćwiczył, żeby komuś zaimponować. Komuś innemu niż ja.

Daniel ze śmiechem wybiegł w podskokach z naszej sypialni prosto na korytarz.

Kiedy nasz syn zniknął, uśmiech na twarzy mojego męża przygasł, a po chwili zamarł zupełnie. Przez moment Sean wydawał się ponury i poważny. Śmiertelnie poważny.

Zastygłam z butami w ręku, nie wiedząc, jak zareagować. Ta nagła zmiana wyrazu twarzy, tak nieoczekiwana, kompletnie zbiła mnie z tropu.

Zauważył, że mu się przyglądam, i ponownie przykleił uśmiech na usta.

– Idę na basen z naszym Wodnym Chłopcem.

– Jasne. Wszystko dobrze, kochanie?

– Super. Lepiej być nie może.

– Skończę rozpakowywać walizkę. Potem szybki prysznic i do was dołączę.

– Dobra.

Odprowadziłam go wzrokiem. Na schodach znów zaczął dowcipkować. Jego głęboki głos z irlandzkim akcentem niósł się po korytarzu.

– Ej, Daniel, wiesz, dlaczego nie słychać, jak pterodaktyl idzie do ubikacji?

Nie dosłyszałam odpowiedzi syna.

Powróciłam do układania w szafie reszty ubrań. Lęk i jakaś dziwna słabość narastały we mnie tak szybko, że musiałam przycupnąć na łóżku. Nikogo nie znałam tak dobrze jak Seana. Wiedziałam, kiedy jest nieszczęśliwy, kiedy pokrywa dowcipami swoje zdenerwowanie, kiedy kłamie. A ta jego mina, gdy mówił, że lepiej być nie może? Nie pamiętam, kiedy ostatnio go takiego widziałam. Może na pogrzebie jego ojca.

Moja komórka odezwała się ściszonym melodyjnym sygnałem Messengera. Wstałam, wygrzebałam ją z kieszeni szortów i odblokowałam kciukiem.

Brak nowych wiadomości.

Zmarszczyłam czoło i schowałam telefon do kieszeni.

Sygnał rozległ się ponownie, nadal stłumiony. Z drugiej strony sypialni.

Na łóżku? Podeszłam do pozostawionych tam przez Seana ubrań: koszuli z krótkimi rękawami i dżinsów. Bez zastanowienia wzięłam do ręki jego spodnie i sprawdziłam kieszenie. Znalazłam kilka monet, ale telefonu nie było. Odłożyłam dżinsy na łóżko i nasłuchiwałam. Z dołu i z zewnątrz dochodziły słabiutkie odgłosy chlapania, śmiechu, podekscytowane okrzyki Daniela.

I po raz trzeci stłumiony sygnał powiadomienia.

Z szuflady nocnego stolika Seana.

Z miejsca, gdzie stałam, mogłam tam sięgnąć bez trudu. Wyciągnęłam rękę, po czym szybko ją cofnęłam. Usiadłam i długo pozostawałam bez ruchu. A potem znów pochyliłam się w stronę stolika i powoli wysunęłam szufladę.

Leżał w niej tylko telefon, ekranem do dołu. Od pewnego czasu Sean się z nim nie rozstawał, jak gdyby łączyła go z tym urządzeniem niewidzialna pępowina. Do tego stopnia, że zaczęłam go obserwować – niezupełnie w konkretnym celu, po prostu zerkałam kątem oka za każdym razem, gdy brał komórkę do ręki. Usiłowałam podejrzeć, co tak bardzo absorbuje jego uwagę i czas. Zobaczyć kształt, który kreśli palcem na ekranie, żeby odblokować telefon. Chciałam się przekonać, czy rzeczywiście zaczynam tracić zmysły, czy jest to początek czegoś, czego nawet nie potrafiłam sobie wyobrazić.

Patrzyłam, jak moja ręka wędruje do szuflady i wyjmuje jego telefon. Patrzyłam, jak mój kciuk wciska przycisk. Patrzyłam, jak na ekranie wyświetla się zdjęcie dzieci z naszych ostatnich wakacji.

Tylko rzucę okiem, usprawiedliwiałam się. *Żeby się uspokoić.*

Zanim zdążyłam odwieść samą siebie od tego pomysłu, z kołaczącym sercem odblokowałam komórkę.

Wiem, że nie powinnam była tam zaglądać. *Wiem.*

Ale to zrobiłam.

I wtedy mój świat zaczął rozłazić się w szwach.

4

To takie uczucie, jakby się spadało.

Jakby pod stopami otworzyła się zapadnia. W jednej chwili wszystko gra, swobodnie toczy się naprzód, tak jak toczyło się przez lata. A tuż potem gwałtownie lecisz na łeb na szyję w ciemność, otchłań. Nie widzisz gruntu, nie możesz przerwać procesu spadania. Wszystko wokół także się zapada. Wszystko, co się samemu zbudowało.

A oto od czego się zaczyna: od małej niebieskiej cyferki sygnalizującej trzy nieprzeczytane wiadomości na Messengerze.

Kliknęłam w nią. Na górze ekranu widniały nowe wiadomości do i od osoby o pseudonimie CoralGirl.

Napisz do mnie później, gdy będzie okazja x
Bądź ostrożny, tak jak rozmawialiśmy
Pamiętaj o usunięciu wiadomości zaraz po przeczytaniu

Przewinęłam ekran do wczorajszej korespondencji, czytając od dołu do góry. Pierwsza wiadomość, od Seana, składała się z ośmiu słów, od których stanęło mi serce.

Nie mogę przestać myśleć o tym, co powiedziałaś x
Mówiłam całkiem serio
Muszę z tobą porozmawiać
Czy K coś podejrzewa?
Nie ma o niczym pojęcia. Ale nie mogę tego tak ciągnąć
Zdecydujemy we Francji. Wymyślimy, co zrobić
Muszę jej powiedzieć. Wkrótce
Już to przerabialiśmy. Lepiej zachować w tajemnicy
Wiem, ale czuję się parszywie, kłamiąc przed K

Nie miałam siły dalej czytać, ale nie mogłam przestać, nie potrafiłam oderwać oczu od słów na ekranie, z których każde kolejne było bombą rozsadzającą nasze małżeństwo.

Cofnęłam się do początku i zaczęłam czytać od nowa.

Czy K coś podejrzewa?
Nie ma o niczym pojęcia. Ale nie mogę tego tak ciągnąć

Coś kapnęło na wyświetlacz. Uświadomiłam sobie, że płaczę. Moja historia, moja własna przeszłość stały się nagle jakieś obce. Wiedliśmy wspólne życie, a wystarczyła sekunda, by wydało się fikcją. Nawet nie zdawałam sobie sprawy, że odgrywam rolę. Drżącą ręką kliknęłam w zdjęcie użytkownika na profilu CoralGirl. Zamiast fotki pojawiła się ikonka profilu. *Kobieta. Mieszka w Londynie.* I tyle.

Pospiesznie oznaczyłam najnowsze wiadomości jako nieprzeczytane, zablokowałam telefon i zasunęłam szufladę. Siedząc na obcym łóżku w obcym domu i obcym kraju i tępo gapiąc się w ścianę.

Robiło mi się na przemian zimno i gorąco. Byłam wściekła, rozżalona, chora z powodu zdrady.

Zapadałam się w otchłań.

Tuzin pytań, a po nich tuzin kolejnych.

Czy to coś poważnego?

Dlaczego Sean to zrobił?

Jak mogłam się tak co do niego pomylić?

W każdym razie znałam już częściową odpowiedź na najważniejsze pytanie: k i m o n a j e s t? Miałam wskazówkę wypisaną na ekranie maleńkimi czarnymi literkami.

Zdecydujemy we Francji

We Francji.

Dwa słowa. Gdy je przeczytałam, od razu pojęłam, co się za nimi kryje. W tym tygodniu będziemy we Francji tylko my cztery: Rowan, Jennifer, Izzy i ja.

To zaś oznaczało, że mój mąż, moja bratnia dusza, moja opoka, ma romans z jedną z moich najdawniejszych i najdroższych przyjaciółek.

5

Nie jest typem skłonnym do romansów, powtarzałam sobie. Nie mój Sean. Nie mój kochany, czuły, zabawny mąż, który opowiada głupie dowcipy i który nosił dzieci na barana, a także śpiewał im na dobranoc, kiedy były małe.

A jednak w ostatnich tygodniach pojawiły się wszystkie symptomy: stawał się coraz bardziej skryty, zaabsorbowany własnymi myślami. Poważny, chwilami wręcz drażliwy. Nie rozstawał się z telefonem, chodził na siłownię, bardziej dbał o wygląd.

Jak mogłam być taka ślepa, skoro to wszystko działo się na moich oczach?

Która to? Która z przyjaciółek mnie zdradziła?

Serce tłukło mi się w piersi, jakby mojemu życiu zagrażało jakieś niewidoczne niebezpieczeństwo. *Walcz albo wiej.* Poszłam do łazienki z telefonem, zamknęłam drzwi na klucz, usiadłam na sedesie i z galerii zdjęć wybrałam album z naszego ostatniego wspólnego spotkania, czyli przyjęcia w domu Rowan i Russa w Chiswick. Przewijałam fotki, póki nie znalazłam tej, której szukałam.

Jest. Niepozowane zdjęcie całej naszej czwórki, jedno z kilku zrobionych przez Daniela. Rowan z iPhone'em przy uchu, marszcząca brwi i gestykulująca drugą ręką. Jennifer nakłaniająca swoich dwóch nastoletnich synów do posmarowania się kremem z filtrem. Izzy oparta o ścianę i przyglądająca się wszystkiemu z cierpkim uśmiechem.

Oraz ja z samego brzegu, z roztargnieniem patrząca w obiektyw. *Znałyśmy nawzajem swoje tajemnice*, pomyślałam. Te skrywane historie, które wytwarzają więź po wsze czasy, wspólny język wspomnień. Rozmawiałyśmy ze sobą o sprawach, z których nie zwierzałyśmy się naszym chłopakom czy mężom. O których nie mówiłyśmy nikomu innemu. Sądziłam, że znam je wszystkie – tymczasem okazało się, że jednej z nich nie znam wcale.

Wiedziałam za to jedno: wszystkie je skrzywdziłam w taki czy inny sposób. Nie potrafiłam w tej chwili myśleć o niczym innym. Przez długie lata naszej przyjaźni powiedziałam i zrobiłam rzeczy, które – celowo lub nie – przysporzyły moim trzem przyjaciółkom bólu, udręki i rozpaczy.

Może sobie na to zasłużyłam.

Opadła ze mnie cała dorosłość, poczułam się jak piętnastolatka, którą paraliżują lęk i brak pewności siebie, tak jakby ostatnich dwadzieścia pięć lat mojego życia było jedynie snem. Machinalnie zdjęłam ubrania, rzuciłam je na podłogę i weszłam pod prysznic.

Odkręciłam wodę i pozwoliłam płynąć łzom, szum prysznica zagłuszał mój szloch.

Oczywiście wiedziałam, jak powinnam była postąpić. Powinnam zdecydowanie pomaszerować do kąpiącego się w basenie Seana i prosto z mostu zapytać go o te wiadomości: co znaczą, kto je wysłał. Kim jest ta kobieta.

Ale tego nie zrobiłam.

Wystawiając kark na uderzenia strumienia wody, poczułam, że ten incydent nie przeważy szali naszego małżeństwa: jak ma się jedno bezceremonialne pytanie do dwudziestu wspólnych lat? Nie ma wystarczającego ciężaru, wystarczającej wagi, by usprawiedliwić wystrzelenie w Seana tego marnego pocisku. Zaprzepaszczenie tego, co wspólnie stworzyliśmy, wydawało się wręcz nie fair. Byłoby to… w pewnym sensie nieodpowiedzialne. Naszemu małżeństwu wiele brakowało do ideału, ale czyj związek jest idealny? W sumie byłam z Seanem szczęśliwa i sądziłam, że on ze mną też. Może gdybym dowiedziała się czegoś więcej, mogłabym wszystko naprawić, zamiast zniszczyć jednym lekkomyślnym pytaniem.

Oczywiście poza tym się bałam. Bałam się, że zostawi mnie i dzieci, porzuci nas dla nowego życia. Nie chciałam, by tak się stało. Nie chciałam, by przez moje nierozważne działania ta perspektywa stała się bardziej realna, niż się wydawała. Bałam się, że gdy powiem o tym na głos, moje obawy się spełnią.

Więc milczałam. Nie umiałam tego zrobić. Jak w ogóle rozpocząć taką rozmowę?

Sean, zapamiętałam kod dostępu do twojej komórki i czekałam, aż ją gdzieś nieopatrznie zostawisz. Więc co to za kobieta? Kim ona jest? I co tu, do cholery, jest grane?

Jak mogłeś zrobić to mnie? Naszej rodzinie?

Układałam sobie w myślach przemowę, ćwiczyłam artykułowanie słów. Wyobraziłam sobie, że słyszę, jak je wypowiadam. Brzmiały obłąkańczo, nawet w moich uszach. Więc postanowiłam trzymać język za zębami. Stałam pod prysznicem i płakałam, woda mieszała się z łzami.

Przypomniałam sobie, jak kilka tygodni temu szukałam w Internecie czegoś na temat zdrady – niczym typowy hipochondryk dwudziestego pierwszego wieku próbujący odróżnić ból głowy od guza mózgu – i dowiedziałam się, że niewierność zdarza się mniej więcej w jednej trzeciej stałych związków. Co statystycznie oznacza, że jedna osoba z naszego wakacyjnego grona padnie ofiarą zdrady.

Albo już nią jest.

Oczywiście miałam też inny wybór: udawać, że nigdy nie widziałam tych wiadomości. Że nie zaglądałam do jego komórki.

Po prostu płynąć z prądem, jak gdyby nigdy nic. Po co niebezpiecznie rozkołysać łódź? Może lepiej sobie wyobrażać, że on
jest dobrym mężem, a ja dobrą żoną, która nie szpera w jego telefonie. Nie widzi tego, czego trudno teraz nie zauważyć. Ale ta
niepewność mnie męczyła, nie znosiłam tej szarej strefy między
prawdą a całą resztą. Najbardziej odpowiadały mi czerń i biel,
nie najlepiej radziłam sobie z szarością. Od zawsze. Chciałam
wiedzieć na pewno, czy jest tak, czy inaczej, nim zdecyduję, co
dalej.

Zgrywanie przez tydzień szczęśliwej rodzinki będzie istną
torturą w obliczu świadomości, że Sean zdradził mnie z jedną
z moich najlepszych przyjaciółek, a moje małżeństwo to kraksa
rozgrywająca się w zwolnionym tempie. Ale muszę poznać prawdę. Obserwując go, patrząc na niego, z pewnością zorientuję
się, którą z nich wybrał, którą wolał ode mnie. W życiu zawo-
dowym codziennie miałam do czynienia z materiałem dowodo-
wym. Zbierałam go, nagrywałam, analizowałam, z elementów
układałam spójną całość: na tym polegała moja praca. Jedyne,
co muszę teraz zrobić, to znaleźć dowody na niewierność męża
i trafić po nitce do kłębka.

*Zdemaskuję was, dowiem się, która z was mnie zdradziła, która
z was próbuje rozbić moją rodzinę.*

Gdybym wiedziała, co konkretnie jest na rzeczy, może zdołałabym powstrzymać bieg wydarzeń, zanim będzie za późno.
Miałam tydzień na dotarcie do prawdy, na zorientowanie się, co
się dzieje w moim małżeństwie i czy da się je uratować – ta wy-
miana wiadomości w jego telefonie stanęła między nami niczym
niewidoczna linia uskoku, która lada chwila rozłupie skałę na
dwie części, zostawiając mnie po jednej stronie, Seana po drugiej. Tkwiło we mnie niezdrowe, autodestrukcyjne pragnienie
poznania prawdy, całej prawdy, w najdrobniejszych obrzydliwych
szczegółach. Ujrzenia jej osobiście, na własne oczy. Zanim to

nastąpi, będę musiała zachowywać się tak, jakby nie działo się nic złego. Starać się funkcjonować normalnie – a przynajmniej najnormalniej jak się da w obecnych okolicznościach.

Zakręciłam wodę pod prysznicem, czując się samotna jak nigdy dotąd, jak gdybym stała na gzymsie i miała postawić stopy na rozpiętej w ciemności linie – linie łączącej moje dawne życie, to, które, jak mi się wydawało, dobrze znałam, z tym, które mnie czekało w najbliższej przyszłości. Co zastanę na drugim końcu? Najpewniej złamane serce i rozpacz. Musiałam jednak podjąć tę podróż dla własnego zdrowia psychicznego, z szacunku do samej siebie. Ubiorę się, przykleję uśmiech na twarz i przygotuję się na wspólny tydzień. Oraz dowiem się prawdy.

Pukanie do drzwi. I kolejne.

– Mamo? – Głos Daniela, piskliwy, podekscytowany. – Jesteś tam?

– Tak. Zaraz będę gotowa.

– Rowan prosiła, żeby ci przekazać, że dostała wiadomość. Jennifer zaraz tu będzie.

6

Szybko włożyłam prostą kwiecistą sukienkę, wsunęłam stopy w sandały. Nasłuchując dobiegających z dołu odgłosów powitań – głośnych i wylewnych, jak to u Rowan – usiadłam przy toaletce, żeby błyskawicznie nałożyć makijaż i zamaskować opuchnięte od płaczu oczy. Starałam się zebrać myśli.

Zachowuj się normalnie.

Nim zdążyłam się obejrzeć, Jennifer stała w progu naszej sypialni, ubrana w postrzępione dżinsowe szorty i obcisły różowy top bez ramiączek, z okularami przeciwsłonecznymi wsuniętymi w długie blond włosy i telefonem w ręku. Nie nosiła makijażu – rzadko go potrzebowała – ani biżuterii, z wyjątkiem małego srebrnego krzyżyka na szyi. Nawet boso przerastała mnie o pół głowy i była tylko o pięć centymetrów niższa od mierzącego metr osiemdziesiąt Seana. Wysoka jak amazońska dżungla, jak się kiedyś wyraził, i po prostu urodziwa. Miała w sobie tę atrakcyjność charakterystyczną dla osób o wysportowanych sylwetkach.

– Puk, puk – powiedziała, wyciągając ku mnie ramiona.

Wstałam, uściskałyśmy się, wymieniłyśmy uwagi na temat pogody, podróży samochodem i niezdolności jej męża do korzystania z Google Maps.

– No i jak? – zapytała Jennifer. – Fantastyczna willa, prawda? Zostałaś już oprowadzona?

– Tak, Rowan pokazała mi dom. Widok z tarasu jest niesamowity.

– Prawda? – Jennifer mówiła cicho, jak gdyby podsłuchiwał nas właściciel. – Jak rezydencja któregoś z jurorów *X Factor*.

Jennifer dorastała w Kalifornii i za każdym razem, kiedy była zestresowana albo mocno ożywiona, amerykański akcent wybijał się na pierwszy plan, zaczynała przeciągać samogłoski, przypominając nam, że choć od ponad połowy życia mieszka w Wielkiej Brytanii, cały czas tkwi w niej gdzieś kalifornijska dziewczyna. Gdy Jennifer miała czternaście lat, jej ojciec, naczelny dyrektor międzynarodowego koncernu, został przeniesiony z Los Angeles na Wyspy, a wraz z nim przeprowadziła się cała rodzina. I Jennifer już tu pozostała, zachowując nosową wymowę zza Atlantyku, którą Amerykanie brali za brytyjską i vice versa.

Przyglądałam jej się przez chwilę. Wydawała się lekko podenerwowana.

– Chłopcy się zadomawiają? – spytałam.

– Myślę, że na razie badają teren. – Wyjrzała na korytarz i pochyliła się do mnie, zniżając głos. – Jeszcze mi nie wybaczyli.

– Nie wybaczyli? Czego?

– Wczoraj podczas pakowania mieliśmy małą awanturkę. Chcieli zabrać xboxa, Ethan nawet włożył go już do walizki. Kazałam mu go wyjąć, powiedziałam, że nie będą marnować tygodnia wakacji na siedzenie w ciemnicy i granie w głupie *Call of Duty* albo *Fortnite*, mając Morze Śródziemne na wyciągnięcie ręki.

– Rozumiem, że nie przyjęli tego dobrze?

Machnęła ręką.

– Nie za bardzo. Ale mam nadzieję, że przestaną się boczyć, kiedy zobaczą, ile czeka ich tu atrakcji.

Choć starała się to ukryć, widziałam, że ta kłótnia z synami ją dręczy. Jennifer dbała o to, żeby nigdy nie podnosić na nich głosu, nie krzyczeć, nie posługiwać się sarkazmem ani przenigdy nie podnosić na nich ręki. Nawet wtedy, gdy siedmioletni wówczas Jake bawił się zapałkami i o mało nie puścił z dymem całego domu. Wiersz, który wisiał u Jennifer na ścianie w kuchni, był apelem do rodziców, by odrzucali wszelkie negatywne emocje na rzecz wychowywania dzieci w atmosferze akceptacji, aprobaty, wsparcia, pochwał i zachęty.

Synowie byli jej projektem, jej życiową misją. Urodzeni w odstępie zaledwie jedenastu miesięcy, Jake i Ethan pochłaniali – jak to małe dzieci – cały czas i energię Jennifer, która zrezygnowała przez to z kariery zawodowej i już nigdy do niej nie wróciła. Z zapałem graniczącym z obłędem poświęciła się roli matki na pełny etat i była niesłychanie dumna z chłopców, a zarazem szaleńczo opiekuńcza. Do tego stopnia, że kiedy Ethan poszedł do szkoły, dołączając do starszego brata, oparła się pokusie powrotu do zawodu fizjoterapeutki i zamiast tego zatrudniła się w niepełnym wymiarze godzin w szkolnym sekretariacie.

Wszedł Sean owinięty w pasie ręcznikiem, z mokrymi po basenie włosami. Zobaczyłam go po raz pierwszy od chwili przeczytania wiadomości w jego telefonie i poczułam, jak natychmiast się rumienię z palącego gniewu i bólu. Oraz od miliona nękających mnie pytań. To odkrycie dotknęło mnie do żywego, a miałam tak niewiele czasu na jego przetrawienie... Musiałam uporządkować emocje i opanować ekspresję, żeby nie zdradzić się od razu z tym toksycznym sekretem, który teraz dźwigałam.

Nie mogłam znieść widoku mojego męża, ale i nie byłam w stanie odwrócić od niego wzroku.

Przywitał Jennifer cmoknięciem w policzek – *osobliwie niewinnym w tych okolicznościach, a może nie?* – i podszedł do walizki, by skończyć rozpakowywanie.

– Na dole jest sala gier – oznajmiłam, słysząc swój nienaturalnie nerwowy ton. – Stół bilardowy, piłkarzyki, czego dusza zapragnie. Dzieci na pewno znajdą sobie jakieś zajęcie.

Jennifer pokiwała głową, chyba nie wyłapując napięcia w moim głosie.

– Mam szczerą nadzieję, że będą spędzać większość czasu na dworze – rzekła. – Powietrze jest tu takie czyste, nie to, co w Londynie. Poza tym w domu bez przerwy grają na tej cholernej konsoli.

U boku Jennifer zjawił się jej mąż Alistair, prezentując owłosione ramiona i uda w wakacyjnym stroju: opinającym brzuch podkoszulku bez rękawów i obcisłych kąpielówkach. Zawsze uważałam, że są dziwnie dobraną parą – przynajmniej pod względem fizycznym. I, jak się okazało, jedną z tych, które nie starzeją się w tym samym tempie. Ona zachowała wdzięk wysokiej, długonogiej kalifornijskiej dziewczyny, która na studiach owijała sobie wokół palca jednego chłopaka po drugim, natomiast Alistair wydawał się bardziej przysadzisty niż dawniej i jakiś taki rozmemłany, z zaniedbaną brodą, w szylkretowych okularach.

– Oho! – powiedział. – Widzę, że rozmawiałyście o aferze xboxowej.

Jennifer westchnęła.

– Przestań tak to nazywać. Zwykła burza w szklance wody.

– Mówiłem, że trzeba było pozwolić im zabrać tę konsolę. Prędzej czy później muszą zacząć samodzielnie podejmować decyzje, uczyć się na własnych błędach. Dlaczego nie teraz? Chłopcy weszli w ten etap życia, kiedy przekracza się granice, testuje siebie i innych, a my powinniśmy ich do tego zachęcać, traktować to jako fazę przejścia z dzieciństwa do wczesnej dorosłości. Nie są już małymi dziećmi.

– Dla mnie są – odparła Jennifer, krzyżując ramiona. – I nie zaszkodziłoby, gdybyś czasem mnie poparł, zamiast wiecznie robić ze mnie złą policjantkę.

– Równie dobrze odgrywasz rolę dobrego gliny, *ma chérie*. – Konspiracyjnie puścił do mnie oko. – To także masz opanowane.

– Tak czy owak, byłoby miło, gdybyś traktował Jake'a i Ethana jak naszych synów, a nie kolejnych pacjentów do zdiagnozowania i zalecenia terapii.

Wpadł zdyszany Daniel z mokrymi włosami, klapiąc crocsami o podłogę.

– Tato, mogę pożyczyć twoją kamerę? Chcę zrobić obchód domu tak jak Joe Sugg!

Sean podszedł do szuflady i podał mu niewielkie urządzenie.

– Tylko ostrożnie.

– Ostrożność mam we krwi! – zapewnił Daniel i wypadł z pokoju.

– Joe Sugg? Oświecicie mnie? – poprosiła Jennifer.

– Youtuber, ma osiem milionów subskrypcji.

– Ach, no jasne.

Alistair powiódł ręką po kosztownie umeblowanym wnętrzu.

– Ta willa jest rewelacyjna, nie uważacie? Ktoś idzie się pomoczyć?

– Może później – powiedziałam. – Jeśli woda będzie dość ciepła.

– Dwadzieścia osiem stopni, prawie jak zupa. Idziesz, Jennifer?

– Widziałeś Jake'a?

– Od kiedy chłopcy poszli do swoich pokojów, to nie.

– Mógłbyś poszukać go przy basenie?

– Kochanie, z pewnością nic się nie dzieje.

– Proszę…

– No dobrze.

Oddalił się, człapiąc po podłogowych płytkach.

– Więc widzimy się przy basenie?

– Oczywiście – odparłam.

Sean, który jak dotąd się nie odzywał, wyjmował ostatnie rzeczy z walizki.

– Chyba pójdę jeszcze raz się wykąpać, kiedy tu skończę. Fantastyczny basen.

Jennifer albo go nie słyszała, albo udawała, że nie słyszy.

Coś tu nie grało, coś śmierdziało, jakby ktoś puścił gazy i nie chciał się przyznać. *Ona zachowuje się tak, jakby Seana tu nie było. Dlaczego?*

– Idziesz, Kate? – zapytała.

– Za chwilkę.

– No to zobaczymy się później. Pójdę sprawdzić, co robią chłopcy.

Odeszła w stronę schodów.

Zerknęłam na Seana wieszającego w szafie koszule.

Idziesz znów na basen dlatego, że ona tam będzie? Żebyście mieli dla siebie kilka minut? Dlaczego ona traktuje cię jak powietrze? Dlaczego nawet nie spojrzy ci w oczy?

Może odpowiedź jest oczywista.

Nie chce patrzeć ci w oczy, żeby się nie zdradzić. Proste jak kij od szczotki. Prawda?

Czy w takim razie to Jennifer?

Przypomniało mi się dobitniej niż kiedykolwiek, że Jennifer i Sean byli przez kilka miesięcy studencką parą.

Kiedy się rozstali, zaczął spotykać się ze mną.

Nic się nie zazębiało. Przynajmniej taką wersję zawsze podtrzymywaliśmy. Tak było najlepiej: nie komplikować. Najlepiej dla wszystkich zainteresowanych.

I nagle mnie olśniło: najgorsza rzecz, jaką kiedykolwiek usłyszałam od Seana, najmocniej raniące słowa, jakie kiedykolwiek wypowiedział – pogrzebane w mojej pamięci od tak dawna, że sądziłam, że już o nich zapomniałam. Po kilku miesiącach bycia razem graliśmy w prawdę czy wyzwanie. Sean był tak pijany, że ledwo trzymał się na nogach. *Mój najlepszy seks w życiu? Na pewno z Jennifer, ha, ha, moją pierwszą miłością i w ogóle...*

Doszło wtedy między nami do dzikiej awantury, a ja, zalana łzami, wyjaśniałam mu, że w tej zabawie niekoniecznie trzeba mówić prawdę, szczególnie gdy jest tak bolesna i okropna jak to, co przed chwilą powiedział. Zwłaszcza że mówił o wysokiej, wysportowanej Amerykance, swojej byłej dziewczynie, a zarazem jednej z moich najlepszych przyjaciółek. Zamroczony mrugał powiekami, powtarzał w kółko „przepraszam", usprawiedliwiał się, chwiał na nogach, tłumacząc, że to tylko żart, głupi żart i że wcale tak nie myśli.

Zerwaliśmy ze sobą na dwa tygodnie, zanim dałam się ubłagać i przyjęłam go z powrotem. Od tamtej pory żadne z nas nigdy nie wspomniało o tamtej historii, zresztą minęło tyle czasu, że nie sądziłam, że ta sprawa jeszcze kiedyś wypłynie. Nie mówiłam o tym ani Jennifer, ani dwóm pozostałym przyjaciółkom.

No więc jak, Jennifer? To ty kręcisz z Seanem? To wasze drugie podejście? Bądź co bądź uprawiał z tobą najlepszy seks w życiu. Rozpalony na nowo płomień pierwszej miłości? Coś w tym rodzaju? Jak ludzie, którzy po latach spotykają na Facebooku sympatie z młodości i koniec końców porzucają mężów i żony?

Czy to mocno spóźniona zemsta za sprzątnięcie ci dawno temu sprzed nosa chłopaka?

Nie. To wariactwo.

A może wcale nie?

7

Musiałam się wyciszyć, rozjaśnić myśli.

Potrzebowałam dla siebie czasu i przestrzeni. A nade wszystko pragnęłam się stąd wyrwać, uciec, być przez pewien czas sama – i akurat na tę jedną rzecz nie było tu żadnych szans.

Skończyłam się szykować, odłączyłam telefon od ładowarki i znalazłam paczkę chusteczek, która mieściła się w kieszeni letniej sukienki. Schodziłam na dół z kołaczącym sercem i nadzieją, że nie spotkam nikogo po drodze. Byłam już prawie na drugim końcu salonu, gdy z kuchni wyłoniła się Rowan. Przebrała się w długą suknię bez rękawów, połyskującą i układającą się jak płynny jedwab, a w ręku trzymała dwa smukłe kieliszki z szampanem. Jeden podała mnie.

– Jaki początek, taka reszta wakacji – oznajmiła, stukając się ze mną kieliszkiem. – Na zdrowie, Kate.

– Na zdrowie – odparłam, przywołując uśmiech.

– Wszystko dobrze, kochana?

– Jestem trochę zmęczona po podróży.

– Nic tak nie stawia na nogi jak kieliszek eleganckich bąbelków.

Wypiłam łyk szampana, który zostawił gorzki posmak na języku.

– Zdecydowanie – zgodziłam się, pokazując telefon. – Idę do ogrodu, chcę zadzwonić do mamy. Dam jej znać, że dotarliśmy na miejsce.

Skłamałam. Wysłałam już mamie SMS-a z informacją, że jesteśmy w willi i się rozgaszczamy. Ale potrzebny był mi pretekst do chwili samotności.

– Restauracja zarezerwowana – powiedziała Rowan. – Mniej więcej za godzinę trzeba zwołać wojsko.

– Jasne.

Rozsunęłam szklane drzwi na taras. Natychmiast otulił mnie dojmujący żar wczesnego wieczoru. Mój i tak już przyspieszony puls wskoczył na wyższy bieg. Szerokie kamienne stopnie prowadziły do opustoszałego teraz basenu, a skręcająca w prawo ścieżka – na bujny trawnik zajmujący całą szerokość posiadłości, z rzucającymi cień palmami oraz ławkami z widokiem na winnicę. Wokół unosiły się odurzające aromaty: wylewających się z rabat lilii, eukaliptusów i pinii oraz spieczonej słońcem ziemi. Ogród był otoczony starannie przystrzyżonym żywopłotem z żelazną bramą pośrodku, wychodzącą na winnicę. Obejrzałam się na dom, dostrzegając drobną postać na jednym z balkonów na piętrze. Wszędzie rozpoznałabym tę ciemną czuprynę: Daniel trzymający przed sobą starą kamerę Seana. Poruszał wargami, opatrując komentarzem film o wakacyjnym domu. Młodszy youtuber w fazie rozwoju. Mój mały cud, który niespodziewanie pojawił się na świecie po trzech poronieniach, w czasie, kiedy zaczynałam godzić się z faktem, że już nie urodzę drugiego dziecka.

Pot zaczynał mnie szczypać w skórę krzyża i pach, powietrze było gorące, miało się wrażenie, że oddech oblepia gardło, zapycha je, dławi. Wypiłam kolejny łyk szampana i ruszyłam do bramy znajdującej się poza polem widzenia Daniela. Weszłam do winnicy i natychmiast skręciłam w prawo, oddalając się od willi, szukając miejsca, gdzie nikt mnie nie zobaczy. Spacerowałam wzdłuż rzędów winorośli, idealnie równych, rozmieszczonych w kilkudziesięciocentymetrowych odstępach jeden od drugiego.

Po minucie jeszcze raz obejrzałam się za siebie: nie widziałam już Daniela na balkonie ani nikogo innego.

Im dłużej szłam, tym bardziej wzbierały we mnie emocje, jak fala zbliżająca się do brzegu. Im dalej od willi, tym gorzej się czułam, serce dudniło w piersi. *Walcz albo wiej.*

Znów pomyślałam, że może powinnam otwarcie porozmawiać z Seanem. Pójść na górę, powiedzieć mu, że wiem, że odkryłam jego tajemnicę i że jeśli natychmiast nie powie mi prawdy, pakuję manatki, zabieram dzieci i zostawiam go tu samego. Wracam do Anglii pierwszym dostępnym lotem. Nie umiałam jednak rozstrzygnąć, czy to mądre posunięcie, akt odwagi. Czy raczej głupoty. A może to najgorsza możliwa opcja? Zaczęło mi się wydawać, że wszystko po trosze. Albo żadna z tych rzeczy. Bo nie było dobrych rozwiązań, jedynie gorsze i złe. Nic nie było czarno-białe. Tylko szare, wszystko szare.

Zatrzymałam się, wyciągnęłam przed siebie ręce. Drżały, trzęsły się, nie mogłam nad nimi zapanować.

Nigdy wcześniej czegoś takiego nie doświadczyłam, ale znałam te objawy i wiedziałam, co oznaczają: atak paniki.

Osunąwszy się przy krzewie winorośli, zamknęłam oczy i poczułam łzy pod powiekami.

8

Gdy schodziliśmy krętą drogą do restauracji w miasteczku, w wieczornym powietrzu unosiło się delikatne cykanie świerszczy. Przed nami szła Lucy, gawędząc z Rowan, Jennifer i Alistairem, Russ niósł Odette na barana. Trzej chłopcy byli daleko w przodzie, Daniel szybko przebierał nogami, by nadążyć za dwoma tyczkowatymi nastolatkami. Wyglądał jak szczenię zabiegające o uwagę.

Po powrocie z winnicy poprawiłam makijaż i wychyliłam drugi kieliszek szampana dla ukojenia nerwów. Sean i ja zamykaliśmy naszą skromną gromadkę. Szedł obok mnie lekkim wężykiem.

– No więc jak, powiesz mi, co się stało? – zagaił. – Czy będę musiał zgadywać?

Wsadził ręce do kieszeni i podał mi zgięte w łokciu ramię. Z ociąganiem przełożyłam rękę.

– Nic się nie stało.

– Myślałem, że ucieszysz się z przyjazdu.

– Cieszę się – odparłam, unikając jego wzroku. – Za nami męczący dzień.

– Dobrze się czujesz? Nie zaszkodziła ci ta podejrzana kanapka w samolocie?

– Nic mi nie jest.

Chwilę się zastanawiał.

– Pytam serio, Kate: o co chodzi?

Poza tym, że podłożyłeś bombę pod nasze małżeństwo?

– O nic.

– Nie widziałem cię praktycznie przez całe popołudnie.

– Jestem trochę zmęczona, to wszystko.

– Pewnie przez ten upał. – Mówił swobodnym tonem, ale starannie dobierał słowa. – Gorąco jak w piecu hutniczym.

– Możliwe.

Przez moment rozważałam, czy nie zapytać go prosto z mostu, tu i teraz. I mieć to za sobą, tak jak zrywa się plaster jednym błyskawicznym szarpnięciem.

Kto to jest? Która z nich? Rowan, Jennifer czy Izzy?

Rozumiałam jednak, że jeszcze nie czas. Nie miałam żadnych dowodów – na razie. Wiadomości zostały już z pewnością usunięte.

Poczekaj, aż będziesz miała jakiś konkret. W przeciwnym razie zwyczajnie wszystkiemu zaprzeczy.

Sean uciekł się do innej taktyki, by zachęcić mnie do rozmowy.

– Cudowne miejsce na wakacje – rzucił.

– Doskonałe.

– Myślałaś kiedyś – zaczął tęsknym głosem – jak by to było co roku spędzać wakacje w takiej scenerii? Każdego lata? Fantastycznie, co?

– Sean, nie byłoby nas stać nawet na jednorazowy pobyt, a co dopiero mówić o corocznych wakacjach.

– Właśnie to mam na myśli. Nie czujesz się przez to... – urwał w pół zdania, gestykulując wolną ręką. – Och, sam nie wiem...

– Czy nie czuję się przez to jak?

– Że powinniśmy móc sobie na coś takiego pozwolić. Zapewniać dzieciom takie atrakcje, być w stanie szarpnąć się na fajne wakacje.

– Trochę tak.

– Wiesz, kiedy pływałem w basenie, podziwiałem willę, patrzyłem na taras, na winnicę i pomyślałem sobie: Jezu, już czterdziestka na karku, a gdyby nie Rowan, nigdy w życiu nie mógłbym wynająć na wakacje takiej posiadłości. – Jego irlandzki akcent zawsze po alkoholu przybierał na sile i teraz objawiał się w pełnej krasie. – Czy już zawsze to będzie poza moim zasięgiem? Na świecie jest milion miejsc, które chciałbym zobaczyć, a czuję, jakbym nawet nie zaczął. A przecież zaczynam powoli mieć z górki. Co ja, do cholery, wyprawiam z własnym życiem?

– Ile piw wypiłeś?

– Za mało – odrzekł z westchnieniem.

Przez chwilę szliśmy w milczeniu.

– Miło, że mogliśmy tu przyjechać chociaż ten jeden raz – powiedziałam cicho.

– Oczywiście, jasne. Zmierzam do tego, jak bardzo jest to dla nas na co dzień niedostępne. Czuję się trochę jak nieudacznik.

– Nie jesteś nieudacznikiem.

– Człowiekiem sukcesu też nie. Menedżer do spraw bezpieczeństwa sieciowego w firmie IT średniej wielkości. – W jego głosie pobrzmiewał sarkazm. – Marzenie każdego młodego chłopaka, co? Ni hu, hu.

– Chronisz ludzi oraz to, co dla nich ważne.

– Chronię dane. To niezupełnie to samo.

– Owszem, ale mówi się, że życie jest podróżą, prawda? A nie jej celem.

– Chryste! – Roześmiał się. – Też musisz mieć w czubie, skoro cytujesz tekst Aerosmith.

– To akurat Ralph Waldo Emerson. Tak czy owak, wiesz, co mam na myśli.

– Czuję się tak, jakbym spędził całe trzydzieści lat na… Sam nie wiem, na czym… – Uniósł ręce. – Nie mam pojęcia, co robiłem. Ten czas minął bezpowrotnie, a za parę lat Lucy wyfrunie nam z domu na studia. Mimo że…

– Myślisz, że z nią wszystko w porządku?

– Z kim?

– Z Lucy.

Zawahał się. Poczułam, jak jego ramię lekko się napina.

– Pewnie. Dlaczego pytasz?

Przystanęłam, a następnie ruszyłam wolniejszym krokiem, żeby zwiększyć dystans między nami a resztą towarzystwa.

– Ostatnio wydaje się… nie być sobą. Jest jakaś przygaszona, a zarazem bardziej opryskliwa.

– Skarbie, chyba nie może być jednocześnie przygaszona i bardziej pyskata.

– Wiesz, o czym mówię. Częściej sprawia wrażenie nieobecnej, nie wypuszcza z rąk telefonu.

– Zawsze siedziała non stop z komórką. Oni już tak mają, pokolenie Z, czy jak tam ich zwą.

– Przypuszczam, że stresuje się egzaminem końcowym.

Zamilkł na chwilę, najwyraźniej biorąc tę opcję pod uwagę.

– Bardzo możliwe.

– Mimo doskonałych przewidywanych ocen ze wszystkich przedmiotów?

– Zawsze była nerwowa. Zresztą wiesz, jak to bywa z nastolatkami. – Nagle pokręcił głową i podjął wątek z naszej wcześniejszej rozmowy. – Jezu, mam wrażenie, że dosłownie przed chwilą wiozłem ją ze szpitala do domu w dziecięcym foteliku i po raz pierwszy zmieniałem jej pieluszkę. A teraz dobiegam czterdziestki, łysieję i zadaję sobie pytanie: jak to się, do cholery stało?

– Nie przeszkadzają mi twoje włosy, Sean.

– Codziennie, kiedy patrzę w lustro, coraz bardziej odsuwają się od czoła. Wiesz, któregoś dnia przechodziłem obok sklepu w mieście i zauważyłem w witrynie odbicie jakiegoś starego dziada. Pomyślałem: „Kim jest ten stary dureń? Zdecydowanie za bardzo się stara". A potem zdałem sobie sprawę, że to ja. Chryste Panie...

– Co próbujesz powiedzieć?

– Chyba... sam nie wiem. Za dużo piwa i tyle. Za to Rowan radzi sobie znakomicie, nie uważasz?

Uwolniłam ramię i poczułam skurcz żołądka.

– Tak, to prawda – odparłam cicho. – Doskonale.

Przyszła mi do głowy nowa myśl. *Może mówiąc w ten sposób o Rowan, próbuje złagodzić cios. Jest podpity i się przede mną usprawiedliwia. Nie stać go na większą szczerość. Przygotowuje grunt, stara się trochę mnie znieczulić na ból, który mnie czeka.*

Czy to ona? Czy Sean woli ją ode mnie? Czy zaprosiła nas tu po to, żeby mu zaimponować tą luksusową willą na południu Francji?

Potarłam oczy. Tak to teraz wyglądało, to znaczy od kiedy zobaczyłam te wiadomości na telefonie. Codzienna niepewność, rozmaite drobnostki, które od czasu do czasu nękają każdego z nas, przybrały monstrualną formę. Rozmiary wystarczająco duże, by rzucać cień na wszystko, na każdą myśl, każdą uwagę, każdą minutę. Bez przerwy. Nieustannie obecne, szeptały mi do ucha, zmuszając do rozkładania wszystkiego na czynniki pierwsze, do analizowania każdego jego czynu, gestu, tych teraźniejszych i tych z przeszłości.

Po tej pierwszej myśli błyskawicznie dopadła mnie kolejna.

A może to wszystko moja wina? Może zrobił to przeze mnie. Może sama go do tego pchnęłam. Bo nie byłam wystarczająco troskliwa, kochająca, miał ze mną za mało seksu. Może powinnam była zrobić więcej, bardziej się starać. Albo nie jestem dość szczupła, interesująca, mądra, nie mam na tyle bogatego wnętrza, by utrzymać jego zainteresowanie na dłużej.

Czego jeszcze mi brakowało?

Może…

Przestań. Natychmiast. Rozczulanie się nad sobą tylko szkodzi. Nic dobrego z tego nie wyniknie.

Prawda była taka, że żyłam w wygodnej bańce małżeńskiego samozadowolenia, która nagle pękła, roztrzaskała się w drobny mak. Zamiast czuć się pewnie i bezpiecznie, znalazłam się w zupełnie nowej sytuacji – i nie miałam absolutnie żadnego pojęcia, na czym stoję. Po raz setny plułam sobie w brodę, że po południu unikałam szczerej rozmowy, że stchórzyłam, zamiast zapytać go bez ogródek zaraz po przeczytaniu tych wiadomości. Dopiero teraz w pełni przekonałam się o prawdziwości starego powiedzenia: niekompletna wiedza bywa niebezpieczna.

Pewnie szampan zrobił swoje, w każdym razie gdy szłam obok Seana, rozmawiając z nim tak jak zawsze, czując dotyk jego skóry, przypomniałam sobie o tym, co razem przeżyliśmy. O wszystkich dobrych rzeczach, których doświadczyliśmy, teraz i w przeszłości.

O wszystkim, co byśmy utracili.

Wiedziałam, że sytuacja jest zła, ale przecież Sean nadal jest moim mężem. I chyba wciąż warto o niego walczyć.

9

Nad placem w Autignac rozwieszono sznury lampek, które krzyżowały się nad naszymi głowami, rzucając ciepły blask na długie cienie nadchodzącego zmierzchu. Z jednej strony placyk był zamknięty przez kościół z odrestaurowaną romańską wieżą, wznoszącą się na tle ciemniejącego nieba, z drugiej jego granice wyznaczały małe *boulangerie*, *boucherie* i *charcuterie*, teraz ciemne, z zamkniętymi okiennicami. Na parapecie okna pierwszego piętra siedział chudy pręgowany kot, który spoglądał na nas świecącymi złocistymi oczami.

Restauracja była rozświetlona i gwarna. Siedzieliśmy przy jednym z kilkunastu drewnianych stołów rozstawionych na placyku głównie dla gości odpoczywających w willach oraz apartamentach turystycznych w miasteczku i okolicach. Dochodziła ósma, ale powietrze nadal było ciepłe, gęste od zapachów steków wołowych i pieczonej kaczki, zawiesistych sosów i lokalnego czerwonego wina. Nasz stół był zastawiony świecami, kieliszkami, opróżnionymi do połowy butelkami.

Sączyłam wino i starałam się nie myśleć o Seanie i wiadomościach, o kryjących się za nimi faktach. Na próżno. Cały wieczór upłynął mi na obserwacji – w najdrobniejszych szczegółach śledziłam każdą rozmowę, każde spojrzenie, każde zawieszenie głosu. Zatrzymywałam każdą chwilę, analizowałam ją pod każdym kątem, próbując – tak jak perłę z muszli małża – wyłuskać z niej prawdę.

Jak choćby teraz.

Sean gawędził przyjaźnie z Rowan o jej biznesie, szczerze zainteresowany, uśmiechnięty, zaangażowany w rozmowę, niemal przez cały czas utrzymywał z nią kontakt wzrokowy. Umiał przypodobać się ludziom, od zawsze. W każdej sytuacji wiedział, co powiedzieć, by zjednać sobie innych, szukał w nich dobrych stron. Czy od tego zaczął się jego romans? Czy któraś z moich przyjaciółek zaczęła do niego uderzać tak mocno, że po prostu nie był w stanie jej odmówić? Sprawić jej przykrości?

Może położyłam właśnie podwaliny pod teorię tego, co się dzieje.

Sean wyprzedził mnie już o jeden kieliszek, a w dodatku wcześniej, przed wyjściem z domu, pił piwo. Russ dolewał wszystkim czerwonego wina za każdym razem, gdy napełniał własny kieliszek – a czynił to dość często. Dostałam już na policzkach pąsowych plam od alkoholu. Nie potrafiłam się rozeznać, czy mężowi Rowan nie przypadło do gustu nasze towarzystwo, czy nadmiernie gustuje w trunkach. Pewnie po trosze jedno i drugie. Jego krzesło stało teraz puste, on sam zaś pod rzeźbionym kamiennym portykiem kościoła z lubością zaciągał się papierosem.

Odette ubrana w jasnożółtą sukienkę nieustannie biegała wokół długiego drewnianego stołu, przeganiając koty, które od czasu do czasu wynurzały się z cienia, by chapsnąć smaczne kąski upuszczone na ziemię przez gości restauracji. O mało nie zderzyła się z kelnerem, po czym z bezczelnym uśmiechem dała susa pomiędzy stoły.

– Odette – upomniała ją Rowan po raz trzeci lub czwarty – proszę usiąść, za chwilę przyniosą jedzenie.

Dziewczynka pokręciła głową, jej długie rude kitki zatańczyły wokół twarzy. Odbiegła ponownie, chichocząc i lawirując między stołami współbiesiadników.

Daniel czytał *Harry'ego Pottera*, milcząca Lucy siedziała niedbale na krześle, zajęta swoim telefonem.

Synowie Jennifer także nie odrywali wzroku od swoich komórek. Nigdy nie byli do siebie specjalnie podobni, a różnice zdawały się jeszcze pogłębiać w miarę dorastania. Starszy Jake był kopią matki: jasne włosy, szaroniebieskie oczy, piękne długie rzęsy i usta z wydatnym łukiem Kupidyna. Wysoki, szczupły, długonogi jak ona. Wyrośnie na pożeracza niewieścich serc. Z kolei młodszy Ethan odziedziczył wygląd po ojcu: ciemne włosy, oliwkowa cera, oczy o tak głębokim odcieniu brązu, że wydawały się niemal czarne. Miał dopiero piętnaście lat, a już widać było krępą budowę ciała, szerokie barki i talię, mocno owłosione nogi.

Ludzie czasem zauważali, że chłopcy nie wyglądają jak bracia.

„Dla mnie wyglądają", odpowiadała niezmiennie Jennifer z uśmiechem pełnym uwielbienia dla synów.

Russ wrócił do stołu, gdy podano kolację: parujące talerze rozpływającego się w ustach kurczaka w sosie grzybowym, antrykot z camembertem, eskalopki z indyka, smażone ziemniaki, sałatki z makaronu oraz góry frytek, a do tego dwie kolejne butelki La Grande Cigale Blanc.

Odette wreszcie przybiegła i usiadła, z obrzydzeniem wykrzywiając buzię.

– Tego nie lubię – oznajmiła, pokazując palcem swój talerz.

– Ani tego.

Rowan pochyliła się i zaczęła kroić dla niej mięso na kawałki.

– Ależ lubisz, skarbie, to kurczak, taki jak w domu.

– Dziwnie pachnie. – Dziewczynka wskazała miskę Rowan z nałożoną sałatką makaronową. – Chcę twoje, mamo.

– Masz swoje danie, skarbie. Spójrz, to kurczak, widzisz? Zawsze jesz kurczaka.

– Chcę t w o j e. – Wysoki głos Odette stał się nagle ostry i piskliwy, przebijał się przez gwar rozmów. – Nie będę jadła kurczaka.

– Moje nie będzie ci smakowało, Odette. Jest z czosnkiem.

– Ten kurczak śmierdzi. – Dziewczynka odsunęła krzesło i wstała, cofając się od stołu.

– Proszę usiąść – powiedziała spokojnie Rowan.

– Nie!

Obserwując rozwój sytuacji, zdałam sobie sprawę, że wszyscy inni robią to samo: przyglądają się tej próbie sił, udając przy tym, że wcale tak nie jest. Wyciągają szyje i gapią się na tę rodzinną scenę jak kierowcy na karambol na autostradzie.

Odette odrzuciła do tyłu głowę i zaczęła się oddalać.

Rowan przemówiła do niej opanowanym głosem:

– Odette, kochanie, jeśli zjesz trochę kurczaka, dostaniesz potem deser.

– Nie chcę deseru.

– A co powiesz na trochę frytek zamiast...

Ross z poczerwieniałą od gniewu twarzą gwałtownie poruszył się na krześle.

– ODETTE! WRACAJ TU NATYCHMIAST I SIADAJ! – ryknął głębokim głosem, odbijającym się od kamiennych murów. – JUŻ!

Na placyku zapadła cisza, ponieważ wszyscy pozostali goście restauracji odwrócili się w naszą stronę – kilkanaście rozmów przerwanych w połowie zdania, zastygłe w powietrzu widelce, wino rozlane w połowie do kieliszków, spojrzenia przesuwane z małej dziewczynki na wysokiego mężczyznę. Wszyscy klienci oraz wszyscy kelnerzy gapili się na tę patową sytuację.

Przez chwilę jedynym odgłosem było stłumione pobrzękiwanie zastawy stołowej dobiegające gdzieś z wnętrza restauracji.

Russ siedział obok mnie. Czułam, jak jego gniew elektryzuje powietrze. Nie wiedziałam, gdzie podziać oczy. Nie byłam w stanie spojrzeć na Rowan. Dostrzegłam wzrok siedzącej naprzeciwko Jennifer i ujrzałam na jej twarzy odzwierciedlenie własnych uczuć.

Odette powoli wróciła do stołu i z obrażoną miną opadła na krzesło.

Rowan wycisnęła keczup na brzeg talerza córki.

– Dziękuję, Russ – odezwała się cichym głosem, z którego sączył się sarkazm. – Ale nie wydaje mi się, żeby to było absolutnie konieczne.

Russ nie zwrócił na nią uwagi, przysunął krzesło dziewczynki tak blisko stołu, że bliżej się nie dało.

– A teraz jedz – nakazał zimnym, surowym tonem.

Powoli odżywał szmer rozmów, ludzie powracali do jedzenia.

Odette wzięła jedną frytkę, starannie zanurzyła ją w keczupie i zaczęła gryźć malutkimi kęsami. Po jej twarzy spływała łza.

10

Przy naszym stole zapadło niezręczne milczenie, przerywane jedynie pobrzękiwaniem i stukaniem sztućców o talerze, pociąganiem nosa przez Odette i krzątaniną kelnerów. Russ wziął do rąk nóż i widelec i zaczął z furią piłować swój stek. My, nadal się nie odzywając, powróciliśmy do posiłku. Atmosfera była tak gęsta, że można by zawiesić w niej siekierę, ale nikt nie chciał się wychylać i przerwać impasu jako pierwszy.

Wreszcie Alistair i Jennifer przemówili jednocześnie:

– Hej, chłopcy...

– Czy...

Jennifer uśmiechnęła się zakłopotana i dała mężowi znak, by kontynuował.

– Ej, chłopaki – zwrócił się do synów, pochylając się nad eskalopkiem z indyka. – Wiecie, że siedzimy na placu 14 Lipca?

– Nie – odparł Jake, nie podnosząc głowy znad talerza.

– Plac nazwano tak dla upamiętnienia wydarzeń 14 lipca. To ważny dzień dla Francji. Wiecie dlaczego?

– Nie.

– A zgadniecie?

Jake staranie unikał kontaktu wzrokowego z ojcem, opychając się frytkami.

– Nie.

– To Dzień Bastylii – wyjaśnił Alistair, podnosząc ręce. – Rewolucja francuska.

– Dzień Bazylii? – rzucił Jake, szczerząc zęby w uśmiechu.

Ethan parsknął z ustami pełnymi jedzenia.

– Jake! – zareagowała ostro Jennifer. – Pamiętasz, co mówiłam na temat takich wygłupów.

– Tato zaczął.

– Dzień Bastylii – powtórzył Alistair. – Szturmu rewolucjonistów na największą twierdzę w Paryżu. To było wielkie zwycięstwo…

Jake ziewnął ostentacyjnie i powrócił do pałaszowania.

– Ludu – dokończył Alistair.

Jennifer przejęła pałeczkę i rozmowa zeszła na temat pary, którą znałam trochę z komitetu rodzicielskiego – Laury i Davida jakichś tam. W ostatnim tygodniu semestru wpadli w samo oko plotkarskiego cyklonu.

– Jechał pięćdziesiąt osiem na godzinę w strefie do pięćdziesięciu i złapała go kamera. W sumie nie zrobił niczego niebezpiecznego. Ale miał na koncie dziewięć punktów karnych i już raz przeszedł kurs doszkalający, więc tym razem odebrano by mu prawo jazdy. Szkopuł w tym, że jest dyrektorem handlowym w dużym koncernie spożywczym i codziennie dojeżdża do pracy.

– Poprosił żonę, żeby wzięła jego punkty na siebie? – zapytała Rowan. – Zeznała, że to ona prowadziła, a nie on?

– Tak przynajmniej słyszałam. Zgodziła się, ale później wyszło na jaw, że tamtego dnia była w Brighton – wynikało tak z postu wrzuconego na Facebooka – no i dowiedziała się o tym policja. Wyszła z tego niezła chryja.

– Masakra – skomentowała Rowan. – I to ona zebrała cięgi?

– Oboje. On i tak stracił prawo jazdy, natomiast ona ma kłopoty, bo okłamała policję. Teraz obwiniają siebie nawzajem.

– Masakra – powtórzyła Rowan.

– Prawda? Podobno są w separacji. On wyprowadził się z domu.

– Prawdopodobnie była to kropla, która przepełniła czarę goryczy – skonstatował Alistair. – W ich małżeństwie musiały istnieć jakieś inne... niesnaski, problemy, o których nie wiemy.

– Krążą plotki – ciągnęła Jennifer, pochylając się do przodu – że dyskutują teraz o adwokatach, rozwodzie, opiece nad dziećmi, i tak dalej.

O adwokatach, rozwodzie, opiece nad dziećmi. Każde słowo bolało jak policzek. A nawiasem mówiąc, co Jennifer wie na ten temat? Jakim prawem plotkuje o ludziach, których ledwo zna? Dlaczego wtyka nos w cudze małżeństwo? Zdołałam zachować milczenie, choć kosztowało mnie to sporo wysiłku.

Rowan kręciła głową z wyrazem szczerego ubolewania.

– I to wszystko przez głupi mandat za przekroczenie prędkości. Jakie to niesprawiedliwe. Biedne te ich dzieci.

– No właśnie. Ona tylko próbowała pomóc mężowi wybrnąć z trudnej sytuacji. Zrobiłabym to samo.

– Ja też – przyznała Rowan. Spojrzała na Seana i Alistaira. – A wy, chłopcy?

– Być może – odparł Alistair, wykonując przy tym teatralny gest.

– Pewnie tak. – Sean dolał sobie wina.

Jennifer przeniosła wzrok na mnie.

– A ty co uważasz, Kate?

– Ja?

– O tej aferze z Laurą i Davidem.

Wzruszyłam ramionami.

– Doszły mnie jakieś słuchy. Nie miałam pojęcia, że są w separacji.

– Ale jak byś postąpiła? Twoim zdaniem zrobiła słusznie, biorąc jego punkty na siebie?

– Czy słusznie? – Pokręciłam głową. – Oczywiście, że nie.

– Mimo że chciała go chronić, pomóc mu zachować stanowisko? Nie sądzisz, że starała się znaleźć najlepsze wyjście dla całej rodziny?

– To nie znaczy, że decyzja była słuszna. Laura złamała prawo, złożyła fałszywe zeznania.

– Ale w dobrej wierze.

– Jen, zrobiła dobrze albo źle. Nie ma tu trzeciej opcji.

Poczułam, że zaczynam się nakręcać, tlący się we mnie gniew z powodu zdrady Seana groził wybuchem.

Nie teraz, nie tutaj! Muszę zachować spokój. Zrobić to, co czasem delikatnie sugerował Sean: machnąć ręką, odpuścić, odrobinę się nagiąć, uśmiechnąć, pokręcić głową i iść dalej. Czasami sobie ze mnie żartował, pytając: „Co tam widać z twojego wysokiego konia, Kate?". W świetle dowodu na jego romans, który właśnie odkryłam, ta ironia wydawała się szczególnie ponura.

– Prawda – wymamrotał Sean nad kieliszkiem wina – cała prawda i tylko prawda.

Znów zapadła niezręczna cisza.

Jennifer chwyciła widelec i głośno zadzwoniła nim o kieliszek.

– Wznieśmy toast! – zaproponowała wesoło, napełniając kieliszki kolejną porcją okrągłego czerwonego wina z lokalnej winnicy. – To nasz pierwszy wakacyjny wieczór.

Przy ogólnym szmerze aprobaty wszyscy złapali za kieliszki. Ja też, siląc się na uśmiech.

– Za Rowan – powiedziała Jennifer. – Za to, że umożliwiła nam wszystkim pobyt w tak cudownym miejscu. Za to, że nas tu ściągnęła.

Dorośli stuknęli się kieliszkami i wypili toast.

– Rowan – rzekła z ożywieniem Jennifer – słyszałam, że twojej firmie kroją się wielkie sprawy?

– Trzymam kciuki – odparła Rowan.

– A więc to się już dzieje? Machina ruszyła?

Rowan wolno pokiwała głową, uśmiechając się jak dumny rodzic.

– Na razie wszystkie znaki są obiecujące.

Jej firma specjalizowała się w etycznym PR – absolutna transparentność, przestrzeganie najwyższych standardów etycznych, zarówno w działaniu własnym, jak i firm, które obsługiwała. Wyróżniało ją to wśród konkurencji i przez ostatnie dziesięć lat pozwoliło zdobyć imponującą listę klientów – głównie z branży technologicznej oraz mediów społecznościowych – którym bardzo zależało na uniknięciu stygmatu firmy naruszającej prywatność i rozpowszechniającej fake newsy, co boleśnie dotknęło Facebook i innych. Wyróżniało na tyle, że przyciągnęła uwagę globalnego lidera w dziedzinie etyki, firmy z centralą w Stanach Zjednoczonych, która złożyła jej propozycję wykupu. Jako założycielka i dyrektor generalny Rowan stałaby się po tej transakcji szalenie zamożną osobą.

– Mam nadzieję, że ostateczne decyzje zapadną w najbliższym miesiącu – dodała.

Russ wrócił do stołu po kolejnej przerwie na papierosa. Choć nie miał niedopałka w ręku, ciągnął się za nim smród zastałego dymu. Russ usiadł na swoim miejscu obok mnie, naprzeciwko żony, z racji swego wzrostu składając się na wiklinowym krześle jak scyzoryk.

– O ile zdołasz ich przekonać, że jesteś czysta jak łza, prawda, kochanie?

Odezwał się w zasadzie po raz pierwszy od swojego wybuchu złości wobec Odette. Głos miał donośny, z nutą sztucznej jowialności, której nie sposób było przeoczyć. Obserwowałam, jak Rowan przenosi wzrok na męża, z wyrazem twarzy, którego nie umiałam rozszyfrować, i lekko mruży oczy. Jakby poruszali już ten temat nie raz.

– Sprawdzili wszystko z należytą starannością – odparła. – Obejrzeli z każdej strony.

Russ wychylił jednym haustem pół kieliszka wina.

– Czysta jak łza – powtórzył.

– Po tej transakcji zostaniesz milionerką? – zapytała Jennifer. – To wprost niesamowite! Mogłabyś w wieku czterdziestu lat przejść na emeryturę. Czy to nie fantastyczne?

Rowan znów się uśmiechnęła.

– Rzecz wymaga jeszcze dopracowania, pozostała cała masa szczegółów prawnych po jednej i drugiej stronie. Tak czy owak, chcą, żebym zasiadała w zarządzie. Powiedzieli, że podziwiają mój „instynkt zabijania” – dodała, z szerokim uśmiechem kreśląc w powietrzu znak cudzysłowu.

Kiedy wracaliśmy, znów zaległo milczenie.

Przy drodze nie było latarni ulicznych, tylko jasne światło letniego księżyca wskazywało nam ścieżkę do willi. Rowan ostentacyjnie ignorowała podejmowane przez Russa próby rozmowy, maszerowała zamaszystym krokiem, trzymając za rękę Odette, która podskakiwała u jej boku. Jennifer wzięła męża pod ramię i z lekkim zażenowaniem zerkała na Russa, który wężykiem wspinał się na wzgórze. Lucy była naburmuszona, umykała przed moim spojrzeniem. Skrzyżowawszy ramiona, nieco chwiejnie szła obok dwóch nastolatków.

Daniel przysypiał na plecach Seana, przywarłszy policzkiem do ojcowskiego ramienia. Sean kilka razy próbował zwrócić na siebie moją uwagę, z uśmiechem wskazując ruchem głowy naszego drzemiącego syna.

Ja jednak patrzyłam prosto przed siebie na drogę.

11

Nie mogłam spać.

Mniej więcej godzinę temu ciche pochrapywanie Seana nabrało powolnego rytmu głębokiego snu. Wszędzie miał tę irytującą umiejętność zapadania w sen, gdy tylko przyłożył głowę do poduszki. Cichy szum klimatyzatora nie przeszkadzał mu w tym ani trochę. Ale to wcale nie ten ledwo słyszalny odgłos cyrkulacji schłodzonego powietrza nie pozwalał mi zasnąć.

Za każdym razem, kiedy zamykałam oczy, robiło mi się słabo. Wpatrywałam się więc w ciemność, czując na skórze chłód świeżo wyprasowanej bawełnianej pościeli, a w mojej głowie kręciła się karuzela możliwości. W kółko. Bez końca. Z każdym okrążeniem moje niedoskonałości stawały się coraz bardziej wyraziste. Niedoskonałości kobiety, żony, matki. Jak to możliwe, że wcześniej tego nie dostrzegałam? Teraz zdawało się to absolutnie oczywiste.

Moje przyjaciółki.

Rowan, która od zawsze była ode mnie mądrzejsza.

Jennifer, ładniejsza ode mnie, też od zawsze.

Izzy – zabawniejsza, która potrafiła rozśmieszyć Seana za każdym razem.

Jak mogłam z nimi konkurować? Co było moją mocną stroną? Co swoją osobą wnosiłam? Gdzie w porównaniu z nimi było moje miejsce? Pewnie gdzieś pośrodku. Gdzieś w tle.

Karuzela nie zwalniała.

Moje przyjaciółki.

Rowan. U progu wielkiego majątku, pozwalającego jej prowadzić takie życie, za jakim Sean zawsze tęsknił i jakiego nigdy nie zaznał.

Jennifer. Sympatia ze studiów, jego pierwsza miłość. To z nią, jak mi powiedział: a) w chwili pijackiej szczerości lub b) w przypływie chybionego poczucia humoru, uprawiał najlepszy seks w życiu.

Izzy. Koleżanka Seana z najodleglejszych czasów. Nieoczekiwanie znów pojawiła się w naszym życiu, najwyraźniej z zamiarem ustatkowania się. Kim dla niego była? Wolna, bez zobowiązań, bez dzieci, bez krępujących więzów. Z szansą na drugą młodość, na nowy początek.

Rowan. Jennifer. Izzy. Byłyśmy ze sobą związane od lat. Martwiłam się, że się od siebie oddalamy, ponieważ życie pchnęło nas na różne ścieżki, a w rezultacie było wprost przeciwnie – przynajmniej w wypadku jednej z nich. Jedna z nich zbliżyła się do mojej rodziny bardziej, niżbym sobie tego życzyła.

Tylko która? Która podjęła tę wyrafinowaną grę? Im dłużej o tym rozmyślałam, tym dalej uciekał sen. O pierwszej w nocy wreszcie się poddałam.

Narzuciwszy na siebie cienki letni szlafrok, cichutko wymknęłam się z sypialni. Marmurowa posadzka przyjemnie chłodziła bose stopy. Najpierw zajrzałam do pokoju syna. Niemal bezszelestnie otworzyłam drzwi i zaczekałam, aż wzrok przywyknie do ciemności. Daniel wyłączył klimatyzację, upierając się, że szum nawiewu nie pozwoli mu zasnąć. Często źle sypiał w nowym miejscu przez kilka pierwszych nocy – z dala od własnego łóżka, własnej poduszki, własnych rzeczy – ale tym razem spał jak suseł, zawinięty w prześcieradło. Podeszłam bliżej, pochyliłam się na tyle blisko, by widzieć w ciemności falowanie klatki piersiowej. Wstrzymałam oddech i stałam bez ruchu, wytężając słuch, póki nie zarejestrowałam wolnego, miarowego oddechu. Wdech i wydech, wdech i wydech.

Nabrałam tego zwyczaju, kiedy Lucy była mała. Stawałam nad koszem, w którym leżała, w samym środku zarwanej nocy, nie mogąc zmrużyć oka, póki nie upewniłam się, że z maleństwem wszystko w porządku. Nasłuchiwałam w milczeniu, półprzytomna ze zmęczenia, dopóki nie miałam pewności, że oddycha. I oto szesnaście lat później robię to samo z jej bratem. Wsłuchuję się w oddech. Sprawdzam, choć wiem, że to niezupełnie racjonalne. Danielowi nic nie dolega – czuł się dobrze, kiedy kładł się do łóżka, i wstanie rano w równie dobrej formie.

Niemniej trudno zerwać z tym przyzwyczajeniem.

Pomimo upału był w piżamie. Opuszkami palców dotknęłam jego czoła. Uspokojona, że nie jest mu za gorąco, cicho zamknęłam drzwi i poszłam do pokoju jego siostry po drugiej stronie korytarza.

Lucy nie spała, jej twarz oświetlał ekran telefonu. Otworzyłam drzwi nieco szerzej.

– Lucy – szepnęłam – jest pierwsza. Powinnaś to wyłączyć i starać się zasnąć.

– Jeszcze nie.

Weszłam dalej i zauważyłam łzy na jej policzkach, połyskujące w zimnym blasku iPhone'a.

– Co się stało, Luce?

Przewróciła się na drugi bok, plecami do mnie, nie wypuszczając z rąk telefonu.

Przycupnęłam na krawędzi łóżka i położyłam dłoń na jej ramieniu. Miała rozpaloną skórę pomimo chłodnego nawiewu z klimatyzacji. Zanotowałam sobie w pamięci, żeby jutro sprawdzić, czy nakłada wystarczająco grubą warstwę kremu z filtrem.

– Luce, o co chodzi?

– O nic, mamo. Wszystko dobrze.

– Jakoś na to nie wygląda. Coś cię trapi? Chłopcy powiedzieli coś głupiego?

– Nie.

– Wiesz, że możesz rozmawiać ze mną o wszystkim, prawda?

Kiwnęła głową i pociągnęła nosem, ocierając łzy wewnętrzną stroną dłoni.

– Wiem, mamo.

– Absolutnie o wszystkim. Bez względu na to, co to jest.

Odwróciła się nieco w moją stronę, ale nie chciała spojrzeć mi w oczy.

– Nawet jeśli to coś... złego?

– Zwłaszcza wtedy.

– I okropnego?

Podałam jej chusteczkę z pudełka na nocnym stoliku. Nie wiedziałam o niej wielu rzeczy – i wydawało mi się, że z każdym dniem ich przybywa.

– Mogę ci pomóc, Lucy. W każdej sprawie.

Osuszyła oczy chusteczką. Czekałam, milczenie się przedłużało.

– Czasem siebie nienawidzę – powiedziała cicho.

Poczułam ból w piersi. Jakby czyjeś palce zaciskały się na moim sercu.

– Dlaczego?

– Bo jestem... nic niewarta. Wstrętny ze mnie człowiek.

– Co ty wygadujesz, Lucy? Co się stało?

– Nieważne. Teraz i tak już za późno.

– Na co za późno? – zapytałam łagodnie. – Chodzi o chłopaka?

Nie odpowiedziała.

– O którąś z przyjaciółek? Jest dla ciebie złośliwa?

Nie przestawała mnie zadziwiać zdolność nastoletnich dziewczyn do sprawiania sobie przykrości. Dziewczyn, które niby się przyjaźnią, a mimo to znajdują jakąś niewytłumaczalną przyjemność w zadawaniu sobie nawzajem bólu. Czy i ja taka byłam? Czy w dojrzałym życiu też nosimy w sobie tę umiejętność robienia na złość, wbijania szpil i ranienia najbliższych nam osób, skrywając ją pod wątłymi pozorami dorosłej ogłady?

Lucy leciutko pokręciła głową, a w jej oczach zebrały się świeże łzy.

– Znowu ta Poppy Monroe? – zapytałam. „Przeklęta Poppy Monroe", jak nazywaliśmy ją z Seanem. Brała udział w każdej kłótni, awanturze i sprzeczce, jakie dzień w dzień mąciły przyjaźń ich koleżeńskiej grupy. – Z czym wyskoczyła tym razem?

Lucy bez słowa usiadła nagle na łóżku i padła mi w ramiona, przytulając się z całych sił, tak jak wtedy, gdy była małą dziewczynką. Uwielbiała się przytulać, szczególnie kiedy coś wytrąciło ją z równowagi. Ale teraz, w wieku szesnastu lat, była tak zblazowana i mało przystępna, że ten jej gest mnie zaskoczył. Nie odważyłaby się zrobić tego na oczach przyjaciółek ani publicznie. Kilka lat temu – nie pamiętam dokładnie kiedy – zaczęła się mnie wstydzić, nasza dawna bliskość słabła, w miarę jak Lucy rosła i pięniała z każdym dniem. Czasem kiedy na mnie patrzyła, wydawało mi się, że dostrzegam w jej oczach jawną pogardę.

Ale nie teraz, nie w tym momencie. Ten uścisk był szczery. To była moja prawdziwa Lucy.

Siedziałyśmy tak przez chwilę, ja z wezbranym sercem głaskałam ją po głowie i próbowałam utulić, czułam na ramieniu jej gorące łzy. Strofowałam się w duchu: byłam tak zajęta użalaniem się nad sobą i zaabsorbowana rewelacjami dotyczącymi mojego małżeństwa, że nie wyłapałam wcześniej wysyłanych przez córkę sygnałów. Myślałam, że Lucy coś jeszcze powie, zdradzi, co ją gryzie, lecz ona tylko tuliła się do mnie w milczeniu. Powie, kiedy będzie gotowa. Wymuszanie zwierzeń poskutkowałoby jeszcze większym zasklepieniem się w sobie. Znałam ją wystarczająco dobrze, by to wiedzieć.

Cicho, niemal szeptem wyznała:

– To Alex...

Alex?

Do ich grupki przyjaciółek należała dziewczyna o imieniu Alex, która jednego dnia była najlepszą, nieodłączną przyjaciółką Lucy, z rodzaju tych, z którymi można konie kraść, a później ni z tego, ni z owego przez cały tydzień traktowała ją jak powietrze. Czyżby znowu się poróżniły? Lucy nic o tym nie wspominała, ale nie byłby to pierwszy raz.

– Co? Znów odsunęła cię na boczny tor?

– Nie. – Oparła policzek na moim ramieniu. – Nie o to chodzi.

– Kochanie, bądź ponad to. Nie daj się w to wciągnąć.

– Mmm...

Zanim zdążyłam zadać kolejne pytanie, położyła się, wyłączyła telefon i wepchnęła go pod poduszkę.

– Dobranoc, mamo.

Pocałowałam ją w czoło i wyszłam z sypialni. W ogromnym otwartym salonie na dole panowała upiorna cisza, którą zakłócał jedynie wszechobecny szum klimatyzatora. Księżyc w pełni rzucał długie cienie na wyłożoną płytkami podłogę. Jego blask tworzył nieziemską poświatę, lśnił na czarnym połyskującym lakierze fortepianu. Nalałam sobie w kuchni szklankę wody i miałam zamiar wrócić na górę, ale zatrzymałam się w pół kroku. Usłyszałam coś jeszcze: świerszcze w ogrodzie. Ktoś zostawił lekko rozsunięte drzwi na taras.

Wyszłam na zewnątrz, zwabiona zapachem drzewek oliwnych, pinii oraz żyznej czerwonej ziemi stygnącej w ciemności po skwarnym dniu. Cykanie świerszczy tworzyło ciche monotonne tło dla wszelkich innych dźwięków, atramentowe niebo rozpościerało się po horyzont niczym przepiękny rozgwieżdżony koc. Nie pamiętam, żebym widziała kiedyś w Anglii taką mnogość gwiazd.

Coś przyciągnęło mój wzrok. W gęstym mroku dostrzegłam jakiś ruch. Pomarańczowy błysk.

Nie byłam tu sama.

12

Wzdrygnęłam się, ponieważ coś wyleciało z ciemności, trzepocząc obok mojej głowy.

– Roi się dziś od nietoperzy – odezwał się głęboki głos.

Odwróciłam się w tamtą stronę. Żarzący się papieros przypominał świetlika.

– Wyleciały polować na owady – uzupełnił głos.

– Russ? – zapytałam, ciaśniej otulając się szlafrokiem.

– Dobry wieczór. – Głos mówił cicho i powoli. – Nie możesz spać?

– Przyszłam napić się wody.

Gdy moje oczy oswoiły się z ciemnością, na skraju tarasu zauważyłam męża Rowan półleżącego w wiklinowym fotelu, z szeroko rozstawionymi kolanami. Na stoliku obok stały butelka oraz kieliszek do brandy z odrobiną bursztynowego trunku.

– Może łyczek?

– Dziękuję, wystarczy mi woda.

Wziął do ręki butelkę.

– To pomoże ci zasnąć. Dwudziestoletni koniak, najlepszy środek nasenny, jaki można mieć za pieniądze.

– Naprawdę dziękuję.

– Działanie gwarantowane za każdym razem. – Napełnił swój kieliszek.

Kolejny nietoperz przefrunął mi nad głową – maleńka czarna sylwetka na tle ciemnego nieba. Z ramionami założonymi na piersi obejrzałam się za siebie. Okna willi były ciemne, wszyscy spali. Tylko nam dwojgu dokuczała bezsenność. Nie mogłam sobie przypomnieć, kiedy ostatnio przebywałam z Russem sam na sam, nie pamiętałam żadnej rozmowy poza niezręczną kilku-minutową wymianą zdań na barbecue albo na przyjęciu sylwe-strowym. Prawdę mówiąc, częściej widywałam w ich domu Inés, mieszkającą u nich nianię Odette, niż jego samego.

Miałam ochotę dać nogę i wrócić do łóżka, ale z drugiej stro-ny byłam zaintrygowana.

– Długo tu siedzisz? – zapytałam.

Wytrząsnął z paczki kolejnego papierosa i odpalił od po-przedniego, po czym wyrzucił niedopałek wprawnym pstryknię-ciem palca wskazującego i kciuka. Pomarańczowy żar zatoczył łuk w powietrzu, a po chwili wylądował chyba w basenie, bo słychać było syk.

– Nie dość długo jak dla mojej ukochanej żony.

Nie wiedziałam, jak zareagować. Może się kłócili, choć ni-czego nie słyszałam.

– Nie do wiary, że nawet o tej porze jest tak ciepło – rzekłam. – Zamkniesz później drzwi tarasowe? – Ruszyłam w stronę willi i byłam już prawie przy wejściu, gdy znów się odezwał.

– Pewnie uważasz, że zbyt surowo potraktowałem dzisiaj Odette, prawda? – zapytał bez ogródek.

Zatrzymałam się i odwróciłam do niego.

– Wiem, jak trudno bywa z małymi dziećmi.

– Cholerna niańka pozwala jej na wszystko. Żadnej dyscypli-ny. Nic. A mała jest uparta jak jej matka. Zawsze musi dopiąć swego, nigdy nie robi tego, co się do niej mówi.

– To taki etap, wszystkie dzieci przez to przechodzą.

Chrząknął i wypił kolejny łyk koniaku.

– Założę się, że masz mnie za jednego z tych facetów, co to nie mogą znieść, że ich żony zarabiają więcej od nich.

– Skądże – odparłam niezupełnie szczerze.

– Nie tak jak u ciebie i twojej drugiej połowy.

– Nie rozumiem…

– Jesteście idealną parą, prawda?

– Czy ja wiem…?

Wycelował we mnie długi palec.

– Tak mówi Rowan. „Dlaczego nie możesz być taki jak Sean?" To jej ulubiony tekst. A ja jej odpowiadam: „Znaczy jaki? Bardziej irlandzki?" – zaśmiał się niewesoło, ochryple.

– Naprawdę?

Nalał sobie następną porcję koniaku.

– Ależ tak, twój mąż jest najwyraźniej wzorem do naśladowania. – Wyciągnął butelkę w moją stronę. – Na pewno nie zmienisz zdania i się nie napijesz?

Koniak to ostatnia rzecz, na jaką miałam teraz ochotę, ale zależało mi, żeby mówił dalej.

Dlaczego nie możesz być taki jak Sean?

– Niech będzie. Ale odrobinę.

Wypiłam wodę jednym haustem i podałam mu pustą szklankę, odbierając ją po chwili z powrotem, z sowitą ilością bursztynowego trunku. Co najmniej potrójna miarka, pomyślałam. Przycupnęłam na poręczy sąsiedniego fotela, oboje wpatrywaliśmy się w mrok, w odległe wzgórza skąpane w srebrzystej księżycowej poświacie. Gdzieś niżej w wiosce zaszczekał pies, zaraz potem umilkł. Sączyłam koniak, ognisty napój palił gardło. Przypomniały mi się młodzieńcze imprezy, naloty na barek rodziców, krzywienie się przy łykaniu likierów i greckiej anyżówki oraz dawno zapomnianej wiśniowej brandy.

– A jak sądzisz, co ma na myśli, mówiąc, że chciałaby, żebyś bardziej przypominał Seana?

– Bóg jeden wie. Żebym był lepszy dla Odette. Lepszy w domu. Po prostu… lepszy.

Przez jedną szaloną chwilę zastanawiałam się, czy nie powiedzieć mu, co wiem. O tych wiadomościach. Czy nie podzielić się z kimś ciężarem, nie usłyszeć drugiej opinii. Bezstronnej opinii. Russ był tak pijany, że prawdopodobnie rano niczego by nie pamiętał, lecz mimo wszystko nie mogłam ryzykować. Muszę zachować tę tajemnicę dla siebie, przynajmniej na razie.

– Seanowi wiele brakuje do ideału – powiedziałam. – Zaręczam.

– No cóż, mam przeczucie, że i tak już za późno.

– Dlaczego tak uważasz?

Odchylił głowę na zagłówek fotela, ze znużeniem wpatrując się w gwiazdy i mrugając, pierś falowała mu w powolnym rytmie.

– Mam od niedawna… pewne podejrzenia.

– Podejrzenia?

Gdy odezwał się ponownie, z jego głosu zniknęła pyszałkowatość, twardość samca alfa. Brzmiał wyraźnie, miękko, był pozbawiony ostrości.

– Wydaje mi się, że Rowan ma romans – oznajmił Russ.

13

Zakręciło mi się w głowie, jak gdybym zbyt gwałtownie wstała.

– Romans?

– Uhm.

– Russ, nie zrobiłaby tego.

– Jesteś pewna?

A ty? Czy ty jesteś pewien?

– Tak.

Wymierzył we mnie palec, krzywo się uśmiechając.

– Zawahałaś się przed odpowiedzią. Zawahałaś się, zanim przytaknęłaś.

– Jestem półprzytomna.

– Zawahałaś się, Kate. Przyznaj.

Chęć podzielenia się z nim podobną sensacją, dorównania mu, ujawnienia niewierności Seana była tak silna, że niemal czułam, jak szarpie mnie z siłą odśrodkową, odciąga od męża.

Powiedz mu, co wiesz o Seanie.

Powiedz mu, co odkryłaś.

Powiedz.

Nabrałam powietrza i zamiast tego pospiesznie, zanim zdążyłabym zmienić zdanie, wyrzuciłam z siebie:

– Z kim? Jak myślisz, z kim Rowan się spotyka?

Proszę, tylko nie mów, że z Seanem, proszę, tylko nie z Seanem, tylko nie z nim.

Russ wzruszył ramionami.

– Mam wrażenie, że z kimś, kogo zna od dość dawna. Z nikim nowym.

– Skąd to przypuszczenie?

– Intuicja. Jesteś jej przyjaciółką, znacie się od… – odruchowo machnął ręką, rozlewając odrobinę koniaku – osiemnastu czy iluś tam lat. Rozmawiała o tym z tobą?

– Nie.

– Nawet żadnej aluzji?

– Zupełnie nic.

Prychnął.

– I tak byś mi nie powiedziała, prawda?

– Nie wspomniała ani słowem. Jeśli mam być szczera, prędzej zwierzyłaby się Jennifer. W naszych młodzieńczych latach zawsze trzymały się razem.

Byłam rozdarta pomiędzy obroną przyjaciółki a skłonieniem Russa, żeby się otworzył, powiedział mi coś więcej. Pomiędzy trwaniem w błogiej niewiedzy a pragnieniem poznania całej prawdy.

– Na jakiej podstawie wysnułeś swoje podejrzenia co do Rowan? – spytałam wolno.

– Coś jest na rzeczy – odparł. – Po prostu wiem.

– Zdaje się, że nie najlepiej się ukrywa, skoro ją podejrzewasz?

– Myśli, że się nie połapałem. Jak sądzisz, powinienem ją zapytać? Tak wprost?

W obliczu wyboru, jakie działania mogłyby dać odpowiedź na moje pytanie, stałam się nagle ostrożna. Bo gdyby Russ popełnił teraz błąd, oskarżając swoją żonę o romans, ja straciłabym szansę poznania interesującej mnie prawdy. Ponieważ Rowan już cały czas miałaby się na baczności.

– Moim zdaniem powinieneś… uważać, Russ.

Parsknął i pociągnął kolejny haust koniaku. Odrobina trunku ściekła mu po brodzie.

– Dlaczego to ja mam uważać? Ona jakoś nie uważała.

– Bo kiedy ją zapytasz, kiedy wydobędziesz to na światło dzienne, zalegnie to między wami na zawsze. Nie schowasz dżina z powrotem do butelki.

I dlatego, że nie wiesz, ile szkód potrafi wyrządzić jedno oskarżenie. A ja wiem. Podobnie jak Rowan.

Umoczyłam usta w szklance, zastanawiając się, czy powiedzieć mu prawdę. I czy przypadkiem Russ już jej nie zna. Tej szkaradnej, nieprzyjemnej prawdy, którą trzymałam pod kluczem od wielu lat.

Zastanawiałeś się kiedyś, Russ, dlaczego Rowan była singielką, kiedy ją poznałeś? Dlaczego rozstała się z pierwszym mężem? Dlaczego doskonały związek rozpadł się pośród gniewu, łez i goryczy?

Przez oskarżenie.

Przeze mnie.

Russ rozparł się w fotelu i ciężko westchnął.

– Wiedziałem, że powiesz coś w tym stylu.

– Bo?

– Mądra, rozsądna Kate. Umysł ścisły. Z głową zawsze na karku, co?

– Czy ja wiem...

– Tak czy siak, pewnie masz rację. Ja mam odgrywać rolę „dobrego męża". – Zaakcentował dwa ostatnie słowa znakiem cudzysłowu. – Dbać o to, żeby nic nie stanęło na przeszkodzie jej wielkiej transakcji.

Zmarszczyłam czoło, czując, że coś mi umknęło.

– Jaki miałoby to mieć wpływ na jej interesy?

Zaciągnął się papierosem, czerwony punkcik rozżarzył się w ciemnościach.

– Co ci mówiła o potencjalnych kupcach? Nie o sektorze, który ma ją wchłonąć, tylko o właścicielach na samym wierzchołku.

Przeszukiwałam pamięć. Rowan napomknęła o tej transakcji dość lakonicznie, choć potencjalnie miała ona zasadniczo wpłynąć na jej karierę. Dlaczego była tak powściągliwa? Poczułam, że to kolejny dowód na to, jak bardzo oddaliłyśmy się od siebie w ostatnich latach. Mówiła ogólnikowo o swoich klientach, o firmie, ale nie o tym, z kim poszła do łóżka w ramach tego przedsięwzięcia.

Wzdrygnęłam się. „Pójście z kimś do łóżka" wydawało się trafnym sformułowaniem.

– To międzynarodowa korporacja z siedzibą w Stanach, o ile się nie mylę.

– Nie mylisz się. Garrison Incorporated. Rodzinna firma od trzech pokoleń, dołączą kolejne. Prowadzą ją od lat pięćdziesiątych, jej wartość przekracza osiemnaście miliardów dolarów, od siedemdziesięciu lat mają centralę w Oklahoma City. I te trzy pokolenia Garrisonów poza firmą łączy coś jeszcze.

– Co?

– Bóg.

Lekko się pochyliłam, czekając na dalsze szczegóły, on tymczasem głęboko zaciągnął się papierosem i wydmuchnął dym przez nos.

– Bóg? – powtórzyłam.

– We własnej osobie. – Strzepnął popiół z papierosa i żarzącym się końcem akcentował każde słowo. – To superżarliwi ewangelikanie, chrześcijańscy fundamentaliści, którzy prowadzą swój biznes wedle stosownych zasad. Ultrakonserwatywne typy, wciskają na siłę swoją religię i mają określone oczekiwania w stosunku do swoich najważniejszych ludzi.

– W sferze życia osobistego?

– W każdej sferze. Skrupulatnie sprawdzają papiery przed podpisaniem ostatecznej umowy, a, skurczybyki, są naprawdę drobiazgowi. Przy nich brytyjska izba skarbowa to gówniani amatorzy. Tamci przeglądają wszystko z precyzją śledczych, skupiają się nie tylko na bieżących działaniach firmy i prognozach, ale grzebią dwadzieścia lat wstecz, szukając potencjalnych problemów w kadrach, czarnych owiec w rodzinie, koneksji z klientami, ewentualnych krytycznych nagłówków w środkach masowego przekazu, wszelkich „trupów w szafie". Nie trzeba dodawać, że na najdrobniejszy nawet sygnał, że ich potencjalna wspólniczka rżnie się na prawo i lewo, wszystkim w Oklahoma City zapalą się czerwone lampki. Nie ma co do tego żadnych wątpliwości.

– Mogliby się wycofać?

– Gdyby dowiedzieli się, że harcuje poza domem? Och, wycofaliby się w porę, to pewne. Najdelikatniejszy smrodek skandalu i będzie mogła pożegnać się ze sprzedażą udziałów, powiedzieć „pa, pa" grubej forsie. Ośmiu milionom funtów.

Wypiłam kolejny łyczek koniaku.

– Rowan o tym wie?

Parsknął.

– Tak, ale wydaje się jej, że ich przechytrzy.

– A więc podejmuje kolosalne ryzyko.

– Cała moja żona. Zawsze bojowa, ryzyko to jej drugie imię.

– Pod warunkiem że to prawda.

Rzucił mi poirytowane spojrzenie, tak jakbym go nie słuchała.

– Coś jest na rzeczy. Jestem tego cholernie pewien.

Wśliznąwszy się cichutko do sypialni, weszłam do łóżka z baldachimem i przyłożyłam głowę do poduszki. Klimatyzator z cichym pomrukiem nawiewał strumień chłodnego powietrza. Leżący obok Sean oddychał głęboko i powoli.

Naciągnęłam prześcieradło pod samą brodę i utkwiłam wzrok w suficie.

Dziesięć miesięcy wcześniej

„W tym roku szkoła zaczyna się na serio".
Mama powtarzała to przez całe lato. Ona sama nie przejmo-
wała się tym gadaniem: nigdy nie miała problemu, żeby przysiąść
fałdów. Od podstawówki zawsze wśród pięciu procent najlepszych
uczniów, od urodzenia ambitna. Nie zważała też na opinie szósto-
klasistów, którzy twierdzili, że te egzaminy się nie liczą, że dobre
stopnie nie mają znaczenia, są po prostu warunkiem dopuszczenia
do egzaminów końcowych. Dla większości może to i prawda, ale
nie dla kogoś, kto chce zostać lekarzem. W uczelniach medycznych
patrzy się na wyniki egzaminów, patrzy się na wszystko, żeby zde-
cydować, kogo przyjąć, a kogo nie. Żeby mieć pewność, że dobrze
zdana matura to nie zwykły fuks po prześliźnięciu się przez wcześ-
niejsze egzaminy.
W każdym razie, kiedy mama ostrzegała, że w ostatniej klasie
trzeba się przyłożyć, tak naprawdę chciała powiedzieć: „To nie jest
czas na rozpraszanie się błahostkami".
W oczach mamy „rozpraszanie się" oznaczało chłopców.
Chłopcy odwracają uwagę od ważnych rzeczy.
Przez chłopców będziesz skupiać się nie na tym, co trzeba.
Chłopcy nie bez powodu mają w szkole gorsze wyniki niż dziew-
czyny.

Ple, ple, ple...

Ona wszystko to rozumie. Ogarnia. Wie, że będzie musiała ciężko pracować na dobre oceny, i jest w pełni gotowa poświęcić temu czas.

Ale... Ale... W klasie pojawił się nowy chłopak.

Inny niż reszta.

NIEDZIELA

14

Obudził mnie aromat świeżo parzonej kawy. Sean ostrożnie postawił filiżankę na nocnym stoliku, a ja wsparłam się na łokciach i wymamrotałam „dziękuję", umykając przed jego spojrzeniem. Jak długo spałam? Kilka godzin? Czułam się rozbita, wypluta, zwlekłam się z łóżka i poczłapałam z kawą do łazienki.

Zanim się ubrałam i zeszłam na dół, Rowan zdążyła przywieźć Izzy z lotniska. Gawędziły teraz w klimatyzowanej kuchni. Uściskałyśmy się na powitanie, zapytałam o podróż z Bangkoku.

– Cudownie was widzieć – powiedziała Izzy. – Znów wszystkie razem.

– Ciebie też – odparłam, popijając drugą kawę.

Choć dawno się nie widziałyśmy, wyglądała tak samo jak wiele miesięcy temu. Jakby w ogóle się nie starzała. Była ubrana w prostą bluzkę z krótkimi rękawami i luźne spodnie długości trzy czwarte, jakie nosi się w Wietnamie albo gdzieś w tamtych rejonach – idealny strój na upał. Czarne włosy związała w swobodny koński ogon, na szyi zawiesiła na rzemyku zielony kryształ, na przegubach miała swoją kolekcję bransoletek zapewniających pozytywną energię. Spośród nas tylko ona była bezdzietna i niezamężna i wydawało mi się, że w rezultacie wygląda dziesięć lat młodziej – żadnych rozstępów, bruzd i zmarszczek od nieprzespanych nocy, żadnych oznak wyeksploatowania. Była najdrobniejsza z naszej czwórki – eteryczne metr pięćdziesiąt pięć, szczuplutka, filigranowa, co także odejmowało jej lat. Delikatne rysy twarzy, kocie oczy za okularami w czerwonych oprawkach, niemal zawsze uśmiechnięte usta.

– Jak się miewasz, Kate?

– Świetnie. Wspaniale.

Izzy uśmiechnęła się figlarnie.

– Pierwszy wieczór był bardzo udany, co?

– Niespecjalnie.

– Dziewczyno, wyglądasz na kompletnie wyżętą.

Pokręciłam głową i uśmiechnęłam się wbrew sobie. Izzy zawsze nazywała rzeczy po imieniu.

– Dzięki – odparłam. – Ty to umiesz podnieść człowieka na duchu.

– To tylko niewinna uwaga, nic więcej. Troszczę się o ciebie.

– Rzeczywiście czuję się wyżęta, kiepsko spałam. – Sięgnęłam po przekonujące kłamstwo, takie z ziarnkiem prawdy. – Prawdę mówiąc, martwię się trochę o Lucy.

Opowiedziałam im z grubsza, że ostatnimi czasy moja córka wydaje się bardziej zamknięta w sobie, ma większą huśtawkę nastrojów, pewnie z powodu stresu związanego z oczekiwaniem na wyniki egzaminów. I że nie spisałam się jako matka, bo nie zauważyłam wcześniej żadnych sygnałów, dopiero wczoraj późnym wieczorem.

Jennifer dołączyła do nas i ze współczuciem pokiwała głową.

– Zupełnie zrozumiałe – stwierdziła. – Za dużo wzięłaś na siebie.

Wzruszyłam ramionami.

– Nie więcej niż inni.

– Ale to niełatwe zapanować nad wszystkim przy twoich… obowiązkach.

– Co masz na myśli?

– No wiesz. Twoją pracę zawodową.

Poczułam, że zaczynam się jeżyć.

– W jakim sensie?

– Trudno jednocześnie być mamą i pracować na pełnym etacie.

– Nie – odpowiedziałam, siląc się na spokój. – Nie w tym rzecz. Zupełnie nie o to chodzi.

– Znaczy… to supersprawa i w ogóle, ale z pewnością nie jest prosto wszystko ze sobą pogodzić. Nie mam pojęcia, jak wy to robicie.

Nie wiem, czy to z powodu niedostatku snu – w każdym razie wyczułam w jej głosie pewien ton, który mi się nie spodobał. Rowan chyba zauważyła to samo, ponieważ wtrąciła się do rozmowy, zanim rozpoczęłyśmy kłótnię z prawdziwego zdarzenia.

– Hej, Jennifer! – rzekła. – Obiecałam Odette, że przyprowadzę cię rano na basen, żeby mogła ci pokazać, jak pływa pieskiem. Może teraz?

– Jasne – zgodziła się Jennifer i wyszła za Rowan z kuchni.

Po ich wyjściu wymieniłyśmy z Izzy spojrzenia, uśmiechając się i kręcąc głowami, jakbyśmy mówiły: „cała Jennifer". Przeniosłyśmy się na taras i usiadłyśmy na końcu stołu w cieniu dużego parasola.

– Wspaniale – oznajmiła rozpromieniona Izzy. – Jak za dawnych czasów.

– Więc powiedz: jakie to uczucie znaleźć się znów w Europie?

– Jakbym w ogóle z niej nie wyjeżdżała – powiedziała z lekkim uśmiechem. – Wszystko po staremu. A jak ty się miewasz, Kate? Tak szczerze? Zostałyśmy tylko we dwie, możesz mi powiedzieć.

– Ja? W porządku – odparłam. – Jak zwykle.

– Na pewno?

– Ależ tak. Tylko, jak wspomniałam, martwię się trochę o Lucy.

Wypiła łyk kawy i przyglądała mi się przez chwilę. Zawsze była najbardziej spostrzegawcza z nas wszystkich, najprędzej zauważała to, co ukryte. I nigdy nie zachowywała tych spostrzeżeń dla siebie, nigdy niczego nie przemilczała, nawet jeśli wiązało się to z przeprowadzeniem trudnej rozmowy.

– Wyglądasz trochę… Sama nie wiem. Jak nie ty.

– Wczoraj dużo się działo. Podróż zawsze daje w kość, co?

– To znaczy, że za mało podróżujesz, dziewczyno. Potrzeba ci treningu.

Zbliżając się do trzydziestki, Izzy wyjechała za granicę. Przez kilkanaście lat jeździła po świecie i pracowała, ucząc angielskiego, najpierw w Afryce Subsaharyjskiej, potem w Tajlandii, Wietnamie, Kambodży oraz innych częściach Azji Południowo--Wschodniej. Kilka lat temu podczas jednego z dłuższych pobytów w Tybecie przeszła na buddyzm, przez co stała się jakby spokojniejsza, szczęśliwsza, mniej przejmowała się rzeczami, którymi większość ludzi ciągle się zamartwia.

Była podróżniczką, obywatelką świata, zwiedziła więcej krajów niż nasza pozostała trójka razem wzięta.

Zawsze Izzy, nigdy Isobel, z wyjątkiem pierwszego spotkania w korytarzu New Orchard Hall na samym początku roku uniwersyteckiego, kiedy pełne nadziei i zdumienia – a w głębi ducha odrobinę przerażone tym, co nas czeka – słuchałyśmy z uśmiechem jej wyjaśnień, dlaczego nikt nigdy nie używał jej pełnego, nadanego na chrzcie imienia.

– Isobel mam tylko w paszporcie i nigdzie więcej – mówiła swoim uroczym, śpiewnym irlandzkim akcentem. – Isobel to moja babka cioteczna, która jest najbardziej drętwą kobietą na świecie, bardziej drętwej ze świecą szukać. Mówcie mi Izzy. Miło was poznać.

– Co cię skłoniło do powrotu?

Uśmiechnęła się, wzruszywszy ramionami.

– Pomyślałam, że chyba czas wreszcie zapuścić korzenie.

– Spotykasz się z kimś?

– To dopiero początki.

– Jesteś bardzo tajemnicza.

Machnęła ręką, kolorowe bransoletki zabrzęczały na nadgarstku.

– Nie chcę zapeszać.

Pochodziła z tej samej części Limerick, co Sean, i była w pewnym sensie odpowiedzialna za nasz studencki związek. Gdy tylko przedstawiła go naszej grupce, natychmiast zadurzyłam się w tym barczystym Irlandczyku, wiecznie uśmiechniętym, który potrafił z każdym znaleźć wspólny język, tańczył jak wariat, a kiedy całowaliśmy się po raz pierwszy, serce waliło mu tak mocno, że o mało nie wyskoczyło z piersi. Żaden inny chłopak nie patrzył na mnie tak jak on. Bo on patrzył naprawdę. Szczerze się zdziwiłam, gdy zaprosił mnie na pierwszą randkę. Zawsze mi się wydawało, że to nie moja liga – przecież mógł poderwać każdą dziewczynę.

Mój Sean.

W szkole średniej chodził krótko z Izzy, ale nigdy nie chciał o tym rozmawiać i w sumie nie wiem, jak to się skończyło. Powiedział mi kiedyś – po sporej ilości guinnessa i czerwonego wina – że w wieku szesnastu lat zawarli ze sobą pakt: jeśli oboje nadal będą wolni, gdy stuknie im czterdziestka, a Sean do tego czasu „nie zarobi swojego pierwszego miliona", to się pobiorą. Taka żartobliwa, niepoważna umowa nastolatków – może jednak dla któregoś z nich znaczyła więcej, niż byliby skłonni przyznać.

Z pozostałej trójki właśnie Izzy najlepiej rozumiała się z Seanem. Zawsze utrzymywali ze sobą kontakt – nawet kiedy pracowała za granicą – bliższy niż ja z moimi przyjaciółkami. Dla zabawy wymieniali się wiadomościami na temat wspólnych zainteresowań, sportu, filmów oraz wspomnieniami z rodzinnego miasta, które w zasadzie mnie nie dotyczyły, ja zajmowałam tam pozycję marginalną.

Koniec końców Izzy zaręczyła się z najlepszym przyjacielem Seana, Markiem. Ale ich małżeństwo nigdy nie doszło do skutku... a ja nie chciałam myśleć o tym, co się stało. Nie teraz.

Zamoczyłam usta w kawie.

– Kiedy poznamy twojego nowego faceta?

– Nieprędko. – Mrugnęła do mnie z błyskiem w oku. – Rzecz jest skomplikowana.

– No masz, znów ta tajemniczość.

Dotknęła wisiorka, zielonego półprzejrzystego kamienia otoczonego półksiężycem, i zaczęła obracać w palcach cienki rzemyk.

– Po prostu sytuacja wymaga delikatności i uważności.

– Jest nieśmiałym, wycofanym typem?

– Raczej nie. W moim rodzinnym mieście takich jest niewielu.

– On też pochodzi z Limerick?

Przytaknęła.

– Przedziwne, prawda? Co przynosi nam los? Spędzasz pół życia za granicą, a w końcu spotykasz kogoś, kto dorastał kilometr od twojego domu.

Nagle uświadomiłam sobie sens jej słów. Serce mi zamarło. Przecież nie mówiłaby o tym tak zuchwale, prawda? Prosto w oczy. Z drugiej strony właśnie taka była Izzy, od zarania. Nigdy nie owijała w bawełnę, nigdy niczego nie lukrowała, nie szła na kompromis ani na łatwiznę. *Są tylko dwa błędy, które człowiek może popełnić na drodze do prawdy: nie przebyć jej od początku do końca albo nie wyruszyć w nią wcale.* Tak brzmiało jej motto, jej buddyjska wykładnia wiary.

„Dlatego nie potrafi utrzymać przy sobie mężczyzny", skomentował kiedyś Russ w przypływie złośliwości.

Próbowałam się uśmiechać. Głowa do góry.

– O Boże, Izzy.

– Co?

Starając się panować nad głosem, powiedziałam:

– On jest żonaty, tak?

Izzy uniosła brew i utkwiła we mnie dziwne spojrzenie.

– Pozostawiam to bez komentarza.

– Ale jest, tak?

– Skąd w ogóle przekonanie, że to mężczyzna?

– Bo wcześniej spotykałaś się z mężczyznami.

– Fakt.

– No więc? Żonaty?

– Zadajesz to pytanie jako strażniczka porządku publicznego?

– Oczywiście, że nie. Zresztą my, z kryminalnego, jesteśmy cywilami. Pytam jak przyjaciółka.

– Nie mogę ci na razie powiedzieć. Wkrótce.

– Jego żona wie?

Zmarszczyła nos.

– Myślę, że… może coś podejrzewać.

Cisnęło mi się na usta pytanie, na które właściwie do tej pory nie odpowiedziała.

Dlaczego wróciłaś do Anglii, Izzy? Dlaczego właśnie teraz?

Wtem ujrzałam to pytanie w zupełnie nowym świetle.

Zanim zdecydowałam, co myśleć o wyznaniu Izzy, wkroczyła Odette z wyrazem najwyższej determinacji na twarzy. Miała na sobie błyszczący różowy kostium kąpielowy, na ramionach różowe pływaczki, na głowie okulary pływackie, też różowe, w pasie nadmuchiwane różowe koło, a pod pachą trzymała nadmuchiwanego delfina. Różowego, rzecz jasna.

Rozstawiła nogi i podparła się pod boki pięściami.

– No więc? – rzekła, wcinając się swoim wysokim głosem w naszą rozmowę. – Kto jedzie na plażę?

15

Plaża w Cap d'Agde była zatłoczona.

Morze skrzyło się przepięknym błękitem, lekki wiatr marszczył wodę i przynosił powiew chłodu w bezlitosnym skwarze południa. Po wczorajszym wieczorze nasza grupka była przygaszona. Rozłożyliśmy ręczniki w cieniu dwóch parasoli, plażowe torby, książki i duża niebieska lodówka turystyczna piętrzyły się na samym środku naszego obozowiska. Zapach mleczka do opalania mieszał się ze słoną morską bryzą oraz z dymem papierosowym, który niósł się od strony francuskiej pary siedzącej nieopodal. Nasmarowałam plecy i ramiona Lucy kremem z filtrem. Jedną ręką przytrzymywała długie blond włosy, drugą pisała coś na telefonie. Cieszyłam się, że tu jestem, że mogę się oderwać od gąszczu problemów, zamiast siedzieć w willi i krążyć myślami w mrocznych rewirach. Odnosiłam wrażenie, że znalazłam się w jakimś telewizyjnym dramacie. Gdziekolwiek spojrzę, widzę zbliżenie kamery na twarze moich przyjaciółek, a na usta jedno po drugim cisną się oskarżenia.

To ty? Czy ty? A może ty?

Sean przejawiał większą troskliwość niż zwykle, nosił torby, ustawiał parasole, przynosił mnie i dzieciom kanapki oraz wodę z lodówki. Czy tak się starał, bo zrobił, co zrobił? I robi to nadal?

Jennifer siedziała obok mnie na słomianej macie, wsparta na łokciach obserwowała zatłoczoną plażę. Poważna na pierwszy rzut oka książka – *Optymistyczne dziecko. Rewolucyjne podejście do wychowania dziecka o silnej psychice* – leżała nietknięta na piasku obok niej. Kiedy się poznałyśmy, Jennifer była gwiazdą sportu, grała w tenisa i hokeja w międzynarodowych ligach uniwersyteckich. Przy wzroście metr siedemdziesiąt pięć była najwyższa z naszej czwórki i zdołała zachować szczupłą sylwetkę i silne mięśnie, grywała regularnie w tenisa, ćwiczyła pilates i uprawiała jogging. Kiedyś nie przepadałam za towarzyszeniem jej na plaży, na basenie czy w jakimkolwiek miejscu, gdzie występuje się w stroju kąpielowym. Byłam bladą Angielką nieustannie walczącą – bezskutecznie – o powrót do wagi z dnia ślubu, ona zaś opaloną wysportowaną Kalifornijką, która nigdy nie przybierała nawet kilograma.

Myślałam, że mam już te kompleksy za sobą. A jednak nie. Tego dnia powróciły ze zdwojoną siłą.

– Zdaje się, że wybraliśmy kiepski dzień na plażowanie – zauważyłam. – Zjechała się tutaj połowa Béziers.

– Czy Cap d'Agde nie było przypadkiem plażą nudystów? – spytała Jennifer.

– Część dla nudystów jest trochę dalej, za cyplem. Dlaczego pytasz? Lubisz takie plaże?

Jennifer się roześmiała.

– Żartujesz? Z bandą starych facetów i ich obwisłym sprzętem? Fuj…

– Więc lepszy tłok niż naturyści?

– Pewnie. Chłopcom też się podoba. – Wskazała małą zatoczkę, gdzie Jake i Ethan z zapałem kopali w piasku. – Wspaniale widzieć choć raz, jak się bawią, tak na serio, jak dawniej. Tak jak powinny się bawić dzieci, zamiast ślęczeć w ciemnym pokoju i gapić się w ekran.

Jej dwaj synowie budowali tamę na wąskim strumyczku spływającym do morza. Jake na kolanach usypywał górę piasku, podczas gdy jego młodszy brat krążył wokół budowli i wydawał polecenia, kierując pracami. Obaj byli absolutnie pochłonięci tym zajęciem. Dziwne. Urocze, a zarazem trochę dziwne patrzeć, jak dwaj tyczkowaci nastolatkowie bawią się na plaży tak samo jak w dzieciństwie, kiedy byli małymi brzdącami.

Skończyłam smarować Lucy kremem. Podziękowała mi uśmiechem i położyła się na brzuchu, wystawiając do słońca lśniącą skórę. Żadna z nas nie nawiązała do wczorajszej nocnej rozmowy, ale Lucy wydawała się spokojniejsza, w nieco lepszej formie. Dobrze dogadywała się z Jakiem i Ethanem, co mnie cieszyło. Mogła przynajmniej oderwać się od swoich problemów, nie rozpamiętywać ich bez przerwy.

– Czasem zapominam, że twoi chłopcy mają dopiero naście lat – powiedziałam. – Tak bardzo wystrzelili w górę.

– Jake przerósł już Alistaira – pochwaliła się Jennifer. – Ethan lada chwila go dogoni. Okropnie dziwne uczucie być nagle najniższą w rodzinie.

Sean zabrał Daniela na lody do plażowej kawiarenki. Russ leżał płasko na plecach w cieniu wielkiego parasola, z twarzą zakrytą słomkowym kapeluszem, wypacając koniak wszystkimi porami skóry. Nigdy nie przypuszczałam, że można poczuć woń alkoholu w ludzkim pocie, ale dzisiaj przekonałam się, że i owszem. Wydzielał falami słodkawo-mdły odór, który unosił się wokół niego i uderzał w nos, gdy podeszło się zbyt blisko.

Jennifer usiadła, opierając brodę na kolanach.

– Przepraszam za wcześniej – odezwała się. – Czasem… sama nie wiem… otwieram usta, zanim pomyślę.

– Nie ma sprawy – odpowiedziałam. – Wiem, co miałaś na myśli.

Z uśmiechem patrzyła na synów.

– Wyobrażasz sobie życie bez nich? – spytała cicho.

– Bez kogo?

– Bez dzieci.

– Nie bardzo.

– Aż trudno uwierzyć, że kiedyś byłyśmy tylko my, nie uważasz? Wolne. Bez mężów, bez dzieci, same.

Izzy wtrąciła się, nie otwierając oczu:

– Niektóre z nas nadal takie są.

Jennifer drgnęła zaskoczona.

– Och, myślałam, że śpisz. Przepraszam, Izzy, niczego nie sugerowałam.

Izzy się uśmiechnęła i przekręciła na brzuch.

– Nic nie szkodzi. Wolność ma swoje zalety.

Zakłopotana Jennifer odpowiedziała uśmiechem i zaczekała, aż Izzy wygodnie się ułoży.

– Mam wrażenie, że poznałyśmy się w innym życiu, w zupełnie innych czasach. Myślicie, że aż tak się zmieniłyśmy? – zapytała.

Wzruszyłam ramionami.

– Oczywiście. To chyba nieuniknione, prawda? Gdybyśmy były teraz takie same jak dwadzieścia lat temu, to dopiero byłoby... dziwaczne. Przecież życie nas kształtuje.

W sposób dobry i zły, pomyślałam, usiłując zrozumieć, do czego zmierza Jennifer.

– Chodzi mi o to, że zmienia się absolutnie wszystko.

– Czy ja wiem? Ja czuję się tą samą osobą, co dawniej. Tylko trochę bardziej sceptyczną.

– Pamiętam, jak Jakey był malutki, miał może sześć miesięcy, a ja nosiłam już w brzuchu Ethana. Pojechaliśmy całą trójką na tydzień do Cromer, chcieliśmy pobyć trochę nad morzem. Wybraliśmy się na morską wycieczkę wzdłuż linii brzegowej, trwała około godziny. Trzymając Jake'a w ramionach, spojrzałam na Alistaira i w tym samym momencie uświadomiłam sobie z absolutną pewnością, że gdyby statek zaczął iść na dno i brakowałoby kamizelek ratunkowych dla wszystkich pasażerów, a ja mogłabym uratować tylko jednego z nich, bez chwili wahania ratowałabym dziecko. Bez namysłu. Patrzyłabym, jak tonie mój mąż, gdybym w ten sposób mogła ocalić maleństwo. Było to dla mnie oczywiste jak niepodważalny fakt naukowy, jak grawitacja, jak coś, co nie podlega dyskusji. I zanim się zreflektowałam, usłyszałam samą siebie, jak dzielę się tym spostrzeżeniem z Alistairem. Jakbym nie zdawała sobie sprawy z tego, co robię, a po prostu mi się wyrwało. Czułam się parszywie, ale powiedziałam prawdę, byłam szczera.

Umilkła na chwilę, wiejąca od morza bryza targała jej blond włosy.

– To chyba naturalne – stwierdziłam. – Instynkt macierzyński.

– Tak, ale wiesz, co powiedział Alistair? Że pomyślał sobie to samo. Że gdyby mógł ocalić życie jednej osobie, ratowałby dziecko. Oboje uzmysłowiliśmy sobie jednocześnie, że poświęcilibyśmy nawzajem swoje życie dla ratowania synka. – Kręciła głową, uśmiechając się lekko. – Siedząc tak na pokładzie statku, mając lekkie mdłości od kołysania na falach, poczuliśmy, że zaszła między nami jakaś zmiana. Że nie liczymy się tylko my, ale coś jeszcze. Tak jakby zakończył się jeden rozdział w naszym życiu i rozpoczął następny.

Nie wiedziałam, co odpowiedzieć. Od kiedy zobaczyłam wiadomości w telefonie Seana, także poczułam, że kończy się pewien rozdział w moim życiu. Przesypując między palcami ziarnka piasku, zastanawiałam się, czy Jennifer jest tego przyczyną. Wysoka, piękna Jennifer, za którą Sean oglądał się przy naszym pierwszym studenckim spotkaniu. Spięta, strapiona Jennifer, której od czasu naszego przyjazdu do Francji towarzyszyła aura niepewności i niepokoju.

– Ty też się kiedyś tak poczułaś w stosunku do Seana?

Wzruszyłam ramionami, patrząc na ruiny fortu na maleńkiej wysepce w zatoce.

– Aż tak tego nie roztrząsałam. Przypuszczam, że wszyscy zachowalibyśmy się tak samo. Jako rodzice stawiamy dzieci na pierwszym miejscu, tak zostaliśmy zaprogramowani.

– Okropnie się o nich martwię – odparła Jennifer. – Bez przerwy. Nie potrafię się wyłączyć. Próbowałam, na próżno.

– Ze mną jest tak samo. Ale wkrótce Lucy i twoi synowie osiągną wiek, kiedy sami będą musieli się o siebie zatroszczyć.

– Nie potrafię sobie tego wyobrazić. Zawsze będą moimi dziećmi. Zawsze.

Rozejrzałam się ukradkiem, żeby sprawdzić, czy ktoś mógł podsłuchiwać. Izzy znów zapadła w drzemkę. Russ spał jak suseł, ukrywając twarz pod kapeluszem. Alistair gdzieś się oddalił, chciał porobić zdjęcia. Reszta poszła po lody, a przy okazji dowiedzieć się o możliwość wynajęcia roweru wodnego.

Nad wodą przelatywał nisko i powoli mały samolot, ciągnąc za sobą długi transparent reklamujący wesołe miasteczko.

Pochyliłam się ku Jennifer i zapytałam ściszonym głosem:

– Wszystko… w porządku?

Podniosła wzrok.

– Oczywiście, że w porządku. Co masz na myśli?

– Po prostu wydajesz się trochę… nie wiem… To, co mówiłaś wcześniej, jak życie zmienia ludzi… Zabrzmiało to tak, jakby coś cię gryzło.

Jennifer mocno zacisnęła usta i odwróciła wzrok. Kiedy wydawało się, że zamierza odpowiedzieć, pojawił się Ethan. Miał nogi oblepione piaskiem.

– Mamo, jest coś do jedzenia? Umieram z głodu.

Jennifer sięgnęła do lodówki turystycznej i podała młodszemu synowi jabłko.

Skrzywił się.

– Jest coś jeszcze? Jakieś ciastka?

– Tylko owoce i woda. – Pochyliła się i położyła mu jabłko na dłoni.

Rowan wróciła z kawiarni, niosąc trzy lodowe lizaki w papierkach. Rozejrzała się po plaży.

– Gdzie jest Odette? Bawiła się z wami?

– Nie. Nie widzieliśmy jej.

– Myślałam, że jest z wami.

– Była przez chwilę, ale ciągle rozwalała nam tamę. Mówiła, że to nuda. – Ethan odgryzł wielki kęs jabłka. – Powiedziała, że wraca tutaj.

– No dobrze, ale tu jej nie ma. – Wzrok Rowan padł na śpiącego na ręczniku męża. – Russ?

Ethan znów zatopił zęby w owocu. Drugą ręką osłonił oczy
i zaczął lustrować plażę.

– Czy to nie ona, tam nad wodą?

16

Rzeczywiście to była Odette. Stała na brzegu, po kostki w ob-
mywających piasek falach, słońce odbijało się od błyszczących wsta-
wek na różowym kostiumie kąpielowym. Oddalona od nas o jakieś
pięćdziesiąt, sześćdziesiąt metrów, ponieważ odpływ zaczął się na
dobre. Poczułam się nieswojo, widząc ją samą przy wodzie.

Rowan położyła dłoń na piersi.

– Dlaczego jest tam sama? – Wymachując nad głową obiema
rękami, zawołała donośnie: – Odette!

Na naszych oczach do dziewczynki zbliżyła się jakaś wysoka
postać. Pochyliła się, a później wzięła Odette za rękę. Mężczyzna w czapce z daszkiem i okularach przeciwsłonecznych oraz
rozpiętej koszuli. Wystarczył mi ułamek sekundy, bym rozpo-
znała tę sylwetkę. Sposób chodzenia, profil, ruchy ramion, to,
jak trzymał dziecko za rękę.

Sean.

Prowadził ją ku naszemu obozowisku z toreb i ręczników, a Daniel truchtał obok z dwiema dużymi butelkami wody w rękach.

Rowan przyklęknęła na jedno kolano i delikatnie chwyciła
córkę za ramiona.

– Odette, wystraszyłaś mnie – zbeształa dziecko. – Musisz
mi obiecać, że już nigdy nie wejdziesz do morza bez opieki, dobrze? Obiecujesz?

– Nie byłam w morzu – bąknęła dziewczynka, wiercąc w piasku dużym palcem u nogi. – Tylko w wodzie na brzegu.

– Russ? – Strapiona Rowan zmarszczyła czoło. – Dlaczego z nią nie poszedłeś?

Russ usiadł.

– Co? – Zmrużył oczy porażone promieniami słońca. – Miała się bawić z chłopcami, budować z nimi tamę. Mówiłem jej, żeby nie wchodziła beze mnie do wody, ale ona oczywiście nie słucha.

– Może gdybyś nie odsypiał kaca – mówiła Rowan coraz bardziej wzburzonym tonem – zauważyłbyś, że jest sama w wodzie! Chryste, jaki ty jesteś nieodpowiedzialny!

– Wszystko moja wina, tak? Jak zwykle.

Odette szepnęła coś matce do ucha. Rowan ściągnęła brew.

– Jak to, kochanie?

W odpowiedzi Odette odwróciła się w stronę Jake'a i Ethana, wytykając ich palcem.

– To chłopcy.

– Co: chłopcy, skarbie?

– To przez nich.

Rowan spojrzała gniewnie na dwóch nastolatków.

– Chciałam się z nimi bawić, ale Ethan powiedział, że nie mogę, że mi nie wolno. – Dziewczynka dźgała palcem powietrze dla zaakcentowania swoich słów. – I że mam sobie iść i bawić się sama. W wodzie.

Na twarzy Ethana malował się spokój.

– To nieprawda – zaprzeczył opanowanym głosem. – Bez przerwy próbowała nami dyrygować, uparła się na bajkowy zamek zamiast tamy. Kopała w niej dziury, przepuszczając wodę, a później oznajmiła, że się nie bawi, i poszła sobie obrażona.

– Wcale że nie! – zaprotestowała Odette.

– Właśnie że tak! – obruszył się głośno Jake. – Chce nas wrobić!

Gdy zaczęło ścierać się ze sobą coraz więcej głosów, Sean podniósł ręce.

– Dajmy spokój, najważniejsze, że jest już bezpieczna i wszystko dobrze się skończyło. Chodźmy wszyscy na lody albo zróbmy coś innego.

Rowan wstała, podeszła do Seana i zarzuciła mu ramiona na szyję.

– Dziękuję ci, Sean, dziękuję – rzekła łamiącym się głosem.

– Nie wiem, co powiedzieć. Dziękuję, że ją przypilnowałeś.

Przytulił ją w odpowiedzi, przyciskając umięśnione ręce do jej pleców.

– Nie ma za co – powiedział cicho. – Drobiazg.

Stali tak, nie mówiąc nic więcej, tylko obejmując się nawzajem.

Dwoje ludzi, dwoje rodziców w dziękczynnym uścisku za bezpieczeństwo dziecka.

Który to uścisk trwał odrobinę za długo.

Zanim się od siebie odsunęli, odwracając się lekko ode mnie, Rowan stanęła na palcach, odchyliła głowę i zbliżyła usta do jego ucha. Sean nachylił się ku niej tak blisko, że niemal dotykał jej warg. Jej dłonie na jego karku. Jego twarz rozluźniająca się w uśmiechu. Kilka sekund, nic więcej. Wreszcie oderwali się od siebie w niezręcznej ciszy.

Czy ja to sobie wyobraziłam?

Czy ona coś mu szepnęła?

Co powiedziała?

Co to w ogóle miało być?

Rowan uśmiechająca się do mojego męża, bohatera.

Mój mąż, który chyba zbłądził w życiu.

W kryzysie wieku średniego, który urósł do zdrady.

Mąż, który oszukuje mnie od tygodni, może od miesięcy.

Nie po raz pierwszy zastanowiłam się, czy Rowan ściągnęła nas tutaj, żeby mu zaimponować. Zaimponować mojemu mężowi.

Czy nie o to w tym wszystkim chodziło. Darmowe wakacje, willa, szampan, tylko po to, by wywrzeć na nim wrażenie. Taki żart dla wtajemniczonych, którego byli świadomi tylko ci dwoje. Wykombinowali sposób, żeby wyjechać razem na wakacje – cała reszta została zaproszona przy okazji.

Przestań.

Przestań.

Russ wyciągnął dłoń, Sean ją uścisnął. Obaj z zakłopotaniem kiwali głowami.

Sean miał silne ręce. Uwielbiałam je. Skóra na nich zaczęła już ciemnieć od południowego słońca. Gdy podniósł do ust butelkę wody, zauważyłam coś jeszcze: jaśniejszą kreskę na serdecznym palcu lewej dłoni.

Tam gdzie powinna być obrączka.

17

Ethan

Ethan zerwał kiść ciemnych winogron, wybrał najokazalsze i wpakował je sobie do ust. Zaczął je rozgryzać, czując słodko--cierpki sok na języku, żuł powoli, delektując się smakiem. Odwrócił się od Jake'a, wypluł pestki na ziemię, skubnął kolejne grono, które przyjemnie pękło między zębami. *Rwał, żuł, pluł i to samo od nowa.* Nigdy wcześniej nie był w winnicy. I nigdy nie jadł winogron prosto z krzaka. Zawsze z opakowania z supermarketu, zawsze starannie umyte, ponieważ Jen – zwracanie się do niej w ten sposób zamiast „mamo" nieodmiennie podnosiło jej ciśnienie – upierała się, że muszą być umyte, nie wolno ich jeść, kiedy choć odrobinę zmiękną albo nie były przechowywane w lodówce, czy też mogły latać wokół nich muchy.

Stojący upał popołudnia okrutnie dawał się we znaki. Wraz z bratem leżeli wyciągnięci w cieniu rzędów winorośli o gęstym listowiu i pękatych czerwonych gronach, posadzonych na zboczu wzgórza poniżej willi. Mieli tu więcej prywatności, nikt nie widział ich z balkonów domu – chyba że zamiast leżeć, by stali.

Ethan podparł się na łokciu, zrywając kolejną kiść z najbliższej łodygi.

– Więc jak, zamierzasz ją zapytać?

– O co?

– No wiesz.

– Nie wiem.

Ethan wsunął sobie do ust kolejne winogrono.

– Czy z kimś chodzi.

– Co ty, kurde, o tym wiesz? O dziewczynach? O czymkolwiek?

Ethan wzruszył ramionami. Ta podpucha nigdy nie zawodziła: dziewczyny. *Wkurzyć go i patrzeć, jak się nakręca.* A jeśli będzie dość blisko, kiedy Jake'owi puszczą nerwy, może – a nuż – mama wreszcie zauważy także jego. Rozważał kilka opcji: przejść od razu do rzeczy, puścić plotkę o imprezie u Rosie, wspomnieć o tym nadzianym rugbiście. A może opcja nuklearna? Nie... Lepiej zachować ją na inny raz. Równie dobrze można przejść do rzeczy.

– Podoba ci się?

– Odwal się – powiedział Jake.

– Podoba ci się, co?

– OD-PIER-DOL SIĘ.

– Czyli tak.

– Nie masz bladego pojęcia, o czym w ogóle gadasz. Ani o tym, co myślę i czego nie myślę.

– No jasne.

– Ale z ciebie cipa.

– Ojoj, to ja jestem cipa? Bomba. – Ethan postanowił uciec się do kłamstwa takiej wagi, żeby zaleźć bratu za skórę. – To nie ja robię z siebie cipę przez jakąś dziewczynę, która obskoczyła wszystkich chłopaków z jedenastej klasy.

Jake błyskawicznie odwrócił głowę.

– Powtórz to.

Ethan znów wzruszył ramionami.

– Mówię tylko to, co słyszałem.

– To źle słyszałeś – warknął Jake. – Zupełnie źle. Co za brednie!

– No dobra, w porządku. – Ethan na chwilę umilkł. – Więc jednak ci się podoba?

Jake wstał i zwinął dłonie w pięści.

– Nigdy nie wiesz, kiedy się, kurwa, zamknąć, co? – Cisnął na ziemię niedojedzoną kiść winogron. – Nigdy nie wiesz, kiedy dać sobie spokój.

– A to dobre, bracie, naprawdę niezłe. – *Obserwuj, jak go ponosi.* – Zwłaszcza kiedy mówisz to ty.

Ethan szykował się na przyjęcie ciosu.

Kiedy byli młodsi, często się bili. Ethan wiedział, jak zaognić sytuację: czepianie się – prowokacja – złość – konfrontacja – kłótnia – bójka. Wykręcanie rąk, robienie pokrzywek, kopanie w piszczele, nacieranie uszu, szarpanie za włosy, wykręcanie palców i ciosy w przyrodzenie były na porządku dziennym. Później obaj zaczęli rosnąć niemal jednocześnie, a kilka miesięcy temu sprawy przybrały znacznie poważniejszy obrót, z czego zdali sobie sprawę dopiero wtedy, gdy było już za późno. Bójka przeszła na wyższy poziom, przekształcając się w dorosłą, prawdziwą walkę na pięści, toczoną z całych sił – Jezu, Ethan nawet nie pamiętał, co ją wywołało, o coś tam się bili – która skończyła się rozciętymi wargami, podbitymi oczami, rozkwaszonymi nosami i stłuczonymi kostkami rąk, wrzaskiem mamy, żeby natychmiast przestali, i tatą pędem zbiegającym na dół, żeby ich fizycznie rozdzielić, przycisnąć Jake'a do ściany. Jake miał wytrzeszczone z furii oczy, jak zawsze wtedy, gdy naprawdę go ponosiło. Ethan wyszczerzył do niego zakrwawione zęby, nieco oszołomiony od ciosów, ale triumfujący, gotów na drugą rundę. Krew na twarzach, na ubraniach, na kostkach rąk, wielkie czerwone krople na kremowym dywanie. Mama dostała napadu szału. W sumie było to dość komiczne.

Tego dnia Ethan odkrył, że lubi smak krwi w ustach.

Ale od tamtej pory panował zawarty bez słów rozejm. Każdy z nich wiedział, jaką krzywdę potrafi wyrządzić drugiemu. Jake był wyższy i miał większy zasięg ciosów, za to Ethan – przewagę siły. Obaj mieli świadomość, że jeśli dojdzie między nimi do prawdziwej bijatyki, skończy się ona obustronnym rozlewem krwi – bez względu na to, kto wygra.

– Wstawaj – zakomenderował Jake.

– Po co?

– Wstań, kurwa, to się do…

Urwał w pół słowa, utkwiwszy wzrok gdzieś wyżej.

– Co jest? – zaczął Ethan, podążając za spojrzeniem brata.

Między rzędami winorośli szła do nich Lucy. Ethan usiadł, żeby lepiej ją widzieć. Miała na sobie białą koszulkę i krótką bawełnianą spódnicę, na głowie okulary przeciwsłoneczne. Blond włosy wciąż były mokre po kąpieli w morzu. Biel koszulki niemal oślepiała w jaskrawym blasku słońca, aż trudno było patrzeć. Wygląda spoko, pomyślał. Lepiej niż spoko – ona jest sexy. Wysoka, o ładnej twarzy, szczupła, ale z dużymi cyckami, naprawdę mucha nie siada. Jake zdecydowanie nie ma u niej szans, choć chyba nie zdaje sobie z tego sprawy, co jest dość zabawne.

Szła powoli, swobodnie, a znalazłszy się przy nich, zdjęła słomkowy kapelusz.

– Co robicie? – zagadnęła.

– Właściwie nic – odparł Jake, siląc się na nonszalancję.

– Wszystko gra?

– Trochę nudno. A u ciebie?

– Boże, też. Ten upał jest zabójczy, co?

– Mnie tam nawet się podoba. – Przeczesał ręką jasne włosy. – No i jak ci się widzi?

– Co?

– To miejsce.

– Niesamowite. Basen jest boski.

– No...

Ethan musiał się z nimi zgodzić: w sumie chata była niezła. Całkiem niezła. Dużo lepsza niż gówniane apartamenty, w których zwykle musieli się męczyć na wakacjach.

Lucy powachlowała się słomkowym kapeluszem, drugą ręką odgarnęła z twarzy długie włosy, a potem wsadziła go z powrotem na głowę i wygięła rondo.

Uśmiechnęła się szeroko do Jake'a.

– Potwornie tu gorąco, zero cienia.

– Napijesz się?

– A co masz?

Jake wyjął z kieszeni czarnych szortów małą butelkę wódki, odkręcił ją i podał Lucy. Pociągnęła spory łyk, skrzywiła się i zaczęła kaszleć, oddając mu butelkę.

– Wolałabym z colą – wykrztusiła.

– Przyniosę z domu, jeśli masz ochotę.

– Nie, nie. – Roześmiała się i powstrzymała go gestem. – Nie trzeba.

Jake także wypił duży haust i postawił butelkę pomiędzy sobą a Lucy.

Ethan zastanawiał się, czy nie poprosić, żeby pozwolili mu spróbować, ale nie chciał dać bratu okazji do odmowy i zawstydzenia go przed Lucy. Patrzył, jak rozmawiają: jego wkurzający starszy brat i ta laska w naciągniętej na biuście koszulce. *Piękni ludzie.* Śmiejący się, żartujący, no i tym razem ona nawet się nie zgrywa, jak to się jej czasem zdarza. Chodzili w trójkę do tej samej szkoły – choć byli w innych klasach – znali się od dziecka, a poza tym ich rodzice się przyjaźnili. *Jake pozuje na luzaka*, pomyślał Ethan, wypluwając kolejną pestkę na wyschniętą ziemię. Wyraźnie widać, że Jake wolałby, żeby młodszego brata tu nie było. *No cóż, ma przechlapane. Nigdzie się stąd nie ruszam.*

– I jak? – zapytał Jake, odwracając się plecami do Ethana, żeby zasłonić mu widok. – U ciebie okej?

Lucy kiwnęła głową.

– Tak. Chciałabym tylko znać wyniki egzaminów i mieć to już z głowy.

– Ja też. Ale założę się, że dostaniesz same celujące.

Prychnęła.

– Tego nie wiem.

– A poza tym…?

– W porządku. – Pociągnęła łyk z butelki. – Spoko git.

Słysząc ton jej głosu, Ethan z miejsca zastrzygł uszami. Między starszymi nastolatkami zapadła krótka cisza, tak jakby przekazali coś sobie bez słów. Wychylił się, żeby na nich popatrzeć, ale było już za późno. Ta chwila minęła.

– No dobra. – Lucy spojrzała w dół wzgórza. – Kto idzie do lasu?

Ruszyła przed siebie, nie czekając na odpowiedź. Obaj bracia poderwali się z ziemi i zajęli miejsca po jej obu stronach.

– Jakoś dziwnie, że jesteśmy tu wszyscy razem, co? – powiedziała.

– Ja tam się cieszę, że tu jesteś – rzekł Jake, kopiąc czubkiem tenisówki leżący na drodze kamień. – Inaczej byłoby do dupy.

– Ja też się cieszę, że jesteście.

– Serio?

– Serio. – Uśmiechnęła się. – Możecie zabawiać mojego denerwującego braciszka. Pilnować, żeby nie zawracał mi non stop głowy.

– Nie ma sprawy.

– Będziemy usuwać ci go z drogi, Lucy – dodał Ethan.

– Dzięki – odparła. – Hej, Ethan, jak minęły twoje urodziny?

– W porządku. Poszliśmy z kumplami do Nando's. Od zeszłego tygodnia mam oficjalnie tyle lat, co Jake.

Jake parsknął.

– Nie, Ethan, nie masz.

Ethan uśmiechnął się do siebie. Było to jedno z dziwactw starszego brata: odbywali tę samą głupawą dyskusję rok w rok od dziesięciu już chyba lat, a Jake za każdym razem wściekał się tak samo. Jeden z tych starych, niezawodnych tematów, na które Ethan zawsze mógł liczyć, gdy dopadała go nuda i potrzebował jakiejś rozrywki.

– Formalnie mam.

– Zamknij dziób, Ethan, frajerze. Jestem starszy od ciebie o rok.

Ethan z uśmiechem zwrócił się częściowo do Lucy.

– Obaj mamy piętnaście lat – oznajmił. – On ma urodziny dziewiętnastego sierpnia, a ja siedemnastego lipca, więc co roku przez trzydzieści trzy dni jesteśmy w tym samym wieku. Rozumiesz?

Lucy przeniosła wzrok z jednego na drugiego.

– No.

– Wcale nie w tym samym – obstawał przy swoim Jake, gestykulując przy tym rękami. – Bo chodzilibyśmy do tej samej klasy, a tak nie jest.

Przez chwilę szli dalej w milczeniu po opadającym łagodnie zboczu winnicy, wyschnięta na pieprz ziemia kruszyła się pod stopami.

– Ja we wrześniu skończę siedemnaście – powiedziała Lucy. – W ramach prezentu urodzinowego poprosiłam o kurs na prawo jazdy.

– Założę się, że rozwalisz brykę – rzekł Jake.

– Tato obiecał, że jeśli zdam, zgłosi mnie do ubezpieczenia jako drugiego kierowcę. Chce być pierwszą osobą, którą przewiozę.

– Spoko. Ej, wiesz co? Moglibyśmy spróbować tutaj, jeśli chcesz.

– Co?

– Wziąć któryś z wypożyczonych samochodów. Byłby niezły ubaw.

Lucy spojrzała na niego ze zmarszczonym czołem.

– Serio?

– A czemu nie? Drogi są puste. Mogłabyś się wprawić.

– A co... – ruchem ręki wskazała willę – z dorosłymi?

– Nie muszą wiedzieć.

Lucy patrzyła na Jake'a, usiłując rozgryźć, czy to żart.

– Yyy... może. No nie wiem.

Dotarli na skraj winnicy. Krzewy winorośli ustępowały miejsca szorstkiej trawie i gęstemu zagajnikowi. Ścieżka wiła się między dębami, sosnami i jakimiś innymi drzewami, których Ethan nie potrafił rozpoznać. W Anglii takie nie rosły. Cała trójka z ulgą skryła się w cieniu konarów. Lucy zdjęła słomkowy kapelusz i zaczęła się nim wachlować.

– Tu przebiega granica? W tym miejscu kończy się posiadłość?

– Nie – odparł Ethan. – Lasy są jej częścią.

– Co tam jest?

Wzruszył barczystymi ramionami.

– Nie wiem. Sprawdźmy, co wy na to? Chodźmy.

Ruszył samotnie ścieżką pomiędzy drzewami.

Jake zwrócił się do Lucy.

– Idziesz?

– Pewnie. Tam będzie chłodniej niż tutaj.

18

Siedziałam z nieprzeczytaną książką na kolanach. Za każdym razem, kiedy brałam ją do ręki, myśli odpływały w innym kierunku. Zmagałam się z bolesną prawdą o niewierności mojego męża, z trucizną w samym sercu naszego małżeństwa.

Od powrotu z plaży Sean ucinał sobie drzemkę w sypialni na górze. Niewiarygodne, że potrafił zachowywać się i wyglądać całkowicie normalnie w obliczu tego, co zrobił i co robi nadal. Jak mógł tak bezczelnie utrzymywać pozory, skoro nawet zdjął z palca obrączkę? Co Rowan szepnęła mu do ucha na plaży? Czy Russ słusznie podejrzewał ją o romans? Wyczerpywało mnie to nieustanne myślenie o tym samym. Podciągnęłam się na leżaku i rozejrzałam wokół siebie. Russ woził Odette dookoła basenu na różowym materacu dmuchanym. Rowan nie było nigdzie widać. Alistair chodził z komórką po ogrodach, pstrykając fotki… W zasadzie nie wiem, co fotografował. Stał odwrócony plecami do mnie z telefonem gotowym do kolejnego zdjęcia, skupiony na jakimś obiekcie. Może na siedzącym na gałęzi ptaku? Był za daleko, żebym mogła dojrzeć.

Położyłam się ponownie na leżaku i zamknęłam oczy, jaskrawe słońce tworzyło pod powiekami pomarańczowy filtr. Wieczorem wybierałyśmy się we czwórkę na kolację: Rowan, Jennifer, Izzy i ja. Będę musiała mieć się na baczności, trzymać emocje w szachu, ponieważ gdy tylko otwierałam usta, czułam, że zaraz się rozpłaczę albo zwierzę ze wszystkiego – zwłaszcza jeśli ktoś będzie starał się być dla mnie miły. Ze strapienia, lęku i rozpaczy czułam się napięta jak struna, bałam się, że lada chwila pęknę i rozpadnę się na kawałki. Tymczasem muszę trzymać język za zębami tak długo, aż zrozumiem, co się dzieje. Gdybym zakasała rękawy i dowiedziała się, co wyprawia Sean, mogłabym przygotować się na to, co nastąpi. I może miałabym wtedy większe szanse na utrzymanie rodziny.

Padł na mnie cień, jakaś postać przesłoniła słońce.

– Kate? – Była to Jennifer w aureoli słonecznego światła.

Otworzyłam oczy, przywołując na usta uśmiech.

– Cześć. Co słychać?

– Widziałaś Jake'a? Albo Ethana?

– Nie. Nie widziałam ich od…

– Ja nie widziałam ich od powrotu z plaży.

– Wcale?

– Wcale.

– Próbowałaś wysłać SMS-a?

– Tak. Nie odpowiedzieli.

– Może są w swoich sypialniach albo w sali gier?

Pokręciła głową.

– Sprawdziłam. Przepadli jak kamień w wodę. – Rzuciła okiem na Rowan po drugiej stronie basenu, a następnie pochyliła się nade mną. – Wydaje mi się, że Jake był trochę zły.

– Dlaczego? Co się stało?

– Zezłościł się na to, co powiedziała na plaży Odette, że chłopcy nie pozwolili jej się bawić.

Zniżyłam głos.

– Nie sądzę, żeby miała jakieś złe intencje. Może po prostu się pogubiła.

– Jake nienawidzi kłamstwa. Okropnie się wkurza, kiedy ktoś mówi o nim nieprawdę, próbuje wpakować go w kłopoty.

– Jennifer, myślę, że Odette nie zrobiła tego celowo. Ma dopiero pięć lat.

– Wystarczająco dużo, by wiedzieć, co to kłamstwo.

Usiadłam.

– Słuchaj, może pomogę ci w szukaniu chłopców?

Jej mina złagodniała.

– Naprawdę?

– Oczywiście. Lucy też nie widziałam już od jakiegoś czasu. Może są gdzieś razem.

Popołudniowe słońce wciąż mocno grzało. Bluzka bez rękawów lepiła się do moich spoconych pleców. Szłyśmy z Jennifer przez winnicę w kierunku lasu, w szpalerze zielonych pnączy, rozglądając się za trojgiem nastolatków i nawołując.

Na skraju winnicy dostrzegłyśmy nieoznakowaną ścieżkę wiodącą między drzewami. Wiła się między dwoma wysokimi dębami o korze zgrubiałej ze starości, sosnami, smukłymi, strzelistymi cyprysami oraz oliwkami przycupniętymi blisko ziemi. Drzewa gęstniały, w miarę jak ścieżka opadała coraz niżej, skręcała, potem znów pięła się w górę i ponownie odbijała w bok, mijała spory pionowy głaz oraz powalone drzewo, którego obnażone korzenie były poskręcane niczym trzewia wylewające się z rany w brzuchu. Wyblakły, łuszczący się ze starości znak, sterczący z ziemi na wysokość pasa, ostrzegał czerwonymi literami „UWAGA!". Pod spodem był jeszcze jakiś napis po francusku, którego nie zrozumiałam, poniżej tekstu – schematyczny rysunek skalnego urwiska i spadających z niego kamieni.

Było tu chłodniej, przez szelest liści w koronach drzew przebijały się tylko sporadycznie głosy ptaków. Jennifer przyspieszyła kroku, starałam się za nią nadążyć. Przed nami las się przerzedzał, ustępując miejsca polanie, otwartej przestrzeni, na której słońce paliło mocniej, a raczej pylistej skarpie, gdzie las gwałtownie się urywał. Promień słońca przeszył rzadsze tutaj listowie i natychmiast mnie oślepił. Gdy mrużąc oczy, podniosłam rękę, by osłonić je przed światłem, mignął mi w oddali skrawek czerwieni. Podkoszulek?

Jennifer poderwała się do biegu, głośniej nawołując chłopców:

– Jake! Ethan!

Dołączyłam do niej.

– Lucy!

Wybiegłyśmy na polankę i stanęłyśmy jak wryte.

Na prawo stał znak wskazujący krętą, stromą ścieżkę na dno wąwozu. Na wprost rosły dwa drzewa oliwne oddalone od siebie o jakieś pięć metrów, z obu pni zwisały bezładnie strzępy ogrodzenia z pomarańczowej plastikowej siatki. Pomiędzy drzewami sterczał w powietrzu pylisty występ, półka skalna, która prowadziła donikąd, dalej była tylko pionowa ściana schodząca na dno wąwozu.

Jake stał odwrócony do nas plecami.

Na samej krawędzi.

– Jake! – krzyknęła Jennifer. – Nie ruszaj się!

Jej przenikliwy głos wystraszył schowane w koronach drzew ptaki, które rozpierzchły się na wszystkie strony.

Ethan siedział po turecku może metr od brzegu urwiska, fotografując komórką starszego brata.

Rozejrzałam się w popłochu za Lucy, serce o mało nie wyskoczyło mi z piersi.

Jest. Siedziała na dużym płaskim kamieniu z dala od przepaści, jakby nie zauważając pozującego do zdjęć Jake'a. Przycupnęłam obok niej.

– Wszystko w porządku?

– No pewnie – odparła, nie patrząc na mnie. – Dlaczego miałoby być inaczej?

Bez słów wskazałam na Jake'a. Obserwowałyśmy, jak Jennifer powoli idzie w jego stronę z wyciągniętymi przed siebie ramionami, jakby podchodziła płochliwe zwierzę.

– Jake – rzekła drżącym z przestrachu głosem. – Skarbie, cofnij się o krok od krawędzi.

W odpowiedzi Jake przybrał nową pozę, wyciągając ręce na boki, unosząc je na wysokość barków niczym nurek szykujący się do skoku. Odchylił głowę i spojrzał w niebo.

– Kiedy patrzysz w górę – powiedział, nie zwracając się konkretnie do nikogo – masz wrażenie, że latasz.

– Jake, proszę cię. – Jennifer łamał się głos. – Proszę, cofnij się od skraju przepaści.

Wiatr załopotał czerwonym podkoszulkiem Jake'a, czubki jego tenisówek wystawały poza brzeg urwiska.

– Wiesz, myślałem, że tu będzie totalna nuda, ale to – wskazał pionową ścianę u swoich stóp – to jest naprawdę coś.

– Posłuchaj mnie, Jake. Zrób dwa kroki w tył, dobrze? Dwa kroki w moją stronę.

Odwrócił się nieznacznie w stronę matki, lekko się przy tym zachwiawszy. Zamachał ramionami, by odzyskać równowagę.

– Oho! – odezwał się ze śmiechem. – Niewiele brakowało.

Jennifer zbliżyła się do syna o kolejny krok. Jej twarz stężała z grozy.

– Jake, błagam cię. Cofnij się.

Wystawił rękę i wypuścił z niej gładki, okrągły kamyk. Żadnego odgłosu, żadnego uderzenia przez sekundy, które wydawały się wiecznością. A później ostre, odbijające się od skalnych ścian „łup", gdy kamień upadł na głazy w dole.

– Ale czad – skwitował Jake.

Jennifer przesunęła się jeszcze bliżej syna.

– Nie słyszałeś, jak cię wołałam, Jakey? Szukałam cię.

Delikatnie pochylił się w przód, zaglądając na sam dół przepaści.

– Ethan, tam są skalne baseny. Powinniśmy je obczaić.

Zrobiłam krok w kierunku Jake'a, czując w żołądku gwałtowne szarpnięcie, gdy zbliżyłam się do krawędzi. Zamiast Jake'owi to mnie zakręciło się w głowie.

Jennifer wyciągnęła ręce w milczącej trwodze. Zamarłam.

– Nie patrz w dół, Jake – poleciła, starając się panować nad głosem.

Odwrócił się do niej. Jasna grzywka opadła mu na jedno oko.

– Dlaczego?

– Ponieważ możesz stracić równowagę. Lepiej trzymać głowę wyżej, patrzeć na horyzont.

– E tam.

– Proszę cię, Jake – powtórzyła napiętym głosem. – Po prostu tego nie rób, okej?

Chłopak wyszczerzył do Lucy zęby w chojrackim uśmiechu, po czym spojrzał prosto w dół.

19

Jake lekko się wychylił, a zaraz potem gwałtownie się wyprostował. Drżały mu kolana, kręcił ramionami młynka, żeby odzyskać równowagę.

Jennifer zakryła dłonią usta.

– Jake!

Nagle cofnął się od skraju urwiska i lekko skłonił.

– Ta-dam! Widzisz? Bezpiecznie.

Jennifer chwyciła go za ramię i odciągnęła dalej od przepaści.

– Nie rób tego nigdy więcej, Jake! To bardzo niebezpieczne. Tak się bałam!

– Nie przesadzaj, Jen, to tylko zabawa.

Strącił jej dłoń i stanął obok Ethana, który trzymał w ręku telefon.

– W pytę! – pochwalił Jake, przewijając zrobione przez brata zdjęcia. – Może kilka wrzucę. Prześlij mi je, dobra?

Położyłam dłoń na ramieniu Lucy.

– Luce, musisz mi obiecać, że nigdy, przenigdy nie będziesz się zbliżać do tej przepaści, słyszysz? W zasadzie w ogóle nie powinnaś tu przychodzić, dopóki nie naprawią ogrodzenia.

Zepchnęła moją rękę i wstała.

– Nie musisz mnie traktować jak pięcioletniego dziecka.

– Po prostu się o ciebie martwię.

Podeszła do Jake'a, który oglądał zdjęcia zrobione mu przez Ethana nad urwiskiem.

Ja i Jennifer także się zbliżyłyśmy, na wypadek gdybyśmy musiały błyskawicznie zgarnąć go znad przepaści: niczym tygrysice zaganiające zbłąkane młode. Dotknęłam lekko jej ramienia.

– Wszystko dobrze? – zapytałam.

– Tak – odparła Jennifer matowym głosem, nie spuszczając oka z synów.

Wcale jednak dobrze nie wyglądała. Ciemny rumieniec rozlał się po jej szyi i dekolcie, całe ciało drżało od nadmiaru adrenaliny.

– Ten uskok jest naprawdę przerażający – zauważyłam.

– I szalenie niebezpieczny! – dodała, podnosząc stopniowo głos. – Jak Rowan mogła nas nie uprzedzić? Dziwię się, że w ogóle wolno tu chodzić!

– Nic się nie stało. – Przytuliłam ją. – Już nic nam nie grozi. Jake jest bezpieczny.

Zachowując wielką ostrożność, posuwałam się w stronę skraju urwiska. Robiłam drobne kroczki na pylistej ziemi.

Staliśmy na skalnym występie sterczącym nad przepaścią. Ustawiłam się bokiem do krawędzi i poruszając się wolno, zajrzałam do wąwozu: pionowy klif, w dole gładkie nagie skały, tu i ówdzie karłowate krzewy wyrastające ze skalnej ściany. Na dnie wąski strumyczek wypływający z jednego skalnego basenu i wpadający do kolejnego, przejrzysta błękitna woda, która skrzyła się w słońcu późnego popołudnia.

Wtem zakręciło mi się w głowie, żołądek podjechał do gardła tak gwałtownie, że musiałam cofnąć się i kucnąć na ziemi, podpierając się czubkami palców.

– Jezu – wydyszałam – ale przepaść. Dobre trzydzieści metrów.

– Obecność dzieci choćby w jej pobliżu przeraża mnie jak diabli – powiedziała Jennifer.

– Jestem dorosła, a też mam ze strachu gęsią skórkę.

– Nie do wiary, że Rowan nas nie ostrzegła. – W głosie Jennifer pobrzmiewał oskarżycielski ton. – Powinniśmy zakazać przychodzenia tutaj wszystkim dzieciom albo jakoś to miejsce ogrodzić.

– Poproszę ją o wezwanie firmy porządkowej. Może będą mogli przysłać tu kogoś od razu.

– Chłopcy? – Jennifer zwróciła się do synów. – Nie wolno wam się tu kręcić do czasu naprawienia barierki. Okej?

Ethan krótko skinął głową i się uśmiechnął.

Jake zachowywał się tak, jakby w ogóle jej nie słyszał.

20

Jennifer

Jennifer z ciasno skrzyżowanymi na piersi ramionami chodziła tam i z powrotem po marmurowej posadzce sypialni. Zażyła swoją tabletkę, ale pigułka najwyraźniej nie działała –

czasem tak się zdarzało. Zamiast „otulić ją ulubionym ciepłym kocykiem" (tak Alistair opisywał działanie leku), tylko odrobinę łagodziła intensywność lęku, delikatnie zacierała ostre krawędzie, ale nic ponad to. A to nie wystarczało.

Wyjazd na te wakacje był złym pomysłem, uznała. Po prostu. To znaczy pomysł sam w sobie nie był zły – teoretycznie wręcz wspaniały – tyle że moment niefortunny. Niesprzyjające okoliczności. Prawdę mówiąc, ten wspólny wypoczynek to ostatnia rzecz, jakiej teraz potrzebowała, zważywszy na całą resztę spraw, wszystkie inne komplikacje, które funduje człowiekowi życie z dwoma nastoletnimi chłopcami.

Jake i Ethan znajdowali się na tym etapie rozwoju, kiedy przekracza się granice, testuje siebie oraz innych. Na przykład ta cała zgrywa z mówieniem do niej „Jen" zamiast „mamo". Nie podobało jej się to ani trochę, lecz Alistair zdecydowanie sprzyjał takiemu zachowaniu, traktując je jako przejście od dzieciństwa do wczesnej dorosłości. „To miara dojrzałości", mówił. „To ich wzmacnia, daje im poczucie sprawczości. Kiedy dziecko dorasta, przestaje postrzegać rodzica jako rodzica, traktuje go raczej jak równego sobie, jak partnera". Czasem wolałaby, aby jej mąż widział w synach ich samych – odrębne, szczególne, wyjątkowe jednostki zamiast pacjentów, których trzeba zanalizować, zbadać i udzielić im podręcznikowej porady. Chłopcy nie tak dawno temu wkroczyli w nastoletniość, ale wydawało się, że już wystawiają głowy z gniazda i węszą w powietrzu. Wkrótce rozłożą skrzydła i wyfruną.

Aż strach pomyśleć.

Przestała krążyć po pokoju.

– Stał tyle od przepaści – powiedziała, demonstrując odległość oddalonymi od siebie o milimetr palcami. – Dotarłam tam w samą porę... niewiele brakowało.

– Wiem – odparł Alistair.

– Więc jak możesz się nie przejmować, Ali? Byłeś w lesie? – Wskazała na winnicę i rosnące za nią drzewa. – Tam jest trzydziestometrowe urwisko. Wszystko się mogło zdarzyć. Wprost nie mogę uwierzyć, że Rowan nie uprzedziła nas o tym przed przyjazdem. A Jake stał na samym skraju, jakby nie miał w sobie żadnego strachu.

Alistair rozparł się w fotelu, założył nogę na nogę.

– Nie czuł strachu, ponieważ jego nastoletni mózg nie rozwinął jeszcze umiejętności oceny konsekwencji poczynań. Jake jest impulsywny i reaguje bardzo emocjonalnie, czasem wręcz spontanicznie, na granicy brawury. Znamy już naszego syna od tej strony.

– Ale mi pomogłeś – burknęła głosem ciężkim od sarkazmu. – Od razu mi lepiej.

– Jen, chcę przez to powiedzieć, że niczego nie lekceważę. Skupiam się na szukaniu rozwiązania.

– Rozwiązanie jest proste: zakaz chodzenia do winnicy i lasu.

– Zakaz? A jak go wyegzekwujemy?

– Nie wiem, Ali, ale trzeba coś zrobić! Martwię się o Jake'a, martwię się o wszystkie dzieci. Daniel ma dopiero dziewięć lat. Jest bardzo podatny na wpływy.

– Ethan ma rozsądną, starą głowę na młodym karku. Nie dopuści do żadnego nieszczęścia. A poza tym testowanie i eksplorowanie to naturalna faza dojrzewania. W sferze fizycznej, intelektualnej, duchowej. W ten sposób dowiadują się, kim są i gdzie jest ich miejsce w świecie.

– Chryste! Czasem jesteś po prostu nie do zniesienia. Rozmawiamy o n a s z y c h d z i e c i a c h – tutaj, teraz – nie o przypadku, który za pół roku będziesz przedstawiał na konferencji.

– Jen, chodź, usiądź na chwilę.

Zignorowała go i powróciła do nerwowego przemierzania pokoju tam i z powrotem. Żałowała, że minęły już czasy, kiedy

Jake jej słuchał, naprawdę słuchał, zwracał ku niej drobną buzię, chłonąc każde jej słowo. Kiedy była jedyną kobietą w jego życiu. Przyłapała się na tym, że coraz częściej tęskni za dzieciństwem synów. Za szczęśliwymi dniami, które zapowiadały niewyczerpane możliwości, za dniami zabaw, bajek, kąpieli, układania do snu, chodzenia do parku z podwójnym wózkiem. Długimi dniami, kiedy wszystko było jasne jak słońce i zaplanowane od początku do końca. Cóż może się równać z pięknym, zadowolonym, sennym bobasem drzemiącym na twojej piersi? Nic. Absolutnie nic.

Inne matki skarżyły się na rutynę, bezsenne noce, brak odpoczynku. Ale nie Jennifer. Tęskniła za tamtymi czasami z głębokim, wręcz fizycznym bólem w sercu, który, bywało, nie pozwalał jej zasnąć. Życie przed narodzinami synów zatarło się w jej pamięci, jak gdyby należało do kogoś zupełnie innego – jakby tamte lata nie były warte zapamiętania. Oglądała czasem domowe filmiki z dzieciństwa chłopców, na których niepewnie dreptali, śmiali się i popisywali przed kamerą, i wtedy po jej twarzy płynęły łzy.

Z sentymentem wspominała tamte dni, gdy polegali na niej całkowicie, gdy była dla nich pępkiem świata. W ostatnich kilku latach, gdy chłopcy dojrzewali, rośli i coraz bardziej się oddalali, czuła, jak powstaje w niej próżnia, powiększające się puste miejsce, którego Jake i Ethan nie chcieli już zajmować.

Marzyła, by znowu poczuć w sobie dawną pełnię, by coś wypełniło tę pustkę, która pozostała.

Brzdęknął jej telefon. Zerknęła na ekran i błyskawicznie odpisała na wiadomość, po czym schowała komórkę do kieszeni.

– Nie mogę być bierna, Ali. Nie mogę siedzieć z założonymi rękami jak obserwator.

– Dlaczego tak się denerwujesz?

– Wiesz dlaczego. Wiesz, co się zdarzyło.

– W takim razie porozmawiajmy o Jake'u. Przyjrzyjmy się jego zachowaniu i zastanówmy, jak najlepiej moglibyśmy na nie zareagować...

– Czy ty zawsze musisz wszystko analizować? Czy nie możesz, do ciężkiej cholery, myśleć jak ojciec, a nie jak terapeuta?

– Bazując na mojej wiedzy zawodowej, mogę lepiej wywiązywać się z roli ojca.

Jennifer odwróciła się do męża, który lekko się pocił w bordowej koszulce bez rękawów i niebieskich szortach.

– Czasem żałuję, że nie jesteś policjantem z drogówki, agentem nieruchomości czy cholernym kierowcą autobusu.

– Gdybym był kierowcą autobusu, prawdopodobnie nigdy byśmy się, moja droga, nie poznali.

To prawda, pomyślała, ich ścieżki przecięły się jesienią po jej dyplomie. Początkowo sądziła, że ten ponury nastrój to po prostu dołek po ukończeniu uniwersytetu, nieuchronny kryzys spowodowany końcem trzech lat intensywnego życia u boku trzech fantastycznych nowych przyjaciółek. Wszystkie wróciły do swoich rodzinnych miast – przynajmniej na początku – a Jennifer odczuła utratę czegoś tak fundamentalnego, tak ważnego, że nie wiedziała, czy jeszcze kiedykolwiek to odnajdzie. Nie tęskniła wcale za koleżankami z liceum w Kalifornii – ten etap miała już daleko za sobą, zaczęła nawet uważać się bardziej za Brytyjkę niż Amerykankę. W każdym razie czuła się tak, jakby zakończyły się najlepsze lata jej życia. Lato nadeszło i minęło, a czarna chmura się nie rozwiała. Kiedy na rutynowej wizycie u internisty wybuchła płaczem i nieopanowanym szlochem, skierowano ją do psychologa.

To nie była miłość od pierwszego wejrzenia. Alistair nie poraził jej jak grom z jasnego nieba. Ale powoli, wraz z upływem kolejnych tygodni i miesięcy, coraz bardziej wyczekiwała tych spotkań. Im bliżej terminu środowej sesji, tym bardziej poprawiał się jej nastrój, zaczynała czuć lekkie ożywienie, była podniesiona na duchu. Potrafiła się odprężyć przy tym spokojnym, życzliwym człowieku, zdającym się mieć na wszystko odpowiedź. Był pierwszym mężczyzną, który rzeczywiście jej słuchał. Pierwszym mężczyzną, który ją rozumiał. Prawie dziesięć lat od niej starszy, po rozwodzie, mający w sobie mądrość i spokój, które ją oczarowały. Był typem naukowca, myśliciela, badaczem ludzkiego umysłu. Znał odpowiedzi na pytania, z których istnienia nawet nie zdawała sobie sprawy.

I wreszcie pewnej lutowej środy podjęła decyzję. Włożyła najcieplejszy płaszcz, rękawice, szalik, kozaki i po zakończeniu sesji terapeutycznej usadowiła się na parkowej ławce naprzeciwko jego gabinetu. Kiedy wyszedł na lunch do pobliskich delikatesów przy głównej ulicy, ruszyła za nim i „przypadkiem" na niego wpadła. Siedział przy oknie z kanapką z żytniego pieczywa z pastrami.

Tak oto wszystko się zaczęło.

Z punktu widzenia etyki zawodowej balansowali na granicy, ponieważ na początku zdarzało im się trochę zapomnieć. On uniknął jednak kłopotów, rejestrując ją do innego terapeuty, tak że nie musieli już ukrywać swojego kiełkującego związku. Później wszystko potoczyło się szybko. Wprowadziła się do jego mieszkania, potem do wspólnego małego domku, urodziło się dziecko, drugie dziecko, większy dom i w końcu ślub cywilny w obecności dwóch najsłodszych małych druhów, o jakich tylko można zamarzyć. Jake'a, uroczego, wrażliwego, skomplikowanego pierworodnego syna z czupryną złocistych włosów, oraz Ethana, który był… po prostu Ethanem. Rozsądnym drugim synem.

Wiedziała, że matki nie powinny przyznawać się do faworyzowania któregoś z potomstwa. Jennifer i Alistair zapewniali oczywiście, że nie dochodzi u nich do niczego takiego. Ale w głębi duszy wiedzieli, jak jest naprawdę. Nie mówili o tym głośno dlatego, że rodzice powszechnie podtrzymywali starannie skonstruowaną fikcję. Podobną do tej, że opieka nad dzieckiem w żłobku czy przedszkolu nie różni się od rodzicielskiej, tak jakby powierzanie dzieci zupełnie obcym ludziom było równie dobre jak zajmowanie się nimi w domu. Równie dobre dla ich rozwoju, socjalizacji, zdolności motorycznych i nauki mówienia. Gdzie tu logika? Jak można w to wierzyć choćby połowicznie?

Najbardziej żałowała – szczególnie teraz – że dziesięć lat temu nie zdecydowała się na logiczny krok i nie zaczęła uczyć Jake'a i Ethana w domu. Ten jeden raz Alistair postawił na swoim i uparł się, by chłopcy chodzili do normalnej szkoły. Jennifer wybrnęła więc z sytuacji najlepiej, jak mogła, czyli postarała się o pracę w tej szkole, w sekretariacie, aby mogła być blisko nich. I sprawować nad nimi opiekę.

Przecież wiadomo, że matczyna opieka jest lepsza niż obcej osoby.

I oczywiście wiadomo, że każda matka ma swojego ulubieńca.

To nie wina Ethana, że jego brat miał problemy wymagające większej uwagi ze strony rodziców. Tak już jest. Gdzieś czytała, że kolejne dzieci są bardziej odporne niż pierworodne, ponieważ nigdy nie doświadczyły losu jedynaka. Ethan był pragmatyczny jak jego ojciec – po prostu sobie radził, nawet we wczesnym dzieciństwie. Nie przeszkadzało mu, że nie znajduje się w centrum uwagi, przejawiał dużo większą samodzielność niż Jake.

Jake był dla niej wyjątkowy.

Z początku sądziła, że wyluzowany model wychowawczy Alistaira miał równoważyć jej metody. Stworzyć synergię – jej odpowiedzialne rodzicielstwo na jednej szali, jego podejście „daj im robić, co chcą" na drugiej. Ale z czasem zdała sobie sprawę, że nie była to celowa strategia Alistaira, że on po prostu taki jest. We wszystkim. Co nie stanowiło problemu, gdy chłopcy byli mali, teraz jednak wydawało się wręcz nieodpowiedzialne.

Alistair pochylił się i splótł dłonie.

– No dobrze – powiedział. – Co ty na to: pójdziemy tam wszyscy, całą czwórką. Zejdziemy do wąwozu, porozmawiamy z chłopcami, dowiemy się, co myślą, upewnimy się, że są świadomi niebezpieczeństw wynikających z ukształtowania terenu oraz konsekwencji upadku z takiej wysokości. Przegadamy to z nimi, jasno wyrazimy swoje obawy, utwierdzimy się w przekonaniu, że w pełni zdają sobie sprawę z wszystkich faktów, i poprosimy, by nie narażali się na niebezpieczeństwo. To w zasadzie wszystko, co możemy zrobić.

– To za mało, Ali.

– Co sugerujesz, Jen? Są więksi ode mnie, więksi od nas obojga, nie możemy powstrzymać ich fizycznie przed wychodzeniem z willi. Są prawie dorośli, musimy zacząć ich traktować stosownie do ich wieku. Nie śledzić, nie pilnować przez dwadzieścia cztery godziny na dobę.

– Możliwe. Ale możemy bardziej się postarać, niż tylko mielić językiem.

Wyszła, trzaskając drzwiami.

21

Niedzielny wieczór planowałyśmy mieć tylko dla siebie. Pomysł był taki: zostawiamy w willi dzieci oraz mężów i jemy kolację wyłącznie w damskim gronie, gdzie nikt nie będzie nam przeszkadzał. Tylko nasza czwórka, okazja do nadrobienia zaległości, nagadania się bez przeszkód, spędzenia kilku miłych godzin przy posiłku i winie. Zważywszy na to, co odkryłam zaraz po przyjeździe, nie miałam na to najmniejszej ochoty, ale nie mogłam się w żaden sposób wymigać.

Włożyłam najnowszą sukienkę, usiadłam przy toaletce i jak na autopilocie zaczęłam szczotkować splątane włosy. Szczotkowałam, szczotkowałam, szczotkowałam. Nie poznawałam zmęczonego odbicia, które patrzyło na mnie z lustra: cienie pod oczami, które starałam się zamaskować korektorem, blada cera, jakby nawet niemuśnięta śródziemnomorskim słońcem, mimo że spędziłam cały dzień na dworze.

Pełna doba. Minęły dwadzieścia cztery godziny, od kiedy dowiedziałam się o kłamstwach Seana właśnie tutaj, w tej sypialni. Ciężar tej wiedzy mnie przygniatał, czułam się jak w żałobie. Jakbym opłakiwała moje małżeństwo, to, co straciliśmy – i być może czego nie zdołamy już odzyskać. Żałowałam siebie i Seana, spędzonych razem lat, tego, jaką byliśmy kiedyś parą i co się z nami stało. Żałowałam też jednej z najbliższych w życiu przyjaźni – nie potrafiłam otrząsnąć się z wrażenia, że to Rowan jest osobą, która próbuje zająć moje miejsce w sercu Seana. Albo już je zajęła.

A teraz jeszcze Lucy. Patrzenie, jak wyrasta na mądrą, cudowną młodą kobietę, było jedną z największych radości mojego życia. Ale na podstawie tego, w jaki sposób wczoraj ze mną rozmawiała, łez na moim ramieniu, miny, gdy zobaczyłyśmy ją z chłopcami w wąwozie, odniosłam wrażenie, że siedzą w niej dwie osoby walczące ze sobą o dominację: dawna Lucy, moja urocza, zabawna, pełna optymizmu córka, oraz ta nowa, zdystansowana, obojętna, kłótliwa, buńczuczna młoda kobieta, która nie dopuszcza mnie do swoich tajemnic, która nie dopuszcza mnie do siebie. Nauka dowodziła, że tak zachowują się nastolatki, tak działa ich mózg, ale obserwując to z bliska, a nie na abstrakcyjnym przykładzie, poczułam się bezradna, głupia i nieprzydatna. Córka zaczęła ukrywać przede mną swoje sekrety – sekrety, które wbijały między nas klin.

Gdy te dwa tory rozważań zderzyły się ze sobą, nagle coś sobie uświadomiłam. Odłożyłam szczotkę na toaletkę.

To takie oczywiste, dlaczego wcześniej na to nie wpadłam? Jak mogłam być tak ślepa? Może Lucy reaguje w ten sposób na nas, na Seana i na mnie, czy też na to, co on robi za moimi plecami. Wyczuła, że coś się dzieje za fasadą naszego małżeństwa, podobnie jak ja, ale nie potrafiła tego sprecyzować. I w ten sposób odreagowywała: była skołowana, zmartwiona, czuła, że nie może porozmawiać o swoich obawach ani z mamą, ani z tatą. Czy o to chodzi? Przynajmniej po części? Postanowiłam z nią pomówić. Jeszcze nie teraz, ale wkrótce, gdy dowiem się czegoś więcej.

Dobro dzieci powinno być na pierwszym miejscu, bez względu na to, jak bardzo pogmatwała się cała reszta.

Wstałam i podeszłam do okna, otworzyłam je na oścież. Do klimatyzowanej sypialni wpadło powietrze gorące jak z pieca i natychmiast mnie oblepiło. Widok zapierał dech w piersiach: bezkresne niebo, zielone pola gotowe do zbiorów, małe, kryte ochrową dachówką domki rozsiane tu i ówdzie. Liście drzewek oliwnych w dole kołysały się łagodnie na lekkim wietrze, drobniutkie fale marszczyły wodę basenu.

Daniel był w ogrodzie. Z kamerą Seana w ręku przeskakiwał z miejsca na miejsce, filmując okolice basenu i tyły willi.

Po raz pierwszy od przyjazdu poczułam spokój, chwilę czystego rozczulenia: mój radosny, zabawny syn, tak niewinny w swoim zamiłowaniu do śmiesznych filmików, błazenad, gagów i głupich dowcipów. Tak nieświadomy wszystkiego, co działo się pod powierzchnią. Zauważył mnie i się zatrzymał, żeby do mnie pomachać. Jego wysoki głos rozszedł się po cichym ogrodzie:

– Cześć, mamo!

Odwzajemniłam gest pozdrowienia i posłałam mu promienny uśmiech, gdy skierował na mnie obiektyw kamery. Po chwili jeszcze raz zamachał do mnie i już go nie było, zniknął za boczną ścianą willi, trzymając przed sobą kamerę i trajkocząc do mikrofonu.

Mój uśmiech powoli gasł. Zerknęłam na zegarek. Zbliżał się czas wyjścia na kolację.

22

Powietrze mieniło się złotem, zachodzące za wzgórza wieczorne słońce spowijało wszystko łagodnym światłem o ciepłej barwie miodu.

Rowan zawiozła nas do małego miasteczka Olargues u podnóża Monts de L'Espinouse. Z naszego stolika w Les Amis przycupniętego w cieniu ruin średniowiecznego zamku roztaczał się fantastyczny widok na dolinę Jaur, powoli rozmywającą się w zmierzchu. Pod nami kamienny łuk Pont du Diable, Czarciego Mostu, jak głosi lokalna legenda, zbudowanego przez samego diabła w zamian za duszę pierwszej osoby, która po nim przejdzie.

Złożyłyśmy zamówienie i czekałyśmy na przystawki w postaci małży, przegrzebków oraz tarty z pomidorami. Zwykle gdy się spotykałyśmy, rozmowa płynęła swobodnie: praca, dzieci, szkoła, wspomnienia studenckiego życia w Bristolu, domu wynajmowanego przez naszą nierozłączną bandę czworga, imprez, wspólnych wieczornych wyjść.

Ale nie tym razem. Jennifer przez cały wieczór prawie nie odzywała się do Rowan, ja nie potrafiłam skupić się na żadnym wątku rozmowy dłużej niż kilka minut, ponieważ moje myśli znów zaczynały błądzić, szukając znaków w każdym słowie moich przyjaciółek, w ich zachowaniu. Izzy dzielnie podtrzymywała konwersację, przytaczając naszą stałą humorystyczną opowieść o pierwszym wspólnym wyjściu do restauracji na pierwszym roku studiów. Ja i Izzy poszłyśmy wtedy do toalety, a kiedy wróciłyśmy, dwie pozostałe były już przy drzwiach wyjściowych, głupawo chichocząc. Dopiero kiedy znalazłyśmy się w połowie ulicy, Rowan przyznała się, że uciekły bez płacenia. W tym momencie kazałam im wrócić migiem do lokalu i uregulować rachunek.

– Miło, że Rowan załatwiła nam stolik w pobliżu wyjścia, dzięki czemu mogła wypróbować swoją starą sztuczkę – ciągnęła Izzy z uśmiechem. – Trudno się wyzbyć starych nawyków, co, pani James?

Rowan podniosła ręce w geście kapitulacji.

– Zapewniam, że to był pierwszy i ostatni raz w życiu. – Wskazała na mnie. – Nie zniosłabym kolejnego upokorzenia ze strony naszego wzoru wszelkich cnót.

Popatrzyłam na nią, próbując się uśmiechnąć i coś powiedzieć, ale jedyne, co chodziło mi po głowie, to dzisiejszy obrazek z plaży, jak Rowan szepcze coś Seanowi do ucha. Jak przytula się do niego odrobinę za długo.

– Ja miałabym cię zawstydzać? – odezwałam się ze sztuczną wesołością. – Jakżebym śmiała?

Rowan podniosła do ust swój kieliszek i spojrzała na mnie z lekkim zdziwieniem.

Izzy też chwyciła kieliszek.

– Powinnyśmy wznieść toast – oznajmiła.

– Za co? – zainteresowała się Rowan.

– Za naszą czterdziestkę?

– O Boże, serio? To zbyt dołujące.

– Jak mawia Oprah, czterdziestka to nowa trzydziestka.

– Wypijmy może za nasze ponowne spotkanie w tym gronie.

Stuknęłyśmy się kieliszkami i wychyliłyśmy toast. Zimne bąbelki szampana musujące na tylnej ścianie gardła przypominały mi zwykle dzień mojego ślubu, ten pierwszy cudowny kieliszek przed obiadem, gdy ja i Sean krążyliśmy pośród naszych gości, świeżo poślubieni, upajając się naszym szczęściem. Tym razem trunek smakował gorzko.

Odstawiłam na stół niemal nietknięty kieliszek.

Jennifer też tylko zamoczyła usta w szampanie i z nachmurzoną miną oparła się na krześle.

– Jen, o co chodzi? – zapytała Izzy. – Co się stało?

– Po prostu jestem trochę podminowana.

– No tak, jasne.

– Po popołudniowym incydencie z chłopcami. – Jennifer zwróciła się do Rowan: – Dlaczego nie powiedziałaś nam o tym urwisku?

– Najmocniej...

– Jake mógł się zabić – przerwała jej Jennifer. – Każde z dzieci mogło się zabić, spacerując po lesie. To takie niebezpieczne!

Rowan odstawiła kieliszek, ze skruchą kiwając głową.

– Wiem, przepraszam. Mój klient wspomniał coś o niefrasobliwym podejściu Francuzów do kwestii bezpieczeństwa i zdrowia, ale nie wdawał się w szczegóły. Zamierzałam pójść tam od razu, już pierwszego dnia, i przekonać się, jak wyglądają sprawy, ale gdzieś mi to umknęło w ferworze rozpakowywania i organizowania wszystkiego.

– Jak w ogóle można do czegoś takiego dopuścić? Przecież wynajmują dom turystom!

– To teren prywatny – wyjaśniła Rowan. – Są znaki ostrzegawcze, ale właściciel nie ma prawnego obowiązku odgradzania tego miejsca, ponieważ praktycznie nie wynajmuje tej willi komercyjnie. Przepraszam was, dziewczyny.

– Nikt nigdy tam nie spadł?

– Nie wiem. Sądzę, że nie. Mój klient nie mówił o konkretach, napomknął tylko, że na krańcu posiadłości poniżej winnicy jest spektakularna skalna ściana.

– Nawet sobie nie wyobrażam, co mogłoby się stać, gdyby Jake się poślizgnął. – Jennifer zakryła dłonią usta. – Aż strach pomyśleć.

– Rozumiem, Jen, ale w takim samym stopniu dotyczy to nas wszystkich.

– W oczach takiej pełnoetatowej matki jak ja sprawy wyglądają inaczej. Jake i Ethan są dla mnie całym światem. Wszystko kręci się wokół ich bezpieczeństwa.

Rowan pochyliła się, oparłszy łokcie o stół.

– Mogę to samo powiedzieć o Odette.

– Wiem – odparła Jennifer. – Ale mimo wszystko to nie jest to samo. Ty masz firmę, na głowie mnóstwo spraw z nią związanych, które odwracają twoją uwagę. A twój klient zachował się strasznie nieodpowiedzialnie, nie uprzedzając cię o przepaści, o zagrożeniu i…

Dotknęłam jej ręki.

– Już dobrze, Jen. Będziemy pilnować wszystkich dzieci, mieć je na oku – powiedziałam.

– I zawsze tak było – dodała z naciskiem Rowan.

Jennifer skinęła lekko głową, ale nie patrzyła na żadną z nas. Wypiłam kolejny łyk szampana, przełykając gorycz.

– Ej, o mało nie zapomniałam – rzekła Izzy, przerywając ciszę. Sięgnęła do torebki. – Zobaczcie, co znalazłam. Mój brat porządkował garaż. Znalazł mnóstwo pudeł z moimi starymi rzeczami, które przechowywał od mojego wyjazdu. Nie zaglądałam do nich od lat.

Wyjęła cienką książkę w miękkiej oprawie, *Panią Dalloway* Virginii Woolf, i spomiędzy kartek wysunęła sfatygowaną kolorową fotografię z zagiętymi rogami.

– Dziewiętnaście lat temu.

Rowan wzięła fotkę do ręki.

– O Boże! Ta fryzura! Do licha, co mi strzeliło do głowy?!

– Myślę, że miałaś wtedy fazę na Jennifer Aniston. Bal dyplomowy. Pamiętacie?

Podała zdjęcie Jennifer, która bacznie mu się przyglądała. W końcu lekko się uśmiechnęła.

– Izzy, ty się prawie wcale nie zmieniłaś. W czym tkwi twój sekret?

Izzy wzruszyła ramionami.

– W braku dzieci?

Na końcu fotografia trafiła w moje ręce. Podniosłam ją do światła rzucanego przez migoczącą na stole świecę. Przedstawiała naszą czwórkę. Stałyśmy obok siebie, obejmując się nawzajem w talii. Suknie balowe, szerokie uśmiechy, kieliszki z koktajlem na szampanie w dłoniach, balony i serpentyny rozrzucone u naszych stóp, w tle młodzi mężczyźni w smokingach kręcący się w tłumie ludzi, wielki biały namiot rozstawiony na głównym dziedzińcu.

Rowan lekko uśmiechnięta, fryzura i kolor włosów wzięte żywcem z serialu „Przyjaciele", suknia balowa w odcieniu głębokiej purpury; obok niej Jennifer w bladozielonym dwuczęściowym komplecie bez rękawów, podkreślającym jej zgrabną sylwetkę; Izzy w kasztanowych, krótko ostrzyżonych włosach, olśniewająca w czarnej sukni koktajlowej – nie przypominam sobie, żebym jeszcze kiedyś widziała ją w sukience. I na końcu rzędu ja w królewskim błękicie.

Boże, wyglądamy tak młodo. I bije od nas szczęście. Jakby cały świat stał przed nami otworem.

Izzy pochyliła się, by jeszcze raz spojrzeć na fotografię w moich rękach.

– Czy to nie wtedy Jen migdaliła się z Darrenem Burtonem?

– Przecież to byłaś ty, jeśli mnie pamięć nie myli – sprostowała oburzona Jennifer. – Ja przeżywałam zawód miłosny.

– Po kim?

Jennifer się zawahała.

– Wiecie po kim – powiedziała cicho, zerkając na mnie kątem oka. – Po Seanie.

– Ach, no przecież – rzekła Izzy. – Zupełnie zapomniałam.

Wzmianka o Seanie lekko mnie zdeprymowała. Jennifer nigdy dotąd nie mówiła w ten sposób o ich związku. Bal odbył się w maju, a oni zerwali ze sobą miesiąc wcześniej, przed feriami wiosennymi. Po miesiącu nadal opłakiwała rozstanie, wciąż cierpiała?

I dlaczego wspomniała o tym właśnie teraz?

Rowan wskazała w tle zdjęcia młodego człowieka z kucykiem.

– A kiedy Darren Burton się pochorował – odezwała się do Izzy – ty przerzuciłaś się na jego współlokatora.

– Boże, tak! Ledwo go pamiętam. Jak on się nazywał? Całował tak, jakby chciał ci wyssać całą twarz.

– Mniam – rzuciła Rowan ze śmiechem.

Izzy pstryknęła palcami i wycelowała je we mnie, tak jakby właśnie przypomniała sobie coś jeszcze.

– Powiem wam za to, co pamiętam. To było właśnie wtedy, prawda? To wtedy zaczęłaś kręcić z Seanem?

Pokiwałam głową. W pewnym sensie była to prawda. Tamtego wieczoru po raz pierwszy pokazaliśmy się razem, przynajmniej publicznie. Po raz pierwszy trzymaliśmy się za ręce, tańczyliśmy ze sobą i całowaliśmy się przy innych. Po raz pierwszy przyciskał mnie do siebie tak mocno, że czułam bicie jego serca. I po raz pierwszy nie przejmowaliśmy się, czy ktoś na nas patrzy.

Cała prawda i tylko prawda w rzeczywistości była nieco bardziej skomplikowana.

Bo tak naprawdę durzyłam się w Seanie od końca pierwszego roku studiów w Bristolu. Podziwiałam go z daleka, kiedy zmieniał dziewczyny jak rękawiczki, a każda z nich była ode mnie ładniejsza, mądrzejsza i bardziej pewna siebie. Kochałam się w nim przez ten jeden miesiąc, trzy tygodnie i cztery dni, kiedy chodził z Jennifer. Na nic nie liczyłam, ale się zdarzyło. Powoli Sean zaczął zdawać sobie sprawę z moich uczuć. Gdy rozstał się z Jennifer, powiedział jej, że jest przerażony powtórką z egzaminu, martwi się, że wywalą go z uniwerku, i chce zakończyć ich związek, żeby skupić się na nauce. Po części mówił prawdę, ale kryło się za tym coś więcej. Znacznie więcej.

A mianowicie ja.

Zerwał z nią przeze mnie, z powodu relacji, jaka się między nami rozwijała.

Ja, pocieszająca załamaną Jennifer, która nie mogła zrozumieć, dlaczego jej pierwszy poważny chłopak z nią zerwał. Która wmawiała sobie, że jest dla niego zbyt bezpośrednia, zbyt nerwowa, zbyt absorbująca. Ja, oferująca jej współczucie, wino oraz ramię, na którym mogła się wypłakiwać. Ja, przez cały ten czas walcząca z poczuciem winy, że stałam się przyczyną jej nieszczęścia.

Czy rzeczywiście byłam wtedy dla niej dobrą przyjaciółką? Prawdziwą przyjaciółką? Obawiam się, że znałam odpowiedź.

– Tak – przyznałam z uśmiechem. – Tamtej nocy zaczęliśmy ze sobą chodzić.

– Wiecie co? Powinnyśmy zrobić sobie selfie, takie jak na tym zdjęciu – zaproponowała Izzy.

– Żebyśmy zobaczyły, jak staro i nędznie teraz wyglądamy w porównaniu z tamtymi czasami? Jak bardzo się posunęłyśmy? – zapytała Rowan.

– Cicho, Rowan, wyglądasz prześlicznie. No, wstawać, wszystkie. – Izzy wyjęła telefon i zaczęła nas ustawiać w takim samym porządku, jak na starym zdjęciu: Rowan po lewej, później Jennifer, Izzy i na końcu ja. Stanęłyśmy tyłem do murku na skraju tarasu, objęłyśmy się w talii i wyszczerzyłyśmy zęby do obiektywu jak dziewiętnaście lat temu.

– Uśmiech! – zakomenderowała Izzy, wyciągając rękę z komórką, żeby objąć nas wszystkie.

Aparat pstryknął raz, drugi, a potem Izzy pokazała nam fotki.

– Idealnie.

Spojrzałam na zdjęcie. Nasza czwórka, jak zawsze. Wspaniała kolacja, piękny, ciepły wieczór, mrugające w mroku światła doliny za naszymi plecami. Cudowna chwila w gronie najdroższych przyjaciółek, osób, które znam ponad połowę życia. Które są mi bliskie prawie jak rodzina.

Niby sielanka, ale jedna z nich zamieniła ją w fałsz.

I może właśnie na to sobie zasłużyłam.

23

Sean

Sean przekreślił ogryzkiem ołówka kolejną kratkę w swojej tabelce. Duży strit, full i generał już przepadły. Będzie potrzebował dużo szczęścia, żeby nie wylądować na szarym końcu. Westchnął i podał kubek z kośćmi Russowi, który traktował grę ze śmiertelną powagą.

Sean przez chwilę przyglądał się pozostałym graczom: Russowi i Alistairowi, siedzącym naprzeciwko na wygodnych sofach. Dziwaczna para, bez dwóch zdań. Russ, kanciasty, kościsty, o wyrazistych kościach policzkowych bohatera filmów akcji, obok Alistaira – zaokrąglonego, o spadzistych ramionach, brzuchatego, z krzaczastą brodą. Czy któryś z nich wie? Czy któryś z nich domyśla się choć trochę? Russ spędzał pół dnia z komórką w ręku, a przez drugą połowę raczył się alkoholem, zamiast bacznie obserwować, co się wokół niego dzieje. Z kolei Alistair generalnie sprawiał wrażenie bardziej spostrzegawczego i czujnego.

Jake i Ethan siedzieli rozwaleni na dwóch końcach sofy, pomiędzy nimi Lucy ze skrzyżowanymi nogami. Każde z nich dzieliło uwagę pomiędzy swoją kolejkę w grze a telefon komórkowy. Było po kolacji, dwoje młodszych dzieci poszło już spać.

Russ wyrzucił pełnego strita z ręki.

– Jest! – Zacisnął pięść w triumfalnym geście i zapisał wynik w tabelce.

Alistair przejął od niego kości i wyrzucił trzy jedynki, czwórkę i szóstkę.

– Patrzcie, chłopcy. Wasz stary ojciec będzie miał generała.

Pozbierał kości i rzucił jeszcze dwa razy, kończąc na trzech jedynkach, dwójce i trójce. Klapa.

Jake pokręcił głową, wymieniając spojrzenia z młodszym bratem.

– Tato, idzie ci naprawdę do dupy, co?

– To gra losowa, mój chłopcze. Szachy to co innego. Bardziej w moim guście.

– Chyba najnudniejsza gra, jaką wymyśliła ludzkość.

– Tam liczą się umiejętności, a nie ślepy traf. I na tym powinna polegać prawdziwa gra. Kiedy byłem w twoim wieku…

Z góry dotarło do nich piskliwe wołanie:

– Tatusiu! Tatusiu!

Sean ściszył muzykę i spojrzał na Russa.

– Twoje czy moje?

Russ odwrócił głowę w stronę, z której dobiegał głos, zmrużył oczy i nasłuchiwał. Chwilę później wołanie się powtórzyło:

– Tatusiu!

– Raczej moje – rzekł Russ, zdejmując kapsel z kolejnej butelki piwa i pociągając spory haust. – Zaraz przestanie.

– Tatusiu!

Sean uśmiechnął się do Russa, wskazując schody.

– Zdecydowanie twoje.

Ethan zebrał kości do plastikowego kubeczka i wręczył go Lucy. Wzięła go jedną ręką, drugą przewijając ekran telefonu.

Na dole schodów pojawiła się Odette w piżamie ze Świnką Peppą. Potargane od snu falujące włosy utworzyły na jej głowie coś w rodzaju wroniego gniazda. Miała zaróżowioną twarz, głęboka zmarszczka przecinała czoło.

– Tatusiuuu! – Dziewczynka przesadnie wydęła dolną wargę, demonstrując nadąsane oblicze. – Dlaczego nie przyszedłeś, kiedy wołałam?

– Nie słyszałem cię, skarbie.

– Wołałam i wołałam, a ty nie przyszedłeś! Nie mogę zasnąć.

– Próbowałaś leżeć bardzo spokojnie i myśleć o przyjemnych rzeczach?

Skrzyżowała ramiona.

– Chcę bajkę tatusia.

– Już czytałem ci bajkę, szkrabku. A nawet dwie.

– Chcę jeszcze jedną.

– Nie.

– No to bajkę mamusi.

– Mamusia wyszła na kolację.

– Więc musisz ty. I masz zaczekać, póki nie zasnę, żeby nie porwali mnie zbóje.

– Odette, nie porwą cię żadni zbóje.

Tupnęła drobną nóżką w białe kafle podłogi.

– Chcę bajkę! A ty musisz przy mnie poczekać!

Russ wstał z westchnieniem, wziął ze stołu piwo, zagarnął córkę ramieniem. Już po raz drugi tego wieczoru wchodził po schodach na piętro. Sean patrzył za nimi, odczekał chwilę i także ruszył ku szerokim marmurowym stopniom. Pokój Daniela znajdował się naprzeciwko pokoju Odette, wołanie dziewczynki mogło go obudzić.

Otworzył drzwi do sypialni Daniela najciszej, jak potrafił, wszedł na palcach do środka i stanął, przyzwyczajając oczy do ciemności. Pochylił się nisko nad synem, nasłuchując rytmicznego oddechu. Chłopiec spał. Grzeczne dziecko. Sean się wycofał. Zamknąwszy drzwi, usłyszał niski dudniący głos Russa czytającego córce kolejną bajkę.

Jake nie był zadowolony z przerwy w grze.

– No i? Gramy dalej, czy jak?

– Powinniśmy zaczekać na Russa – powiedział Sean – bo to on wygrywa.

– Jak długo będzie tam siedział?

– Niedługo.

Jake powrócił do gapienia się w komórkę.

Sean przyjrzał się trojgu nastolatków zajmujących sofę naprzeciwko. Lucy była tylko o rok starsza od Jake'a i dwa lata od Ethana, ale różnili się ogromnie. Jego córka wyglądała jak młoda kobieta – w pełnym makijażu mogłaby uchodzić za co najmniej osiemnastolatkę, za to Jake miał posturę mężczyzny, ale buzię chłopca, tak jakby wyrósł zbyt szybko i twarz nie nadążała za resztą ciała. Nie, niezupełnie tak: właściwie nie wyglądał już na chłopca, tylko na dziwaczną nastoletnią hybrydę, która nie była ani jednym, ani drugim.

Jake wstał, przeciągnął się i potężnie ziewnął.

– Co za nudy. Kto ma ochotę zagrać na dole w bilard?

Ethan zgramolił się z sofy.

– Braciszku, spuszczę ci łomot, skoro sam się prosisz.

Ku zdziwieniu Seana Lucy też podniosła się z miejsca.

– Ze mną nie macie szans.

– Ja wygram – oznajmił Ethan z uśmiechem wyższości.

Cała trójka odeszła korytarzem. Na prowadzących na sam dół schodach słychać było klapanie ich japonek.

Alistair usiadł wygodniej w fotelu i splótł dłonie za głową.

– No i zostaliśmy we dwóch.

– A więc koniec gry.

– Raczej tak.

– No cóż… I tak bym przegrał – stwierdził Sean.

Na niskim stoliku zaczął cicho dzwonić iPhone Russa. Wyświetlił się nieznany numer.

Sean zignorował telefon i zaczął zbierać tabelki z punktacją oraz rozrzucone po stoliku kości.

– Pewnie powiedzieliśmy coś nie tak, że sobie poszli. – Zerknął na zegarek. – A swoją drogą, kiedy wracają panie?

– Pewnie nie wcześniej niż za godzinę. Przypuszczam, że wieczór właśnie wkracza w fazę pod hasłem: „Czy mężczyźni nie są okropni?".

– Bez wątpienia.

Gdy Sean skończył zbierać kości i arkusze oraz dopił swoje piwo, zapadła niezręczna cisza.

– Napiłbyś się jeszcze?

– Ach, niech będzie – odparł Alistair. – Skoro tak nalegasz…

Sean poszedł do kuchni po dwa kolejne kronenbourgi z gigantycznej lodówki, zatrzymując się w drodze powrotnej przy schodach i nadstawiając ucha. Z dołu dobiegł stłumiony stuk uderzenia kijem w bilę, ale na piętrze panował spokój. Dobrze.

Usiadł naprzeciwko Alistaira, podał mu piwo. Stuknęli się butelkami, Alistair pochylił się nad stacją dokującą, przewijając playlistę. Składankę dzieciaków zastąpił kawałek Pink Floydów *Comfortably Numb*.

– Sean – zagaił Alistair, sadowiąc się na fotelu – opowiedz coś o naszej nowo przybyłej.

– O Izzy?

– Dorastaliście razem, prawda? Jaka wtedy była?

– Och, świetna, wulkan energii. A przy tym zabawna, wiesz? Ciągle się śmialiśmy.

– Nigdy nie wyszła za mąż?

Sean się zawahał, wypił kolejny haust piwa. Zimne szkło chłodziło rękę. Czyżby Alistair nie znał tej historii? Może zapomniał

129

albo zaszufladkował ją gdzieś na dnie pamięci. Nigdy nie było wiadomo, co on myśli.

Zaręczyła się, ale za mąż nie wyszła.

– Nie. Nigdy.

Alistair złączył czubki palców.

– Wydaje mi się fascynująca.

– Tak, to naprawdę nietuzinkowa kobieta – potwierdził Sean. I dodał szybko: – Taka silna pomimo wszystkich przeciwności losu. Bardzo się cieszę, że mogła przyjechać na ten tydzień.

Zamknij się. Gadasz, co ci ślina na język przyniesie. Po prostu się zamknij.

Nagle zdał sobie sprawę, w jaki sposób rozmówca na niego patrzy. Podbródek wsparty na pięściach, jakby słuchał pacjenta. Sean poczuł się jak w gabinecie terapeuty, poddawany szczegółowej analizie przez Alistaira, którego praca polegała na wysłuchiwaniu problemów innych ludzi. Jakby Alistair notował w pamięci wszystko, co Sean mówi, jak mówi, co przemilcza, tworząc na tej podstawie profil pacjenta i stawiając diagnozę. Aby pokazać później światu jego wady.

A co powiesz na swój temat, Alistair? Czy kiedykolwiek skierowałeś na siebie to przeszywające spojrzenie? Czy kiedykolwiek zrobiłeś coś niewłaściwego? Czy kiedykolwiek spojrzałeś w lustro, przyjrzałeś się z bliska własnym błędom i skazom? Jako mężczyzna, ojciec, mąż?

Sean poczuł wyrzuty sumienia, które stały się jego nieodłącznym towarzyszem.

Czy, nawiasem mówiąc, zrobił to ktokolwiek z nas?

Telefon Russa znów zaczął cicho dzwonić. Sean pochylił się nad stołem, żeby zobaczyć, czy nie wyświetla się numer Rowan, ale i tym razem był to ktoś nieznany. Po kilku sygnałach komórka umilkła, po czym niemal natychmiast rozdzwoniła się od nowa.

Alistair ruchem głowy wskazał iPhone'a Russa.

– Facet jest rozrywany...

– Może to coś pilnego – rzekł Sean, podnosząc się z sofy. – Zaniosę mu na górę.

Wziął telefon Russa i z udawaną nonszalancją wyszedł na korytarz. Zatrzymał się w połowie schodów, poza zasięgiem wzroku Alistaira, i wcisnął przycisk, tak na wszelki wypadek...

Na wypadek gdyby co?

Na wypadek gdyby telefon nie był zablokowany. Gdyby dzwoniła Rowan.

Ekran ożył, żądając wprowadzenia kodu.

Niech to szlag.

Sean wyłączył komórkę, wyświetlacz zgasł. Pokonał resztę schodów i cicho stąpając, podszedł pod drzwi pokoju Odette. Były uchylone, zapukał więc leciuteńko i delikatnie je pchnął, zaglądając w mrok rozjaśniony tylko małą lampką nocną.

Odette leżała na jednym z łóżek, z kciukiem w buzi. Z małej piąstki wystawał kawałek białej gazy. Russ leżał obok na podłodze, rozciągnięty płasko na plecach, z otwartą książką na piersi i pustą butelką po piwie w zasięgu ręki.

Oboje twardo spali.

24

Gdy wróciłyśmy z restauracji, większość świateł w domu była pogaszona. Sean i Alistair oglądali *Obcego* na wielkim ekranie w salonie, z nogami na stoliku, w otoczeniu całej kolekcji pustych butelek po piwie.

Odwiesiłam żakiet przy drzwiach i się rozejrzałam.

– Gdzie są wszyscy?

Sean zatrzymał film, wstał i się przeciągnął.

– Russ czytał Odette bajkę i zasnął – wyjaśnił, ziewając. – Daniel też śpi, a młodzież jest na dole w sali gier.

Izzy powędrowała prosto na górę, natomiast Jennifer ruszyła do schodów na dół.

– Sprawdzę, co robią chłopcy – rzuciła.

Sean podszedł do mnie i cmoknął mnie w policzek. Jego zarost łaskotał moją skórę.

– Wieczór się udał?

– Było cudownie, dziękuję.

– Kieliszeczek na dobranoc?

– Czemu nie?

Zwrócił się do Rowan.

– Ty też masz ochotę?

Lekko się uśmiechnęła i skinęła głową.

– Ty zawsze lejesz po brzegi. Pokażę ci, jak powinno się nalewać whisky.

Poszedł za nią do kuchni, a ja odprowadziłam ich wzrokiem i wytężyłam słuch, żeby usłyszeć, co mówią. Cisza. Otwieranie i zamykanie szafek. Szepty? Coś między sobą szepczą? Czy to szum lejącej się z kranu wody?

Ty zawsze lejesz po brzegi. Dlaczego „zawsze"? Ile razy mój mąż serwował jej drinka przed snem?

U szczytu prowadzących z sali gier schodów wyłoniła się Jennifer z chmurnym obliczem.

– Alistair, chłopców nie ma na dole. Czyżby wcześnie położyli się spać?

Jej mąż wzruszył ramionami i zerknął na zegarek.

– O dziesiątej? Mało prawdopodobne.

– Więc gdzie oni są?

– Nie wiem, kochanie.

– Zostawiamy wam dzieci pod opieką raptem na kilka godzin, a ty już ich zgubiłeś.

– Nie zgubili się.

Jennifer podparła się pod boki.

– No cóż, tutaj ich nie ma, prawda?

– Na pewno nie odeszli daleko.

– Masz pewność, tak? – powiedziała Jennifer podniesionym głosem z nutą sarkazmu. – Och, czyli wszystko w porządku.

Z kuchni wynurzył się Sean z dwiema kryształowymi szklaneczkami w rękach. Jedną podał mnie.

– Na dobranoc dla mojej cudownej żony.

– Gdzie podziewa się młodzież, Sean? Gdzie jest Lucy?

– Nie wiem, kochanie, ale nie mogą być daleko. – Upił łyk whisky. – Wysłałaś jej SMS-a?

– Prawdopodobnie by go odrzuciła.

– Myślałem, że tylko mnie tak traktuje.

Wyszłam na taras. Przy basenie i w ogrodzie było pusto i cicho, żadnych nastoletnich głosów. Kiedy zadzwoniłam do Lucy, od razu włączyła się poczta głosowa. Drugi raz to samo. Nie nagrałam wiadomości. Poczułam na karku dziwny chłód, pierwsze ciarki niepokoju. Nie tak miało być. Nie tutaj. Nie teraz.

Sean dołączył do mnie na tarasie.

– Mam pójść ich poszukać?

Kiwnęłam głową.

– Ale najpierw spróbuję tego.

Wybrałam na iPhonie aplikację lokalizacji osób, wprowadzając dane córki. Była to najszybsza i najpewniejsza metoda dowiedzenia się, gdzie Lucy przebywa, wyjąwszy wszczepienie jej czipa: nigdy nie rozstawała się z telefonem.

Sean uniósł brew.

– Lucy wie, że ją szpiegujesz?

– Nie. Poza tym to nie jest szpiegowanie, tylko rodzicielstwo dwudziestego pierwszego wieku.

– Tak, jasne. Kogo jeszcze śledzisz za pomocą tej aplikacji?

– Tylko dzieci.

Zawahał się.

– Nikogo więcej?

A powinnam, pomyślałam.

– Przecież mówię: tylko Lucy i Daniela.

– Aha.

– Dlaczego pytasz?

– Po prostu się zastanawiam.

Przyglądałam się, jak mapa ogniskuje się na naszej lokalizacji – miasteczko, droga, skrzyżowanie. Ikonka telefonu Lucy pokazała się na środku ekranu, jakieś siedemdziesiąt pięć metrów na południowy zachód. Powiększyłam obraz, następnie go zmniejszyłam i rozejrzałam się dookoła, by zorientować się w terenie.

– Jest w ogrodzie, na samym końcu, tam gdzie altana. – Spojrzałam na Seana. – Co ona tam robi?

– Pójdę po nią.

Wziął ze stolika swój telefon, włączył latarkę i ruszył na poszukiwania. Jennifer szła za nim, a ja zamykałam pochód, schodząc po stopniach do ogrodu. Zewnętrzne lampy oświetlały basen ciepłym blaskiem, ale za żywopłotem mrok gęstniał i bez latarki w komórce Seana nie widzielibyśmy drogi.

Przystanęłam i ponownie zerknęłam na ekran. Pięćdziesiąt metrów.

Gdy skręciliśmy za boczną ścianę willi, dostrzegłam w głębi ogrodu maleńkie punkciki światła. Stała tam kamienna altana z czterema wygodnymi fotelami oraz zamontowanymi na stałe wentylatorami do użytku w dzień i gazowym palnikiem na wieczór. Ciepłe wieczorne powietrze niosło ku nam zapach dymu papierosowego i białego wina, coraz wyraźniejszy, w miarę jak zbliżaliśmy się do celu. Mój wzrok stopniowo wyławiał z ciemności trzy postaci półleżące w głębokich fotelach.

Jennifer spoglądała to na Jake'a, to na Ethana.

– Co wy tu robicie?

– Nic – odparł Jake.

– Gadamy sobie – powiedział Ethan odrobinę zbyt głośno.

– O czym?

– O wszystkim.

Pomimo mroku spowijającego twarze Seana i Jennifer dostrzegłam, jak wymieniają spojrzenia. Krótkie, przelotne.

Jennifer ostentacyjnie pociągnęła nosem.

– Paliliście papierosy. – Twierdzenie, nie pytanie.

– Nie.

– Robi się trochę późno, prawda? – ciągnęła Jennifer. – Może wrócicie i porozmawiacie sobie w domu?

– Skąd wiedziałaś, że tu jesteśmy?

Popukała się w czoło.

– Matczyna intuicja.

Jake nic nie odpowiedział, a jedynie uśmiechnął się powoli, leniwie. Wstał, lekko się zakołysał i oparł o kamienny słup altany. Jennifer przysunęła się bliżej, jakby chciała go podtrzymać.

– Piłeś alkohol?

Kiwnął głową, patrząc szklistym wzrokiem.

– Wolno mi. Tato mówi, że wolno.

– Tak powiedział?

– Przy lunchu.

– To nie jest pora lunchu. Tylko snu.

– Pora na dobranockę – przedrzeźniał Jake wysokim głosem. Ethan parsknął śmiechem za jego plecami.

– Chodźmy, młody człowieku, wracamy do domu. Ty też, Ethanie.

Jake mruknął coś pod nosem i ponownie opadł na fotel.

– Chodźmy wszyscy spać – wymamrotał.

Jennifer schyliła się, by otoczyć go w pasie ramieniem.

– Pomożesz mi, Sean? – zwróciła się do mojego męża.

Sean wziął nastolatka pod drugie ramię i dźwignął go z fotela.

– Ty też, Ethanie – rzuciła. – Dasz radę?

– Tak – odparł młodszy z chłopców, wstając z miejsca.

Wyciągnęłam rękę do Lucy.

– Wstawaj. Chodźmy wszyscy do domu.

Podniosła się z ociąganiem, wzięła mnie za rękę i ruszyłyśmy za pozostałymi w stronę willi.

Dziewięć miesięcy wcześniej

Wciąż pamięta ten pierwszy raz, kiedy go zobaczyła.

Pamięta tak dobrze, jakby to miała na Instagramie, jakby mogła do tego wrócić w każdej chwili i zobaczyć go na nowo. Wystarczy, że zamknie oczy i o nim pomyśli, a ten obraz pojawia się w jej głowie na świeżo, wyraźny, bardzo ostry, w wysokiej rozdzielczości.

Są w szkolnej stołówce, stoją w kolejce. I oto on.

Wysoki, co najmniej metr osiemdziesiąt. To pierwsza rzecz, która rzuca jej się w oczy. Szerokie barki, kanciasta żuchwa, prawdziwy zarost, nie ten głupawy szczenięcy meszek jak u innych chłopaków z klasy. Ma podwinięte rękawy, umięśnione przedramiona. I ten sposób, w jaki stoi, w jaki rozgląda się dokoła, jakby wiedział, że wszyscy na niego patrzą, i zupełnie mu to nie przeszkadzało, bo jest do tego przyzwyczajony. Kasztanowe włosy, bosko ostrzyżone, cieniowane z boków, długie z przodu. Odgarnia je z twarzy, bo opadają na oczy.

No i te oczy. Jasnoniebieskie, błyszczące, poważne i zabawne, niebezpieczne i głębokie.

Wciągają cię.

Jest niesamowitym połączeniem Shawna Mendesa i Chrisa Hemswortha, ale jej skromnym zdaniem tamci dwaj wypadają przy nim słabo. Niewiarygodnie seksowny. Tak sexy, że to wręcz nie fair w stosunku do wszystkich innych chłopaków z jej rocznika, którzy przy nim wyglądają jak szczeniaki.

Zastanawia się, czy on tak samo myśli o niej.

PONIEDZIAŁEK

25

Woda była lodowata, jej przeraźliwy, paraliżujący ziąb przypominał zamrożony ogień, miliony maleńkich igiełek jednocześnie wbijających się w ciało. Spływała z gór, była krystalicznie czysta, przejrzysta, nie potrafiłam sobie jednak wyobrazić brodzenia w niej, a co dopiero zanurzenia ramion. Wyjęłam stopy ze strumienia i oparłam je o skałę. Doznałam cudownej ulgi, gdy lipcowe słońce ogrzało moje nogi i znów tchnęło w nie życie.

Czułam się jak kapitan tonącego statku, stojący na pokładzie i czekający, aż pochłonie go woda.

Pojechaliśmy przez wzgórza na północ do Gorges d'Héric, głębokiego wąwozu ze skrzącego się czerwonego granitu. Po dwukilometrowej wędrówce w górę natknęliśmy się na cudowne, skąpane w słońcu miejsce – dolinę o stromych zboczach, porośniętą dębami, nad naszymi głowami po obu stronach sterczały na tle błękitnego nieba ostre szczyty. W górze rzeki tworzył się miniwodospad, który wpadał do otoczonego pionowymi skałami głębokiego stawu z nieskazitelnie czystą górską wodą.

Zatrzymaliśmy się nad brzegiem mniejszego stawu, przy którym była nawet maleńka piaszczysta plaża. Rozłożyliśmy ręczniki na szerokich, płaskich kamieniach, granitowych blokach upstrzonych drobinkami mieniącego się w słońcu kwarcu.

Patrzyłam na Seana bawiącego się z Danielem i Odette w płytkiej wodzie. Dzieciaki piszczały z zachwytu i chlapały, a Sean zachęcał je do wejścia głębiej do zimnej jak lód górskiej wody. Lucy w czarnym bikini i okularach słonecznych w stylu Jackie Onassis leżała na nachylonej do słońca skale.

Jennifer poszła w górę wąwozu w poszukiwaniu synów, Rowan zaś wdrapała się ponad ścieżkę, próbując złapać choć jedną kreskę ulotnego zasięgu.

Izzy podeszła do mnie i położyła się obok na ręczniku. Podparła się na łokciach, wystawiając twarz do słońca. Kiedy się wreszcie odezwała, jej głos brzmiał cicho, łagodnie:

– A więc jak, Kate? Zamierzasz mi powiedzieć?

– Ale co?

– Odkąd tu przyjechałam, prawie się nie uśmiechasz. Co się dzieje?

– Nic. Zaprzątają mnie różne sprawy, po prostu.

– Mnie nie nabierzesz, dziewczyno. Przez połowę czasu jesteś gdzie indziej, błądzisz gdzieś myślami. – Przerwała. – Chodzi o Lucy?

– Dlaczego?

Izzy wzruszyła ramionami.

– Jest w trudnym wieku. Chłopcy, hormony, egzaminy, wredne koleżanki. Nie jest łatwo.

– Jaka byłaś w wieku szesnastu lat?

– Ja? – Uśmiechnęła się. – Okropna. Chodzący koszmar. Kłóciłam się z tatą dzień w dzień. Zagroził, że zdejmie drzwi do mojego pokoju, jeśli nie będę słuchać, ale nic sobie z tego nie robiłam. Któregoś dnia wracam ze szkoły, a drzwi nie ma, zniknęły razem z zawiasami. Ciągnęło się to tygodniami, brat zaglądał mi do pokoju za każdym razem, gdy przechodził obok, a kiedy mnie nie było, brał sobie moje rzeczy bez pytania.

– Czyli uspokoiłaś się trochę, zanim poszłaś na studia?

– Mark zawsze powtarzał, że mam temperament włoskiej gospodyni domowej. W sensie pozytywnym. – Jej uśmiech zgasł, a ja dostrzegłam echa bólu, na co dzień skrywanego, który jednak nigdy jej nie opuścił. Nie do końca. – W tym roku mija piętnaście lat, wiesz?

Pomimo porannego upału poczułam, jak przetacza się przeze mnie fala chłodu, dreszcz winy, smutku i żalu. Nagłe wspomnienie gwałtownie przerwanego życia. Wzmianka o tym była jak zbyt szybka zmiana biegów, na którą nie byłam przygotowana, jak zwrot w przeszłość, od której z czasem odgrodziłam się wysokim murem.

– Od wypadku? – zapytałam.

Od wypadku. Nie „od tamtego zdarzenia", nie „od jego śmierci". Zdecydowanie nie „odkąd zginął twój narzeczony".

Od wypadku.

– Wiesz, czasem nadal o nim myślę – wyznała Izzy. – Przypominam sobie różne dziwne rzeczy, na przykład jak wsypywał do herbaty trzy saszetki cukru albo tę jego niezrozumiałą obsesję na punkcie Ala Pacino. Głupie powiedzonka, z którymi się wyrywał. Bardzo by mu się tu podobało. W tym miejscu.

W moim gardle wezbrały słowa, które nigdy nie będą adekwatne. Gdyby nie ja, Izzy mogłaby siedzieć tu z Markiem, może nawet z dwójką dzieci. Na przykład z chłopcem i dziewczynką chlapiącymi się w skalnym basenie. Jej życie mogłoby się potoczyć zupełnie inaczej.

Do ich ślubu został tylko tydzień. Snuli plany na przyszłość. Chcieli zamieszkać razem.

Gdyby nie ja.

Gdyby nie noc sprzed piętnastu lat. Noc, kiedy zginął Mark. Pogrzeb zamiast wesela.

Sprawiedliwości nigdy nie stało się zadość.

W dniach i tygodniach, które potem nadeszły, próbowałam przypomnieć sobie tamtą noc, wieczór panieński Izzy, serię wydarzeń, które doprowadziły do tamtej tragedii. Pamiętam kolację, wypicie kilku drinków i stan wesołego podchmielenia – ale nie utraty kontroli, nietrzymania się na nogach, alkoholowego upojenia. Pamiętam, jak weszłam do klubu, jak jakiś przypadkowy facet nalegał, żeby postawić mi kieliszek szampana. A potem nic. Czarna dziura w pamięci. Dopiero znacznie później dowiedziałam się, że szampana często zaprawiano, ponieważ bąbelki pomagały zakamuflować smak dosypanej substancji.

Natomiast nie pamiętam, jak moje trzy przyjaciółki wyprowadzały mnie z klubu ani tego, że koszmarnie się pochorowałam i nie chciał mnie zabrać żaden taksówkarz.

Nie pamiętam, jak Izzy wysyłała SMS-a swojemu narzeczonemu Markowi, prosząc go, by przyjechał do miasta po naszą czwórkę.

Nie widziałam, jak Mark podjeżdża, parkuje po drugiej stronie ulicy, macha i się uśmiecha, przechodząc przez jezdnię.

Nie widziałam, jak uderza w niego samochód i zostawia go umierającego na asfalcie.

Za to wyraźnie pamiętam, że po tym zdarzeniu Izzy wycofała się ze wszystkiego, odcięła się od przyjaciół i rodziny. Sprzedała mieszkanie, rzuciła pracę, poleciała na drugi koniec świata. Zaczęła wieść życie upływające na podróżach i nauczaniu. Z czasem stała się twardsza i wytrzymalsza, bardziej samowystarczalna niż którakolwiek z nas.

Emocje, które w sobie dusiłam przez kilka ostatnich tygodni, wypłynęły nagle na powierzchnię, czułam, że lada moment się rozpłaczę.

Było to idiotyczne, bo przecież Mark był narzeczonym Izzy, nie moim. Ale nie potrafiłam powstrzymać łez.

– Przepraszam, Izzy – wydukałam łamiącym się głosem. – Za wszystko. Za to, że ściągnęłaś wtedy Marka do miasta, żeby...

– Ciii – powiedziała, dotykając mojej ręki. – To przeszłość. Wszystko, co miało być powiedziane, zostało już powiedziane. Dawno temu. Nie musisz więcej przepraszać.

Och, muszę. Muszę.

A strata Seana jest moją pokutą.

Albo zemstą. Karmą. Formą zapłaty za to, co wydarzyło się piętnaście lat temu.

26

– Nie rozmawiamy o tamtym wieczorze – rzekła Izzy z wymuszonym uśmiechem – mówimy o tobie i Lucy.

Otarłam serwetką łzę w kąciku oka.

– Lucy… och, sama nie wiem. Nie rozmawia ze mną tak jak kiedyś.

– Dojrzewa.

– Zbyt szybko.

Izzy napiła się wody z butelki.

– Ale to nie wszystko, prawda?

– Dlaczego tak myślisz?

Wzbierała we mnie przemożna chęć zwierzenia się przyjaciółce, wciągała mnie jak wir.

No a jeśli to Izzy? Jeśli to właśnie ona?

Przyglądała mi się przez dłuższą chwilę, jakby ważąc kolejne słowa. Wreszcie smutno się uśmiechnęła.

– Nie mam prawa niczego mówić i możesz spokojnie kazać mi się zamknąć i pilnować własnego nosa, ale trochę się o ciebie martwię.

– O mnie?

– Jakiś problem z Seanem?

Żołądek podjechał mi do gardła.

– Słucham?

– Czy to, co cię dręczy, ma związek z Seanem?

– Skąd ten pomysł?

– Wyczuwa się między wami napięcie. Jakąś dziwną atmosferę. *Czy ona próbuje zakraść się do mojej głowy? Wysondować, co wiem? Czy jednak naprawdę chce mi pomóc?*

Nalałam sobie z termosu pół kubka kawy. Napar był intensywny, mocny, po dwóch bezsennych nocach taki zastrzyk kofeiny dobrze mi zrobi.

Nie potrafiłam dłużej się oprzeć pragnieniu, by zwierzyć się Izzy. Nim zdążyłam się zreflektować, zaczęły wylewać się ze mnie słowa. Znała Seana dłużej niż ja, dłużej niż którakolwiek z nas.

– Nie wiem, czy ci kiedyś o tym mówiłam. Kiedy byłam w ciąży z Danielem, poznałam w szkole rodzenia pewną kobietę, Zoe. Utrzymywałyśmy później ze sobą kontakt. Miała naprawdę cudownego męża, czarującego, kochanego i zabawnego, który nie widział świata poza żoną i dzieckiem. Absolutnie nic nie wskazywało, że dzieje się coś niedobrego. A w zeszłym roku – trach! Zostawił ją dla poznanej w pracy kobiety, zupełnie niespodziewanie. Pewnego dnia wróciła do domu, a on spakował do bagażnika swoje rzeczy i po prostu odszedł, zostawiając jej kartkę. I tyle.

– Wrócił?

– Nie. Dopiero po fakcie Zoe zaczęła przyglądać się wszystkiemu, analizować, i zrozumiała, że sygnały pojawiały się od dawna, od miesięcy. Jej mąż był jakiś nieobecny, ciągle czymś zaabsorbowany, skryty, bardziej dbał o wygląd, zaczął chodzić na siłownię cztery razy w tygodniu. Klasyka. Zoe postanowiła zlekceważyć te znaki, udawać, że wszystko gra. Choć wcale nie grało. – Umilkłam, kręcąc głową. – Odnoszę wrażenie, że to samo dzieje się w naszym małżeństwie. I może tak jak ona za-uważyłam to za późno.

Izzy spojrzała mi prosto w oczy.

– Nie wydaje mi się, by Sean coś takiego zrobił. Nie on.

Widziałam dowód. Czytałam wiadomości. Wiem.

– Też tak myślałam – odparłam cicho. – Moja znajoma ze szkoły rodzenia również.

– Kate, znam Seana od podstawówki, od piątego roku życia, i mówię ci szczerze, że to najuczciwszy facet, jakiego znam. – Izzy z uśmiechem dotknęła drobną dłonią mojej ręki. – Czasem bywa uczciwy aż do śmieszności. Kiedy chodziliśmy razem do St. Jude's, przyznawał się do rzeczy, których nie zrobił, których nawet nie mógłby zrobić. To jedna z osobliwych i cudownych cech twojego męża.

Powiedz jej, co widziałaś.

A jeśli to ona?

Po prostu jej powiedz.

Co masz do stracenia?

– Chodzi o wiadomości...

Izzy błyskawicznie podniosła wzrok.

– Co? Jakie wiadomości?

– W jego telefonie.

Przyglądała mi się przez chwilę, uśmiech gasł na jej twarzy.

– Widziałaś je?

– Tak.

– A co konkretnie?

– Miałam w ręku jego komórkę tylko przez kilka sekund, ale zdążyłam przeczytać, jak to nie potrafi przestać o niej myśleć, że nie może dłużej mnie okłamywać, czy ja coś podejrzewam, czy nie...

– Coś jeszcze?

– Że mają zamiar wspólnie zdecydować, co dalej. We Francji, w tym tygodniu.

– I nie wiesz, kto był adresatem tych wiadomości?

– Nie.

Izzy złączyła palce dłoni.

– Logicznie rzecz biorąc, musi to być jedna z nas.

– Tak.

– Albo Rowan, albo Jennifer?

– Tak.

Albo ty.

– No tak, racja.

– Zauważyłaś coś dziwnego w zachowaniu Seana i którejś z nich? Coś podsłuchałaś? Wyczułaś?

– Nie. Absolutnie nic. – Powiodła wzrokiem po nagich skałach nad doliną, których ostre, poszarpane szczyty wbijały się w błękit nieba. – Choć przypuszczam, że istnieje też inna możliwość.

– Tak?

– Że to żadna z nich.

Powoli odwróciłam do niej głowę. Co to znaczy? Ma zamiar się przyznać, wszystko wyśpiewać? Teraz? Tutaj? Dlatego zainicjowała tę rozmowę?

Starając się trzymać nerwy na wodzy, zapytałam:

– Skoro nie one, to kto?

– Rowan i Jennifer nie są tu jedynymi osobami – odparła ostrożnie. – A chłopcy?

– Chłopcy?

– Russ i Alistair.

Ze zdumienia zamrugałam i lekko otworzyłam usta.

Co?

– Russ i Alistair? Przecież oni nie… Sean też nie… Mają żony. Nie są gejami.

– Ludzkie serce potrafi płatać figle, Kate.

– Wiadomości pochodzą od osoby o nicku CoralGirl, założyłam więc, że wysłała je kobieta.

– Bawię się w adwokata diabła – wyjaśniła. – Staram się spojrzeć na sprawę ze wszystkich możliwych stron.

– Wiesz, Izz, coś takiego w ogóle nie przyszło mi do głowy. Wzruszyła ramionami.

– Mówię tylko, że nie można tego wykluczyć, nic poza tym.

– Chryste, chyba nie mam teraz do czegoś takiego głowy.

– A inne tropy, którymi możesz podążyć, inne dowody?

Pomyślałam znowu o wielomilionowym kontrakcie Rowan, który nie doszedłby do skutku, gdyby nie utrzymała tego romansu w ścisłej tajemnicy. O rewelacjach pijanego Russa na tarasie. *Wydaje mi się, że Rowan ma romans. Coś jest na rzeczy. Jestem tego cholernie pewien.*

– Nic… jednoznacznego.

– A pytałaś go o to?

– Nie mogłam, nie chciałam. To był dla mnie wielki wstrząs i od tamtej pory zastanawiam się, jak najlepiej postąpić.

– Och, Kate. – Przyciągnęła mnie do siebie i objęła, gładząc po plecach. – Biedulka. Musisz być okropnie przygnębiona.

Pokiwałam głową, boleśnie ścisnęło mi się gardło. Hamowałam łzy. Nie chciałam znowu płakać.

– Miewałam lepsze dni.

– A nie może być tak, że błędnie zinterpretowałaś sprawy? Wyciągnęłaś pochopne wnioski?

Nadal broni Seana.

– Nie sądzę. Jakie może być inne wytłumaczenie?

– Nie wiem, Kate. I bardzo żałuję. Ale szalenie trudno mi uwierzyć, że byłby do czegoś takiego zdolny.

– Co, twoim zdaniem, powinnam zrobić?

– Żeby się uspokoić?

– Żeby poznać prawdę.

– Nie mam pojęcia, kochana, naprawdę, ale pomogę ci, jeśli tylko będę w stanie.

Wyśliznęłam się z jej objęć.

– Pomożesz?

– Chciałabym.

Usłyszałam, jak Daniel woła mnie z wody.

– Mamo!

– Chwileczkę, skarbie.

Odwróciłam się ponownie do Izzy.

– Wciąż uważasz, że tego nie zrobił? – zapytałam ściszonym głosem.

– Sean taki nie jest, on by nie kłamał.

– Właściwie jak możesz być pewna? Skąd którakolwiek z nas mogłaby to wiedzieć?

Wzruszyła ramionami.

– Po prostu wiem.

Chciałam jej wierzyć, och, jak bardzo tego pragnęłam. Ale pewna myśl kłębiła mi się w głowie jak huraganowe chmury. *Właśnie to byś powiedziała, prawda, Izzy? Gdybyś to ty była tą kobietą.*

– Mamo! – zawołał ponownie mój syn, tym razem donośniej.

– O co chodzi, Danielu?

– Jak myślisz, jak głęboka jest woda, tam pod wodospadem?

– Trudno powiedzieć, może dwa metry. A dlaczego pytasz?

Podniósł wysoko ramię i pokazywał coś w górze.

– Bo Jake będzie skakał.

Usiadłam. Daniel wskazywał miejsce, gdzie woda spadała do większego skalnego basenu pomiędzy dwiema pionowymi ścianami. Jake w spodenkach kąpielowych stał na krawędzi klifu jakieś sześć metrów nad taflą stawu. Woda na dole była przejrzysta jak kryształ lodu, ale przestrzeń między skałami wąska, z nawisami po obu stronach i ostrymi blokami granitu na całej długości.

Izzy i ja zerwałyśmy się na równe nogi.

– Jezu – wyszeptała Izzy.

Usiadł nawet Russ i patrzył na chłopaka spod przymrużonych powiek.

– Młodość – powiedział z nutką zazdrości w głosie. – Wydaje im się, że są niezwyciężeni, niezniszczalni, no nie?

Jake uniósł pięści w geście triumfu, niczym bokser po zakończonej walce.

– Tombstoning, skarbie! – zawołał.

Zza drzew za jego plecami wyłoniła się Jennifer, jej twarz zastygła w grymasie gniewu i strachu.

– Jake! – krzyknęła, zbliżając się do niego. – Ani się waż!

Spojrzałam w dół i naraz do mnie dotarło, że Ethan filmuje brata komórką.

– Co to jest tombstoning? – zapytałam, żeby coś powiedzieć.

– Skakanie do wody ze skał – wyjaśniła cicho Izzy. – Zwykle do morza.

– Boże, chyba nie skoczy, co?

Margines błędu był znikomy. Gdyby wybił się za bardzo w bok, uderzyłby w skały po drugiej stronie, a jeśliby nie skoczył dość daleko przed siebie, rozbiłby się o skalny nawis poniżej. A nawet gdyby wycelował idealnie, mógłby połamać nogi na dnie basenu, jeśli okazałoby się…

Jennifer chwyciła syna za ramię i odciągnęła go od krawędzi.

27

Russ

Russ zerknął ukradkiem na telefon, podczas gdy jego córka podliczała punkty. Przejrzał garść służbowych maili i szybko rzucił okiem na indeks akcji na londyńskiej giełdzie: nic alarmującego na dzisiejszych rynkach.

Ktoś – jakiś wyjątkowy sadysta – dodał do kolekcji zgromadzonych w willi gier Głodne Hipcie. Jak wie każdy dorosły, jest to najgłośniejsza z kiedykolwiek wymyślonych gier, każda runda to szaleńcze, rozdzierające uszy czterdzieści sekund PACH-PACH-PACH-PACH, walenia plastiku o plastik, gdy gracze walczą o to, by ich hipopotamy połknęły więcej kulek niż zwierzęta przeciwników. Ten hałas można przyrównać jedynie do serii z karabinu maszynowego albo do wiertarki udarowej, do włożenia głowy do metalowego wiadra, w które ludzie walą piłkami golfowymi, zwłaszcza gdy robią to z takim wściekłym zacięciem, z jakim grała Odette. Russ wciąż miał bolesne wspomnienie gry z córką o wpół do szóstej rano w dniu Bożego Narodzenia, kiedy to męczył go makabryczny kac, a odgłosy wypuszczanych kulek brzmiały w jego uszach tak, jakby ktoś odpalał w jego czaszce serię fajerwerków.

Ale Odette była zachwycona grą, to zaś przesądzało o wszystkim.

– Ja mam dziewięć kulek, a ty dwanaście – oznajmiła cicho.

– Znowu wygrałeś, tatusiu.

Russ nie uważał, że należy pozwalać małej wygrywać. Rowan zawsze dawała jej wygrać. Rodzice Rowan dawali jej wygrać. Ta cholerna niania pozwalała jej na to za każdym razem, w każdej grze. A to wcale nie było dla Odette dobre, a już z pewnością nie w wieku pięciu lat: odbierało jej wolę walki, determinację, wytrwałość w dążeniu do sukcesu. Nie czerpie się satysfakcji ze zwycięstwa podanego na talerzu. A z drugiej strony nic nie smakuje lepiej niż z trudem wywalczony triumf, na który w pełni się zasłużyło.

Minusem takiego podejścia było oczywiście to, że zawsze chciała grać dalej, dopóki nie wygrała.

– Zagramy jeszcze raz? – zapytała.

Russ rozciągnięty na wyłożonej kaflami podłodze pokoju gier usiadł z jękiem – jego stawy zaprotestowały. Skrzyżował długie nogi.

– Znów w Hipcie czy poszukamy jakiejś innej gry?

– W Hipcie! Chcę, żeby mama też z nami zagrała. – Odette rozejrzała się po pokoju. – A gdzie ona jest?

Spojrzał na zegarek. Gdzie podziewa się Rowan? Mieli na tych wakacjach robić różne rzeczy razem, we trójkę. Tymczasem ona znów zaginęła w akcji, mimo że obiecała zostawiać telefon w sypialni i wyłączać go na parę godzin. Od tamtego wieczoru, kiedy podzielił się z Kate swoimi podejrzeniami, utwierdził się w nich jeszcze bardziej. Tu, w tej rezydencji, śledzenie żony okazało się trudniejsze niż w domu. Coś definitywnie było na rzeczy. Od kilku ostatnich tygodni stawała się coraz bardziej skryta i niedostępna. Owszem, kontrakt z Amerykanami to poważna sprawa, związana z wielkimi pieniędzmi, które łączą się ze zmianą modelu życia, ale to nie wszystko. Chodziło o coś więcej, nie miał co do tego wątpliwości.

– Dobre pytanie, Odette. Nie wiem, dokąd poszła. – Nachylił się do dziewczynki. – Ej, mam pomysł: może pobawimy się w chowanego?

Buzia Odette natychmiast się rozpromieniła.

– Hurra! Ja się chowam pierwsza! Ja pierwsza!

– Zaczekaj, szkrabie.

– Ale najpierw ja!

– Ty będziesz druga. Umówmy się, że mama schowała się najpierw, a my jej szukamy. Ale musimy być supercicho, żebyśmy mogli się do niej podkraść i ją zaskoczyć.

Odette podskakiwała w miejscu.

– Tak! – krzyczała. – Będziemy cichuteńko! Jak myszki!

Russ przyłożył palec do uśmiechniętych ust.

– Ciii – przyznała mu rację Odette.

– Chcesz na barana?

– Tak – wyszeptała, wyciągając ręce.

Russ ukłęknął i podsadził córkę na swoje plecy. Dziewczynka objęła go za szyję drobnymi rączkami i cmoknęła w kark. Poczuł przypływ miłości, dumy, ojcowskiej radości, usta rozciągnęły mu się w szerokim uśmiechu. Odette była taka mała, taka leciutka, ważyła tyle co piórko.

– Jestem teraz taka wysoka jak ty, tatusiu – szepnęła.

– Tak, szkrabie. Jesteś wysoka jak topola.

Wszedł schodami do salonu, a potem na piętro, do sypialni. Ani śladu Rowan. Zajrzał do kuchni, na taras, basen i do ogrodu. Wciąż klapa. Jeden z synów Jennifer – ten ładny, arogancki blondyn – skierował go na drugą stronę willi, więc Russ ruszył ścieżką do ogrodu frontowego, przeszedł przez furtkę i rozejrzał się po parkingu oraz wysadzanym drzewami podjeździe.

Stała tam, oparta o wynajęty samochód, zwrócona do nich plecami. Z telefonem przy uchu.

Znalazłem cię.

– Ciii – napomniała Odette, dmuchając mu do ucha gorącym powietrzem.

Russ skinął głową i zszedł ze żwirowej ścieżki na trawę. Tam było ciszej. Stąpał powoli i bezgłośnie, małymi krokami zbliżając się do żony.

Nadal go nie słyszała.

Russ puścił oko do siedzącej na barana córki. Uśmiechała się od ucha do ucha, podekscytowana perspektywą zaskoczenia matki: przednia zabawa. Podkradał się coraz bliżej, coraz bardziej zwalniał, aż mógł usłyszeć rozmowę.

– Właśnie o tym mówię – rzekła Rowan. – To znaczy o to cię proszę. Chcę znać wszystkie opcje, kiedy co ma nastąpić.

Zrobił jeszcze jeden krok i wytężył słuch.

– Nie – powiedziała stanowczo. – Nie. Oczywiście, że mu nie mówiłam.

Przełożyła telefon do drugiej ręki, zakładając za ucho ciemno-kasztanowe włosy.

– Wiem o tym. Wiem! Myślisz, że jak ja się czuję? – Umilkła, słuchając rozmówcy. – Powiem mu we właściwym momencie. Kiedy będę miała dość czasu na podjęcie decyzji opartej na...

Odette zachichotała, nie mogąc już dłużej wytrzymać.

Rowan odwróciła się gwałtownie w ich stronę i zrobiła wielkie oczy.

– Co to...

– Buu! – wrzasnęła Odette. – Mamy cię, mamo!

Przez chwilę Rowan patrzyła w milczeniu na nich oboje.

– Zadzwonię później – zakończyła rozmowę.

Wsunęła komórkę do kieszeni szortów i skrzyżowała ramiona.

– Co to ma znaczyć?

– Z kim rozmawiałaś? – zapytał Russ.

– Mamusiu, bawimy się w chowanego! – przekrzykiwała ich Odette.

– Sprawy służbowe.

Russ zrobił sceptyczną minę.

– Nie brzmiało to służbowo.

– Nie będę teraz tego z tobą omawiać. Nie w tej chwili.

– Dlaczego? Boisz się, że zrujnuje cudowną wakacyjną atmosferę, którą wszyscy się tu napawamy?

Podekscytowana Odette wierciła się na plecach ojca.

– Mamusiu...

– Bo nie ma o czym mówić.

– Nie próbuj mi wciskać swoich stałych kitów. Widziałem, jak się do niego wdzięczyłaś.

– Do kogo?

– Do Seana. Przystawiałaś się do niego wczoraj na plaży.

– Zaopiekował się naszą córką, podczas gdy ty odsypiałeś kaca. Jak zwykle.

– Dlaczego to robisz? Dlaczego musisz przynosić mi wstyd?

– Sądzę, że z tym doskonale radzisz sobie sam.

– Co to ma znaczyć?

– Musisz pić przy każdym posiłku?

– Jestem na wakacjach! Powinienem dobrze się bawić, ale nie ja dobierałem towarzystwo, prawda? To są twoje przyjaciółki, nie moje.

– Mimo wszystko byłoby miło, gdybyś bawił się z naszą córką, zamiast każdego popołudnia zasypiać na słońcu.

– Właśnie się bawimy. To ty czaisz się tu z telefonem.

Odette klasnęła w dłonie.

– Mamusiu, teraz ja się chowam! Moja kolej!

Rowan z uśmiechem wyciągnęła do córki ramiona.

– A więc chodź. – Zdjęła ją z barków Russa i posadziła sobie na biodrze, tak jak nosiła ją kiedyś, kiedy Odette była jeszcze małym brzdącem. – Poszukamy kryjówki.

– I schowamy się razem?

– Tak. Schowamy się obie przed tatą, wybierzemy jakieś sprytne miejsce. – Odwróciła się i ruszyła ścieżką na tyły willi. Odette podskakiwała na jej biodrze. – Gdzieś, gdzie nigdy nas nie znajdzie.

28

Dość się napatrzyłam, dość się nasłuchałam. Nadszedł czas na działanie.

Skradałam się na palcach korytarzem na piętrze. Żadnych dźwięków, żadnych głosów. Pchnąwszy ciężkie drewniane drzwi, zajrzałam do sypialni Rowan i Russa. Była urządzona tak jak nasza: kremowy marmur, stare drewno, łóżko z baldachimem i pięknie rzeźbione biblioteczki. Przeszklone drzwi na balkon były lekko odsunięte, wpadający z zewnątrz wiatr delikatnie poruszał zwiewne białe zasłony.

Czego szukam? Co ja tu w ogóle robię?

Właściwie nie wiedziałam. Ale gdzieś musi znajdować się jakaś wskazówka, która pomoże mi znaleźć wyjście z tego labiryntu. Gdzie bym coś schowała, gdybym miała coś do ukrycia? Gdyby to był mój pokój?

Szafa była otwarta. Odsunęłam na bok kilkanaście sukienek i bluzek, zza których ukazały się dwie czerwone walizki Samsonite upchane w głębi, jedna odrobinę mniejsza od drugiej. Wybrałam tę mniejszą, rozsunęłam zamek, zaczęłam grzebać w pustych plastikowych torbach, kablach do ładowarek, szarym bawełnianym worku na brudne rzeczy, jeszcze pustym. Kieszenie walizki zawierały jakieś służbowe dokumenty dotyczące chyba firmy Rowan, z kolumnami cyfr, terminami księgowymi, które były dla mnie czarną magią.

Podeszłam do łóżka i wysunęłam szufladę nocnego stolika. Otwarty karton mieszczący dziesięć paczek marlboro, z których pozostało tylko sześć. Zapasowa zapalniczka. Jakieś tabletki, scyzoryk, plastikowa torebka wypchana grubym plikiem banknotów o nominale pięćdziesięciu euro, ładowarka do telefonu, iPad i smartfon Google Pixel, oba wyłączone. To szuflada Russa. Dziwne, że znalazłam tu jego telefon, w dodatku wyłączony. Wydawało się, że non stop z niego korzysta.

Przekradłam się na drugą stronę łóżka i także zajrzałam do szuflady.

Trzy paszporty, dokumenty wypożyczenia samochodu, szczegóły lotu w plastikowym portfelu, kolejne papiery firmowe, opakowania tabletek, prostownica do włosów, nożyczki, notes, długopisy, balsam do ust, mleczko do opalania.

Odsunęłam na bok pudełeczka pigułek i sięgnęłam głębiej, starając się nie ruszać pozostałej zawartości szuflady.

Żaden z przedmiotów nie był mi znajomy, nic mi nie mówił. Były dla mnie bezużyteczne.

Zaraz.

Chwila.

Jest.

Coś, co rozpoznałam. Coś, co znałam bardzo dobrze. Chyba ostatnia rzecz, jaką spodziewałabym się znaleźć w tym pokoju.

Nie do końca zdając sobie sprawę z tego, co robię, nie podejmując świadomej decyzji, działając niemal bezwiednie, głębiej wsunęłam rękę i to wyjęłam. Obracałam w palcach, gorące łzy szczypały mnie w oczy.

Zakręciło mi się w głowie, jak po silnym ciosie w potylicę. Do tej pory miałam podejrzenia, obawy i może iskierkę nadziei, że to wszystko może się okazać zwykłym nieporozumieniem.

Teraz ta nadzieja prysła.

Teraz już wiedziałam.

Jeśli to zabiorę, Rowan zauważy, że zniknęło, i zorientuje się, że ktoś grzebał w jej rzeczach. Prawdopodobnie domyśli się kto. Mądrze byłoby odłożyć ten drobny przedmiot na miejsce i uniknąć ryzyka zdemaskowania.

Zamiast tego wsunęłam go do kieszeni.

Zapomniałam na moment, gdzie jestem i co robię. Pokój wirował wokół mnie, przed moimi oczami przesuwały się barwne plamy, a ja starałam się zatamować napływające do oczu łzy. Fakt, że znalazłam akurat tę rzecz, jeszcze bardziej pogarszał sprawy. Odzierał z resztek nadziei.

Niosący się z dołu, znad basenu, głos Lucy przywołał mnie do rzeczywistości. Przez cały poranek moje myśli krążyły wokół naszej rozmowy z poprzedniego wieczoru, przeskakiwałam od pomysłu do pomysłu, próbowałam znaleźć rozwiązanie, starałam się jej pomóc. Mojej córeczce. Tak wiele teraz przede mną zatajała, nie dopuszczała mnie do tak wielu spraw, że czasem czułam się jak szpieg. A przecież chciałam tylko pomóc. Rozsunęłam cienkie zasłony, otworzyłam szerzej przeszklone drzwi i wyślizgnęłam się na balkon sypialni Rowan i Russa.

Boczną ścianę willi zalewało jaskrawe, oślepiające słońce, czułam, jak skóra na ramionach i twarzy natychmiast zaczyna smażyć się w upale. Miałam stąd dobry widok na basen i główny taras przy salonie. Lucy przepływała kolejne długości basenu, wykonując płynne, pełne gracji ruchy. Tam i z powrotem. Gdyby spojrzała teraz w górę, zobaczyłaby mnie od razu. Kucnęłam w kącie, wyglądając przez szczelinę pomiędzy suszącymi się na balustradzie ręcznikami.

Przez chwilę obserwowałam, jak harmonijne ruchy kończyn Lucy delikatnie marszczą taflę wody.

Przerzuciła się ze stylu klasycznego na grzbietowy i wtedy kątem oka dostrzegłam, że coś poruszyło się w cienistym kącie pod kamiennymi schodami tarasu. Z początku myślałam, że to jakaś figurka, kamienna rzeźba kota, ale po chwili głowa obróciła się w moją stronę. Mały rudo-biały kot, czy raczej podrośnięte kocię. Żółte oczy mrugały leniwie, odpowiadając na moje spojrzenie. Zwierzę było całkowicie spokojne, beztroskie, nic nie burzyło jego równowagi. *Odpoczywa sobie przy basenie.* Pewnie jest bezpański albo przywędrował tu z jednego z okolicznych domów. Po dłuższej chwili kot odwrócił wzrok i spojrzał w inną stronę. Zrobiłam to samo, chcąc zobaczyć, co go zainteresowało, przycisnęłam czoło do pionowych prętów balustrady.

Alistair. Siedział dokładnie pode mną, wyciągnięty na leżaku, ubrany w swój typowy strój basenowy: kąpielówki i koszulkę na ramiączkach, czarne skarpetki i sandały. Plus, oczywiście, telefon komórkowy. Zmrużyłam oczy, spoglądając prosto na niego między szczebelkami barierki. Co on tam właściwie robi? Przyjrzałam się uważniej i wstrzymałam oddech, żeby mnie nie usłyszał. Alistair zmienił położenie trzymanego na kolanach telefonu, ustawił go pod nieco innym kątem i skupił na czymś uwagę.

Pstryknął zdjęcie. Potem drugie. I trzecie.

29

Alistair

Alistair założył fikcyjne konta w mediach społecznościowych z całkowicie uzasadnionego powodu: żeby móc śledzić aktywność synów na Instagramie i Snapchacie, mieć oko na ich poczynania ze stosownego dystansu. Szczególnie od momentu ujawnienia się choroby Jake'a – od tamtej pory Jennifer nieustannie zamartwiała się, z czym przyjdzie im się mierzyć. Początkowo próbował obserwować ich pod swoim prawdziwym nazwiskiem – błąd żółtodzioba – a chłopcy zwyczajnie wyparli się, jakoby mieli jakieś konta. Kiedy wytropił ich nazwy użytkowników, zwyczajnie zignorowali jego zaproszenie do grona znajomych.

Potrzebne było subtelniejsze podejście.

Założył więc konta fejkowe jako SkyBlue-Lad99, używając wizerunku z typowego profilu nastoletniego chłopaka, pobranego z witryny udostępniającej zdjęcia, zaczął zapełniać je fotkami samochodów, jedzenia, piłkarzy, plotkami o celebrytach – wtedy oczywiście przyjęli jego zaproszenie i obserwowali jego profil. Jake i Ethan mieli w mediach społecznościowych setki znajomych, których większości w prawdziwym życiu prawie nie znali. Łatwo było wtopić się w tło.

Dość szybko przekonał się, że fałszywe konta pozwalają mu zyskać pełny obraz, zobaczyć tło wszystkiego, co dzieje się w ich życiu, środowisko, w którym się obracają, nawiązują kontakty i są poddawani ocenie, przeniknąć ocean, w którym pływają. W mediach społecznościowych mówili rzeczy, których przenigdy nie powiedzieliby w jego obecności. Obserwował też wielu innych na Instagramie, Snapchacie i Twitterze. A najpiękniejsze było to, że mógł siedzieć sobie z telefonem – oglądając, co zechce, robiąc zdjęcia – a nikt niczego się nie domyślał. Byli przekonani, że po prostu sprawdza maile albo przegląda Facebooka.

A więc co młodzież wrzuca dzisiaj na Instagram? Zaczął od chłopców, przejrzał sobotnie zdjęcia z krawędzi klifu, z Jakiem stojącym z uniesionymi ramionami nad przepaścią. Jake zawsze w roli śmiałka, Ethan – prowokatora. Interesujący układ. Alistair opuścił profil Jake'a i powrócił na własny, obserwowany przez znajomych i przyjaciół synów. Pełno wakacyjnych fotek z rozmaitych miejsc globu, mnóstwo postów o dziewczynie imieniem Lexie, która obchodzi w weekend szesnaste urodziny, filmik z trzęsącym się obrazem, przedstawiający chłopaków tańczących w jakimś klubie, posty na temat niejakiego B-Boya okraszone emotikonkami ze smutną buźką i całusami, quizy, typowe zdjęcia psów, kotów, jedzenia i napojów, zabawne memy, diety oraz różne inne interesujące nastolatków rzeczy, których Alistair nawet nie próbował zrozumieć.

Po kilku kolejnych minutach tego nieszkodliwego szpiegowania zadowolony, że w życiu synów nie dzieje się właściwie nic, o czym by nie wiedział, wpisał w wyszukiwarce LucyLupin22 i wybrał profil. Na ekranie pojawiło się selfie Lucy z tarasu willi na tle krajobrazu. Zdjęcia plaży, winnicy, wąwozu z porannej wycieczki. Przewijał dalej. Zdjęcie Lucy i dwóch innych dziewczyn w jednoczęściowych piżamach z wizerunkami zwierząt: owcy, żyrafy i pandy. Kilka dni temu nocowały pewnie wszystkie w domu jednej z nich.

Okej. To wyglądało okej.

Przerzucił się na swój prawdziwy profil i oglądał zdjęcia, które zrobił kilka minut temu: piękna, elegancka istota o idealnych kształtach i swobodnej pozie – sam jej widok wywołał uśmiech na twarzy. Wybrał najlepsze fotki i wrzucił je na Instagram, opatrując podpisem: *Dodatkowy gość w willi#koty_na_Instagramie.*

Zawsze uwielbiał fotografię, ten dreszcz przyjemności, jaki daje uwiecznienie obrazu, uchwycenie go i zatrzymanie na zawsze, noszenie go w kieszeni albo wzięcie do ręki, żeby móc na niego patrzeć, kiedy tylko ma się ochotę. Czytał kiedyś o prymitywnym plemieniu z brazylijskiej dżungli, którego członkowie nie lubili, gdy ich fotografowano, wierzyli bowiem, że zdjęcie kradnie im część duszy. Inni śmiali się z takiego myślenia, ale nie Alistair. On rozumiał. Bo tamci ludzie mieli rację – posiadanie czyjegoś zdjęcia to jak posiadanie maleńkiej cząstki tego kogoś. Nie wolno mieć czyjegoś kosmyka włosów ani części ubrania, za to można mieć wizerunek, w dużej rozdzielczości, w kolorze, na zawsze. I nikt nie musiał o tym wiedzieć.

Czasem po wyjątkowo ciężkim dniu w pracy pomagało mu oglądanie pięknych zdjęć, które sam zrobił. W zawodzie psychologa i terapeuty zdarzały się dni dobre i złe. W te złe, kiedy wydawało się, że to niewdzięczna robota, że ludzie zwyczajnie nie chcą dać sobie pomóc, relaks z własną galerią zdjęć był prawdziwym błogosławieństwem, zaworem bezpieczeństwa, ukojeniem. W samotności, za zamkniętymi drzwiami gabinetu. Miał ich tysiące, skatalogowanych, podzielonych na kategorie, skopiowanych na domowy komputer – własną prywatną kolekcję, choć przypuszczał, że któryś z chłopców mógł znaleźć do niej dostęp niejeden raz. Zawsze chciał powiększać swój zbiór, gdziekolwiek się znalazł.

Ogród był cichy, tylko cyk-cyk-cyk zraszaczy zataczających powolne kręgi, bawiących się leniwie na bujnym zielonym trawniku. To lubił. Nie przeszkadzała mu nawet pełna ekspozycja na słońce – a prażyło bezlitośnie – jeśli tylko mógł uwiecznić jakiś naprawdę spektakularny obraz. Pot wsiąkał w koszulkę na plecach i zbierał się pod rzemieniem wisiorka, który Alistair nosił na szyi.

W obecnych czasach aparat w przyzwoitym telefonie komórkowym potrafił zdziałać cuda. To nie to, co toporny szmelc w jego pierwszym telefonie. Teraz jego samsung S9 miał matrycę o rozdzielczości dwunastu megapikseli, nieograniczoną pamięć, dwie przysłony, funkcję nagrywania filmów w superzwolnionym tempie, prawie tysiąc klatek na sekundę. Znakomita jakość obrazu, nawet w słabym oświetleniu, a do tego porządny zoom, tak że przy dużym zbliżeniu nie traciło się na ostrości.

Korzystanie z aparatu w telefonie miało oczywiście także inne zalety. Można było szybko i łatwo przesyłać zdjęcia do innych urządzeń, przechowywać je w chmurze, filtrować, edytować oraz transmitować na żywo przez Internet, jeśli naszła człowieka taka ochota. A wszystko za sprawą poręcznego urządzenia, które mieściło się w kieszeni.

A co było absolutnie najlepsze? Że wszyscy non stop siedzieli z nosami w swoich telefonach.

Nie było w tym żadnej przesady: często gdy szedł ulicą albo przyglądał się grupie osób na przystanku autobusowym, czy nawet w parku – każdy trzymał w ręku komórkę. Dziesięć lat temu, gdy paradowało się z wielkim nikonem wyposażonym w teleobiektyw, zwracało się powszechną uwagę. Wszyscy od razu wiedzieli, co człowiek robi. A nawet jeśli nie wiedzieli, to się domyślali. Automatycznie wzmagała się ich czujność. Nie każdy lubi mieć wycelowany w siebie obiektyw.

A dzisiaj? Nikt się nie przejmuje, że trzymasz telefon na wierzchu – ponieważ wszyscy chodzą ze smartfonami w rękach. Wszyscy i bez przerwy, więc nikt nie uważa tego za rzecz niecodzienną.

To zaś oznacza, że można robić zdjęcia dosłownie wszystkiemu. Bez wyjątków.

Odłożył komórkę i położył się na leżaku. Lucy przepływała grzbietem kolejne długości basenu. Ostatni raz widział ją w kostiumie kąpielowym na letnim przyjęciu, które wyprawili z okazji dziesiątych urodzin Jake'a. Była wtedy chudą jedenastolatką o płaskiej klatce piersiowej i patykowatych kończynach, która biegała po ogrodzie i skakała przez łuk wody z podlewającego trawnik zraszacza. Wtedy oni wszyscy byli jeszcze cudownie, totalnie i rozkosznie pozbawieni kompleksów, nieskrępowani, nieświadomi świata dorosłych, szczęśliwi, że mogą się bawić i nie przejmować się tym, kto na nich patrzy.

Teraz wyglądała... no cóż, jak całkowicie inna istota, należąca do innego gatunku. Bo piękni ludzie to inny gatunek. Lucy wyglądała jak kobieta, mało tego: jak dorosła kobieta. Miała dopiero szesnaście lat, ale krągłości we wszystkich właściwych miejscach, wąziutką talię, nogi do nieba, piersi ledwo mieszczące się w górze od bikini. Ciało nietknięte cellulitem, wiekiem, zmarszczkami, bez żadnych innych mankamentów, które z wiekiem sieją w kobiecie spustoszenie.

Przypominała postać z powieści graficznych Jake'a: z Marvela albo DC. Młoda bogini.

A przy tym o bogatym wnętrzu. Zdążył to zaobserwować.

Lucy wyszła z basenu, z jej cytrynowego bikini ściekały strużki wody. Wystawiła twarz do słońca i wygładziła oburącz długie, spływające na plecy włosy. Cieszył się, że w tym towarzystwie – w gronie osób, które zna od początku swojego krótkiego życia – wciąż potrafi być beztroska, nieskrępowana. To krzepiący widok. Wiedział, że na Instagramie wydyma usta i pozuje wraz z resztą swoich koleżanek, filtruje zdjęcia i ustawia się tak, by pokazać się w jak najkorzystniejszym świetle. Kiedy jednak sądzi, że nikt nie patrzy, zachowuje się naturalnie. To zdrowy objaw z punktu widzenia kondycji psychicznej; trapiło go to świadome zafałszowywanie niemal wszystkich treści w mediach społecznościowych.

Izzy w jedwabnym sarongu zeszła po schodach i usiadła na leżaku obok Lucy, witając ją uśmiechem.

Izzy to kolejna interesująca postać. Bardzo szczera, pozbawiona choćby cienia sztuczności. Bezpretensjonalna. Obyta w świecie. Bez dzieci, bez balastu, bez rozstępów i nadwagi, czyli tego wszystkiego, co biorą na siebie kobiety, wstępując do klanu matek. Była filigranowa, sięgała Lucy ledwo do ramienia. Izzy zrzuciła sarong na leżak i zaczęła się smarować mleczkiem do opalania. Po chwili podała Lucy butelkę i odwróciła się do niej plecami. Dziewczyna wycisnęła emulsję na ramiona Izzy i równomiernie rozprowadziła ją na jej skórze.

Alistair ponownie dostrzegł rudo-białego kotka i sięgnął po telefon.

30

Sądziłam, że dam radę. Że jakoś przetrwam ten tydzień do czasu poznania prawdy, zdobycia dowodu, któremu Sean nie będzie mógł zaprzeczyć.

Ale nie potrafiłam.

Zabrakło mi sił. Nie umiałam udawać rodzinnego szczęścia, gdy to działo się tuż pod moim nosem. Pora wydobyć z niego prawdę, w taki czy inny sposób. Muszę się dowiedzieć. Nie tutaj, nie w miejscu, gdzie wszyscy mogą nas usłyszeć, gdzie w każdej chwili może wpaść któreś z naszych dzieci. I gdzie „ona" mogłaby nam przeszkodzić. Znała tę posiadłość wraz ze wszystkimi jej tajnymi zakamarkami.

Nie tutaj, nie w willi. Na szczęście znałam pewne idealne miejsce.

Zastałam Seana w naszej łazience, świeżo po prysznicu. Był bez koszuli, z widoczną już opalenizną na szerokich plecach i piersi po raptem trzech dniach słońca.

– Hej – rzuciłam, opierając się o framugę.

– Hej, hej – odpowiedział, rozpylając płyn po goleniu.

– Wybrałbyś się na spacer przed kolacją?

Spojrzał na mnie trochę niepewnie.

– Na spacer?

– W dół winnicy. Jest tam pięknie o tej porze dnia, można podziwiać wspaniałe zachody słońca.

– A dzieci?

– Daniel za chwilę idzie się bawić ze starszymi chłopcami, a ja poprosiłam Izzy, żeby miała oko na Lucy.

– Okej. Jasne. – Obrzucił mnie czujnym spojrzeniem. – Zaraz będę gotowy.

Usiadłam na skraju łóżka i patrzyłam, jak Sean zapina bladoniebieską koszulę, a moje myśli znów powędrowały do wieczornej rozmowy z naszą córką.

– Czy Lucy mówiła ci coś o swojej koleżance Alex?

– Tej szurniętej?

– Wysoka, chuda, gra na klarnecie. Należy do grupki przyjaciółek Lucy.

– Nie. Znowu się poprztykały?

– Lucy o niej napomknęła. Była czymś przybita, ale nie puściła pary z ust.

Sean wzruszył ramionami i zamknął szafę.

– Do mnie z tym nie przyszła.

Usłyszałam, jak na korytarzu stukają drzwi pokoju Daniela. Nasz syn przemknął obok w wielkim pośpiechu.

– Daniel?! – zawołałam za nim.

Wsunął głowę w uchylone drzwi.

– Co? Mam się zaraz spotkać z Jakiem i Ethanem.

– To miło. – Z trudem się uśmiechnęłam. – Słuchaj, czy Lucy coś ci mówiła?

– O czym?

– O Alex. Ze szkoły.

– Mamo, ona ze mną nie rozmawia. Nie o babskich sprawach. – Zerknął na zegarek. – A może chodzi ci o Alexa z dwunastej klasy?

– Nie wiem. A kto to jest?

– Taki jeden. Od tej hecy.

– Od jakiej hecy?

– Sprzed stu lat.

Zmarszczyłam czoło. Rozmowy o szkole czasem właśnie tak wyglądały – kiedy nie zwracałam wystarczającej uwagi na roszady w kręgach towarzyskich, nie nadążałam za plotkami, za tym, kto się z kim pokłócił, kto z kim się pogodził, a dochodziło do tego chyba dzień w dzień.

– Lucy się z nim przyjaźni?

Daniel wzruszył ramionami.

– Nie wiem.

– Ta „heca" to jakaś impreza?

Jeden ze starszych chłopców – nie rozpoznałam po głosie który – zawołał Daniela z dołu. Nasz syn błyskawicznie odwrócił głowę: wzywano go.

– Muszę lecieć. Pa! – krzyknął i wystrzelił jak z procy.

My też zeszliśmy na dół, na taras. Skwar wciąż był piekielny, powietrze gęste od wilgoci. W ogrodzie Sean wziął mnie za rękę. Nie cofnęłam jej.

– Dokąd idziemy? – zapytał.

– Zobaczysz.

– Bardzo tajemnicze.

Wędrowaliśmy przez winnicę, nad naszymi głowami świergotały ptaki. Ta rozmowa będzie więcej niż niezręczna, zważywszy na fakt, jak długo wszyscy się znamy, ale i tak dużo łatwiejsza niż to, co nadejdzie później. Dobro dzieci musi znaleźć się na pierwszym miejscu – jesteśmy przede wszystkim rodzicami, a dopiero potem partnerami – i miałam w sobie odrobinę samolubnej nadziei, że troska o dzieci przemówi mu do rozsądku. I że dzięki temu go odzyskam.

– Muszę ci coś powiedzieć. Na osobności.

– Dobrze. Od tajemnicy do złowieszczości w ciągu jednej minuty. To nie wróży nic dobrego.

– Wydarzyło się coś… o czym powinieneś wiedzieć.

Opisałam, co Alistair robił przy basenie, jak przeglądał zdjęcia Lucy na Instagramie. Pominęłam szczegóły, gdzie wtedy byłam i skąd go obserwowałam. Sean coraz bardziej marszczył czoło. Odezwał się dopiero wtedy, gdy dotarliśmy do drzew i polany przy wąwozie.

– Naprawdę dziwne – podsumował. – Zapytałaś go wprost?

– Miałam zamiar, ale zanim dotarłam nad basen, zdążył zniknąć i nie mogłam go nigdzie znaleźć.

– Aha. Zamienię z nim słówko.

Wiedziałam, że właśnie tak zareaguje. Był to drugi z powodów, dla których przyprowadziłam go w to miejsce, z dala od willi.

– Nie – odparłam. – Na razie tego nie rób.

– Żartujesz?

– Nie chcę rozdmuchiwać afery, zresztą Lucy byłaby upokorzona i zażenowana. Mogę jej przypilnować, porozmawiać z nią, jeśli trzeba, zasugerować, żeby zmieniła ustawienia prywatności, ale wolałabym, żeby o niczym się nie dowiedziała. To zbyt odrażające.

– Powinna wiedzieć.

– Będzie miała traumę do końca życia. Zaufaj mi.

– Pogadam dyskretnie z Alistairem.

– Sean, proszę cię, nie, nie teraz. Chciałam tylko, żebyś miał tego świadomość, to wszystko. Pewnie nic za tym nie stoi.

– Oglądał jej profil na Instagramie!

– Z tego, co widziałam, oglądał też wiele innych profili.

– No dobrze. Ale jeśli go na tym nakryję, wyrwę mu z ręki telefon i wsadzę mu go do...

– Sean.

Podniósł rękę.

– Okej, okej. Zawsze wiedziałem, że w tym facecie jest coś dziwnego. Wiedziałem. Chryste, może te wakacje jednak nie były najlepszym pomysłem.

– Może.

To była ta łatwa część. Teraz czas na trudną.

Założyłam ramiona na piersi, próbując zebrać te resztki sił, które jeszcze mi pozostały. Wzbierał we mnie strach, jakbym miała skoczyć w ciemność, nie wiedząc, gdzie jest grunt. Napomniałam samą siebie, że aby znaleźć odpowiedź na pytanie, trzeba po prostu – przynajmniej czasami – wypowiedzieć je na głos.

– Sean, ja powiedziałam swoje. – Przełknęłam z trudem ślinę, miałam boleśnie ściśnięte gardło. – A czy jest coś, o czym ty chciałbyś mi powiedzieć?

31

Wpatrywał się we mnie przez chwilę, jego czoło przecięła bruzda.

– Na przykład o czym, kochanie?

– Wiesz o czym.

Pokręcił głową.

– Nie. Będziesz musiała dać mi jakąś wskazówkę.

Nie zdradzał się z niczym. Jeśli udawał, wychodziło mu to znakomicie. Ale nie raz widziałam, jak grał przed ludźmi, jak hojnie szafował swoim irlandzkim urokiem, tak że można było dać się omotać.

Mnie też kiedyś oczarował. Dawno temu.

Gestem wskazałam willę na wzgórzu.

– Jeśli wolisz, mogę zapytać ją.

– Kogo zapytać?

– Cholernie dobrze wiesz!

– O czym ty mówisz?

– Russ powiedział mi pierwszego wieczoru. Sądzi, że Rowan ma romans.

– Co?

– Romans.

– Aha. – Podrapał się w głowę. – Kochanie, trochę się pogubiłem. Romans z kim?

– Chyba znasz odpowiedź.

Bruzdy na czole Seana jeszcze się pogłębiły.

– Że co? Dlaczego mi to mówisz?

Zmieniłam taktykę.

– Co Rowan powiedziała ci na plaży, kiedy przyprowadziłeś Odette znad brzegu morza?

– Nie pamiętam… Dziękuję?

– Szeptała ci coś do ucha.

Wyglądał na zakłopotanego, lecz maska opanowania wkrótce wróciła na miejsce, jakby ktoś spuścił kurtynę.

– Nic podobnego.

– Owszem, szeptała. Nie kłam, Sean!

– Bała się, że jej córka się zgubiła, i była mi wdzięczna, że ją znalazłem, to wszystko.

– Przytulała cię.

– I co z tego? Zdenerwowała się. A potem kamień spadł jej z serca. Zachowałabyś się tak samo, gdyby to Lucy zaginęła, a Russ by ją znalazł.

– Było w tym coś więcej... Coś ci powiedziała. Widziałam.

Westchnął i pokręcił głową.

– Kate, do czego zmierzasz?

– A co z twoją obrączką?

– Nie rozumiem...

– Zdejmujesz ją, kiedy z nią jesteś? Tak właśnie robisz?

W roztargnieniu dotknął serdecznego palca lewej ręki.

– Nie.

– Więc gdzie ją masz?

Wstał i zbliżył się do krawędzi klifu na odległość zaledwie metra czy dwóch.

– Na dole obok sali gier jest mała siłownia. Byłaś tam? Ćwiczyłem ciężary i nie chciałem porysować złota. Więc zdjąłem obrączkę i odłożyłem ją na głośnik. Po treningu musiało wylecieć mi to z głowy. Na pewno się znajdzie.

Długa i zawiła odpowiedź na zadane nie wprost pytanie.

Prawda jest prosta. A kłamstwa skomplikowane.

– Kiedy korzystałeś z siłowni?

– Nie pamiętam... chyba wczoraj przed plażą.

– No więc jak: nie pamiętasz czy wczoraj?

– Wczoraj. – Pokiwał głową. – Na pewno.

– I gdzie jest ta obrączka?

– Ktoś musiał ją zabrać.

– Ktoś? – Nie potrafiłam powstrzymać sarkazmu.

– Może być tylko w kilku miejscach, daleko nie uciekła.

Wyjęłam obrączkę z kieszeni. Złoto połyskiwało na mojej dłoni w słońcu późnego popołudnia.

– Zgadniesz, gdzie ją znalazłam?

– Pewnie w siłowni.

Zrobiłam pauzę, zbierając się w sobie do nokautu.

– W szufladzie nocnego stolika Rowan. W jej sypialni.

Wybałuszył oczy.

– Dlaczego grzebałaś w rzeczach swojej przyjaciółki?

– Ponieważ czegoś szukałam! – odparłam podniesionym głosem. – I znalazłam!

Bez namysłu cisnęłam w niego obrączką. Z całej siły. Odbiła się od jego piersi i spadła na ziemię, tocząc się w kierunku przepaści.

Kucnął, podniósł ją, oczyścił z kurzu i dopiero wtedy wsunął na palec.

– Rowan pewnie znalazła ją w siłowni i chciała przechować w bezpiecznym miejscu.

– Czy to wszystko, na co cię stać?

– Kate, to zaczyna zakrawać na jakiś absurd.

– Czyżby?

– Musiałaś coś źle zrozumieć.

– Nie kłam! Jesteś cholernym kłamcą!

Spuścił wzrok.

– Nie – powiedział cicho.

Brnęłam w ślepy zaułek: nadal z niczym się nie zdradzał. Czas wyciągnąć asa z rękawa.

– Widziałam wiadomości na twoim telefonie.

Po tych słowach w jego pozie zaszła zmiana, nastąpiło pewne spowolnienie ruchów. Mięśnie przedramion napięły się jak przed walką, podbródek obniżył jak u zawodowego boksera szykującego się do odparowania ciosu.

– Jakie wiadomości?

– Na Messengerze, do CoralGirl. Pisałeś, że nie możesz przestać o niej myśleć. Że okłamując mnie, czujesz się niekomfortowo i nie wiesz, jak długo jeszcze wytrzymasz.

Obracał na palcu obrączkę. W kółko.

– Kiedy?

– Czy to istotne? – Poczułam gorące łzy pod powiekami. – Kilka dni temu. W dniu przyjazdu.

Przysunęłam się bliżej, niemal do krawędzi wąwozu, chcąc usłyszeć prawdę.

Proszę, nie kłam. Błagam. Nie teraz. Proszę, udowodnij mi, że się mylę, że wszystko źle zinterpretowałam, że istnieje inne wyjaśnienie. Proszę cię, nie kłam.

Zacisnąwszy usta, odwrócił głowę.

– Nie wiem, o czym mówisz.

– O wiadomościach. Na twoim telefonie. Pisaliście, że zamierzacie uporządkować sprawy podczas pobytu we Francji. W tym tygodniu.

– Odblokowałaś mój telefon?

– Tak.

Drgnął mu mięsień pod okiem.

– Zaglądałaś do mojej komórki. Do mojej osobistej korespondencji.

– To Rowan, prawda? – Czułam, jak łamie mi się serce. – To z nią... się spotykasz?

Patrzył na mnie z mieszaniną wstydu, żalu i złości. Przez chwilę wydawało mi się, że pragnie odpowiedzieć. Wyjawić wszystko, tu i teraz, w tym obcym nam miejscu, w pobliżu naszych nieświadomych niczego dzieci. Powiedzieć, że przeprasza, że to nic dla niego nie znaczy, że zakończy tę historię i tak dalej – czyli wszystko to, co mówią przyłapani na kłamstwie mężczyźni. Patrzył na mnie tak, jakby chciał wyłożyć kawę na ławę, do wszystkiego się przyznać, ale nie potrafił zebrać się w sobie.

Nie spuszczałam z niego wzroku. Słońce za jego plecami tworzyło wokół jego głowy świetlistą aureolę.

– No więc?

– Nie powinnaś była zaglądać do mojego telefonu.

– Przysięgnij.

Wyjął ręce z kieszeni i zrobił krok w moją stronę.

– Co?

– Przysięgnij, że nie masz romansu z Rowan.

– To jakieś cholerne szaleństwo.

– Dlaczego? – spytałam, podnosząc głos o jeden ton. – Co w tym szalonego? Dlaczego nie możesz po prostu tego zrobić?

Westchnął i spojrzał mi prosto w oczy. Bez mrugnięcia powieką, bez cienia fałszu, nawet nie drgnąwszy.

– W porządku. Przysięgam, że nic nie łączy mnie z Rowan. Proszę, powiedziałem. Zadowolona?

– Więc do kogo wysyłasz te wiadomości? Kim jest CoralGirl?

Zamrugał, po czym odwrócił głowę.

– Nie wiem, o co ci chodzi.

– Nie mógłbyś bardziej się wysilić?

– Powiedziałem prawdę.

– Prawdę? Chyba nie wiesz, co to znaczy.

Gdybym bardziej uważała, gdybym była odrobinę ostrożniejsza – a przy tym mniej zdenerwowana, zła i oszołomiona – pewnie zauważyłabym, jak blisko urwiska stoimy. Dzieliło nas od niego zaledwie kilkadziesiąt centymetrów.

Sean zrobił kolejny krok w moją stronę.

32

Daniel

„Pobaw się ze starszymi chłopcami", powiedziała mama.

Ale ona ich tak naprawdę nie znała. Jake i Ethan zachowywali się w porządku przy dorosłych, ale kiedy byli sami… to im odbijało. Tak na maksa. Tak jak Masonowi Reese'owi ze szkoły, którego zawiesili w prawach ucznia chyba już na stałe za odpalenie fajerwerku podczas apelu. Poza tym dorośli nie rozumieli różnicy wieku. Mówili: „Och, masz prawie dziesięć lat, Ethan właśnie skończył piętnaście, to tylko kilka lat różnicy, tyle co nic". A to dużo. Strasznie dużo. Prawie połowa życia. W dodatku Jake był prawie o rok starszy od swojego brata.

Chłopcy byli ubrani w szorty, koszulki – jeden w czarną, drugi w khaki – i klapiące japonki. Od przyjazdu prawie z nimi nie rozmawiał. Obaj strasznie urośli – przynajmniej w porównaniu z Danielem. Chudzi, pryszczaci, nosili buty w rozmiarze czterdzieści pięć i mówili śmiesznymi głębokimi głosami przypominającymi szczekanie psa.

Jeśli miał być szczery, trochę się ich bał.

Łazili po wielkim polu na tyłach willi – mama nazywała je „winica" – ale okazało się, że jest tam nudnawo. Tylko krzaki winogron posadzone w takich samych równych rzędach. Może pójdzie poszukać siostry – zawsze była z nią jakaś rozrywka. Zwykle Lucy wylegiwała się przy basenie: interesowała ją wyłącznie opalenizna. Czasem kręcił kamerą taty śmieszne filmiki z siostrą, o których ona nie miała pojęcia, bo gdyby się dowiedziała, nie obeszłoby się bez reakcji. Choć ostatnio była jeszcze bardziej zrzędliwa, naburmuszona i nudziarska niż zwykle.

Daniel obserwował, jak bracia próbują włączyć spore ogrzewacze powietrza na gaz. Urzędowali w kamiennej altanie na skraju ogrodu, wyposażonej w dwa błyszczące metalowe grzejniki, większe i wyższe od niego. Daniel niespecjalnie rozumiał, po co chcą je zapalić, bo na dworze wciąż panował taki upał, że można się było ugotować. Nie chciał jednak, żeby sobie pomyśleli, że taki z niego maminsynek, więc cieszył się, że może sobie siedzieć na rozkładanym fotelu, i się nie wtrącał; przyglądał się tylko, jak manipulują przy przyciskach i klną, starając się wzniecić płomień.

Lepiej się czuł w pobliżu willi. Nie miał ochoty iść do lasu, jeśli tylko dałoby się tego uniknąć. Nie tyle do samego lasu, co nad urwisko, o którym chłopcy mu opowiadali, nad tą straszną przepaść, gdzie nie było żadnego ogrodzenia ani nawet barierki chroniącej przed upadkiem. Musiało być tam naprawdę, tak całkiem serio niebezpiecznie. Mama zakazała mu tam chodzić bez kogoś dorosłego i słyszał, jak tato Odette mówił, że to „przez tych cholernych Francuzów, którzy mają w dupie bezpieczeństwo i zdrowie". Tato Odette często przeklinał. Było z nim i śmiesznie, i strasznie, bo tak ciągle klął, i mogłoby w sumie być wesoło, gdyby nie to, że on jest taki duży i tak dużo krzyczy. I pali cuchnące papierosy. Daniel wstrzymywał oddech, kiedy czuł dym, bo nie chciał dostać raka.

Odette też mówiła brzydkie słowa. Wczoraj, kiedy nie słyszał nikt z dorosłych, nazwała go „cholernym sukinsynem", bo nie pozwalał jej bawić się piłką plażową. Nie był pewien, co to jest ten „sukinsyn", co to naprawdę znaczy, ale wiedział, że nic dobrego. To jedno z tych słów, po których dostałby burę od mamy i taty. W miarę możliwości starał się nie narażać na kłopoty.

W pewnym momencie zauważył, jak jakaś postać wynurza się z lasu i idzie szybkim krokiem.

Tato. Daniel myślał, że jest z nim też mama. Widział, jak szli razem w tamtym kierunku nie tak dawno temu. Trzymali się za ręce. Lubił, kiedy trzymali się za ręce.

Patrzył, jak tato maszeruje zboczem wzgórza w stronę domu, jak się zbliża. Stawiał wielkie susy, jak zawsze wtedy, kiedy był zły. Rzadko się złościł, ale gdy już się zdenerwował, zachowywał się właśnie w ten sposób. Mama nazywała to „wściekłym chodem". Daniel musiał wtedy biec, żeby za nim nadążyć. Tato potrafił być w takich razach hałaśliwy i prawie groźny. Teraz zdecydowanie wyglądał na rozzłoszczonego, mocno marszczył czoło i zaciskał zęby.

Nie oglądał się za siebie.

Daniel spojrzał w stronę lasu w nadziei, że zobaczy idącą za tatą mamę.

Ale jej tam nie było.

Zastanawiał się, gdzie ona się podziewa.

– Daniel. – Głos Jake'a.

Błyskawicznie odwrócił głowę i zmienił pozycję z leżącej na siedzącą.

– Co?

Chłopcy dali spokój gazowym ogrzewaczom i badawczo mu się teraz przyglądali.

– Więc jak to jest? – zapytał Ethan z przebiegłym uśmiechem.

– Co jak jest?

– Być kujonem w szkole.

Daniel wzruszył ramionami.

– W sumie to nie wiem.

– Nie czepiam się, po prostu pytam.

– Jasne.

Zdjął okulary i wyczyścił podkoszulkiem brudne od potu szkła. Mama lubiła te okulary, mówiła, że Daniel wygląda w nich trochę jak Harry Potter. Nawet mu się to podobało.

– Jak to jest mieć siostrę? – tym razem zapytał Jake.

Daniel szybko wsunął na nos okulary.

– Słabo – odparł. – Ciągle ma humory, jest wredna i nie chce się już w nic bawić. Woli gadać o makijażu albo o chłopakach. Albo o jakichś szkolnych głupotach.

– Ma chłopaka?

– Nie wiem.

– A ten koleś, co grał w rugby? Alex? Podobał się jej, co?

Daniel potwierdził.

– Kilka razy przychodził do nas do domu, zanim mama i tato wrócili z pracy.

Jake usiadł i sięgnął do kieszeni.

– Ej, mam coś dla ciebie.

Wyciągnął do Daniela rękę, żeby mu pokazać. Jaskrawożółty przezroczysty plastik ze srebrną końcówką, w środku plastiku przelewał się przezroczysty płyn. Daniel nigdy nie trzymał czegoś podobnego w ręku, ale wiedział, co to jest.

– Jest twoja – powiedział starszy z braci. – Kupiłem trójpak w sklepie z papierosami w miasteczku.

Jake i Ethan mieli takie same zapalniczki, tylko że jedna była czerwona, a druga zielona.

– W tabacu – poprawił rozpromieniony Daniel. – Jedna dla mnie?

– A chcesz?

– Tak. – Byłoby super, gdyby każdy z nich miał po jednej, bo to prawie tak, jakby byli sobie równi. Jakby należał do ich paczki.

– Obracasz to metalowe coś, żeby przeskoczyła iskra, a potem przyciskasz kciukiem, żeby wyskoczył płomień.

Jake zademonstrował, z zapalniczki strzelił wysoki płomień.

– Spróbuj.

Daniel wziął ją do ręki i natychmiast oparzył sobie kciuk, dotknąwszy rozgrzanego metalu.

– Au! – Wypuścił zapalniczkę.

Ethan parsknął śmiechem.

Jake podniósł ją z wyłożonej płytkami podłogi altany.

– Jeśli chcesz zatrzymać ją na zawsze, musisz zdać test.

– Jaki test? – zapytał Daniel, ssąc oparzony palec.

Jake wyjął z kieszeni szortów paczkę papierosów. Na opakowaniu był obrazek z kobietą tańczącą w obłoku dymu i duży niebieski napis „Gitanes".

– Musisz jednego wypalić.

Ale ja nie chcę dostać raka, pomyślał Daniel, wpatrując się w paczkę.

– Całego?

– Tak. Wchodzisz w to?

– Nie umiem palić – odparł cicho Daniel.

– My cię nauczymy.

Ethan wyciągnął rękę do brata.

– No to daj jednego.

Jake obejrzał się przez ramię i szybko schował obie zapalniczki oraz papierosy do kieszeni szortów.

– Schowaj to – syknął.

Ethan natychmiast poszedł w ślady brata.

Daniel podniósł głowę w chwili, gdy zjawiła się mama Ethana i Jake'a w słomkowym kapeluszu z szerokim rondem, niosąc dwie butelki wody. Lubił ją. Miała trochę śmieszny akcent, czasami brzmiała jak Amerykanka, która udaje, że mówi po brytyjsku.

– Cześć, chłopcy – powiedziała Jennifer. – Dobrze się bawicie?

Jake tylko coś mruknął w odpowiedzi.

Jennifer podała im butelki.

– Przyniosłam wam wodę, żebyście zabrali ze sobą, kiedy pójdziecie badać teren.

– Nie chce mi się pić – burknął Jake.

– Ale ci się zachce w tym upale.

– Nie, dzięki.

Jennifer zwróciła się do młodszego syna:

– Ethan, powinieneś wypić trochę wody, żeby nie dostać udaru.

– Nie trzeba – wymamrotał.

– Masz coś do jedzenia? Umieram z głodu – oznajmił Jake.

Daniel spojrzał z ukosa na Jake'a, a potem znów przeniósł wzrok na jego mamę. Była ubrana w spódnicę i coś w rodzaju podkoszulka, więc raczej nie mogła mieć ze sobą żadnego jedzenia. Nie miała nawet kieszeni, widać było, że nie przyniosła nic więcej.

– Tylko to – odparła, ponownie proponując im butelki. – Tylko wodę, Jakey.

Jake z lekceważeniem machnął ręką.

– Nie potrzebuję.

– Ale mogę przynieść ci coś z domu, jeśli chcesz, jakieś batony owocowe, jest też chyba…

– Nie, już nieważne.

– Aha. No dobrze. – Zwróciła się do Daniela, dopiero teraz go zauważając: – Chcesz wodę?

Daniel chciał. I to bardzo. Nie pił nic od lunchu, a od biegania i buszowania po okolicy zupełnie zaschło mu w gardle. Mama przestrzegała, żeby nie pił wody z kranu, ponieważ może się od tego pochorować, a francuski napój pomarańczowy smakował dziwnie, więc sok jabłkowy podczas lunchu był ostatnim płynem, jaki miał w ustach, a to było sto godzin temu. Zerknął ukradkiem na Jake'a, który patrzył na niego kątem oka.

– Nie, dziękuję, pani Marsh – powiedział Daniel. – Nie trzeba.

– No dobrze. Więc jakie macie plany na dziś, chłopcy?

– Jakieś – odparł Jake.

– Eksplorujecie okolicę? Świetnie. Tylko pamiętaj, co mówiłam o wąwozie, dobrze, Jakey?

– Uhm.

– Możecie bawić się, gdzie chcecie, tylko nie w lesie przy wąwozie, tam, gdzie urwisko, okej? Ktoś ma przyjść w tym tygodniu i naprawić ogrodzenie, ale póki nie zostanie to zrobione, macie trzymać się od tego miejsca z daleka. I nie wchodźcie do lasu.

– Jasne – odburknął Jake.

– No to zostawiam was samych. Miłej zabawy.

Odwróciła się i ruszyła w drogę powrotną do willi. Starsi chłopcy zaczęli chichotać.

– Dupowłaz – mruknął Jake pod nosem.

Ethan parsknął śmiechem.

– Żenada.

– Co to jest dupowłaz? – zapytał Daniel.

Jake wskazał oddalającą się matkę.

– Ktoś, kto za bardzo się stara, zawsze próbuje być miły, do wszystkiego wtyka nos, żeby zmusić cię do spędzania z nim czasu. Generalnie ktoś kurewsko irytujący.

– Taki rzep – dodał Ethan.

Przy furtce Jennifer odwróciła się i im pomachała. Daniel odwzajemnił gest, ale szybko opuścił rękę, gdy zauważył, że starsi chłopcy nie zwracają na matkę najmniejszej uwagi.

Gdy tylko znikła z pola widzenia, Jake wstał.

– Chodźcie – rzucił i zaczął iść w dół wzniesienia. Jego brat za nim.

Daniel pozostał w tyle.

– Dokąd?

Jake odwrócił do niego głowę i uśmiechnął się przez ramię.

– Do lasu, oczywiście. Chcesz tę zapalniczkę, prawda?

33

Sean

K podejrzewa
  Cholera. Co ci powiedziała?
Wie, że coś jest na rzeczy
  Konkrety?
Na razie nie. Muszę się z tobą spotkać
  Nie dzisiaj

Kiedy?

    Odezwę się

Trudno mi ją okłamywać. Ona coś wie

    Uspokój się. Pamiętaj, jaka jest stawka

Pamiętam. Dlatego nie mogę być spokojny

    Spotkamy się jutro?

Kiedy?

    Dam znać

OK, im wcześniej, tym lepiej x

    Pamiętaj o usunięciu wszystkich wiadomości zaraz
    po przeczytaniu x

34

Rowan

Rowan nie miała dużo czasu.

Zamknęła za sobą drzwi na klucz i szybko rozejrzała się po łazience, która była większa niż cała sypialnia w jej angielskim domu. Przycupnąwszy na brzegu marmurowej wanny, w milczeniu przewijała maile, szybko przeglądając skrzynkę odbiorczą. Odpowiedzieć, przekazać dalej, usunąć. Rowan była mistrzynią maili złożonych z sześciu słów. Uporała się z pilnymi sprawami, a następnie przerzuciła się na sprawdzanie komunikatorów i odebrała wiadomość z poczty głosowej, która wpadła, kiedy się rozpakowywali. Wysłała złożoną z dziewięciu słów odpowiedź. Zrobione.

Fakt, że w obecnym stanie rzeczy wakacje wypadły akurat w tym tygodniu, był dość niewygodny, zważywszy na wszystko, co działo się teraz w jej życiu. Fantastycznie było zobaczyć się znowu z dziewczynami – ponowne zebranie całej paczki, spotkanie z Kate, Jennifer i Izzy, zawsze przypominało jej dawne, dobre, wspólne czasy, ale moment był raczej... niefortunny.

Kogo oszukuje? Czekała na to od miesięcy. Chwila rzeczywiście nie należała do najdogodniejszych, ale co zrobić? Siła wyższa.

A poza tym, czy kiedykolwiek coś wypadało w idealnym czasie? Czy w ogóle istniał idealny czas na urlop, na przerwę w pracy, na chwilowe odsunięcie się od interesów? Nie. Czy istniał idealny wiek na wzięcie ślubu albo rozwodu? Zależy, o którym małżeństwie mowa. Czy istniał idealny moment na urodzenie dziecka? Nie, w zasadzie nie. A już z pewnością nie wtedy, kiedy próbujesz rozwijać firmę i harujesz jak wół, żeby spłacić hipotekę, bulić kosmicznie wygórowane czesne za szkołę oraz nianię popijającą ciągle karmelowe macchiato.

Gdyby czekać na odpowiedni moment, czekałoby się w nieskończoność, kiedy zatem pojawia się coś, czego pragniesz, musisz po to sięgnąć. Czasem trzeba po prostu zaufać własnemu instynktowi i rzucić się na głęboką wodę.

Rowan zawsze miała dobry instynkt – pomijając ten jeden raz z pierwszym mężem – a w biznesie wyznawała zasadę: „działaj szybko i niszcz rzeczy". Kto to powiedział? Chyba Mark Zuckerberg albo jakiś inny gość od Facebooka. Spotkała kiedyś Zuckerberga na organizowanej przez klienta imprezie w Nowym Jorku. Niewiele z tego spotkania pamięta poza tym, jak absurdalnie młodo wyglądał. I jaki był niski. Ale podobała jej się ta jego mantra, ponieważ miał rację – gdy prowadzisz własną firmę, musisz cały czas być w ruchu, jak rekin. Gdyby rekin zbyt długo pływał w miejscu, toby nie przeżył. Może nie zdechłby od razu, ale po pewnym czasie. Jeżeli pozwolisz sobie na spowolnienie, popadasz w rutynę, nabierasz złych nawyków i wkrótce zostajesz pożarty przez konkurencję. „Lepiej pożerać samemu, niż dać się pożreć" – oto filozofia, która przyświecała Rowan od zawsze.

Nie wolno stać w miejscu. Ani w interesach, ani w związkach, ani w życiu. W niczym. Szczególnie teraz, gdy stawka jest tak wysoka.

Działaj szybko i niszcz rzeczy.

Pomimo wszystkich swoich wad – a tych, nie da się ukryć, mu nie brakowało – Russ zrozumiałby to lepiej niż większość innych. Byli ze sobą od ośmiu lat – to zdecydowanie jej najdłuższy związek. Ale czasem życie podrzuca człowiekowi rozmaite sytuacje, komplikacje, których nie da się przewidzieć, i trzeba je po prostu zaakceptować, zamiast bez przerwy z nimi walczyć. Zwłaszcza jeśli komplikacje okazują się miłe. Z tą myślą w głowie oparła się o krawędź wanny, szybko napisała ostatnią wiadomość i wcisnęła przycisk Wyślij.

Dochowywanie tajemnicy zawsze było jej mocną stroną.

Ale powie Russowi, prędzej czy później.

W momencie, który sama wybierze. Ona, nie ktoś inny.

Usłyszała za drzwiami drobiące kroki. Wysoki głos. Tylko jedno słowo, dwie sylaby z intonacją wznoszącą, jak pytanie albo żądanie. Domaganie się, by pięć minut wytchnienia Rowan natychmiast dobiegło końca.

– Mamo?

– Słucham, Odette.

– Wychodzisz?

– Tak, za chwilkę, skarbie.

Pauza.

– Mamusiu, wychodzisz?

– Tak, zaraz.

– Chcę bajkę mamusi.

– A co powiesz na bajkę tatusia?

– Tatuś mówi, że teraz kolej na mamusię.

– Och, tak powiedział?

– Tak. – Kolejna krótka pauza. – Może być *Księżniczka na ziarnku grochu*?

– Oczywiście, kochanie.

Rowan zablokowała telefon, spuściła wodę w nieskazitelnie czystej toalecie – dla niepoznaki – i na wszelki wypadek odkręciła jeszcze do oporu oba kurki nad umywalką z włoskiego marmuru.

Przekręciła klucz i nacisnęła klamkę.

35

Nie wiem, jak długo stałam nad krawędzią wąwozu. Wystarczająco długo, by widzieć, jak słońce powoli chowa się za horyzont, zmieniając barwy od oślepiającej bieli poprzez ogniste złoto do głębokiego spalonego oranżu w chwili zetknięcia z ciemnymi sylwetkami wzgórz.

Czy zaprzeczenia Seana trzymają się kupy?

Nie wiem, o czym mówisz.

Przysięgam, że nic nie łączy mnie z Rowan.

Powiedziałem prawdę.

Jak mogłam nadal w niego wierzyć? Ognia co prawda nie widziałam, ale z pewnością czułam dym. Czułam niemal jego smak, który nieprzyjemnie drażnił gardło. Odmowa wyjaśnień, głuche milczenie go obciążały.

W końcu spojrzałam na zegarek. Robiło się późno, dzieci będą zaraz domagały się podwieczorku. Wstałam i udałam się w drogę powrotną do willi.

Gdy dotarłam na miejsce, kuchnia przypominała ul: Alistair w fartuchu gotował wielki gar paelli, Russ serwował drinki, Izzy nakrywała do stołu. Rowan wcisnęła mi do ręki kieliszek białego wina, informując przy tym, że to jedna z miejscowych odmian, schłodzona do perfekcji. Przyglądałam się jej, sącząc zimne faugères, które aż mroziło język, i próbowałam dojrzeć w jej oczach jakąkolwiek oznakę nieszczerości, zdrady. Ale nie było tam nic. Przypomniałam sobie, że Rowan pracuje w PR, że przedstawianie światu określonej narracji, prezentowanie wizerunku to coś, czym zajmuje się na co dzień, i że osiągnęła w swoim fachu doskonałość.

– Wszystko w porządku, złotko? – zapytała. – Mam wrażenie, że przydałby ci się większy kieliszek.

Zdusiłam w sobie gniew, przywołałam uśmiech na twarz.

– Trochę mi gorąco. Masz rację z tym winem, jest dokładnie takie, jak…

Daniel pędem wbiegł po schodach na taras, mijając mnie z piskiem, a za nim gnała ścigająca go Lucy.

– Mamo! Tato! Ratunku, ona oszalała!

Lucy goniła go z czerwoną ze złości twarzą.

– Oddaj to! – krzyknęła. – Ale już!

Rozdzieliłam ich, podnosząc ręce jak sędzia przerywający walkę bokserską.

– Stop! – zawołałam. – Co się dzieje?

– On mnie filmuje! – wrzasnęła Lucy, wytykając brata palcem. Zamachnęła się na niego, próbując wyrwać mu kamerę.

Daniel zrobił unik, nadal śmiejąc się piskliwie, nerwowo.

– Odbiło jej!

– Powiedz mu, żeby przestał mnie filmować!

– Danielu, nie powinieneś filmować kogoś, kto sobie tego nie życzy – powiedziałam. – Proszę, oddaj mi kamerę.

– Ona strzela fochy. Nikomu innemu to nie przeszkadza.

– Ale twojej siostrze przeszkadza. Pytałeś ją o zgodę?

– Tak jakby.

– Kłamca! – krzyknęła Lucy. – Nawet nie uprzedziłeś, że filmujesz! Opalałam się spokojnie i nagle wyskoczyłeś z tą swoją zabawką!

– Danielu, wiedziałeś, że masz jej nie filmować, a jednak to zrobiłeś. Dlaczego?

– Kręciłem tylko śmieszny filmik. Dla zabawy.

– Dla Lucy to jest mało zabawne, prawda?

Była na granicy łez. Drżał jej głos.

– Każ mu to skasować, mamo.

Wyjęłam kamerę z ręki syna.

– Chodź, Danielu, pomożesz Izzy nakrywać stół do kolacji. Za chwilę porozmawiamy.

Czmychnął do kuchni, obejrzawszy się nerwowo za siebie, żeby mieć pewność, że już nikt go nie goni. Lucy opadła na krzesło, uszła z niej cała wola walki. Ukryła twarz w dłoniach i się rozpłakała.

Usiadłam na poręczy fotela i objęłam córkę ramieniem.

– Co z tobą, Lucy? To zwykłe wygłupy młodszego brata.

– Nie lubię, jak ktoś mnie fotografuje bez mojej wiedzy.

– Posłuchaj. Usunę to, co nagrał, nikt tego nie zobaczy.

– Nikt?

– Obiecuję.

Odpowiedziała głosem ściszonym niemal do szeptu:

– Dzięki, mamo.

– Tylko o to chodzi, Lucy? O nic więcej?

Pokręciła głową, ale milczała.

– Na pewno?

Uwolniła się z moich objęć i otarła łzy wnętrzem dłoni.

– Idę na trochę do mojego pokoju.

Patrzyłam za odchodzącą córką, zastanawiając się nad jej reakcją. Pomiędzy Lucy a Danielem dochodziło do regularnych spięć. Nie różnili się pod tym względem od innych rodzeństw na świecie, a doprowadzanie siostry do szału najwyraźniej było dla Daniela doskonałą rozrywką, tym razem jednak zareagowała jak nigdy dotąd.

Poszłam na górę, usiadłam z kamerą na łóżku, wysunęłam mały ekranik z boku i włączyłam odtwarzanie, a następnie zaczęłam przewijać taśmę w tył. Ekran ożył, pokazał się basen, leżaki, a potem Lucy w cytrynowym bikini. Cofałam taśmę jeszcze przez kilka sekund, a potem znów wcisnęłam przycisk odtwarzania. Daniel filmował siostrę w trakcie opalania, robiąc maksymalne zbliżenia jej pępka, dużego palca u nogi, nosa i wnętrza dziurki w nosie. Najazd kamery był tak szybki, że już od samego patrzenia zakręciło mi się w głowie. Wreszcie Lucy zdała sobie sprawę z obecności brata, zerwała się na równe nogi i zaczęła go gonić. Obraz poruszał się zygzakiem jak szalony, na ścieżce dźwiękowej nagrały się głośne piski i okrzyki paniki.

Nagranie nie przedstawiało jej z najkorzystniejszej strony, niemniej reakcja Lucy wydawała się przesadzona.

Tak czy inaczej, cały film musi zostać skasowany. Miałam nadzieję, że nie jest tego dużo – choć Daniel słynął z filmowania w konwencji strumienia świadomości przez dwadzieścia, czasem trzydzieści minut bez przerwy. Często kręcił więcej materiału niż Sean.

Zatrzymałam taśmę i ponownie przewinęłam ją w tył. Lekko przy tym brzęczała, na cyfrowym liczniku migały malejące liczby.

Wyjrzałam za okno. Z naszej sypialni było widać basen, przy którym Sean posadził Daniela na leżaku i obszernie coś mu tłumaczył, a chłopiec raz po raz poważnie kiwał głową.

Nie zawsze tak było. Kiedy przywieźliśmy Daniela ze szpitala do domu, sześcioletnia Lucy nie posiadała się z radości, że będzie miała rodzeństwo – prawdziwego bobasa prócz kolekcji lalek dzidziusiów, które codziennie układała do snu, karmiła, kąpała i którym opowiadała bajki. Ale zanim braciszek nauczył się chodzić – i odszczekiwać – urok nowości minął, a ich codzienne relacje oscylowały między powściągliwą tolerancją a otwartą wojną. Daniel uwielbiał wkurzać Lucy, a Lucy uwielbiała się obrażać – teraz, kiedy była nastolatką, to jej naburmuszanie się przybrało jeszcze na sile. Wybuchowa mieszanka, która potrafiła nieźle dawać się we znaki.

Mimo wszystko nie chciałabym, żeby dorastali osobno, zostali rozdzieleni, byli przerzucani co weekend od jednego rodzica do drugiego, zgodnie z ustalonymi zasadami opieki nad dziećmi. I bez względu na to, ile się ze sobą kłócili, chcieliby być razem. Stanowili jedność.

Kamera kliknęła, sygnalizując, że taśma przewinęła się do samego początku. Włączyłam start. Na ekranie pojawiła się uśmiechnięta od ucha do ucha twarz Daniela, który zapowiadał oprowadzanie po domu.

„Witajcie w wielkiej białej willi na wzgórzu. W naszym wakacyjnym domu we Francji", dodał, naśladując poważny ton prezentera telewizyjnego. „Witajcie w wideodzienniku Daniela. Dzisiaj zaczynamy od mojego pokoju".

Na przekór samej sobie i mojemu podłemu samopoczuciu nie potrafiłam powściągnąć uśmiechu, słuchając tego komentarza, tej paplaniny towarzyszącej panoramowaniu pokoju: otwarta walizka na łóżku, książki starannie ułożone obok cyfrowego budzika, superbohaterowie Lego na nocnym stoliku. Z poprzednich wakacyjnych filmików Daniela wiedziałam, że on może tak bez końca. Zaczęłam przewijać taśmę w przód, patrząc, jak wszystko na ekranie przyspiesza, jak migają kolejne obrazy: korytarz, nasza sypialnia, pokój Lucy i inne pokoje wzdłuż korytarza, schody na dół do sali gier, kolejne schody, coś w rodzaju piwniczki z winem, potem salon i taras na górze, Rowan i ja w dniu przyjazdu na nieuniknionych dużych zbliżeniach. Powrót w przyspieszonym tempie do salonu, szalony przeskok na schody, pierwsze piętro, otwieranie drzwi do kolejnych sypialni, balkon na końcu korytarza, ujęcie na otoczenie willi oraz wzgórza w oddali, najazd kamery na podwójny garaż w dole, jakaś postać częściowo przesłonięta niskim białym murkiem, płynne przesunięcie kamery na basen…

Zaraz. Wcisnęłam pauzę, czując dziwne mrowienie na karku, a następnie cofnęłam taśmę o jakąś minutę i puściłam nagranie.

I znów komentarz Daniela, gdy kamera przesuwała się po okolicznych wzniesieniach, migoczących w rozedrganym od upału powietrzu.

„Tutaj widzimy kolejny nudny krajobraz", ciągnął wysoki głos, „drzewa, pagórki, więcej nudnych drzew. Nic ciekawego. Nawet nie ma nigdzie McDonalda ani KFC".

Kamera oddaliła się i skierowała w prawo, ślizgała się po najbliższym otoczeniu willi, po dachu garażu na dwa samochody na końcu podjazdu.

Jest. Za niskim murkiem.

Sean, od piersi w górę. W okularach przeciwsłonecznych, uśmiechnięty, rozmawia z kimś i wyciąga do rozmówcy ręce. Tej drugiej osoby nie widać, jest ukryta za ścianą garażu.

„To tatuś", słychać zza kadru głos Daniela. „Cześć, tato!"

Sean zdaje się nie słyszeć pozdrowienia syna. Z zaangażowaniem kontynuuje rozmowę z kimś, kogo nadal nie widać zza ściany garażu.

Wyjdź, zrób krok naprzód, żebym mogła cię zobaczyć.

Wyjdź.

„Tatuś ogłuchł", gdera pod nosem Daniel. „Jak zwykle".

W chwili, gdy kamera zaczęła przesuwać się w inne miejsce, Sean zbliżył się do tajemniczej osoby i ją objął, a mnie mignęło przed oczami coś, od czego mnie zatkało.

Cofnęłam taśmę i puściłam film jeszcze raz, z palcem gotowym do wciśnięcia pauzy.

Na podglądzie kamery Sean jeszcze raz wyciągnął ramiona.

Zatrzymałam taśmę. Tak. Jest. Długie blond włosy, twarz uchwycona z profilu przez ułamek sekundy. Twarz, którą znałam aż za dobrze.

Jennifer.

36

To się nie trzymało kupy. Zdecydowanie spodziewałam się widoku Rowan z Seanem. Przecież to Rowan ma romans – jak twierdzi jej mąż – to w jej szufladzie leżała obrączka Seana i to ona szeptała mu do ucha na plaży. Na nagraniu powinnam zobaczyć Rowan, a tu niespodzianka.

Kolejna myśl wychynęła z najmroczniejszych zakamarków mojego umysłu.

Może nie tylko Rowan. Może Rowan i Jennifer knuły coś razem za moimi plecami. Jezu, na dobrą sprawę nie można wykluczyć, że one wszystkie są w coś uwikłane. W trójkę. A ja jako jedyna jestem wykluczona, pozostawiona na lodzie, tak jak kiedyś w szkole, zawsze na marginesie wydarzeń, zawsze podrywana na szarym końcu, zawsze z boku, przyglądająca się z zewnątrz…

Przestań. To czysta paranoja. Szamotałam się coraz bardziej, próbując dostrzec granicę pomiędzy tym, co prawdziwe, i tym, co nieprawdziwe.

Aparatem w telefonie sfotografowałam ekranik kamery z zamrożonym kadrem. Następnie wyjęłam taśmę i upchnęłam ją w szufladzie nocnego stolika.

Miałam przeczucie, że może mi się przydać, i to raczej wcześniej niż później.

* * *

Niebo gasło, przybierając barwę gęstego, prawie czarnego granatu, najjaśniejsze gwiazdy przetykały mrok punkcikami światła. Kolację mieliśmy już za sobą. Przysiadłam się do córki na ogrodowej ławce, nagrzany za dnia biały kamień wciąż emanował ciepłem.

– Zrobiłam porządek z tym nagraniem, Lucy.

Kiwnęła głową.

– Dzięki.

– Twój brat cię przeprasza. To się więcej nie powtórzy.

– No jasne. – Pociągnęła nosem. – Do następnego razu.

– Kazałam mu obiecać.

Ponownie skinęła głową, ale tym razem milczała.

Delikatnie obróciłam się na ławce, chcąc lepiej widzieć Lucy.

– Co tak naprawdę wyprowadziło cię z równowagi, Luce? Daniel zrobił to nie pierwszy raz, przecież go znasz. Mnie też filmuje i twojego tatę. Ale nigdy dotąd nie reagowałaś w ten sposób.

Wzruszyła ramionami.

– Po prostu nie lubię, jak ktoś mnie nagrywa.

– To wszystko? Wydaje mi się, że chodzi o coś więcej.

Nie odzywała się, okręcała w palcach długi kosmyk złocistych włosów. Miała ten nawyk od dzieciństwa.

Czubkami palców dotknęłam jej ramienia.

– Nie powiesz mi?

Patrzyła na mnie przez chwilę, a potem odwróciła wzrok.

– Nieważne…

– Wiesz, że nikt ode mnie się nie dowie, prawda? Ani tato, ani Izzy, ani inni, ani twój nauczyciel. Absolutnie nikt.

– I tak nie zrozumiesz.

– Być może. Ale się postaram.

Pochyliła się do przodu, kurtyna jasnych włosów przesłoniła jej twarz. Nastąpiła długa cisza. Gdy wreszcie zaczęła mówić, nie patrzyła w moją stronę.

– Kiedy coś filmujesz, ludzie uważają, że to tylko zabawa. Coś, czym zajmujesz się w danej chwili, w danym dniu. Nie zastanawiają się, co dzieje się z tym później, prawda?

– A co się dzieje?

– No, gdzieś już to jest. Na zawsze. Gdzieś w Internecie. I będzie tam nawet po twojej śmierci, zawieszone w chmurze. Coś, co zrobisz czy powiesz, mając kilkanaście lat, coś głupiego, zostanie tam na wieki.

Gdzieś głęboko w brzuchu zaczęłam odczuwać dziwny dyskomfort.

– Internet nigdy nie zapomina – rzekłam, przypominając sobie, co z upodobaniem powtarzał mój kolega z pracy, detektyw.

– Właśnie o tym mówię.

Zawahałam się, nie wiedząc, jak sformułować następne pytanie.

– Czy jest tam coś, co zrobiłaś? I wolałabyś, żeby tego czegoś tam nie było?

Patrzyła na wypielęgnowany trawnik i pogrążoną w mroku winnicę. Gdy się do mnie odwróciła, miała łzy w oczach.

– Tak – potwierdziła cicho.

– Chcesz o tym porozmawiać? Choć trochę?

Pokręciła głową.

– Nie.

– Dlaczego?

– Nie mogę.

– Kto powiedział, że nie możesz?

– Ty tego nie zrozumiesz.

– Postaram się najlepiej, jak potrafię, skarbie.

– Nie. Nie mogę.

– Nie zamierzam niczego na tobie wymuszać, Lucy. Ale na myśl o tym, że nie mogę ci pomóc, czuję się kompletnie bezużyteczna. Tato i ja zawsze robiliśmy dla ciebie wszystko, co w naszej mocy, ale teraz pewne rzeczy są poza naszym zasięgiem. Trudno mi znieść świadomość, że nie jestem w stanie niczemu zaradzić.

Spoglądała na wzgórza w oddali, po jej policzku spływała kolejna łza.

– Nie możesz nic zaradzić. Nikt nie może.

Otoczyłam ją ramieniem. Kroiło mi się serce z powodu przepaści, która między nami wyrosła. Moja wspaniała córka, moja pierworodna, moje inteligentne, zabawne, urocze dziecko z każdym dniem oddalało się ode mnie coraz bardziej. I wydawało się, że nie ma sposobu na zasypanie tej przepaści.

– To… to coś, co jest w Internecie… Czy to jakiś film?

Zamknęła oczy i skinęła głową. Raz. Pojedynczy, prawie nieuchwytny ruch.

Niejasne wrażenie bezradności i niepokoju zaczęło rozchodzić się od żołądka po całym moim ciele.

– Film, na którym jesteś? Coś, czego nigdy byś mi nie pokazała?

Pauza. I kolejne ledwo zauważalne skinienie.

– Na pewno da się coś z tym zrobić – powiedziałam.

– Nie.

– Musi istnieć jakaś możliwość usunięcia tego z Internetu, ze strony, na której się znajduje.

Wstała i ze złością otarła łzy.

– Przecież ci mówię! Nie możesz pomóc! Nikt nie może!

I bez słowa odeszła w stronę domu.

Odczekałam minutę i ruszyłam za nią. Powinnam podzielić się tym z Seanem, żebyśmy mogli przedyskutować sprawę, poszukać rozwiązania. I każdego normalnego dnia bym tak postąpiła. Lecz normalność była teraz odległym wspomnieniem.

Po dzisiejszych wydarzeniach nie mogłam na niego patrzeć, a co dopiero z nim rozmawiać.

Na stoliku w salonie leżał porzucony iPad Daniela. Zabrałam go do jadalni, zamknęłam za sobą drzwi, ustawiłam na podpórce na końcu długiego stołu. Żołądek podjeżdżał mi do gardła. *Moja córeczka jest gdzieś w Internecie. Naga. Bezbronna. Naiwna.* Usiadłam i odblokowałam tablet, zanim zdałam sobie sprawę, że tak naprawdę nie mam bladego pojęcia, od czego zacząć. Ten film z moim dzieckiem – i nie wiadomo z czym jeszcze – krąży gdzieś, gdzie mogą go oglądać inni ludzie. Gdzieś, gdzie mogą go wyszukać. Chyba nigdy nie czułam takiej bezsilności...

Wiedziałam, że tego rodzaju rzeczy dzieją się w świecie nastolatków, ale miałam bardzo mgliste pojęcie co do konkretów. Czy oni publikują to na YouTubie? Czy na coś takiego się zezwala? Mało prawdopodobne. Czy nie ma moderatorów, którzy usuwają nagość i seks?

Wpisałam w Google „seksting". Na początku wyskoczył artykuł z „Cosmopolitana" radzący czytelniczkom, jak wysyłać seksowne SMS-y i wiadomości, na drugim miejscu wpis z Wikipedii, a dalej strona podsuwająca gotowe teksty, które można wysłać partnerowi czy partnerce. Niespecjalnie mi przydatne.

Wydawało się, że Snapchat jest główną aplikacją używaną w tym celu przez młodzież, ale wszystko, co się tam umieszcza, znika ponoć w ciągu dziesięciu sekund. A zatem cokolwiek tam wrzuciła, przypuszczalnie zostało już dawno usunięte. Nie miałam konta na Snapchacie, a nawet gdybym miała, mało prawdopodobne, by Lucy zaakceptowała moje zaproszenie do grona znajomych.

Wygooglowałam pytanie: „Gdzie publikuje się sekstaśmy". Pojawił się szereg wyników, głównie dotyczących celebrytów, którzy nagrywali, jak uprawiają seks, a potem natknęli się na te filmiki w sieci, udostępnione milionom obcych internautów. Jennifer Lopez, Pamela Anderson, Kim Kardashian, Colin Farrell. Wikipedia podawała niekończącą się listę nazwisk ułożonych w porządku alfabetycznym.

W ten sposób do niczego nie dojdę.

Rzecz w tym, że miałam nikłe pojęcie o tym, co Lucy mogła wrzucić do sieci, gdzie to może się znajdować albo jak to usunąć. I skoro nie mogła tego zrobić ona, jakie szanse miałam ja? Przez krótki czas byłyśmy znajomymi na Facebooku, póki Lucy nie zlikwidowała swojego profilu, oznajmiając, że „pełno tam dorosłych i świrów". Trudno z tym polemizować.

Może Sean by się w tym orientował, pracuje przecież w IT. Ale po tym, co dzisiaj między nami zaszło, nie mogłam zwrócić się do niego z prośbą o pomoc.

Po godzinie bezowocnych poszukiwań wyłączyłam iPada i poszłam na górę.

Położyłam się do łóżka, zgasiłam nocną lampkę i wiedziałam, że czeka mnie kolejna bezsenna noc. Zbyt wiele pytań bez odpowiedzi.

Myślałam, że Sean śpi, dlatego podskoczyłam na dźwięk jego głębokiego głosu w dzielącej nas ciemności.

– Dobranoc – rzekł cicho. – Kocham cię.

Zawsze mówił to przed zaśnięciem.

Nie odpowiedziałam.

Pół roku wcześniej

Tak na serio rozmawiała z nim dopiero na szesnastych urodzinach Daisy Marshall.

Siedzi w ogrodzie z Fran, Emmą i Megan, wszyscy na imprezie piją wódkę. Wie, że został zaproszony, sprawdziła, ale nie wiadomo, czy on w ogóle się pojawi. Dużo trenuje wieczorami i w weekendy z akademią rugby Saraceni, która ściąga do siebie najlepszych młodych zawodników. To jedna z najważniejszych drużyn w kraju, a on gra zwykle na pozycji łącznika ataku, w koszulce z numerem dziesięć.

Wszystko wybadała.

I oto w połowie imprezy zjawia się ze swoimi kumplami, wygląda wyjątkowo sexy w świeżutkiej białej koszuli mocno naciągniętej na ramionach, włosy ma jeszcze mokre po prysznicu, jeden z kolegów wciska mu do ręki butelkę piwa.

Jake go woła i ich sobie przedstawia, tak jak prosiła.

Musi sama siebie napominać, żeby za dużo się nie uśmiechać, za bardzo się nie ekscytować, no i nie działać za szybko. Odgarnia z twarzy blond włosy.

Wita się z nim, nieznacznie unosząc rękę, i mówi:

– Cześć, jestem...

Lecz on przerywa jej z uśmiechem:

– Wiem, jak masz na imię.
– Wiesz? Naprawdę?
I w tym momencie cały udawany luz pryska.
– Jesteśmy obaj z Jakiem w pierwszej piętnastce. Opowiedział mi wszystko o tobie. – Patrzy na nią tymi intensywnie niebieskimi oczami o długich rzęsach, mruga raz, drugi. – I miał rację.
– Rację co do czego?
– Że jesteś najgorętszą dziewczyną z jedenastej.
Następuje mały wybuch radości, serce płonie.
Jak prażące letnie słońce.

WTOREK

37

Stałam na wąskiej kładce biegnącej dookoła szczytu kościelnej wieży, spoglądając w dół na ryneczek i wypatrując Lucy. Gdzieś przepadła, a ja musiałam ją odnaleźć, zanim stanie się coś złego. Gdy okrążałam spiczastą czarną iglicę, Lucy nagle się pojawiła, ale była na mnie zła. Zaczęłam posuwać się w przeciwnym kierunku, żeby odszukać moją normalną Lucy, ale ona zniknęła. Chodziłam więc do tej złej Lucy tam i z powrotem, tam i z powrotem, aż wreszcie wychyliłam się nad kamienną balustradę, coraz bardziej wyciągałam szyję, patrzyłam w dół, czy nie ma jej gdzieś na placyku, a potem straciłam równowagę, ześliznęłam się z balustrady i zaczęłam spadać...

Kiedy się obudziłam, w sypialni nadal panował mrok, zaciemniające zasłony przepuszczały jedynie wąziutkie pasmo światła. Leżałam z naciągniętym pod brodę prześcieradłem z egipskiej bawełny, próbując odtworzyć w pamięci mój sen. Przewróciłam się na bok i wyciągnęłam nogę na połowę łóżka zajmowaną przez Seana, ale nikogo tam nie było. Dotknęłam prześcieradeł. Zimne. Druga strona łóżka była pusta.

Zegarek na stoliku nocnym pokazywał czternaście po ósmej. Usiadłam, trąc oczy. W łazience też nikogo nie było, salon na dole zalewało oślepiające, jaskrawe światło, poranne słońce wpadało do środka przez ogromne przeszklenia na froncie willi. Osłoniłam oczy i przymknęłam żaluzje, żeby złagodzić odrobinę ten rażący blask.

Daniel siedział w piżamie na wielkiej skórzanej sofie, zajadał owsiankę i oglądał film na gigantycznym telewizorze. Dwaj Transformersi bili się na pięści w gruzach Nowego Jorku. Przysiadłam się do niego, całując go w skroń.

– Dzień dobry, Danielu. Dobrze spałeś, kochanie?

– Uhm.

– A gdzie tato?

– Wyszedł.

– Dokąd?

– Po chleb czy coś tam. Do miasteczka.

– Kiedy wyszedł?

Daniel wzruszył ramionami.

– Nie wiem. Z pół godziny temu? Poszli po pieczywo i poprosiłem, żeby kupili jeszcze płatki czekoladowe Weetos, ale ta, no, jak jej tam, powiedziała, że prawdopodobnie nie uda im się ich dostać, bo mają tu inne…

– P o s z l i?

– Co?

– Nie poszedł sam? Ktoś mu towarzyszył?

– No tak. Mama Jake'a i Ethana. – Siorbnął mleko i się skrzywił. – Nie lubię tego francuskiego mleka, mamo. Moglibyśmy kupić normalne?

– We Francji takie jest normalne, skarbie. Smakuje trochę inaczej, bo jest mocno pasteryzowane, żeby zabić wszystkie zarazki. – Wstałam i zajrzałam do pustej kuchni. – Poszli we dwoje? Tylko tato i Jennifer?

– Tak. Chciałem iść z nimi, ale powiedzieli, że wychodzą tylko na chwilkę, a ja i tak jestem jeszcze w piżamie. – Kontynuował pałaszowanie owsianki. – Co będziemy dzisiaj robić?

– Jeszcze nie wiem – odparłam z roztargnieniem. – Coś przyjemnego.

Na dole schodów pojawiła się Izzy w piżamie, potężnie ziewając. Przywitała nas milczącym uniesieniem dłoni i przemknęła do kuchni.

Skinęłam jej głową. Postanowiłam zadzwonić do Seana pod pretekstem poproszenia go o kupienie na lunch jakichś słodkich wypieków. Z komórką w ręku obeszłam willę, wyszłam na taras, wsunęłam głowę do jadalni. Wyglądało na to, że nikt z pozostałych jeszcze nie wstał.

Odezwała się poczta głosowa. Rozłączyłam się i podjęłam jeszcze jedną próbę. Tym razem nagrałam krótką wiadomość.

Stanęłam przy frontowym oknie, omiotłam wzrokiem podjazd. Stały tam wszystkie trzy samochody, musieli zatem wybrać się do miasteczka pieszo. Dziesięć minut w jedną stronę, dziesięć w *boulangerie* – zakładając, że będzie kolejka – i dziesięć z powrotem. W sumie około pół godziny, co oznacza, że powinni być już w drodze powrotnej. Może spacerują za rękę? Siedzą w przytulnej kawiarence na placyku i piją razem kawę? Cieszą się kilkoma wspólnymi chwilami na osobności w miejscu, gdzie nikt ich nie zobaczy?

Może tak. Może nie. Jeśli się pospieszę, uda mi się ich przyłapać.

Wróciłam do sypialni i błyskawicznie włożyłam strój do biegania.

– Zostań tu z Izzy – rzuciłam do Daniela. – Idę pobiegać.

Syn kiwnął głową, nie odrywając oczu od telewizora.

– Kup porządne mleko, jeśli gdzieś zobaczysz.

Wzięłam klucz i wyruszyłam na poranny jogging.

Bieganie początkowo było pomysłem Seana.

Syndromem kryzysu wieku średniego, jak powiedział. Powitał nadejście swoich trzydziestych dziewiątych urodzin wysypem nowych zainteresowań, celów i planów samodoskonalenia, które odmienią jego życie.

Towarzyszyły temu kupno nowego roweru szosowego, karnetu na siłownię, próba zrzucenia wagi i rezygnacja z alkoholu w dni powszednie. Jak również wywiezienie worów starych koszul i dżinsów do sklepu dobroczynnego z rzeczami używanymi oraz kupno nowych ubrań, regularne golenie zarostu na twarzy, krótsze strzyżenie włosów i generalnie większa dbałość o wygląd.

Oraz romans.

Były to, jak sądzę, sygnały. Wielki mrugający neon, który informował, że coś się dzieje w jego życiu, w jego głowie, w jego sercu. Że dokonuje się zmiana. Widoczne jak na dłoni wskazówki, które błędnie odczytałam. Brałam je za dobrą monetę, jak się okazało, zupełnie opacznie. Choć kilka tygodni temu Sean porzucił bieganie. Po prostu przestał z dnia na dzień. Pewnie oszczędzał energię na inne rzeczy.

Na końcu obsadzonego drzewami żwirowego podjazdu skręciłam w prawo i ruszyłam wąską drogą w kierunku Autignac. Było jeszcze wcześnie, ale słońce świeciło już wysoko na bezchmurnym niebie, prażąc niemiłosiernie i na wpół mnie oślepiając. W pośpiechu zapomniałam o okularach przeciwsłonecznych, musiałam więc mrużyć oczy na drodze wzdłuż granicy posiadłości, próbując wprawić w rytm nierozruszane jeszcze i ociężałe od snu kończyny. Powietrze było parne. Dobiegłam zaledwie do końca wysokiego muru z białego kamienia i już poczułam pot pod pachami i na karku.

Czasem biegałam razem z Seanem – przynajmniej na początku – kiedy złapaliśmy już bakcyla i nadarzała się okazja, bo dzieci nie zostawały w domu same. Ale potem on zaczął trenować do półmaratonów, biegał późnymi wieczorami, kiedy Daniel już spał, a jedyną rzeczą, na jaką miałam wtedy ochotę, był relaks w szlafroku przed telewizorem. Zresztą i tak Sean był dla mnie za szybki i zwykle miałam wrażenie, że go hamuję.

Czy teraz robię to samo? Powstrzymuję go? A co będzie, jeśli natknę się na nich za zakrętem, spacerujących ramię w ramię, ocierających się o siebie biodrami? Albo siedzących na ławce i kradnących pocałunek? Wiedziałam, co powinnam zrobić: zmusić ich do powiedzenia prawdy, tu, na tej drodze, do wyjaśnienia, co się dzieje, do przyznania się.

Biegłam dalej.

Gdy dotarłam do miasteczka, miałam przyklejoną do pleców koszulkę i ciężko dyszałam w parnej spiekocie. Ryneczek był cichy, dwie starsze kobiety plotkujące pod piekarnią, garstka innych osób delektujących się poranną kawą w cieniu ratusza. Ani śladu Seana i Jennifer. Zatoczyłam pętlę wokół centrum miasteczka, okrążyłam ryneczek i wróciłam na drogę pnącą się ku willi.

W połowie wzniesienia moje nogi zrobiły się ciężkie jak z ołowiu. Musiałam odpocząć, przystanąć z boku, wsparłszy ręce na biodrach. W tym miejscu drzewa rosły gęsto: dęby, pinie i oliwki, a przede mną rysowały się białe mury willi na szczycie wzgórza. Resztę drogi przebyłam spacerem.

Sean krzątał się w kuchni, rozpakowywał trzy wypchane torby na zakupy, wyjmował z nich bagietki, croissanty, makaroniki i ciastka. Jennifer stała obok, zajęta parzeniem kawy z ekspresu. W szerokich białych spodniach, bladoróżowym topie i słomianym kapeluszu wyglądała na zrelaksowaną i spokojną.

Ja zaś miałam nieznośną świadomość, że od gorąca jestem czerwona na twarzy i oblana potem.

– O! Tu jesteście! Którędy przyszliście?

Były to pierwsze skierowane do niego słowa od czasu naszej wczorajszej rozmowy nad wąwozem. Miałam wrażenie, że od tamtego czasu minęły całe wieki.

Sean wzruszył ramionami.

– Drogą z miasteczka.

Pokręciłam głową.

– Biegłam tamtędy. Nie widziałam was.

– Jest też droga na skróty, wąska ścieżka. Za to dość stroma.

– Dzwoniłam na twoją komórkę.

– Zostawiłem ją tutaj. Przepraszam.

– Długo was nie było.

Wycelował kciuk w stronę miasteczka.

– Był targ, Jen chciała się rozejrzeć. Sprzedawali piękne rękodzieło.

– Biegłam przez rynek. Nie widziałam żadnego targu.

Korzystając z pretekstu rozpakowywania zakupów, stał tyłem do mnie.

– Odbywał się za kościołem, obok placu zabaw.

Rowan wspominała coś o targu w dniu naszego przyjazdu. Nie pamiętałam dokładnie, w który miał być dzień, ale nie wydawało mi się, że akurat dzisiaj.

– Była też degustacja lokalnego wina – mówił Sean – więc nie mogliśmy nie skosztować.

Otworzyłam papierową torebkę ze słodkimi wypiekami, moje nozdrza wypełnił aromat świeżutkich croissantów. Powinna mi od razu pociec ślinka, ale ostatnio jakoś straciłam apetyt.

– Podgrzeję rogaliki dla dzieci. Też chcesz?

– Za chwilkę. Najpierw wezmę szybki prysznic.

– Aha.

Prysznic, pomyślałam. *Żeby spłukać z siebie jej zapach.*

– Rano nie chciałem cię budzić – wyjaśnił. – A na dworze można się usmażyć.

Do kuchni przybłąkał się Daniel i zmierzył mnie wzrokiem od stóp do głów.

– Mamo, kupiłaś normalne mleko?

38

Izzy

Izzy zwabiły dźwięki fortepianu. Nuty nabrzmiewały i niosły się w perfekcyjnym rytmie po całym parterze willi oraz tarasie, gęsta od emocji muzyka wznosiła się i opadała w tym doskonałym wykonaniu skomplikowanej sonaty. Izzy weszła na taras schodami od strony basenu, skierowała kroki prosto do salonu i tam przycupnęła na wałku sofy, by patrzeć, jak gra Lucy.

Może kiedy wreszcie osiądzie, kiedy kupi własny kąt, znów będzie miała pianino. Grała w dzieciństwie, nie na takim poziomie jak Lucy, ale zupełnie przyzwoicie. To jedna z tych rzeczy, których brakowało jej najbardziej. Podczas gdy przez ostatnie dwie dekady jej przyjaciółki gromadziły coraz większy dobytek, ona poszła w przeciwnym kierunku i zapewne miała teraz wszystkiego mniej – mniej ubrań, mniej książek, mniej gadżetów, generalnie mniej rzeczy, kropka – niż w wieku dwudziestu jeden lat. Meble z domu rodziców zostały w większości sprzedane albo oddane, poza kilkoma przechowywanymi ze względów sentymentalnych. Większość swojego majątku mogłaby unieść na plecach w tym samym sfatygowanym siedemdziesięciolitrowym plecaku, z którym piętnaście lat temu wyjechała z Irlandii. Może nadszedł czas, by odłożyć do lamusa ten stary ukochany berghaus.

Początkowo miało to trwać rok, góra dwa lata. Ale im dłużej przebywała z dala od domu, tym bardziej słabły więzi. Szczerze myślała, że stanie się wprost przeciwnie, że pragnienie powrotu będzie rosnąć z każdym miesiącem, tęsknota za domem będzie się z upływem czasu kumulować jak odsetki od długu. Tymczasem im bardziej przedłużała się jej nieobecność, tym łatwiej się jej żyło. Z roku zrobiły się dwa lata, potem pięć, dziesięć. I oto znalazła się tutaj.

Zawsze przyjeżdżała na doroczne spotkania z Rowan, Jennifer i Kate, od czasu do czasu odwiedzała też dom w Irlandii, ale kiedy tam była, myślała głównie o tym, żeby znów wyjechać. I stopniowo wraz z upływem lat wizyty w domu stawały się coraz rzadsze. Więzi łączące ją z rodzinnym krajem, miastem, ulicami, na których dorastała, słabły po każdym drugim listopada.

Gdy zbliżała się rocznica śmierci Marka, Izzy zawsze się bała, bo z jednej strony miała nadzieję, że jej ból nieco zelżeje, a z drugiej nienawidziła samej siebie za tę chęć zapomnienia.

Uważała, że to egoizm: bo przecież to do niej należało kultywowanie pamięci, podtrzymywanie pamięci o n i m. Tak powinno się postępować, i już. Lecz pamięć oznaczała cierpienie – a Izzy nosiła je w sobie już tak długo, że może najwyższy czas uwolnić się od tego brzemienia, zdjąć z barków ciężar i porzucić go gdzieś przy drodze. Nie znaczyło to, że zapomni – nie zapomni nigdy – a jedynie, że pora ruszyć z miejsca.

Wcześniej nie chciała wracać, ponieważ nie było po co. Rodzice zmarli, brat przeprowadził się do Kanady. Czy to dziwne, że oboje wyjechali tak daleko od domu, zostawili za sobą Irlandię? Że chcieli wyrwać się z Limerick w poszukiwaniu lepszego życia? Może zadziałał naturalny instynkt.

Teraz miała już powód do powrotu.

Izzy wyjęła z kieszeni telefon, rzuciła okiem na ciąg wiadomości, przewinęła do tych najnowszych. Uśmiechnęła się na wspomnienie wspólnie spędzonych chwil – a zaraz potem się zreflektowała i szybko rozejrzała dokoła, żeby zobaczyć, czy nikt nie widzi i nie zachodzi w głowę, dlaczego Izzy szczerzy zęby jak głupi do sera. Napisała i wysłała odpowiedź.

Cieszyła się, że lata podróży dobiegły końca. Czas powrócić do swoich. Niezupełnie do domu, ale dość blisko. Ponieważ miała wreszcie powód, i to najlepszy ze wszystkich. Jedyny sensowny, bo wszystko zostało już powiedziane i zrobione.

Pora się ustatkować. Na dobre.

W swoim nowym domu zamieni plecak na pianino. W ramach nowego początku odświeży sobie umiejętność gry i może pewnego dnia opanuje instrument tak dobrze jak Lucy.

Podeszła bliżej, by podziwiać delikatne dziewczęce dłonie śmigające po klawiaturze.

Lucy odwróciła się spłoszona, ocierając łzy z policzków.

– Przepraszam. Nie przerywaj – poprosiła Izzy. – Nie chciałam ci przeszkadzać. Mogłabym słuchać cały dzień, jak grasz.

– Nie przeszkadzasz. I tak prawie skończyłam. Serio.

Izzy się uśmiechnęła, ale od razu zorientowała się, że coś jest nie w porządku. Jedną z wielu uroczych cech Lucy było to, że kiepsko kłamała. I nie potrafiła ukrywać emocji.

Tak jak jej ojciec.

Izzy ściszyła głos.

– Wszystko dobrze, Lucy?

– Tak, pewnie – odparła dziewczyna. Jej oddech drżał. Rękawem bluzki pospiesznie wytarła policzki, by zatrzeć wszelkie ślady łez. – Czasem, kiedy gram ten utwór, za bardzo się wzruszam.

– Masz wspaniały talent.

– Dziękuję. Powinnam ćwiczyć codziennie.

– Brzmi znajomo, ale nie mogę sobie przypomnieć, co to jest.

– *Kinderszenen* Schumanna. Czyli...

– *Sceny dziecięce.*

Lucy się uśmiechnęła.

– Ile właściwie znasz języków?

– Grał to kiedyś mój narzeczony. Ale nie tak dobrze, jak ty.

Izzy wydawało się, że przez twarz nastolatki przemknął jakiś cień, który po chwili zniknął.

– Grałam ten utwór na egzaminie w ósmej klasie – powiedziała Lucy. – To znaczy jego fragment.

– Więc co teraz? Egzaminy końcowe?

Lucy kiwnęła głową.

– Zakładając, że dostanę odpowiednie oceny z egzaminów, które miałam.

– Chyba nie ma co do tego wątpliwości, prawda? Z czego będziesz zdawać?

– Z matmy, fizyki, chemii i biologii.

– Ho, ho. – Izzy się uśmiechnęła. – Widzę, że idziesz na łatwiznę?

– Te przedmioty będą mi potrzebne na medycynie.

– Nadal chcesz studiować medycynę?

– Tak.

– Jeśli komuś miałoby się udać, to właśnie tobie. Będzie z ciebie fantastyczna lekarka.

Lucy uśmiechnęła się nieśmiało.

– Przede mną długa droga.

Izzy przysunęła sobie krzesło i usiadła obok Lucy przy fortepianie, pochylając się w jej stronę. Znała to dziecko od urodzenia, po raz pierwszy trzymała je w ramionach, gdy miało zaledwie tydzień i było perfekcyjną maleńką istotką ze zdumiewającą czupryną niemal białych włosów. Obserwowała, jak Lucy rośnie, przy każdym powrocie z zagranicy zastawała ją coraz mądrzejszą, coraz wyższą. Lucy zrównała się z nią wzrostem w wieku dwunastu lat, dorastając do metra pięćdziesięciu pięciu, a potem jeszcze bardziej wystrzeliła w górę. Izzy znała tę dziewczynę od początku jej życia, a teraz, skoro tu wróciła, czuła silne pragnienie odnowienia z nią relacji. Ponownego zacieśnienia więzi.

Pragnęła być blisko niej i Daniela, znów stać się częścią ich wewnętrznego kręgu.

– Naprawdę nic cię nie trapi, Lucy?

– Uhm.

– Wiesz, że możesz rozmawiać ze mną o wszystkim, prawda? Jestem neutralna. Jak Szwajcaria, nie stoję po niczyjej stronie – dodała z uśmiechem. – Jeśli nie możesz pogadać o tym z mamą albo tatą, zamiast nich możesz wywnętrzyć się przede mną. Ja będę tylko słuchać i na tym możemy poprzestać.

Lucy założyła za ucho pasmo blond włosów.

– No bo… nie wiem, to pewnie nic takiego.

– Skoro cię przygnębia, to znaczy, że to nie błahostka. Psuje ci wakacje, nie daje spokoju… Nie uważasz?

– Może i tak…

– Nie chcę oglądać twojej smutnej buzi, Lucy.

Zawiesiła głos, wiedząc, że nastolatka wypełni tę ciszę. I chwilę później tak się stało.

– Mama i tato są… Jakoś dziwnie się wobec siebie zachowują.

Izzy wyprostowała się, marszcząc brew.

– W jakim sensie?

W słowach Lucy pobrzmiewało niepokojące echo wczorajszych zwierzeń Kate w Gorges d'Héric, jej obaw dotyczących Seana. *Widziałam wiadomości.*

– Nie wiem – odparła cicho. – Dzieje się między nimi coś dziwnego. Nigdy ich takich nie widziałam. Tacie wydaje się, że niczego nie zauważam, ale ja widzę, wyłapuję wiele różnych rzeczy. Pewnie też je zaobserwowałaś?

– Tak. – Izzy skinęła głową. – Też.

– Więc jak myślisz, o co chodzi?

Izzy rozważała różne opcje, poszukując tej najmniej bolesnej. Powiedzieć Lucy, że jej ojciec koresponduje z inną kobietą? O podejrzeniach matki? O jej wątpliwościach w odniesieniu do Seana? Powiedzieć jej prawdę?

Ale czy to rzeczywiście zadanie dla mnie?

– Szczerze? Nie mam pojęcia, Lucy. – Poklepała dziewczynę po ramieniu. – O cokolwiek by chodziło, z pewnością wkrótce znajdą rozwiązanie. Takie czy inne.

39

Spędziliśmy z Seanem cichy poranek, krążąc wokół siebie jak zranione zwierzęta. Pamięć o wczorajszej konfrontacji wciąż bolała jak otwarta rana.

Lucy dość szybko się połapała. Stałam w łazience przed lustrem, próbując zamaskować worki pod oczami, gdy usłyszałam głos naszej córki zza uchylonych drzwi. Przerwałam nakładanie korektora i zamieniłam się w słuch.

– Tato?

– Hej, Lucy.

– No więc co jest grane?

– Na dzisiaj? Chyba relaks przy basenie.

– Nie. – Ściszyła głos. – Pytam, co się dzieje z wami dwojgiem.

– To znaczy?

– Wiem, uważasz, że nic mnie nie obchodzi i skupiam się wyłącznie na sobie, ale…

– Wcale tak nie uważam, kochanie.

– Słyszałam, jak tak mówiłeś.

– Kiedy?

– Powiedziałeś, że wszystkie nastolatki są pochłonięte sobą i własnymi sprawami.

– To nie było o tobie! Pamiętam, jak sam zachowywałem się w twoim wieku.

– Mniejsza o to. W każdym razie zauważam różne rzeczy. Czasami.

– Na przykład jakie?

– Na przykład to, że ze sobą nie rozmawiacie.

Pauza.

– Od kiedy, skarbie?

– Od przyjazdu. Co się między wami stało?

– Nic. Nic się nie stało.

– O coś się na nią wkurzyłeś?

– Nie, Lucy.

– Jest na ciebie zła? Bo coś zrobiłeś?

– Nie.

Kolejna pauza.

– Wiesz co, tato?

– Co, skarbie?

– Kompletnie nie umiesz kłamać.

– Lucy...

Ale już jej nie było, kroki oddalały się korytarzem. Wyszłam z mojej kryjówki i popatrzyłam na Seana, on jednak nie odwzajemnił spojrzenia. Milczenie między nami się przeciągało, przerwało je dopiero wołanie Izzy z dołu schodów, że lunch już gotowy.

Długi stół na tarasie uginał się od jedzenia – wystarczyłoby na nakarmienie małej armii. Każdy centymetr obrusa w kratkę był zastawiony przysmakami i napojami. Na środku pyszniła się deska kilkunastu serów, obok niej miski pomidorów i oliwek, jabłka, winogrona oraz kolejna deska, na której piętrzyły się pokrojone na kawałki bagietki oraz świeżo upieczone słodkości. Był miód i ciemny dżem z targu w miasteczku, osełka złocistego masła, grube plastry różowej szynki i pieczonej piersi z kurczaka. Dzbany soku jabłkowego, pękate zielone butelki piwa oraz dwie butelki białego wina.

– Jest nas dwanaścioro – oznajmił Alistair z wielce zadowoloną miną, stojąc u szczytu stołu. – Mamy wino i chleb: brakuje nam tylko mieszka z trzydziestoma srebrnikami.

– I Judasza – dodał Russ, odkorkowując z cichym wystrzałem butelkę Saint-Chinian.

– To znaczy? – zapytała Jennifer.

– No wiesz – odparł jej mąż, szeroko rozkładając ręce. – *Ostatnia Wieczerza*. Da Vinci.

Daniel wziął kromkę bagietki.

– Tato, co to jest *Ostatnia Wieczerza*?

Sean ze sztuczną wesołością klasnął w dłonie.

– No proszę! Wreszcie okazujesz zainteresowanie dobrą książką, mój chłopcze. Twoja babcia Colleen pękłaby z dumy. Ostatnia Wieczerza to posiłek, który Jezus spożył ze swoimi uczniami tuż przed tym, jak został zdradzony przez Judasza i zawleczony przez Rzymian na wzgórze zwane Golgotą, gdzie…

– Chyba nie musimy przy dzieciach wdawać się we wszystkie drastyczne szczegóły – zauważyła Jennifer, wskazując ruchem głowy Odette. – Prawda, Sean?

– Co to za drastyczne szczegóły? – natychmiast zainteresował się Daniel.

– Przybili małego Jezuska do drzewa – poinformowała ze śmiertelną powagą Odette, odrywając kęs lepkiego ciasta i wpychając go sobie do buzi.

– Do krzyża – poprawił Russ. – I nie był wtedy dzieckiem, a ponoć dorosłym mężczyzną.

– Nieźle. – Ethan podniósł wzrok znad telefonu. – Jak długo się wtedy kona?

– Godzinami – rzekł Russ. – Może nawet kilka dni. Niefajny sposób na zejście.

– Na oczach ludzi? Przed, no… publicznością?

Jennifer odchrząknęła.

– Nie wydaje mi się, chłopcy, żeby to był stosowny temat do rozmowy przy stole. A wy jak sądzicie?

– Ciekawszy niż to wasze standardowe nudziarstwo o pierdołach – mruknął Jake.

– Jake, słownictwo.

Wszyscy zajęli się nakładaniem jedzenia na talerze. Wszyscy z wyjątkiem Odette, która marszczyła nos i jak zwykle zaczęła wytykać palcem, czego nie lubi.

– Tego nie lubię, tego też nie, ani tego. A na pewno nie tego. Nie mamy normalnego, porządnego chleba?

Rowan nałożyła córce na talerz kawałek bagietki i szynkę, a potem zaczęła kroić jabłko na małe cząstki.

Podniosłam wzrok w chwili, gdy siedzący po przeciwnych stronach długiego drewnianego stołu Sean i Jennifer jednocześnie sięgnęli po tę samą butelkę wina.

Dłoń Seana musnęła jej rękę – i jakby zatrzymała się tam na dłużej. Spotkały się ich spojrzenia. Za to Jennifer zareagowała tak, jakby dotknęła przewodu pod napięciem, i nieomal upuściła w pośpiechu butelkę. Oboje uśmiechnęli się jednocześnie niczym swoje lustrzane odbicia, zrobili zakłopotane miny i ustąpili sobie nawzajem pierwszeństwa.

– Proszę – powiedział Sean.

– Nie, ty pierwszy.

Napełnił najpierw jej kieliszek, potem Russa, a na końcu własny.

Jennifer rzuciła mi ukradkowe spojrzenie, lekko odwracając przy tym głowę, po czym spuściła wzrok na stół.

Sprawdza, czy zauważyłam?

Tak. Zauważyłam. Co to było?

Co to konkretnie było?

Chciałam, żeby nawiązała ze mną kontakt wzrokowy, bo miałabym wtedy szansę odczytania wyrazu jej twarzy, zobaczenia, co jest na niej wypisane.

Czujesz skrępowanie, dotykając ręki mojego męża na oczach wszystkich? O to chodzi?

Wypiła łyk wina, ale nie patrzyła więcej w moją stronę.

W mojej głowie co rusz rodziły się i wybuchały nowe oskarżenia, ale wystarczyło mi uważności, by dostrzec, jak Alistair nalewa Lucy wina z drugiej butelki Saint-Chinian.

– Szczerze mówiąc – zwróciłam się do niego – jeśli pozwolisz, wolałabym, żeby Lucy nie piła wina.

Moja córka popatrzyła na mnie, jakbym ją spoliczkowała. Alistair tylko się uśmiechnął i zajął się napełnianiem kieliszka Jake'a.

– Sądziłem, że nie masz nic przeciwko temu.

– Dzieci kąpią się w basenie, jest upał, łatwo o odwodnienie, dlatego lepiej, żeby poprzestały na oranginie.

I dlatego że zaglądasz na jej profil na Instagramie.

– Nie mam racji, Sean? – zapytałam.

– Masz – przyznał bez przekonania.

Lucy skrzyżowała ramiona, jej policzki poczerwieniały.

– Daisy Marshall pije w domu wino, od kiedy skończyła trzynaście lat. Jej rodzice nie robią z tego żadnej afery.

– Ich wybór. Dopóki nie będziesz trochę starsza, my decydujemy, co jest dla ciebie najlepsze.

– A mój wybór się nie liczy?

Zaczerpnęłam powietrza, żeby ochłonąć i powstrzymać się przed odruchową odpowiedzią.

– Będziesz mieć wybór, gdy staniesz się dorosła. Wtedy możesz robić, co ci się podoba.

– Czasem nie wierzę własnym uszom. – Lucy chciała zabić mnie wzrokiem. – Białe nie ma nawet dziesięciu procent, jest słabiutkie.

– *Une gorgée de vin pour les enfants* – rzekł Alistair, gestykulując wolną ręką. – Łyk wina dla dzieci. Tutaj, we Francji, to powszechnie przyjęty zwyczaj.

– Tak jak jedzenie baranich jąder – mruknął Russ.

Alistair chyba go nie słyszał.

– Wiesz, Kate, my zawsze staramy się zachęcać nasze dzieci do testowania granic. Ich odkrywanie może być naprawdę doskonałym sposobem na osłabianie napięć, polepszenie komunikacji oraz budowanie zaufania w relacji z…

Lucy wpadła mu w słowo.

– Mamo, kiedy pierwszy raz piłaś alkohol?

– W wieku kilkunastu lat. – Wzruszyłam ramionami. – Ale wyglądało to inaczej.

– Jak?

– Nie w obecności rodziców.

– Ale z ciebie hipokrytka! – rzekła, mierząc we mnie palcem. – A więc mogę napić się odrobinę wina, bylebyś się nie dowiedziała?

– Nie to chciałam powiedzieć.

– Jesteśmy na wakacjach! W samym środku cholernej winnicy! Sama pijesz dzień w dzień!

– Przestań krzyczeć, Lucy.

Zerwała się z miejsca i chwyciła za kieliszek.

– Przestań traktować mnie jak dziecko!

Odepchnęła krzesło i odeszła zdecydowanym krokiem. Słychać było gniewne klapanie jej japonek na kamiennych schodach prowadzących w dół do basenu.

Wstałam od stołu, chcąc pójść za nią.

– Zostaw ją – powiedział cicho Sean. – Pozwól jej najpierw trochę się uspokoić.

– Musi coś zjeść.

– Daj jej minutkę.

Oczywiście miał rację. Byłyśmy z Lucy bardzo do siebie podobne pod zbyt wieloma względami i kiedy w trakcie kłótni okopałyśmy się obie na swoich pozycjach, rzadko wiedziałam, jak się z tego okopu wydostać. Byłam zbyt krytyczna, widziałam wszystko czarno-biało, zbyt szybko przechodziłam do trybu analitycznego – „zadaniowego", jak mawiał Sean – w odniesieniu do kwestii wychowawczych, które wymagały delikatniejszego podejścia.

Usiadłam z powrotem i dopiero wtedy zauważyłam, że wszyscy na mnie patrzą. Z wyjątkiem Jennifer – starannie smarowała bagietkę masłem, skupiona na tej czynności.

– Czy tylko mnie się tak wydaje – odezwał się z ożywieniem Alistair, nabijając na widelec spory plaster szynki – czy z każdym dniem robi się goręcej?

40

Po lunchu wzięłam talerz z pieczywem, serem i owocami i zaniosłam go Lucy nad basen. Musiałam zbudować most, jeśli chciałam, żeby córka mnie wysłuchała, a ta rozmowa była konieczna. Nie bardzo wiedziałam, od czego zacząć – jak sprawić, żeby zrozumiała, nie mówiąc o tym wprost – ale musiałam podjąć próbę. W wieku szesnastu lat uważa się zwykle, że się pojadało wszystkie rozumy i wie się o świecie absolutnie wszystko, podczas gdy w rzeczywistości ta wiedza jest niemal równa zeru. Czasem bywało to urocze i cudowne, kiedy indziej zaś przyprawiało o cichą zgrozę.

Siedziała na leżaku po drugiej stronie basenu, twarzą do mnie. Zeszłam po stopniach i uśmiechnęłam się przepraszająco, mrużąc oczy przed oślepiającym słońcem.

Uśmiech zamarł mi na ustach.

Za jej plecami siedział Alistair, smarując jej ramiona kremem z filtrem.

Cała reszta sprzątała na górze po lunchu. Byli tu tylko we dwoje.

Przyspieszyłam kroku, obserwując, jak Lucy przytrzymuje koński ogon i pochyla lekko głowę, aby odsłonić kark. Alistair w tych samych co zwykle czarnych kąpielówkach wycisnął w zagłębienie dłoni kolejną porcję kremu i zaczął rozsmarowywać na jej obojczykach.

– Hej – powiedziałam do córki. – Przyniosłam ci coś do zjedzenia.

Ze zmieszaną miną przyjęła ode mnie talerz.

– Dzięki.

Alistair nie przerwał rozprowadzania kremu na szczytach ramion i górnej części pleców Lucy. Jej skóra połyskiwała w ostrym słońcu.

Wzięłam do ręki butelkę soltanu.

– Mam przejąć pałeczkę?

Alistair wtarł sobie w uda resztkę kremu.

– Skończone – oznajmił, szczerząc zęby.

– Dzięki, Ali. – Lucy podniosła do ust kieliszek wina.

Wskazałam talerz.

– Zjedz coś.

– Jasne.

Alistair stęknął, wstał z leżaka Lucy i przeniósł się na własny.

– Zadanie wykonane – powiedział z uśmiechem. – Pan Soltan do usług.

Zawahałam się.

– Lucy, możemy zamienić słowo?

– O czym?

– Może pójdziemy na górę? Weź ze sobą talerz.

– Po co?

– Chcę ci coś pokazać.

– Co pokazać?

– To… rzecz raczej osobista.

– Ach – rzekł Alistair, podnosząc ręce w geście kapitulacji. – Kobiece sprawy. Już się ulatniam.

Usadowił się na swoim leżaku i wziął do ręki telefon.

Lucy westchnęła ostentacyjnie i poszła za mną przez taras do jadalni.

Zamknęłam za nami drzwi, a ona osunęła się na drewniane krzesło z wysokim rzeźbionym oparciem, jedno z wielu otaczających długi stół.

– No więc co mi chcesz pokazać?

– Nic.

– Zamierzasz znowu prawić mi kazanie na temat wypicia łyku wina?

– Nie.

Lucy zaczęła skubać bagietkę, odrywając kawałki białego miąższu od skórki.

– No to o co chodzi?

– O Alistaira. Chcę, żebyś była przy nim ostrożna.

– Nie rozumiem.

– Przynajmniej wtedy, gdy jesteś z nim sam na sam. – Nie najlepiej to wypadło. – Chcę przez to powiedzieć, że raczej nie powinnaś przebywać z nim sam na sam, jeśli tylko da się tego uniknąć.

– Dlaczego?

– Po prostu o tym pamiętaj. To wszystko.

– Mamo, o czym ty mówisz? On jest miły. I słucha. Jest psychologiem, kimś w rodzaju terapeuty. Opowiadałam mu tam nad basenem o różnych rzeczach. Jest naprawdę życzliwy i myślący, i potrafi słuchać, gdy mówię mu o swoich problemach.

– Ja też potrafię.

– Nie tak jak on.

– Być może. Ale ja jestem twoją mamą. Dlaczego smarował cię kremem?

Wzruszyła ramionami.

– Powiedział, że mam zaczerwienione ramiona, i zapytał, czy nie chciałabym kremu z filtrem.

– Rozumiem.

– O co ci znowu chodzi?

– Po prostu chciałam wiedzieć, dlaczego to robił, nic poza tym.

Odgryzła kawałek bagietki, miarowo przeżuwając kęs.

– Dlaczego go nie lubisz? To tato Jake'a i Ethana, przecież znamy się od zawsze, prawda?

– Tak, ale...

– Co takiego zrobił?

Powiedzieć jej? Wystraszyć ją, wywołać panikę? Doprowadzić do tego, że będzie ją krępowało własne ciało? Czy po prostu mieć nadzieję, że zacznie postępować zgodnie z moimi wskazówkami?

– Zrobisz to, o co cię proszę? Zachowasz pewien dystans?

Wzruszyła ramionami.

– Okej.

Uśmiechnęłam się z ulgą i poklepałam ją po kolanie.

– Dziękuję, skarbie.

– Ale dopiero wtedy, kiedy powiesz mi, co zrobił.

Otworzyłam usta. Zamknęłam je ponownie.

– Szczegóły są nieistotne.

– Mamo, mogłabyś bardziej się wysilić. Chcesz powiedzieć, że jest ukrytym pedofilem, czy co?

– Nie.

– No to do czego zmierzasz?

– Nie wystarczy, że cię o coś proszę?

Zatopiła zęby w jabłku.

– Nie, jeśli będziesz traktować mnie jak dziecko.

– Jesteś jeszcze dzieckiem.

Przewróciła oczami.

– I znów zaczynasz.

– Czasem musisz uwierzyć mi na słowo. Że mam na względzie wyłącznie twoje dobro. – Usłyszałam, jak podnoszę głos, postarałam się więc nad nim zapanować. – Że żyję na tym świecie nie od dziś i powinnaś mnie słuchać.

Rzuciła jabłko na talerz i wstała.

– Mogę już iść?

– A może jeszcze chwilę porozmawiamy?

Wyszła bez słowa.

– Lucy?

Ale już jej nie było. Chciałam za nią pójść, lecz po kilku krokach zatrzymałam się przy oknie i patrzyłam, jak idzie do ogrodu.

41

Lucy

Lucy pomaszerowała do ocienionej kamiennej ławki w głębi ogrodu i ciężko na nią opadła. Z gniewu płonęły jej policzki. Lubiła tę ławkę: stała z dala od domu, ale w zasięgu wi-fi. Odblokowała telefon i zaczęła z furią przeglądać zdjęcia na Instagramie.

Jakie to nie fair. Chciała tylko wypić kilka łyczków wina, żeby oderwać myśli od różnych spraw, stępić emocje. Ale nie, mama jak zwykle musi rozdmuchać aferę, ględzić o pełnoletności i posłuszeństwie. Cholera, zawsze to samo: tak stanowi prawo, tak już jest. Zapewniała o swoim wsparciu, gdy Lucy czymś się martwiła, ale nie pozwoliła wypić kapki wina, żeby pomóc jej się zrelaksować. A do tego jeszcze to megadziwaczne kazanie o Alistairze, jak to powinna trzymać się od niego na dystans. I nawet nie raczyła powiedzieć dlaczego. To wieczne traktowanie jej, jakby wciąż była dzieckiem, doprowadzało ją do szału.

Podskoczyła, gdy Jake usiadł obok na ławce i podsunął jej dwa lody Solero.

– Pomarańczowy czy truskawkowy? – zapytał.

Z westchnieniem wzięła truskawkowego.

– Dzięki, Jake.

– Nie ma sprawy.

– Gdzie twój mały cień? Twój brat?

– Nie wiem. Chyba go zgubiłem.

Lucy odwinęła papierek i polizała lody, czując na języku rozkoszny chłód.

– Boże, jaka z niej cholerna hipokrytka.

– Z kogo?

– Z mojej mamy.

– Co się stało?

Powiodła wzrokiem po nieskazitelnie utrzymanym ogrodzie, basenie, palmach i kwiatach w intensywnych barwach.

– Nieważne.

– Jakoś mi się nie wydaje.

– Och, pogadajmy o czymś innym.

Jake odgryzł kawalątek lodów.

– Masz jakieś wieści z Anglii?

– Na temat?

Spojrzał na nią z ukosa.

– No wiesz.

– Tylko tyle co w postach.

– I nic więcej? Na przykład od rodziny?

– Skąd miałabym wiedzieć coś więcej?

– Tak sobie pomyślałem, bo…

– Bo co?

Wzruszył ramionami, czując, jak oblewa się rumieńcem.

– Nie wiem – odparł cicho ze wzrokiem wbitym w ziemię.

– Miałem cię zapytać już wcześniej, ale obok był Ethan, a on zawsze pieprzy o wszystkich różne głupoty, więc wolałem nie robić tego przy nim. Chciałem po prostu sprawdzić, czy u ciebie wszystko w porządku.

– W porządku? – prychnęła. – Nie, nie jest w porządku.

Milczenie się przeciągało, póki Lucy nie podniosła ręki w przepraszającym geście.

– Wybacz, Jake. Nie czepiam się ciebie, ale nie wiem więcej niż inni.

– Mam wyrzuty sumienia, bo to ja cię przedstawiłem.

– Nie twoja wina. W niczym tu nie zawiniłeś.

Jake chrząknął, zerknął na nią ukradkiem i zaraz odwrócił wzrok.

– Byłaś kiedyś zakochana?

Zaskoczył ją tym pytaniem. To chyba ostatnia rzecz, jakiej się po nim spodziewała.

– Zakochana?

– No.

– Nie wiem. Może.

– Nie jesteś pewna?

– Raz wydawało mi się, że tak. A ty?

– Ja…

Umilkł, widząc, jak matka energicznym krokiem zmierza w ich kierunku z przewieszoną przez ramię lnianą torbą.

– Tutaj jesteś, Jake. Wszędzie cię szukałam.

– No i?

– O czym tu sobie gawędzicie?

– O niczym.

Jennifer się uśmiechnęła, ale na próżno by dopatrzyć się w tym uśmiechu ciepła.

– Sprawiacie wrażenie zatopionych w głębokiej, poważnej rozmowie.

– Szpiegujesz nas?

– Schodzimy na dno wąwozu, Jake. Całą czwórką: twój tato, ja i twój brat. Chodź.

– Nie, zobaczymy się później.

– Idziesz z nami, Jake. Chcę, żebyśmy razem poszli na tę wyprawę. Chodź, będzie wspaniale.

– Nie idę. Rozmawiam z Lucy.

– Chodź, chodź, czekają na nas. – Jej głos brzmiał szorstko. – Od przyjazdu tutaj nie robiliśmy niczego wspólnie, a ja chcę mieć ładną rodzinną fotografię naszej czwórki.

Matka i syn mierzyli się wzrokiem, żadna ze stron nie chciała ustąpić.

W końcu Lucy wstała, by przerwać ten impas.

– Idź, Jake, nie ma sprawy. I tak zamierzałam popływać trochę w basenie. Spotkamy się później, okej?

Jake westchnął, cisnął w krzaki patyczek od lodów. Wstał z ociąganiem.

– Dobra, to na razie.

Obejrzał się na odchodnym i wyszedł za matką z ogrodu.

42

Leżałam przy basenie, obserwując rozwój akcji w głębi ogrodu.

Wydawało się, że Jennifer chce za wszelką cenę odseparować Jake'a od Lucy, a przynajmniej ograniczyć ilość spędzanego przez nich razem czasu – nie mogła nawet znieść widoku obojga jedzących wspólnie lody. Co tu jest na rzeczy? Jakieś kwestie więzi między matką a synem? Może trudno jej znieść myśl o zastąpieniu jej przez inną kobietę, może nie radzi sobie ze zmianą swojego statusu, z tym, że nie gra już w jego życiu pierwszych skrzypiec?

Czy to w ogóle jest problem? Czy za kilka lat ja będę taka sama w stosunku do Daniela? Nie. Albo odrobinę.

Na moich kolanach leżała nietknięta książka, w upale skóra szczypała mnie od potu. Jednym okiem pilnowałam Lucy, a drugim Daniela. Mój syn pluskał się z Odette w płytkiej części basenu, w otoczeniu rozmaitych dmuchanych zabawek. Rowan i Russ siedzieli na skos od nas po drugiej stronie basenu, z nosami w telefonach. Pozostali poszli spenetrować baseny skalne na dnie wąwozu.

Sean i ja nadal prawie ze sobą nie rozmawialiśmy, lecz mimo to położył się na leżaku obok mnie – niełatwe zawieszenie broni podyktowane obecnością dzieci. Analizowałam wszystko, co mi powiedział, kiedy starłam się z nim dwadzieścia cztery godziny temu, czując, jak grunt usuwa mi się spod nóg.

Przysięgam, że nic nie łączy mnie z Rowan.

Powiedziałem prawdę.

Stanowczo zaprzeczył, nie drgnęła mu nawet powieka.

Może już wiem dlaczego. Bo rzeczywiście powiedział prawdę? Bo to nie Rowan, tylko Jennifer?

Nie po raz pierwszy plułam sobie w brodę, że nie zapytałam go wprost od razu w sobotę, po odkryciu wiadomości na jego telefonie. Gdyby wystarczyło mi odwagi, może znałabym już prawdę. Uniknęłabym tej udręki podejrzeń i wątpliwości. Gdybym zwyczajnie pokazała mu te wiadomości na świeżo, nie mógłby się wyprzeć romansu.

Były dowodem. Kluczem.

Korciło mnie, żeby znów odblokować jego komórkę następnego dnia i kolejnego, ale nie spuszczał jej z oka na dłużej niż sekundę – miał ją przy sobie i teraz, na wyciągnięcie ręki. Leżał na plecach w pełnym słońcu, w okularach przeciwsłonecznych na nosie. Jego skóra błyszczała od kremu do opalania. Przy swojej bladej irlandzkiej cerze każdego lata spiekał się na raczka, ale jakoś nigdy go to nie zniechęcało.

„Jestem zodiakalnym Lwem", mawiał z uśmiechem. „My, Lwy, musimy wygrzewać się w słońcu".

Leciutko przekręciłam głowę, tak żeby lepiej go widzieć, a przy tym nie zwracać na siebie uwagi. Leżał bez ruchu, szeroka pierś falowała w powolnym rytmie, tak dobrze mi znanym po tysiącach wspólnie spędzonych nocy.

Spał.

A jego telefon znajdował się tuż obok w zasięgu mojej ręki.

Po drugiej stronie basenu Russ i Rowan byli nadal pochłonięci wpatrywaniem się w swoje smartfony.

Powolutku się podniosłam, starając się nie wydawać żadnego dźwięku, który mógłby zakłócić mu sen. Usiadłam, odłożyłam książkę na ziemię i zsunęłam nogi z leżaka, pochylając się w stronę Seana, aby mieć lepszy widok na jego komórkę. Leżała wyświetlaczem do góry na skraju leżaka, nie dotykając jego dłoni.

Nachyliłam się mocniej i wcisnęłam przycisk. Pojawił się zablokowany ekran z prośbą o kod.

Sean nie drgnął.

Wstrzymałam oddech. Ostrożnie nakreśliłam palcem wskazującym motyw odblokowujący jego telefon: literę „J".

Czyżby „J" jak Jennifer?

Wyświetlacz zadrżał, pojawił się komunikat: *Kod nieprawidłowy*. Spróbowałam ponownie. *Kod nieprawidłowy*.

Cholera.

Musiał go zmienić, pewnie po naszej wczorajszej awanturze. Głupio zrobiłam, że powiedziałam mu o tych wiadomościach. Właśnie sobie to uzmysłowiłam – ostrzegłam go i teraz mogę sobie tylko pomarzyć o odgadnięciu nowego hasła. Marzenie ściętej głowy. Istnieją tysiące różnych kombinacji – mógł też zmienić je na czterocyfrowy PIN.

Chyba że... chyba że to żadna z tych opcji. Może postawił na jakieś szybkie i bardziej spersonalizowane rozwiązanie, coś bardziej osobistego niż numer czy motyw. Coś, czego nie będę w stanie przeskoczyć. Czemu nie? Warto spróbować. Wzięłam jego komórkę do ręki, czując, jak łomocze mi serce.

Jego prawa dłoń zwisała poza leżak. Delikatnie, najdelikatniej, jak umiałam, przyłożyłam telefon do jego kciuka.

Urządzenie natychmiast rozpoznało linie papilarne Seana i ożyło.

43

Po odblokowaniu telefonu szybciutko dotknęłam biało-niebieskiej ikonki Messengera. Wyświetliło się menu z listą rozmów:

CoralGirl

Kate

Paul

Brendan

Mama

Kumple od nogi

Cross Keys

Jest. Na samym początku listy, ostatnia rozmowa: CoralGirl. Zerknąwszy przelotnie na Seana – nadal spał – wybrałam rozmowę z CoralGirl i ujrzałam ten sam ciąg wiadomości, co pięć dni temu.

Nie mogę przestać myśleć o tym, co powiedziałaś
Mówiłam całkiem serio

Żółć paliła mnie w gardle, miałam wrażenie, że za chwilę zwymiotuję.

I co teraz? *Wcześniej nawet sobie tego nie wyobrażałaś. Romans trwa w najlepsze i wszystko wskazuje na to, że od samego początku była to Jennifer. To ona jest CoralGirl.*

Ale jak mogę być pewna?

Głowa Seana leciutko zwróciła się w moją stronę, ale jego pierś nadal wznosiła się i opadała w regularnym rytmie. Drzemał.

Owszem, odkryłam te wiadomości, tyle że nie bardzo wiedziałam, co dalej. Zrobić zrzut ekranu i przesłać na swój telefon? Obudzić go i zapytać bez ogródek? Podsunąć mu komórkę pod nos i zażądać wyjaśnień?

Jak to wytłumaczysz, Sean? Kto to jest? Co takiego ci daje, czego nie potrafię dać ja?

Czy byłam gotowa na taki krok? Na przekroczenie linii, której nigdy nie chciałam przekraczać?

Może wkrótce. Ale jeszcze nie teraz.

Wpadłam na lepszy pomysł.

Napisałam nową wiadomość:

Muszę z tobą PILNIE porozmawiać. Na polanie nad wąwozem za 15 minut

Kątem oka dostrzegłam jakiś ruch. To Daniel wskoczył do basenu „na bombę". Woda prysnęła na stopę Seana.

Poruszył się na leżaku i przekręcił głowę w moją stronę.

Wyłączyłam telefon i błyskawicznie położyłam przy jego dłoni, sięgając po krem z filtrem.

– Poparzysz się, jeśli nie będziesz uważał.

Wsunął okulary na czoło, mrużąc oczy przed oślepiającym słońcem.

– Mmm? Co robiłaś, kochanie?

Rumieniec wstydu oblał mi policzki: zostałam przyłapana na gorącym uczynku.

– Brałam krem. – Podałam mu buteleczkę. – Powinieneś przenieść się do cienia. Przypilnujesz dzieci? Idę do domu ochłodzić się i przebrać w kostium kąpielowy. Chyba jednak mam ochotę się wykąpać.

Wycisnął krem na dłoń i zaczął smarować sobie ramiona.

– Dobrze. Ja też dojrzewam do schowania się przed słońcem.

Wzięłam sandały, sarong i niespiesznym, swobodnym krokiem zaczęłam wchodzić po schodach na taras, zerknąwszy po drodze na zegarek. Gdy z góry rzuciłam okiem na basen, zobaczyłam, że Russ siedzi teraz sam.

Rowan zniknęła.

W domu poszłam prosto do kuchni, zdjęłam klucz z haczyka na ścianie i przeniosłam się do salonu. Klimatyzacja działała tu pełną parą, chłodne powietrze niosło błogą ulgę po lejącym się z nieba żarze na zewnątrz. Owinęłam się sarongiem i stanęłam bez ruchu przy szerokich marmurowych schodach. Nasłuchiwałam.

Tylko przytłumione piski znad basenu. W samym domu cisza.

– Rowan?! – zawołałam.

Brak odpowiedzi. Willa i teren dookoła były ogromne, ale liczba miejsc, do których mogła dotrzeć w ciągu dwóch minut, dość ograniczona. Wbiegłam na górę, zobaczyłam uchylone masywne drewniane drzwi głównej sypialni. Zapukałam.

– Rowan?

Otworzyłam je szerzej i weszłam do środka.

Ład, porządek, wytworne meble. W powietrzu delikatny zapach drogich perfum Rowan.

Ale pusto. Tu jej nie było.

Może mimo wszystko to nie Jennifer.

Gdzie jesteś, Rowan? W drodze na spotkanie z moim mężem? W odpowiedzi na jego wezwanie?

A co powiecie na małą niespodziankę z mojej strony?

Pobiegłam do naszej sypialni. Zrzuciłam klapki, wyjęłam z dna szafy sandały i usiadłam na łóżku, żeby je włożyć. Klapki dobrze sprawdzały się przy domu, ale skoro zamierzałam zaczaić się w lesie, musiałam zadbać o wygodniejsze obuwie. Wstając, dostrzegłam swoje odbicie w lustrze przy drzwiach. Miałam zaczerwienioną twarz, zdenerwowaną minę, bruzdy zmartwienia na czole. Widziałam też strach w oczach, które odwzajemniały moje spojrzenie. Nie tylko strach. Przerażenie. Zapowiedź tego, czego przyjdzie mi się wkrótce dowiedzieć i jaki będzie to miało wpływ na mnie, na moją rodzinę. Na moje życie.

Na życie nas wszystkich.

Mogłaś dać temu spokój, ale zdecydowałaś inaczej. Postanowiłaś uruchomić bieg zdarzeń, zastawić tę pułapkę, nadszedł więc czas przekonać się, kto w nią wpadnie, dowiedzieć się, kto zostanie na parkiecie, gdy umilknie muzyka.

Zamknęłam za sobą drzwi sypialni i rzuciłam okiem na zegarek. Dwanaście minut na dotarcie na miejsce. Wystarczy, pod warunkiem że nie będę dłużej zwlekać.

– Mamo?

Podskoczyłam na dźwięk głosu syna za moimi plecami.

– Daniel? – powiedziałam z ręką na piersi. – Przestraszyłeś mnie.

– To ty dałaś się przestraszyć. – Wyszczerzył zęby. – Co robiłaś?

– Nie słyszałam twoich kroków, to dlatego. Co się stało?

– Pomożesz mi znaleźć gogle pływackie taty?

– Teraz?

– Moje się zepsuły – wyjaśnił ze smutkiem, pokazując urwany pasek. – I teraz od wody w basenie robią mi się czerwone oczy.

– Możemy poszukać ich później?

– Tata powiedział to samo.

– Jestem teraz trochę zajęta.

Popatrzył na mnie stojącą bezczynnie z pustymi rękami, nie licząc telefonu.

– Zajęta? Czym?

– Różnymi rzeczami.

– Mamo, proszę… – Wsunął mi do ręki swoją drobną dłoń i patrzył z pełnym nadziei uśmiechem. – Sam nigdy nie mogę niczego znaleźć.

– Bo jesteś taki sam jak twój tato, nie szukasz, jak należy. – Znów zerknęłam na zegarek: jedenaście minut. – Pomogę ci, ale muszę najpierw zrobić jedną rzecz.

Chciałam go wyminąć, ale chwycił mnie oburącz za nogę i przywarł do mojego boku jak małż.

– Prooooszę! Jesteś najlepsza w szukaniu.

– Puść mnie, Danielu.

Zacieśnił uścisk.

– Jesteś najlepszą mamą na świecie.

– Akurat – mruknęłam.

– Absolutnie n a j l e p s z ą.

Westchnęłam. Nie zamierzał dać za wygraną.

– No dobrze, tylko się pospieszmy.

– Hurra!

– Gdzie tato trzyma gogle?

– Nie wiem. Gdzieś w swoich rzeczach.

Odczepił się od mojej nogi i wszedł za mną do sypialni. Usiadł na fotelu, a w tym czasie ja szybko przeszukałam szafę, szuflady nocnego stolika, zajrzałam nawet pod łóżko.

– Nie mówił, gdzie je położył?

Daniel pokręcił głową.

Walizki schowaliśmy do garderoby. Wyciągnęłam tę należącą do Seana. Była lekka, więc od razu wiedziałam, że nic w niej nie ma. Mimo to położyłam ją płasko na podłodze.

Uklękłam, rozsunęłam zamek błyskawiczny, podniosłam wieko. Pusto. Chciałam już sprawdzić w torbach podręcznych, ale przypomniałam sobie, że w podszewce są jeszcze dwie zamykane na suwak kieszenie. Pierwsza była płaska i pusta, ale w drugiej – mniejszej – dostrzegłam coś małego. Prawie niezauważalnego.

– Aha!

– Znalazłaś? – zapytał z przejęciem Daniel za moimi plecami.

Wsunęłam rękę do kieszonki. Moje palce musnęły jakiś gładki przedmiot z elastycznego plastiku, uginającego się pod dotykiem…

Prezerwatywy.

44

Zrobiło mi się słabo, żołądek skurczył się i podjechał do gardła. Sześć kondomów luzem, nieznanej mi marki. Trzymałam w zagłębieniu drżącej dłoni garstkę prostokątnych plastikowych opakowań, usiłując wymyślić powód, dla którego się tu znalazły. Jakiś zasadny powód, sensowne wyjaśnienie – poza tym, że jest to kolejny gwóźdź do trumny naszego małżeństwa.

W głowie miałam pustkę. Nie znalazłam żadnego wytłumaczenia prócz tego oczywistego – ponieważ od narodzin naszego syna byłam na pigułce.

Daniel stanął za mną, więc pospiesznie wsadziłam jedną prezerwatywę do kieszeni, a pozostałe włożyłam z powrotem do walizki.

– Znalazłaś?

– Fałszywy alarm – odparłam, odkładając walizkę na miejsce. – Szukamy dalej.

Wreszcie znalazłam pływackie gogle Seana w jego bagażu podręcznym pod zwojem kabli od ładowarek. Daniel założył je natychmiast, zaciągnął pasek i wystawił oba kciuki, spoglądając na mnie żabimi oczami.

– Wiedziałem, że je znajdziesz, mamo.

Odprowadziłam go na taras, żeby mieć pewność, że wraca do Seana. Zaczął zbiegać na dół, ale po drodze jeszcze się do mnie odwrócił.

– Kto ostatni w basenie, ten zgniłe jajo! – Wyszczerzył zęby w uśmiechu. – No chodź, mamo!

Nie ruszyłam się z miejsca.

– Niedługo przyjdę.

– Gdzie idziesz?

– Gdzie idę? Nigdzie.

Zrobił minę.

– No to będziesz zgniłym jajem!

Pognał w dół i z rozbryzgiem wskoczył do wody, o mało nie zderzając się ze swoją siostrą w głębokiej części basenu. Zwlekałam chwilę z odejściem, patrząc, jak wynurza się na powierzchnię i płynie do brzegu. Był tam Sean, był Russ. Daniel będzie bezpieczny.

W drogę.

Szybkim krokiem cofnęłam się do wnętrza willi, wyśliznęłam się na dwór przez frontowe drzwi i cicho je za sobą zamknęłam. Zeszłam po szerokich wachlarzowych schodach, minęłam zaparkowane samochody i skręciłam na żwirową ścieżkę wiodącą do wypielęgnowanego trawnika. Zwieńczona łukiem żelazna furtka, opleciona kwitnącym purpurowo pnączem, oddzielała ogród od winnicy. Z tego miejsca basen był niewidoczny.

Osłaniając dłonią przymrużone oczy, spoglądałam na drzewa wytyczające dolną granicę winnicy. Nie było tam nikogo. Omiotłam wzrokiem całą szerokość zbocza i nie zauważyłam nigdzie żadnego ruchu. Prawdopodobnie nie była to jedyna droga w dół do lasu, ale innych nie znałam. Z pewnością da się tam dotrzeć również od strony wąwozu – Rowan pokazywała nam wyciosaną w skale ścieżkę – a może i z drugiego krańca posiadłości, nie miałam jednak czasu na sprawdzanie.

Ostatni rzut oka na zegarek – zaledwie sześć minut do wyznaczonego czasu spotkania – i pobiegłam truchtem w dół. Wyboje i nierówności ścieżki między rzędami winorośli groziły potknięciem, klapiące sandały ściągały mnie w dół. Słońce wysoko na bezchmurnym niebie prażyło tu mocniej niż przy basenie, piekielny żar lał się na głowę i ramiona niczym rozgrzana smoła. Nie było ani skrawka cienia – winne krzewy dorastały do niewiele ponad metra i nie dawały żadnej ochrony przed popołudniowym gorącem. Nie zapewniały też ukrycia, chyba że zgięłabym się wpół i biegła pochylona. Na to nie było czasu.

Byłam widoczna jak na dłoni przez całą drogę.

Może mnie w tej chwili obserwuje. Patrzy, jak nadchodzę.

Przestałam biec na granicy lasu. Zasapana, z dłońmi na biodrach, łapałam powietrze, starając się uspokoić oddech, wciąż oślepiona słońcem. Pachy i okolice lędźwi miałam mokre od potu, ale tu przynajmniej było trochę cienia. Wydeptana ścieżka wiła się wokół rozłożystego dębu i sykomor o korze głęboko wyżłobionej ze starości. W tym miejscu teren opadał, tworząc zagłębienie, dalej ścieżka znów pięła się w górę, okrążała dużą skałę i powalone drzewo. Wyblakły czerwony napis „UWAGA!" stał krzywo wbity w ziemię. Tu znajdowała się polanka prowadząca prosto nad urwisko. Dotarłam na miejsce. Zeszłam ze ścieżki pomiędzy drzewa. Marna to kryjówka, ale rosły tu także niskie krzewy, a gęsty baldachim liści rzucał przyjazny cień.

Brnęłam głębiej w zarośla, gałęzie drapały ramiona, pod moimi stopami szeleściła ściółka zeschłych liści. Uklękłam za złamanym drzewem, starając się trzymać jak najniżej gruntu, owinęłam sarong wokół ud. Miejsce równie dobre jak każde inne. Widziałam stąd polankę i przerzedzające się za nią drzewa, które ustępowały miejsca pionowej przepaści. Będę miała też dobry widok na osobę, która pojawi się tu lada chwila, zauważę ją, nim ona zauważy mnie. Ściskałam rozgrzany telefon w śliskiej od potu dłoni. Włączyłam aparat i wybrałam szybki tryb seryjny pozwalający na robienie kilkudziesięciu zdjęć jedno po drugim, na wypadek gdybym miała tylko kilka sekund.

Po raz pierwszy zwróciłam uwagę na cudowny spokój w lesie. Gdzieś wysoko nad moją głową w koronach drzew śpiewał samotny ptak, liście szemrały na lekkim wietrze od strony wąwozu.

Usadowiłam się wygodnie, jedną ręką pukając bezwiednie w prezerwatywę wciśniętą do kieszeni szortów.

Kto zareaguje na wiadomość? Jak się poczuję, gdy się to wyjaśni? Lepiej wiedzieć?

A może jednak wycofać się w porę?

Nie. Trzeba rozegrać sprawę do końca. Lepiej...

Kątem oka dostrzegłam jakiś ruch po mojej prawej stronie, w głębi lasu. Szelest, trzask gałązki. Zwierzę? Czy ktoś szepcze między drzewami?

Lekko zmieniłam pozycję, żeby mieć lepszy widok.

Kolejny szelest z prawej strony, tym razem bliżej, i kolejny ruch zarejestrowany na obrzeżach pola widzenia. Przymrużyłam oczy, czujnie obserwując przestrzeń między drzewami. Ptak? A może kot?

I znów cisza. Pot szczypał w kark.

Jeszcze raz zerknęłam na zegarek. Piętnaście minut minęło.

Może nie przyjdzie. Może Sean przeczytał wiadomość i ją ostrzegł.

Jakiś odgłos. Szybkie kroki od strony wąwozu.

Pojawiła się postać. Drobna kobieta w słomkowym kapeluszu z szerokim rondem, czarne włosy związane w luźny koński ogon. Telefon w ręku.

Izzy.

45

Izzy zatrzymała się na polance i rozglądała dokoła, jakby kogoś szukała. Była mocno zdyszana.

Podparta pod boki podziwiała widok, jej ramiona unosiły się i opadały z każdym oddechem, głowa zataczała półkole, oczy chłonęły formacje skalne po przeciwległej stronie wąwozu, pola, lasy i widoczne w oddali wzgórza.

Przez kilka sekund byłam tak zdumiona, że zastygłam w bezruchu.

To nie Izzy miała być CoralGirl. Tylko Jennifer. Albo Rowan.

Ale jeśli się zastanowić, już sam pseudonim był wskazówką. CoralGirl. Koralowa wyspa to miejsce w Tajlandii – nie pamiętam prawdziwej nazwy – gdzie Izzy uczyła przez rok, i to stosunkowo niedawno.

Podniosłam komórkę, zrobiłam zbliżenie i nacisnęłam przycisk. Pstryknęła migawka w aparacie. *Cholera.* Schowałam się, Izzy jednak najwyraźniej nic nie usłyszała.

Przyglądałam się jej przez chwilę. Kipiał we mnie gniew: w żołądku, w piersi, w gardle.

Izzy! Nie Rowan. Nie Jennifer. Czy jest w tym sens? Oczywiście, że tak. Miałaś podejrzenia w związku z jej powrotem do Anglii. A więc dlatego wróciła. Zna Seana dłużej niż ja, dłużej niż my wszyscy. Razem dorastali, razem chodzili do szkoły, łączyła ich wspólna przeszłość, niezrozumiałe dla innych żarty, wspólni znajomi z Irlandii, a do tego jeszcze ten ich głupi pakt z młodości, że jeśli w wieku czterdziestu lat oboje nadal będą wolni, stworzą razem związek.

No cóż, Izzy, Sean nie jest wolny, wyobraź sobie.

Wyrosłam na ścieżce tuż przed jej nosem.

Zaskoczona Izzy cofnęła się o krok.

– Jezu! – powiedziała, łapiąc się za serce. – Kate, ale mnie wystraszyłaś!

– Przepraszam.

Roześmiała się nerwowo.

– Co ty wyprawiasz? Żeby tak wyskakiwać na ludzi!

– Postanowiłam się przejść.

Patrzyłam jej prosto w oczy, pragnąc w duchu, żeby przestała udawać, żeby się przyznała, powiedziała, co naprawdę tutaj robi. Żeby dała za wygraną, uznała swoją porażkę, ułatwiła nam obu zadanie. Nie chciałam niczego na niej wymuszać, ale zrobię to, jeśli będzie trzeba. Stałam na środku ścieżki, zagradzając jej drogę.

– Wyglądasz tak, jakbyś na kogoś czekała.

– Tak? Skąd, muszę po prostu odsapnąć po wspinaczce z dna wąwozu.

– Wiem, co tu robisz – rzekłam bezbarwnym głosem. – Szukasz Seana.

Wydawała się skonsternowana, zmarszczyła czoło.

– Seana? Nie. Myślałam, że został w willi na górze?

– Bo został – odparłam, krzyżując ramiona.

– A więc tutaj raczej bym go nie spotkała, prawda?

– Raczej nie.

Nie zdradzała się z absolutnie niczym. Nie drgnął jej ani jeden mięsień. Żadnej najsubtelniejszej choćby oznaki, że przyłapałam ją na kłamstwie.

– Wszystko dobrze, Kate?

– Widziałam, jak zatrzymujesz się na polance, i uznałam, że kogoś szukasz.

– Chyba że utraconej młodości. – Zdjęła kapelusz i powachlowała się szerokim rondem. – Dwadzieścia lat temu mogłabym wejść na to urwisko w podskokach i nawet się nie spocić. A teraz przydałaby mi się reanimacja. Droga powrotna w górę jest mordercza. Za to na dnie wąwozu są absolutnie przepiękne baseny skalne. Byłaś tam?

– Jeszcze nie. Myślałam, że wybrałaś się na wycieczkę z Jennifer, Alistairem i chłopcami.

Pokiwała głową, wskazując kciukiem wąwóz.

– Tak. Zaproponowałam, że wrócę wcześniej i zabiorę się do szykowania podwieczorku. Może masz ochotę mi pomóc?

Przytrzymałam jej spojrzenie.

Nie zamierzasz się przyznać, co? W takim razie zapytam o to Seana.

– Czemu nie?

Rozejrzała się ponad moim ramieniem, jakby chciała zobaczyć, czy jest tu ktoś jeszcze.

– Przyszłaś sama?

– Zostawiłam Seana z dziećmi. Nie widziałaś przypadkiem Rowan w ciągu ostatniej półgodziny?

– Sądziłam, że jest z wami w willi.

– Dokądś poszła.

Wracałyśmy przez winnicę, stąpając po twardym, nierównym gruncie. Izzy nie zamykały się usta, mówiła o wszystkim i o niczym, wyrzucała z siebie bezustannie nerwowy potok słów, ale ja nie byłam w stanie skupić się na tym słowotoku.

Jeszcze chwilę temu byłam pewna. Teraz ta pewność pierzchła. *Na miejscu była Izzy. Przyszła na schadzkę. Odpowiedziała na wiadomość wysłaną, jak mniemała, przez Seana. Czy to zwykły zbieg okoliczności? Czy naprawdę wróciła wcześniej z wąwozu, żeby przygotować podwieczorek? Złożenie takiej propozycji byłoby bardzo w jej stylu. A gdzie z kolei zniknęła Rowan?*

W połowie drogi Izzy delikatnie położyła mi dłoń na ramieniu i popatrzyła na mnie dociekliwie.

– Nie uważasz, Kate?

– Nie uważam, że co? Przepraszam, błądziłam gdzieś myślami.

– Że starszy syn Jennifer jest jakiś dziwny.

– Jake?

– Trochę… z innej bajki. Jakby działał na innej płaszczyźnie niż cała reszta.

– Jak to nastoletni chłopcy.

– Myślisz, że zdaje sobie sprawę, że Lucy jest poza jego zasięgiem?

Odwróciłam się do niej zaskoczona, nie bardzo wiedząc, czy to nie kolejna próba odwrócenia uwagi od jej potajemnej schadzki z moim mężem.

– Lucy?

– Tak.

– Nie zastanawiałam się… Zawsze traktowałam ich bardziej jak rodzeństwo.

– Kate, nie zauważyłaś, jak on na nią patrzy?

– A jak na nią patrzy?

Roześmiała się.

– Z niemal wywieszonym językiem.

– Serio?

– Co, oczywiście, jest zupełnie zrozumiałe. Na jego miejscu zachowywałabym się dokładnie tak samo, wystarczy na nią spojrzeć. I byłoby to nawet dość urocze, gdyby on sam nie był takim… no… dziwakiem.

To prawda, Lucy rozkwitła w ciągu ostatnich dwóch lat, z ładnej dziewczyny stała się elektryzująco piękną nastolatką. Jednak w oczach Seana i moich ta zmiana dokonywała się stopniowo, powoli – dzień po dniu, tydzień po tygodniu – dlatego byliśmy mniej świadomi wrażenia, jakie wywierała na ludziach, którzy widywali ją rzadziej. Zwłaszcza na chłopcach.

– Naprawdę? Ja wciąż myślę o nich jak o dzieciach, które bawiły się razem w brodzikach i golusieńkie biegały po ogrodzie.

– Uwierz mi, on durzy się w niej po uszy. – Izzy zerwała z krzewu kiść winogron i włożyła sobie jeden owoc do ust. – Od początku się popisuje, próbuje jej zaimponować. A ta wspinacz-ka na skalną ścianę w Gorges d'Héric? Balansowanie na krawę-dzi urwiska w pierwszym dniu pobytu? Starał się wzbudzić jej podziw. Inaczej po co by tak ryzykował?

– Chyba zawsze był trochę dziwny.

– A to, że pozwolił Danielowi dołączyć do ich grupki?

– Uważałam, że zachowali się naprawdę uroczo, przygarnia-jąc Daniela.

– Ale wiesz, że zrobili to tylko po to, żeby wkraść się w łaski Lucy, prawda?

– Ach tak… – W przypływie instynktu opiekuńczego ścisnę-ło mi się serce. Mój syn, zawsze wybierany na szarym końcu do każdej drużyny. – Sądziłam, że po prostu są mili.

– Obawiam się, że nie. – Wcisnęła kolejne winogrono do ust. – Rządzą nimi hormony.

46

Zastanawiałam się nad tymi słowami, wachlując twarz kape-luszem.

– Wiesz, ona jeszcze nie do końca zdaje sobie z tego sprawę. Z wrażenia, jakie robi na chłopcach.

Izzy uniosła brew, rozgryzając owoc.

– Jesteś pewna?

– Tak – odparłam z większym przekonaniem, niż naprawdę miałam. – Zaledwie dwa lata temu była dziewczynką. Moją małą dziewczynką. Patrząc na nią teraz, widząc, jak wygląda, ludzie o tym zapominają.

Rozstałyśmy się pod łukowatą furtką na granicy winnicy i ogrodu. Izzy udała się prosto do kuchni w willi. Ja obiecałam, że do niej dołączę, ale najpierw zajrzę do Seana i dzieci, po czym odbiłam w prawo wysypaną białym żwirem ścieżką. Nie było mnie przeszło dwadzieścia minut, mój mąż pewnie zastanawia się, gdzie się podziewam.

Zastałam go w basenie, chlapiącego się z Danielem, Lucy i Odette pośród całej baterii dmuchanych zabawek. Dzieciaki piszczały i wybuchały śmiechem, bawili się w głupiego jasia. Wybrałam okrężną drogę, żeby przejść obok wyciągniętego na leżaku Russa z powieścią Johna Grishama w ręku oraz małą zieloną butelką francuskiego piwa.

– Aż miło popatrzeć na tę wspólną zabawę – zagaiłam.

– Uhm – mruknął, pociągając łyk piwa.

– A tak w ogóle to gdzie jest Rowan? Chciałam ją o coś zapytać.

– Chyba poszła zadzwonić. – Machnął z roztargnieniem w stronę willi. – Sprawy zawodowe.

Podeszłam do leżaka po drugiej stronie. Sean wynurzył się z wody w głębszej części basenu, odgarniając włosy z czoła.

– Długo cię nie było, Kate – powiedział, odbijając do dzieci plażową piłkę.

– Odpoczywałam w sypialni. Musiałam się ochłodzić.

Zmierzył mnie wzrokiem, zanurzony po szyję w wodzie.

– Wciąż wydajesz się odrobinę zgrzana, kochanie.

Przyłożyłam dłoń do policzka, czując bijące od skóry ciepło. Rzeczywiście byłam rozgrzana szybkim marszem w górę. Grunt, że wiedziałam już, co zrobić – co powinnam była zrobić od razu te kilka dni temu, gdy natknęłam się na wiadomości: każę mu je pokazać. I wszystko wyśpiewać.

Najspokojniej w świecie zapytałam:

– Gdzie twój telefon, Sean?

Daniel wdrapał mu się na plecy, jedną ręką trzymał go za szyję, a drugą rozpryskiwał wodę.

– Moje co?

– Telefon.

– Czemu pytasz?

– Wydawało mi się, że dzwonił.

Spojrzał na mnie jakoś dziwnie, nie potrafiłam odczytać wyrazu jego oczu.

– Nie wiem. Gdzieś tu jest. Może pod leżakiem?

Zajrzałam.

– Nie.

– Na stoliku pod książką?

Odsunęłam książkę, czapkę i podkoszulek.

– Nie ma go tutaj, Sean.

– Ojej – rzekł z nutą żalu w głosie. – O nie. Co za idiota.

– Kto jest idiotą? – zapytał oburzony Daniel.

– Ja. W życiu nie zgadniecie, co zrobiłem.

Stojąc nadal w głębokiej części basenu, mój mąż sięgnął pod wodę, wsadził rękę do kieszeni kąpielówek i wyjął z niej komórkę.

– Tu jest napisane – mówił Daniel, studiując iPada – że jeśli włożysz ją na osiemnaście godzin do ryżu, to ożyje. Ryż wyciągnie z niej całą wodę, czy jakoś tak.

Komórka Seana leżała przed nim na kuchennym stole, nie zdradzając żadnych oznak życia. Od wyłowienia z basenu nie chciała się włączyć, nie chciała się ładować, całkowicie odmówiła współpracy. Sean ponownie wziął ją do ręki i podjął kolejną próbę. Na nic.

– Danielu, chyba potrzeba czegoś więcej.

– Mamy ryż? Tu jest napisane, że musi być nieugotowany. Można też użyć jakiegoś – Daniel zawahał się przed przeczytaniem tego słowa – kózkuzu, czy czegoś tam. To coś z kozy?

Sean spojrzał przez ramię Daniela na ekran iPada.

– Kuskusu. Nie, kolego, wydaje mi się, że pan Samsung umarł na amen.

– I trzeba wziąć odkurzacz i wyssać wodę z wejścia na słuchawki i ładowarkę i ze wszystkich innych otworów. I jeszcze potrzebna jest suszarka. Możemy pożyczyć od mamy.

Sean pokręcił głową.

– Nie przejmuj się, jakoś się obejdę.

– Przecież musisz mieć telefon, tato. Nie możesz nie mieć.

– Nie miałem, kiedy byłem w twoim wieku. I jakoś przeżyłem.

– No dobra, ale to było w dawnych czasach.

– W latach osiemdziesiątych.

– To przed wikingami czy po?

– Era new romantic, ty pyskaty chłystku.

– Oscarowi z mojej klasy komórka wpadła kiedyś do klopa i pomógł właśnie ryż.

– Założę się, że była w wodzie tylko przez kilka sekund. To co innego. Moja pływała sobie w mojej kieszeni przez dobre dziesięć minut.

– Nie mogę uwierzyć, że wskoczyłeś z nią do basenu. – Nasz syn odwrócił się do mnie z uśmiechem. – Mamo, wyobrażasz to sobie?

Wiedziałam, dlaczego Sean to zrobił. On też wiedział. Ale nie miało to znaczenia. Odgrywaliśmy tę komedię dla dobra dzieci.

– To trochę w stylu taty – powiedziałam, siląc się na wesołość.

Oboje zdawaliśmy sobie sprawę, że nie stało się to przez przypadek – w tej sytuacji nie mogłam go zapytać o tamte wiadomości i taki przyświecał mu cel. Skoro telefon się zepsuł, nie miałam szans do nich dotrzeć, chyba że zdobyłabym jego login i hasło do Messengera, a to było niemożliwe. Domyślałam się, że po moim wyjściu zajrzał do telefonu i zobaczył napisaną przeze mnie wiadomość. Najwyraźniej nie zdążył ostrzec Izzy.

Nie chciałam narażać Daniela na widok korozji, która żera małżeństwo rodziców. Jeszcze za wcześnie. Powinien być chroniony jak najdłużej.

47

Sean

– Ile masz czasu? – zapytał Sean, oglądając się za siebie.

– Niedużo. Mów ciszej.

– Chciałem…

– Nie tutaj – rzekła półszeptem. – Gdzie jest Kate?

– Z dziećmi.

– Możemy porozmawiać na dole w piwnicy. Chodź za mną.

Poprowadziła go przez kuchnię do wnęki zastawionej słoikami i konserwami, w której głębi znajdowały się drzwi. Otworzyła je, zapaliła światło i dała mu znak, by wszedł za nią do środka.

Betonowe stopnie schodziły do trzewi willi, gdzie chłodne i wilgotne powietrze pozwalało odpocząć od wieczornej spiekoty. Szli obok siebie ręka w rękę długim wyciosanym w skale korytarzem z rzędami sięgających sufitu półek wzdłuż jednej ze ścian, na których leżakowały zakurzone butelki wina.

Cofnęła się w półmrok, skinąwszy na niego.

– No i jak się miewasz?

Przysunął się do niej, zmniejszając dzielącą ich odległość. Położył jej dłoń na ramieniu, czuł pod palcami ciepło i gładkość jej skóry.

– Kate wie – oznajmił.

Pokręciła głową.

– Nie. Nie wie.

– Skąd ta pewność?

– Po prostu wiem.

– Jest przekonana, że coś nie gra.

Przysunęła się do niego, ściszając głos.

– To nie to samo co pewność. W żadnym wypadku. Co ci powiedziała?

– Sytuacja coraz bardziej się komplikuje. Nieustannie mam wrażenie, że coś spieprzę i wszystko z hukiem się rozleci.

– Nic takiego się nie stanie.

– Nie wiem, jak długo jeszcze dam radę. Mam okropne wyrzuty sumienia.

– Myślisz, że ona nigdy nic przed tobą nie ukrywała?

– Nie. Na pewno nic takiego.

– Czyżby? – Oburącz ujęła jego dłonie. – To nie twoja wina, Sean.

– Nie do końca jest to prawdą.

– Jesteśmy tylko ludźmi. Takimi samymi jak inni. Ludzie popełniają błędy. Musimy jedynie zdecydować, jaką przyjmiemy strategię.

– Uważasz to za błąd? To, co robimy?

Uśmiechnęła się do niego.

– To? Nie.

– Moim zdaniem powinniśmy się przyznać. Wymyślić sposób jak najmniej bolesny dla wszystkich, których to dotyczy.

– Już o tym rozmawialiśmy. Tak jest najlepiej.

– Utrzymywać ją w nieświadomości? – zaprotestował, kręcąc głową. – To nie fair. Tak się nie robi.

– Nie fair? A kto powiedział, że życie jest fair?

– Nie możemy wiecznie się z tym kryć.

– Dlaczego? Co stoi na przeszkodzie?

– Ponieważ prędzej czy później ona się dowie. Albo dowie się ktoś inny, a reszta będzie tylko kwestią czasu.

– Nie może się dowiedzieć. I się nie dowie, jeśli będziemy ostrożni.

– Już ci mówiłem, kłamanie nie jest moją mocną stroną. Zwłaszcza kłamanie przed nią.

– Wszystko zależy od wprawy, Sean. – Uśmiechnęła się. – Im częściej to robisz, tym lepiej ci to wychodzi.

– No nie wiem…

– Po co mielibyśmy jej mówić? To tylko wszystko skompliku-je. Powinniśmy postępować tak jak do tej pory. Wszystko gra, nic się nie dzieje.

– Jak długo? Póki sama nas nie rozpracuje?

– Nie ma ku temu powodu.

– Nie jestem pewien, jak długo będę potrafił udawać, że wszystko jest w normie. Nigdy dotąd tego nie robiłem.

– Ja też nie mam tego w zwyczaju.

– Miło mi to słyszeć.

Przysunęła się bliżej, położyła mu dłoń na piersi, wyczuwając pod palcami twarde mięśnie.

– Róbmy dalej swoje – powiedziała. – Mamy zbyt dużo do stracenia. Z pewnością to rozumiesz, Sean?

– Rozumiem – odparł cicho. – Całkowicie.

Cztery miesiące wcześniej

To naprawdę głupie. Miała tego świadomość. W życiu tak to nie działa.

Mimo to nie mogła przestać o tym myśleć po sto razy dziennie. Nie mogła przestać sobie wyobrażać tego, kiedy z nim była, wizualizować sobie tej chwili, gdy obejmował ją ramieniem i przyciągał do siebie. Przyciskał do piersi. Kiedy ją całował, a po jej kręgosłupie przebiegł prąd.

Gdyby mama go zobaczyła, toby zrozumiała. Pojęła. Ale lepiej, że o niczym nie wie, szczególnie teraz, po tych wszystkich kazaniach o „skupieniu się na nauce" i że „żarty się skończyły", ponieważ zbliżają się egzaminy. Zresztą nie uwierała jej ta tajemnica. Właściwie to nawet fajnie ukrywać prawdziwy sekret. Jakby mieć w domu tajny pokój pełen tajemnic, o którym nikt więcej nie wie. Wcale nie zabraniają jej chodzenia z chłopakiem, tylko że mama i tato mają specyficzne wyobrażenia na temat chłopców.

A on nie jest taki jak większość, tylko o wiele bardziej dojrzały. Można rozmawiać z nim o wszystkim. O szkole, egzaminach, rodzinie, braciach, siostrach, kumplach i kumpelach oraz o tym, dlaczego nazywają go w szkole B-Boyem. O tym, że ona ma zamiar zostać lekarką, i o tym, jak to Saraceni dostrzegli jego talent, kiedy miał zaledwie jedenaście lat, że w wieku osiemnastu lat on chce zostać zawodowcem i pewnego dnia grać w reprezentacji rugbistów. Zdobywać trofea dla Anglii.

Nie rozmawiała z nim tylko o jednej rzeczy.

O tej głupiej.

Bo to było głupie. Z jednej strony o tym wiedziała.

A z drugiej ciągle chodziło jej to po głowie: ten chłopak zostanie jej mężem.

ŚRODA

48
Daniel

Mama miała rację, pomyślał Daniel. Super było bawić się ze starszymi chłopakami.

Jake był wysoki – prawie taki jak tato Daniela, mierzący ponad metr osiemdziesiąt – a jego brat Ethan niewiele niższy. W oczach Daniela byli takimi minidorosłymi, wielkimi chłopco-mężczyznami, dużymi jak nauczyciele albo rodzice. Poza nimi na wakacjach była tylko jego siostra Lucy – za żadne skarby nie pobawiłaby się z własnym bratem – i ta mała Odette, która zdążyła już oznajmić mu prosto w twarz, że nie lubi chłopców. Wydawała się trochę szurnięta.

A Jake i Ethan nie odprawili go z kwitkiem. I byli fajni. Jak te wyluzowane chłopaki ze szkoły, ci, z którymi wszyscy chcieli się zadawać, a zarazem trochę się ich bali, ci, co dobrze grali w nogę i byli śmieszni, i gadali z dziewczynami.

Daniela nie interesował futbol. Lubił *Minecraft*, *Lego Gwiezdne Wojny* i śmieszne filmiki na YouTubie.

A mimo to Jake'owi i Ethanowi nie przeszkadzało, że za nimi łazi, gdy eksplorowali okolice wakacyjnego domu. Zaglądali wszędzie: do sali gier, siłowni, podwójnego garażu na zewnątrz, do sauny, małej altany w ogrodzie, zapuścili się do lasu. Przeczesywanie terenu szło im doskonale. Odkryli tajne pomieszczenie pod basenem z mnóstwem rur i różnych dziwnych rzeczy, jedli winogrona prosto z krzaka (chociaż Daniel powiedział im, że nie powinni), a potem Ethan prawie złapał jaszczurkę, ale uciekła, a w ręku został mu sam ogon, co było obrzydliwe, ale i zabawne. Biegał w kółko i wymachiwał nim przed ich nosami, wyglądało to tak, jakby ogon żył własnym życiem. Daniel śmiał się razem z nimi, choć tak naprawdę nie chciał, żeby Ethan dotknął go tym paskudztwem.

Podziw i strach. Niebezpieczna kombinacja.

Całą trójką wylegiwali się w cieniu wysokiego dębu u stóp winnicy. Słońce piekło niemiłosiernie, w tym nieustającym upale koszulka kleiła się Danielowi do pleców, a okulary zsuwały z grzbietu nosa.

Jake pochylił się do przodu, długa grzywka opadła mu na oczy.

– Chcesz zobaczyć coś fajnego?

– Tak – odpowiedział machinalnie Daniel.

– Nie tutaj. Chodź.

Starszy z chłopców wstał i poprowadził ich w głąb lasu. Ethan szedł za Jakiem, Daniel zamykał pochód.

Gdy drzewa całkowicie przesłoniły willę, Jake sięgnął do tylnej kieszeni i wyjął z niej wrzecionowaty kawałek twardego czarnego plastiku z metalową obwódką. Położył go sobie na dłoni.

– Wiesz, co to jest?

Daniel nie był pewien, ale nie chciał wyjść przed dwoma starszymi chłopakami na jakiegoś głupka.

– Eee… scyzoryk?

– Scyzoryki są dla dzidziusiów. To nóż składany. Patrz.

Jake nacisnął guzik na rękojeści i zaczął wyciągać ostrze, póki nie zablokowało się z trzaskiem. Kawałek lśniącej stali był nie dłuższy od palca wskazującego Daniela, ale szeroki, ostry i groźnie zakrzywiony jak zwierzęcy kieł.

– Do czego służy?

Jake zmarszczył czoło.

– To nóż taktyczny, matole. Do polowania, skórowania zwierząt, ostrzenia przedmiotów i innych tego rodzaju rzeczy. Chcesz potrzymać?

Daniel spojrzał na czubek, na krawędź ostrza, i pomyślał: *Nie, nie chcę. Wcale nie chcę.*

– Jasne – odparł i wyciągnął rękę.

Wyraz twarzy Jake'a błyskawicznie się zmienił. Chłopak wziął zamach i opuścił nóż, jakby chciał go wbić w dłoń Daniela.

Młodszy chłopiec odskoczył z okrzykiem trwogi.

Jake zatrzymał się w ostatniej chwili, dosłownie centymetr przed zatopieniem ostrza w ręce Daniela. Bracia wybuchli gromkim śmiechem.

– Żartuję, chłopie! Nie znasz się na żartach? – powiedział Jake. Podrzucił nóż, złapał za tępą stronę i ponownie podał go Danielowi rękojeścią do przodu. – Ale ta twoja mina? Bezcenna. Naprawdę myślałeś, że cię dźgnę?

Daniel poczuł gorące łzy pod powiekami i głośno przełknął ślinę, starając się je cofnąć.

– Jasne, że nie.

Tylko nie płacz. Nie teraz. Nie przed nimi.

Siłą woli wyciągnął wciąż jeszcze drżącą rękę i wziął nóż od Jake'a. Plastikowy uchwyt dobrze leżał w dłoni. Miał zagłębienie na palec wskazujący i prawie nic nie ważył.

Przyjemnie się go trzymało. Nóż dawał poczucie siły. Tak jakby nosząc go przy sobie, można było zrobić wszystko.

Jake wskazał ostrze.

– Tnie jak brzytwa, ma tytanową powłokę. Coś takiego przekroi wszystko.

– Super – rzucił Daniel.

– Absolutnie wszystko. Wypróbuj.

– Co?

– Wypróbuj. Na drzewie.

Daniel ostrożnie przesunął nóż po korze drzewa oliwnego, pozostawiając cieniutkie nacięcie na poskręcanym pniu.

Jake odebrał mu nóż.

– Lepiej wbija się w ten sposób – wyjaśnił, zamachnął się nad głową, wcisnął ostrze w korę na głębokość ponad centymetra i pozostawił je tam, nadal lekko rozedrgane. – Skórę rozcina dużo łatwiej – dodał.

– Skórę?

Jake wyszarpnął nóż z pnia, przyglądając się przez chwilę jego czubkowi.

– Ej, słuchaj, umiesz trzymać język za zębami?

– No.

Starszy chłopak przez moment wpatrywał się w Daniela z nieprzeniknionym wyrazem twarzy.

– Mamy z Ethanem prawdziwy gang.

Daniel wodził wzrokiem od jednego nastolatka do drugiego.

– Dwuosobowy?

– Będzie trzyosobowy, jeśli do nas wstąpisz, o ile chcesz być pełnoprawnym członkiem.

– A jak się wstępuje do gangu?

– Trzeba przejść inicjację.

– Co?

– Inicjację – powtórzył Ethan. – Taki test. – Położył Danielowi rękę na ramieniu. – My już go zdaliśmy.

– Co muszę zrobić?

Ethan sięgnął do dołka w ziemi za swoimi plecami. Wyjął z niego pustą plastikową butelkę z odciętą górą.

– Zastawiłem pułapkę. Patrz.

Daniel pochylił się ostrożnie i zajrzał do butelki. Cuchnęła. Na dnie leżał jakiś zapleśniały kawałek owocu, liście, coś tam jeszcze i...

Coś poruszyło się na dnie. Szybkie, czarne, błyszczące. Daniel wzdrygnął się i odsunął.

– Fuj! Co to jest?

Ethan wyszczerzył zęby.

– Jelonek, duży. No dalej, obejrzyj go sobie dokładnie.

Daniel znów się pochylił, spodziewając się, że Ethan podetknie mu butelkę pod sam nos. Tymczasem on tylko przytrzymywał ją nieruchomo, żeby Daniel mógł się przyjrzeć, a wolną ręką pukał w plastik, żeby chrząszcz nie wspinał się zbyt wysoko po ściance. Owad miał wydłużony czarny korpus w kształcie pocisku, sześć odnóży i dużą głowę z parą potężnych szczypiec wyrastających po obu stronach. Z każdego sterczały trzy kolce, na których widok Daniela mrowiła skóra.

Stworzenie wyglądało absolutnie ohydnie.

– Przygotowaliśmy arenę – powiedział Jake. – Patrz.

Pokazał otoczony kamieniami fragment gołej ziemi za powaloną kłodą. Wyglądało to jak ognisko na obozie zuchowym, tylko bez ognia.

– Po co?

– Do twojej inicjacji.

Daniel powiódł wzrokiem od jednego brata do drugiego. Poczuł, jak po kręgosłupie pełzają mu ciarki niepokoju. Widział różne obrzydlistwa w programie *Jestem gwiazdą... Wyciągnijcie mnie stąd!*, na przykład jak jakieś znane osoby okładano owadami, które właziły im do majtek, uszu i tak dalej. Paskudztwo. A ten chrząszcz był gigantyczny. Daniel nawet nie miał ochoty się do niego zbliżyć.

– Co mam zrobić?

Ethan przechylił butelkę na prowizorycznej arenie. Żuk wypadł ze środka i zaczął biegać we wszystkie strony.

– Proste – odparł, trącając jelonka patykiem, żeby nie wydostał się poza kamienny krąg. – Musisz go zabić.

– Chrząszcza?

– Tak, ćwoku. Chrząszcza.

– Yyy...

Daniel zwinął dłonie w pięści i wsadził je do kieszeni.

Jake podał mu nóż.

– No i jak? Zrobisz to?

– Mmm... nie wiem.

– Tchórzysz?

– Nie.

Usilnie chciał uczestniczyć w tym, co robili Ethan z Jakiem. Być częścią ich „załogi", jak o sobie mówili. Tym wtajemniczonym, spoko ziomkiem, chociaż raz, dla odmiany. A przede wszystkim nie chciał być wykluczony. Ponieważ wiedział, że albo będzie ich kumplem, albo celem ataków.

Ale choć chrząszcz zajmował odległe miejsce na liście jego ulubionych zwierząt, Daniel nie chciał go krzywdzić.

Ethan wziął od brata nóż i wcisnął go Danielowi do prawej ręki.

– No dawaj. To tylko żuk. Obszedłby się z tobą tak samo, gdyby mógł. Gdyby był dość duży.

– Serio?

– Jasne. Jak nie zabijesz ty, zabiją ciebie. Do dzieła.

Ethan nagle wydał się Danielowi bardzo duży, wysoki i barczysty. Dziwnie błyszczały mu oczy.

Daniel stał jak skamieniały. W tej chwili niczego nie pragnął tak bardzo, jak wygłupów z tatą w basenie albo bycia z mamą przypominającą o umyciu rąk przed jedzeniem, czy nawet z siostrą. Mimo że Lucy zachowywała się wrednie i go ignorowała. Znalezienia się gdziekolwiek, byle nie tutaj z nożem w ręku.

– Nie lubię krwi – bąknął.

– Wszyscy składamy się z krwi. – Ethan wzruszył ramionami. – Jesteśmy wielkimi worami z krwią. Masz jej w sobie kilka litrów. Tym właśnie jesteśmy: kupą kości, mięśni i krwi.

– Mogę innym razem? Na przykład jutro?

– Co? Wymiękasz?

– Nie.

– No to już.

– Nie chcę robić mu krzywdy.

Szykował się na atak szyderczego śmiechu i przekleństw, popatrzył w stronę willi, błagając, modląc się w duchu, żeby ktoś z dorosłych wychynął spomiędzy drzew i zawołał ich wszystkich na przykład na podwieczorek. Żeby go uratował.

Tymczasem chłopcy ani się nie śmiali, ani nie przeklinali. Spojrzeli na siebie, potem na Daniela.

Ethan wyjął mu nóż z ręki, kręcąc przy tym głową. Jednym szybkim pchnięciem nadział chrząszcza na czubek ostrza. Przy przekłuwaniu pancerza rozległ się cichy trzask. Ethan wbił nóż do końca i podniósł owada, obserwując, jak chrząszcz w agonii bezładnie porusza odnóżami.

Daniel wzdrygnął się i cofnął.

– Skoro nie chcesz tego zrobić – rzekł Ethan, obracając nóż na wszystkie strony – jest jeszcze inny sposób na przejście inicjacji.

Zbity z tropu Daniel zamrugał oczami. Czy to jakiś podstęp?

– Jaki sposób?

Ethan wrzucił konającego owada w krzaki i wytarł ostrze w szorty.

– Chodź. Pokażemy ci.

49
Daniel

Krawędź uskoku była nierówna i poszarpana, miejscami wysunięta, miejscami cofnięta, jakby skała skruszyła się i osunęła. Pośrodku, tam gdzie drzewa ustępowały miejsca polance, polanka zaś urwisku, znajdowała się sierpowata wyrwa pomiędzy dwoma lichymi drzewami, półokrągła przepaść. Wyglądała tak, jakby w tym miejscu z milion lat temu skały oderwały się i spadły na dno wąwozu, pomyślał Daniel.

Wyrwa miała jakieś półtora metra szerokości – mniej więcej tyle, ile on ma wzrostu, tak przynajmniej oszacował.

– Tutaj – oznajmił Ethan, zatrzymując się tuż nad krawędzią. – To jak skok w dal na wuefie.

Wuef był najmniej lubianym przez Daniela przedmiotem w szkole. Zawsze wybierano go do drużyny piłkarskiej jako ostatniego, a kiedy trzeba było grać w tag rugby[*] – fuj, nie znosił tag rugby – starał się biec w kierunku przeciwnym do piłki. Ale biegi i skoki wychodziły mu akurat nieźle. Biegać i skakać mógł. W sumie każdy to potrafi. Bo co to właściwie za sport?

– Skok w dal? – powtórzył, starając się zapanować nad piskliwym głosem.

Gdyby był tu sam, nie przeskoczyłby tej dziury. W życiu. Ale nie był sam, tylko z kumplami, ze swoją „załogą". Co z tego, że byli od niego dużo wyżsi i więksi, i skoczniejsi.

– Musisz skoczyć stąd – Jake wskazał swoją stronę przepaści – dotąd. Przeskakiwaliśmy takie w Kadetach[**]. Tylko że szersze.

---

[*] Bezkontaktowa, łagodna wersja rugby.
[**] Młodzieżowa organizacja paramilitarna.

– Super – skwitował Daniel, grając na zwłokę. – Ile trzeba mieć lat, żeby wstąpić do Kadetów?

– Nie wiem. Już tam nie jestem.

– Dlaczego?

Jake wzruszył ramionami.

– Nie podobało mi się, że na mnie krzyczą i mi rozkazują.

– Wykopali go – wyjaśnił Ethan z ironicznym uśmieszkiem.

– Wcale nie! – Jake szturchnął brata w ramię. – Znudziło mi się całe to maszerowanie i zasrane musztry. W ogóle nie strzelaliśmy.

Daniel obejrzał się przez ramię, na wypadek gdyby w pobliżu był jakiś dorosły. Robił to odruchowo. Zawsze wtedy, gdy ktoś przeklinał.

– Łatwizna – zapewnił Jake. – Pokażę ci.

Wziął krótki rozbieg i dał wielkiego susa, lądując twardo po drugiej stronie w chmurze kurzu, który wzbiły jego tenisówki.

Ethan poszedł w jego ślady. Ledwo dał radę, po drugiej stronie runął jak długi na kolana. Szybko wstał, otrzepał się z pyłu i stanął obok brata. Obaj patrzyli wyczekująco na Daniela.

– Twoja kolej – rzekł Jake.

Daniel przysunął się bliżej krawędzi i spojrzał w dół. Strumień błękitnej wody skrzył się na dnie przepaści, błyszczał w słońcu jak brylanty.

– Wysoko, co?

– Spadając stąd, na pewno byś się zabił – powiedział Ethan.

– Masz cykora? – zapytał Jake.

– Nie.

– Masz. Cykor z ciebie. Tchórzliwy jak zając – zawyrokował Ethan i dodał nagle z okrutnym uśmiechem: – Zając Dan!

Przyłożył ręce do głowy, układając je w kształt zajęczych uszu, i zaczął kicać. Brat od razu się do niego przyłączył.

– Kic, kic, kic, Zając Dan! – wołali obydwaj, udając zajęcze skoki.

Daniel poczuł, jak płoną mu policzki. Nagle zachciało mu się siku, i to naprawdę bardzo. Jakby wszystko, co najgorsze w szkole, zwaliło się na niego naraz: lekcje wuefu, dokuczanie i docinki kolegów, traktowanie z wyższością i to, że do drużyny futbolowej wybierano go zawsze na ostatku.

Może i się boi, ale tchórzem nie jest. Nie jest i już.

Pokaże im.

– Nie jestem tchórzem.

Ethan przestał kicać, a jego uśmiech zlodowaciał.

– Myślę, że jesteś, bobasie.

– Nie!

– No to udowodnij.

Daniel cofnął się o sześć kroków, kilkakrotnie głęboko odetchnął.

Nie jest tchórzem.

Wziął rozbieg. Zwinięte w pięści dłonie cięły powietrze, stopy uderzały w pyliste podłoże, wzrok był utkwiony w przeciwległą stronę przepaści…

I skoczył.

50

Wszystkie trzy zamówiłyśmy kawę i znalazłyśmy stolik w ocienionej części placyku. Jedynymi klientami poza naszą trójką byli dwaj starsi mężczyźni z bokobrodami siedzący na drewnianej ławce, o którą oparli swoje laski. Trójbarwna francuska flaga apatycznie zwisała z ratusza, nawet najlżejszy podmuch nie poruszał jej w upale wczesnego popołudnia.

– Muszę wam coś wyznać – powiedziałam.

Zarówno Rowan, jak i Jennifer podniosły wzrok znad filiżanek.

– Zabrzmiało to nieco dramatycznie – skwitowała Rowan.

– Wszystko w porządku? – zapytała Jennifer.

Pokręciłam głową.

– Nie, ani trochę. – Spuściłam oczy. – Jest tak nie w porządku, jak tylko można sobie wyobrazić.

– Co się dzieje, kochana? – spytała Jennifer łagodnym, zatroskanym głosem. – O co chodzi?

Patrzyłam, jak starsza pani w wyciągniętej czarnej sukience wychodzi z kościółka po drugiej stronie placu, podpierając się laską. Bardzo powoli zaczęła posuwać się w stronę kawiarni.

– Do wyznania dorzucę przeprosiny.

Szybko, bez wdawania się w szczegóły, opowiedziałam im, co się działo przez ostatnie pięć dni, o moich podejrzeniach wobec Seana – podejrzeniach, które zostały ugruntowane i przerodziły się w okrutną, suchą wiedzę o jego romansie. Mówiłam, jak najpierw podejrzewałam Rowan, a później Jennifer. I jak wczoraj się potwierdziło, że myliłam się w obu wypadkach.

– Obrączkę znalazłam w siłowni – wyjaśniła Rowan. – Nie wiedziałam, że należy do Seana, myślałam, że zostawił ją któryś z poprzednich gości, więc zabrałam ją i schowałam do szuflady na przechowanie. Miałam was wszystkich zapytać, ale jakoś mi to umknęło.

– Wiem – odparłam. – I przepraszam, że tak źle o was myślałam. Naprawdę bardzo mi głupio. Dostrzegałam szczegóły, a nie widziałam pełnego obrazu. A najgorsze jest to, że wygadałam się wcześniej przed Izzy, która mnie zapewniała, że Sean nigdy nie zrobiłby niczego za moimi plecami. Co, oczywiście, powiedziałaby właśnie kobieta, która z nim romansuje. Jaka ja byłam ślepa.

Przyjęły moje wyznanie chwilą milczenia.

– To jakieś szaleństwo, aż nie chce mi się wierzyć – odezwała się w końcu Rowan, kręcąc głową. – Widziałam, że zachowujesz się ostatnio trochę dziwnie, ale nie potrafiłam znaleźć przyczyny. Biedulka.

– Ja też – przyznała Jennifer. – Czułam, że coś jest nie w porządku, nawet chciałam cię zapytać. To odkrycie musiało być dla ciebie okropne.

Rowan zamieszała kawę.

– Jesteś pewna? Tak na sto procent?

– W zasadzie tak. Wyparł się wszystkiego w żywe oczy, ale wiem, że coś ukrywa. Za to nie mam pojęcia, co zrobić.

– Chcesz, żebyśmy z nią porozmawiały? – zapytała Jennifer, odsuwając okulary przeciwsłoneczne na czoło. – We dwie?

I co byście powiedziały? Żeby zostawiła go w spokoju, znalazła sobie innego faceta? I miałoby to niby poskutkować?

– Nie mam pojęcia. Może… jeszcze nie teraz. Któregoś dnia napomknęła, że się z kimś spotyka, ale jeszcze nie chce niczego ogłaszać, ponieważ on jest żonaty. Najprawdopodobniej w trakcie rozwodu. Pomyślała, że zareagujemy z dezaprobatą.

– Jak on ma na imię?

– Nie chciała zdradzić.

– Albo porozmawiamy z Seanem – zaproponowała Rowan.

– Nie. Tylko nie to. Zresztą już próbowałam.

– Może się opamięta. Daj mu trochę czasu.

Pokręciłam głową.

– Na to już za późno. Zwariuję, jeśli czegoś nie zrobię, a nie chcę znów trafić pod niewłaściwy adres – powiedziałam, patrząc znacząco na Rowan.

Porozumiewawczo skinęła głową: wiedziała, kogo mam na myśli.

– Wtedy było inaczej – rzekła cicho. – Z Henrym.

– Czyżby?

Henry, pierwszy mąż Rowan. Moje myśli cofnęły się w przeszłość, do czasu, kiedy sytuacja wyglądała odwrotnie, kiedy to ja przyczyniłam się do rozpadu jej pierwszego małżeństwa. Czy będąc wtedy w jej skórze, także chciałabym wiedzieć?

Nagle mnie zamurowało. Przecież właśnie znalazłam się w jej skórze. Przyszła kolej na mnie.

Powoli zamieszałam kawę.

Dziesięć lat temu – niemal co do dnia – piłyśmy z Rowan kawę w saloniku mojego małego domku szeregowego w północnym Londynie. Po zjedzeniu niedzielnej pieczeni i umyciu naczyń Sean i Henry zostali wyekspediowani do parku z Lucy, która chwiała się na swoim nowym rowerku z błyszczącymi różowymi wstążkami przymocowanymi do uchwytów kierownicy – prezencie na szóste urodziny. Rozmawiałyśmy o rejonizacji szkół i przedszkolach, Rowan oznajmiła, że przestała brać pigułkę, a zaczęła przyjmować kwas foliowy. Wahałam się, zmieniłam zdanie, po chwili zmieniłam je ponownie i jeszcze raz, w końcu odstawiłam filiżankę i wyrzuciłam z siebie dziewięć słów, które miały odmienić bieg jej życia.

Wydaje mi się, że Henry ma kogoś na boku.

Słyszałam z doskonale poinformowanego źródła, że zdradza Rowan, i od tygodni biłam się z myślami, czy jej o tym powiedzieć, czy nie. Zastanawiałam się, co będzie najlepsze, co zrobić, by postąpić słusznie – nawet gdyby okazało się to bardzo trudne. A tu nieświadoma niczego Rowan opowiada mi o staraniach o ich pierwsze dziecko. Co miałam zrobić z posiadaną wiedzą? Siedzieć cicho, podczas gdy za jej plecami aż huczało od plotek? Poczekać, aż dowie się sama? Patrzeć, jak oszukuje ją jej własny mąż? Sean doradzał ostrożność, ale w końcu nie posłuchałam jego rady i powiedziałam Rowan, co słyszałam. W dobrej wierze przekazałam krążące na temat Henry'ego pogłoski.

Pogłoski okazały się nieprawdziwe. Były to podłe kłamstwa rozpowszechniane przez jego dawną miłość, która realizowała jakiś swój ukryty cel, kobietę, której nawet nie poznałam.

Kłamstwo nie kłamstwo – rezultat był katastrofalny.

Gdy Rowan wybuchła i oskarżyła go o zdradę, ich małżeństwo rozsypało się wręcz spektakularnie. Henry, wierny mąż, którego odrzucił ten brak zaufania ze strony żony, w końcu rzeczywiście wdał się w romans, choć przed atakiem Rowan był niewinny.

Trzy miesiące później ogłosili separację.

– Chciałabym jeszcze raz cię przeprosić, Rowan – powiedziałam. – Za tamtą historię z Henrym i za to, jak do niej doszło. Nie powinnam była tego robić.

– Nonsens. Postąpiłaś tak, jak uważałaś wtedy za słuszne.

– Ale mogłam najpierw się upewnić, sprawdzić.

Rowan pochyliła się ku mnie i położyła mi dłoń na ramieniu.

– Ode mnie zależało, co zrobię z tą informacją, a od niego – jak zareaguje. To nie twoja wina, ty byłaś tylko posłańcem. Zresztą chyba dobrze się stało.

– Jak to?

– Henry w zasadzie nie chciał mieć dzieci. Gdybym więc była z nim do dziś, nie miałabym Odette.

– Cóż, można na to spojrzeć i od tej strony.

– Martwisz się, że historia się powtórzy?

– Tak. Jestem tym przerażona.

Już raz się pomyliłam. Nie mogłam sobie pozwolić na kolejną pomyłkę.

51

Kiedy wróciłyśmy z miasteczka, w domu panowała upiorna cisza. Sean, Russ i Izzy zabrali dziewczynki na targ rękodzieła w pobliskim miasteczku Murviel-lès-Béziers, zaś Alistair zaproponował, że zostanie w willi i będzie miał oko na chłopców. Jednak po naszym powrocie nigdzie ich nie było. Sprawdziłam w ogrodzie, przy basenie, w altanie i sali gier. Nigdzie ani żywego ducha.

W końcu znalazłam Daniela samego w sypialni. Leżał na łóżku, plecami do drzwi.

– Daniel?

– Cześć – rzucił, nie odwracając się w moją stronę.

– Co porabiałeś? Wszystko dobrze?

– Uhm.

Obeszłam łóżko i usiadłam.

– No proszę, wygląda na to, że kończysz już czytać książkę, będziemy musieli…

Gwałtownie umilkłam, zasłaniając ręką usta. Miał zdartą i rozciętą skórę na przedramionach, brud i krew na kolanach i goleniach. Ziemię za paznokciami i z przodu na szortach. Rozmazaną krew na brodzie, oczy czerwone od płaczu. Ulubiona koszulka z Harrym Potterem była postrzępiona pod szyją i miała długie rozdarcie na boku sięgające niemal pasa.

Jakby się bił.

– Na litość boską, co ci się stało? Jak się czujesz?

– W porządku.

– Wyglądasz jak strach na wróble. Gdzie się tak pokaleczyłeś?

– Upadłem.

– Gdzie?

– Na dworze.

– Skarbie, jesteś w dość opłakanym stanie. Usiądź, niech ci się dobrze przyjrzę.

Zrobił, o co prosiłam, a ja dokonałam szybkich oględzin, sprawdzając, czy nie ma żadnych skręceń ani złamań.

– Chodź, doprowadzimy cię do porządku.

Zabrałam go do łazienki, zmyłam brud, oczyściłam rozcięcia i zadrapania i nałożyłam opuszkami palców środek dezynfekujący. Koszulki nie dało się uratować.

Daniel przez cały czas tych zabiegów stał milczący, z beznamiętnym wyrazem twarzy.

– Powiesz mi, skąd te skaleczenia? – spytałam.

– Już mówiłem – odparł ze spuszczonym wzrokiem. – Upadłem.

– Byłeś z Jakiem i Ethanem?

Zawahał się. I nagle wypalił:

– Kazali mi obiecać, że ci nie powiem.

– Kto?

Mówił cicho, ledwo słyszalnie.

– Chłopcy.

– A gdzie oni teraz są?

– Nie wiem.

– Przecież się kumplujecie?

– Powiedzieli, że już nie mogę się z nimi bawić, i gdzieś sobie poszli.

– Zostawili cię tutaj samego?

Żałośnie pokiwał głową. Zmarszczył nos, czując ostry zapach środka odkażającego.

Usiadłam na brzegu wanny.

– Danielu, co się stało?

– Zdenerwowałem się, kiedy upadłem, więc Ethan się zezłościł, a potem powiedział, że idą gdzieś z Jakiem, no to pomyślałem, że po prostu wychodzą na dwór, na przykład bawić się w chowanego, no i poszedłem poszukać ich w ogrodzie, ale nie mogłem ich znaleźć. Szukałem całe wieki i nic, więc sobie pomyślałem, że może pojechali gdzieś samochodem. Zaglądałem wszędzie. – Urwał. – Ale nigdzie nikogo nie było.

– Alistaira też nie?

– Nigdzie go nie widziałem.

Moja troska przerodziła się w gniew.

– Jego też nie mogłeś znaleźć?

– Nie. Obiegłem wszystkie miejsca, ale musieli wyjść gdzieś beze mnie, zostałem tu zupełnie sam, wszyscy o mnie zapomnieli. Wystraszyłem się i poszedłem do swojego pokoju, wyjrzałem przez okno i patrzyłem, czy nikt nie wraca. Później czytałem książkę. Było mi trochę smutno.

– Alistair miał być na miejscu i się wami opiekować.

Lekko kiwnął głową, ale nadal unikał mojego wzroku.

– Myślałem… – Jeszcze bardziej ściszył głos, a potem zamilkł.

– Co sobie myślałeś, skarbie?

– Że wszyscy pojechali do domu beze mnie. Że wrócili do Anglii. I zostawili mnie tutaj samego w tym domu, a ja nie wiedziałem, co robić. Trochę jak w tym filmie *Kevin sam w domu*, tylko że odwrotnie.

Z uśmiechem pokręciłam głową. *Kevin sam w domu* to jeden z ulubionych filmów Daniela.

– Ty głuptasie! Nigdy nie zostawilibyśmy cię samego. Ja bym cię nie zostawiła.

– Jesteś zła, mamo?

– Odrobinę – przyznałam, przytulając go. – Ale nie na ciebie.

– Czy Jake'owi i Ethanowi się oberwie?

– To nie w porządku, żeby tak sobie pójść i bawić się bez ciebie, będę więc musiała się dowiedzieć, dlaczego to zrobili i gdzie był w tym czasie Alistair.

Daniel zesztywniał.

– Mamo! Proszę cię, nie! Jake będzie wiedział, że wszystko ci wygadałem, a obiecałem, że nie pisnę słowa.

– W takim razie porozmawiam z Jennifer.

– Mamo, proszę. – Łamał mu się głos. Widziałam, że jest na granicy łez. – Chcę wracać do domu. Już mi się tu nie podoba. Nie lubię tego domu. Na początku było fajnie, ale teraz jest okropnie.

– Wracamy do domu w sobotę. To tylko kilka dni. A tymczasem trzymaj się z daleka od starszych chłopców i nie oddalaj się od willi. Baw się z tatą, dobrze?

– A jak znowu zdarzy się coś złego?

– Danielu, już nic złego się nie wydarzy, obiecuję.

Usiadł, wykręcając dłonie na kolanach. Nie chciał na mnie patrzeć.

– Chcę do domu – powiedział cichutko. – Chcę wrócić do naszego normalnego domu z normalnymi rzeczami.

Przytuliłam go ponownie i pocałowałam w czubek głowy.

– Już niedługo.

– Przyrzekasz, że nie powiesz Jake'owi i Ethanowi?

– Przyrzekam.

Dałam mu czystą koszulkę do przebrania.

– Mamo, gdzie moja koszulka z Harrym Potterem?

– Jest zniszczona. Musiałam ją wyrzucić.

Jego buzia znów wykrzywiła się jak do płaczu.

– Możesz spróbować ją pozszywać? Proszę…

– Ma rozdarty cały bok. Kupię ci nową.

– Proszę. – Podniósł na mnie duże niebieskie oczy. – To moja ulubiona.

– Cóż…

– Proszę.

Wstałam.

– No dobrze. Jeśli Jennifer przywiozła przybory do szycia, zobaczę, co da się wskórać.

Z kosza w kącie wygrzebałam koszulkę i chciałam już opuścić wieczko, gdy coś przykuło moją uwagę. Jedna z tych rzeczy, które rozpoznaje się natychmiast – nawet jeśli nie trzymało się jej w rękach od dobrych dziesięciu lat.

Wyjęłam ją z kosza i obracałam w rękach. Zamglił mi się wzrok, zakręciło w głowie. To… Nie, nie miałam w sobie miejsca na myślenie o tym w tej chwili czy choćby na zastanawianie się nad tym, co z tego wynika. I tak działo się aż nazbyt wiele. Za dużo zmartwień i obaw. Wsunęłam przedmiot do tylnej kieszeni dżinsów.

Zwykły kawałek pospolitego białego plastiku, używany tylko w jednym celu.

Ale, na litość boską, co on tutaj robi?

Muszę zapytać Lucy od razu, jak wróci.

52

Znalazłam Jennifer na tarasie, patrzyła na winnicę.

– Jennifer, możemy porozmawiać?

Odwróciła się i uśmiechnęła do mnie ze współczuciem.

– Oczywiście. Wszystko w porządku?

– Może przeniesiemy się w jakieś bardziej ustronne miejsce?

– Jasne.

Zeszła za mną po schodach do ogrodu, stąpałyśmy po miękkiej trawie. Usiadłyśmy na dwóch końcach ławki z białego kamienia.

– Nie chcę robić z tego afery, Jen, ale wygląda na to, że chłopcy poważnie się dzisiaj poróżnili. Naprawdę szkoda. Daniel mówił, że zostawili go samego w domu, ale pomyślał też… – Zawahałam się, wiedząc, że wstępuję na grząski grunt. – Powiedział mi coś jeszcze.

– Co?

– Nie jest pewien, ale wydaje mu się, że mogli wybrać się gdzieś wynajętym samochodem. Na przejażdżkę.

Jennifer zmarszczyła czoło.

– Na przejażdżkę?

– Nie mógł ich nigdzie znaleźć, a ze swojego pokoju usłyszał, jak na podjeździe zatrzymuje się samochód i po chwili do domu weszli Jake z Ethanem.

– Słyszał samochód?

– Tak mi powiedział.

– Niczego nie widział?

– Nie. Okna jego pokoju wychodzą na ogród, nie na podjazd.

– Hmm... Jake i Ethan raczej by czegoś takiego nie zrobili, to nie w ich stylu. Przede wszystkim Jake jest za młody na prowadzenie auta. Ani trochę nie wygląda mi to na sprawkę moich chłopców.

Owszem, wygląda, pomyślałam, zastanawiając się, jak ona może twierdzić, że do tego stopnia nie zdaje sobie sprawy z prawdziwej natury własnych synów. *I to wygląda właśnie na to.*

– Mogłabyś zagadnąć o to Jake'a?

– To nie jest dobry pomysł.

– Dlaczego? Nie możesz mu pozwalać na jeżdżenie po francuskiej wsi. Kto wie, co może się zdarzyć.

– Rzecz w tym, że on okropnie się denerwuje, kiedy czuje, że czekają go kłopoty. Okropnie. Zwłaszcza kiedy oskarża się go o coś, czego nie zrobił.

– To zrozumiałe.

– Nie zrobił tego – oznajmiła. Jej głos brzmiał stanowczo, nie było tu miejsca na lawirowanie. – On nie robi takich rzeczy.

– Daniel opowiedział dość dokładnie...

– Myli się. Z pewnością był wytrącony z równowagi i bardzo mi przykro z tego powodu, ale jestem absolutnie pewna, że mój syn nie zrobił tego, o czym mówi Daniel. To ogromna posiadłość, kryjówek jest tu pewnie bez liku. Prawdopodobnie bawili się w chowanego i zabawa nieco wymknęła się spod kontroli.

– Mimo wszystko mogłabyś go zapytać? Zobaczymy, co odpowie. Daniel naprawdę bardzo się zdenerwował, ponieważ wydawało mu się, że wszyscy go opuścili. Alistaira też nie mógł nigdzie znaleźć.

– Już mówiłam – odparła surowszym tonem – Jake źle reaguje na oskarżenia.

– A ja mówiłam, że Daniel opowiedział dokładnie.

Zawahała się, rozglądając się dokoła, jakby chciała się upewnić, czy nikt nas nie słyszy.

– Muszę ci coś powiedzieć. Żebyś zrozumiała.

– Okej.

– Obiecaj, że nie przekażesz tego dalej. Nawet Seanowi. A przede wszystkim dzieciom.

– Oczywiście.

– Powiem ci o tym tylko dlatego, że jesteś moją bliską przyjaciółką i chciałabym, żebyśmy się rozumiały.

Przypomniało mi się, jak Alistair przeglądał nad basenem profile Lucy w mediach społecznościowych. Zastanawiałam się, czy Jennifer zamierza wyjawić mi coś na ten temat – że o tym wie i poruszy z nim tę kwestię. Może ciągnie się to od lat.

Okazało się jednak, że wcale nie chodzi o jej męża.

– Pamiętasz, jak w zeszłym roku Jake zachorował na zapalenie mózgu?

Przytaknęłam.

– Ale już nic mu nie dolega, prawda?

Uśmiechnęła się smutno i wbiła wzrok w ziemię.

– Zwykle czuje się dobrze.

– Niesamowicie wystrzelił w górę, trudno uwierzyć, że przerósł już…

– To nie było zapalenie mózgu.

Milczałam przez chwilę, sądząc, że się przesłyszałam.

– Chcesz powiedzieć, że postawiono błędną diagnozę?

– Nie.

– Nie rozumiem, Jennifer.

– Wszystkim przedstawiliśmy tę wersję. Nie chcieliśmy, żeby go stygmatyzowano.

Ze łzami w oczach patrzyła na ogród, odwracając ode mnie głowę. Czekałam na dalszy ciąg, ale jakby odjęło jej mowę.

Dotknęłam jej ramienia.

– Już dobrze…

Spojrzała na mnie, przeniosła wzrok na willę, ponownie sprawdzając, czy nie ma nikogo w zasięgu słuchu.

– Prawdziwy powód był taki, że musiał na pewien czas wyjechać z domu na leczenie. – Po jej policzku popłynęła łza. – Chciał zrobić sobie krzywdę, Kate. Nie zrozumiesz, jeśli nigdy nie miałaś z czymś takim do czynienia. W każdym razie posprzeczaliśmy się pewnego dnia. Dość typowa kłótnia, poszło o głupie sprzątanie pokoju, na które nigdy nie miał najmniejszej chęci. A on zareagował tak, jakbym oskarżyła go o jakąś straszną zbrodnię. Wpadł w furię. Zastałam go później na parapecie okiennym, a wiesz, że jego pokój znajduje się na drugim piętrze, prawda?

Kiwnęłam głową.

– Na poddaszu.

– Perswadowanie mu, żeby nie skakał, zajęło mi dwie godziny, przez cały ten czas miałam serce w gardle. Nie spałam potem przez trzy noce. W następnym tygodniu to się powtórzyło, a w kolejnym nakryliśmy go, jak błąkał się po torach kolejowych za naszym domem. To było potworne, chyba najpotworniejsza rzecz, jaką można sobie wyobrazić. Dzień w dzień zamartwiasz się, co nowego strzeli mu do głowy. Boisz się dzwoniącego telefonu albo wizyty policji. Albo i czegoś gorszego. Dostał szlaban na wyjścia z domu, ale i tak się wymykał. Próbowaliśmy zamykać go na klucz, ale zawsze znalazł jakąś drogę ucieczki. Nie możesz więzić własnego dziecka w domu, szczególnie gdy jest wyższe od obojga rodziców. – Mówiła coraz ciszej, aż jej głos zniżył się niemal do szeptu. – W końcu tak się wystraszyliśmy... – Zamilkła.

Czekałam, aż podejmie wątek.

– Co się stało, Jen?

Otarła łzę.

– Umieściliśmy go w psychiatryku. Żeby go leczyć.

– Mój Boże, Jen, nie miałam o tym pojęcia! – Przytuliłam ją i zaczęłam gładzić po plecach. – Tak mi przykro.

– Nie powiedzieliśmy nikomu. Lekarze spędzili z nim dużo czasu i w końcu zdiagnozowali osobowość typu borderline –

zachowania impulsywne, skłonność do podejmowania ryzyka, wybuchy emocji, bla, bla, bla. Chociaż uważam, że to w większości głupoty – dodała pospiesznie. – Wiedzieliśmy, że będzie miał kłopoty w szkole: bójki, kradzieże, wagary. Dlatego przenieśliśmy go z Ethanem do szkoły Lucy.

Powróciły wspomnienia: mówiła, że w poprzedniej szkole Jake'a i Ethana zastraszano.

– Więc nie chodziło o zastraszanie?

Pokręciła głową.

– Uznaliśmy, że będzie mu łatwiej, jeśli zacznie wszystko od nowa, uwolni się od wszelkich złych wpływów w starej szkole. Tak w każdym razie twierdził Alistair. Powinien znać się na tych sprawach.

– Och, Jennifer, współczuję. Nie miałam pojęcia, z czym się zmagasz.

– Widzisz więc, że muszę działać ostrożnie. Przez większość czasu Jake balansuje nad przepaścią. Czasem bywa wyjątkowo nadpobudliwy, wszystko go interesuje, wszystkiego próbuje, a kiedy indziej wpada w dołek. Miewa te swoje czarne nastroje i wtedy wszystko go dobija, zwłaszcza gdy oskarża się go o coś, czego nie zrobił. Jest moim dzieckiem, moim pierworodnym. Muszę go chronić.

– Wiem, Jen, rozumiem.

– Postępowałabyś tak samo z Lucy.

– Masz rację. Zdecydowanie tak.

Umilkłam, nie bardzo wiedząc, jak zadać kolejne pytanie.

– Czy… dostał jakieś leki? Żeby łatwiej było mu sobie z tym radzić?

– Ma tabletki, ale nie lubi ich brać. Twierdzi, że czuje się po nich jak zombie. – Kciukiem i palcem wskazującym obracała obrączkę. – Znalazłam je ukryte pod łóżkiem. Udawał, że zażywa leki, a tymczasem tylko je chował. Bardzo się bałam.

Nie chciałam go pytać, żeby go nie prowokować, więc po prostu zostawiłam je tam, gdzie leżały. Żałosne, co?

– Wcale nie.

– Obiecujesz, że nikomu o tym nie powiesz?

– Oczywiście. Nie puszczę pary z ust.

– Nawet Seanowi?

– Nawet jemu.

Wstała z ławki, otarła oczy i głęboko, przeciągle westchnęła.

– Porozmawiam z Ethanem o... Zapytam go, o co poszło z Danielem. I poproszę, żeby od tej pory był dla niego milszy.

– Dziękuję, Jennifer. Już ci lepiej?

– Tak. – Zdobyła się na niepewny uśmiech. – Ja zawsze dobrze się czuję.

Patrzyłam, jak idzie przez trawnik do willi, i rozmyślałam nad tym, co mi powiedziała. Cóż to musi być za koszmar, cały czas tak bać się o dzieci, żyć w obawie, że zrobią sobie krzywdę. Każdy rodzic zna ten niewyobrażalny strach, że jego potomstwo może zrobić sobie coś złego. Lęki, depresja, izolacja, samookaleczanie. Narkotyki, żeby zapomnieć o bólu, ostrza rozcinające skórę w miejscach, gdzie blizny są niewidoczne. Myśl o własnym dziecku cierpiącym w ukryciu jest nie do zniesienia.

Doskonale o tym wiedziałam. Bałam się tak samo o swoje dzieci.

53

Kiedy zapukałam do drzwi pokoju Lucy, moja córka siedziała w głębokim fotelu z telefonem w ręku.

Zamknęłam za sobą drzwi i przysiadłam na krawędzi łóżka.

– Jak udały się zakupy?

– Dobrze – odparła, nie odrywając wzroku od komórki. – Straszny upał.

– Coś upolowałaś?

– Co nieco, nowy kapelusz i sandały.

– Świetnie, musisz mi później pokazać.

– Jasne.

– Lucy?

– Tak?

– Odłóż na minutę telefon, chcę cię o coś zapytać.

Z westchnieniem położyła komórkę na kolanach.

– O co?

– Czy chłopcy, to znaczy Jake i Ethan, wspominali coś o wzięciu samochodu bez wiedzy dorosłych?

Ostentacyjnie wzruszyła ramionami.

– Nie wiem. Nie sądzę.

– Jesteś pewna?

– Są chyba za młodzi na prowadzenie, prawda? Jake nie skończył jeszcze szesnastu lat.

Obie miałyśmy świadomość, że był to raczej unik niż odpowiedź.

– Więc nic o tym nie napomknęli?

Patrzyła gdzieś ponad moim ramieniem.

– Gadają o tysiącu różnych rzeczy, o wszystkim, przechwalają się jeden przed drugim. Dlaczego mnie o to pytasz?

– Tak się tylko zastanawiałam.

Ponownie wzięła do ręki komórkę i zaczęła przewijać ekran.

– Aha.

– I coś jeszcze.

Westchnęła.

– Znowu chodzi o picie wina, bo…

– Znalazłam coś w koszu na śmieci. W łazience. W tej, z której korzystasz razem z bratem.

– W koszu?

– Tak.

Zmarszczyła czoło.

– No tak, przecież to w ogóle nie jest dziwne, ani trochę. Grzebanie w koszach na śmieci, absolutnie normalne zachowanie.

– Nie grzebałam w koszu, tylko wyjmowałam z niego podarty podkoszulek Daniela.

– No i co tam znalazłaś?

Sięgnęłam do kieszeni i pokazałam moje znalezisko.

– Wiesz, co to jest?

Rzuciła okiem na krótką płytkę z białego plastiku, którą trzymałam w dłoni. Zamrugała raz, drugi. I odwróciła wzrok.

– Tak. Przerabialiśmy na biologii.

– No i?

– Test. Ciążowy.

– Zgadza się. Wiesz, jak działa?

– Niedokładnie. – Zaczęła wiercić się w fotelu. – Trzeba na niego nasiusiać, czy jakoś tak?

– Tak. Wykrywa obecność hormonu hCG, który wydziela się, gdy zapłodniona komórka jajowa zagnieździ się w ścianie macicy. – Pokazałam jej dwie równoległe niebieskie kreski w przezroczystym plastikowym okienku. – Dwie kreski oznaczają ciążę.

– Wiem.

Zastanawiałam się, jak sformułować kolejne pytanie.

– A czy wiesz – mówiłam wolno – jak się tam znalazł? W twojej łazience?

– Nie mam pojęcia. Ktoś musiał go tam wrzucić.

Pochyliłam się ku niej z uśmiechem, starając się przybrać łagodny wyraz twarzy.

– Czy chciałabyś mi coś powiedzieć? Nie ma problemu, jeśli jesteś, możemy porozmawiać o…

– Nie jestem! – odparła z mocą, krzyżując ramiona.

– Nie jesteś co?

– W ciąży. To nie mój test. A gdyby był mój, nie byłabym taką kretynką, żeby wrzucać go do kosza w łazience, gdzie każdy mógłby go znaleźć i zacząć zadawać pytania. Gdzie mógłby natknąć się na niego Daniel.

Poczułam, jak częściowo spada mi kamień z serca.

– Na pewno?

– Uwierz mi, mamo, byłabym o wiele bardziej przebiegła. Nigdy byś się nie dowiedziała.

54

Jennifer

Za zamkniętymi drzwiami sypialni Jennifer otarła oczy i wydmuchała nos, po czym sięgnęła po kolejną chusteczkę, żeby poprawić rozmazany makijaż. Przez chwilę przyglądała się swojemu odbiciu w lustrze, zaciskając kurczowo dłonie na granitowym blacie i oddychając głęboko, tak jak ją nauczono. Dziesięć wdechów przez nos, dziesięć wydechów przez usta.

Spokojnie. Myśl jasno. Zrób, co trzeba.

Poszła do kuchni, wyjęła spod zlewu szmatkę, a z lodówki małą butelkę wody. Przez okno w holu wejściowym sprawdziła, czy nie ma nikogo na podjeździe. Usatysfakcjonowana, że jest zupełnie pusty, zdjęła klucze z kołka przy drzwiach frontowych i zeszła po kamiennych schodach zakręcających ku podjazdowi. Wynajęli forda fiestę, najtańszy samochód, który mógł pomieścić – co prawda ledwo – dwóch tyczkowatych nastolatków na tylnym siedzeniu oraz cały bagaż.

Jennifer powoli okrążyła auto, lustrując lakier na karoserii, zderzakach, listwach. Dostrzegła parę nowych rys, nisko przy tylnym kole po stronie kierowcy. Nie było ich tam cztery dni temu, gdy wsiadali do podstawionego na lotnisko samochodu. Kucnęła, by obejrzeć je dokładniej, dotknęła palcem metalu. Równoległe otarcia, prawdopodobnie od niskiego murku albo głazu przy drodze. Na szczęście płytkie. Nietrudne do zatuszowania.

Wylała z butelki wodę na ziemię na rabacie, zamoczyła szmatkę w błocie i rozsmarowała je w miejscu nowych zadrapań – tylko tyle, żeby je zamaskować. Należało to zrobić ostrożnie, żeby wyglądało naturalnie, jak zwykły brud od jeżdżenia po lokalnych drogach.

Powierzchowne uszkodzenia lakieru można w ten sposób zatrzeć na tyle dobrze, by oszukać wypożyczalnię przy oględzinach samochodu po zwrocie. To już za trzy dni. *Nie chcemy, żeby obciążyli nas astronomicznym rachunkiem za naprawę, prawda?* To tacy zdziercy. Próbują policzyć człowiekowi setki euro za najmniejsze wgniecenie. Głębsze rysy wymagałyby wyprawy do warsztatu przed oddaniem auta w sobotę.

Na szczęście dobrze udało się ukryć te znikome otarcia. Jennifer podziwiała swoje dzieło. Przyjrzała się dokładnie smugom brudu, dodała trochę nowych wokół przedniego koła, żeby uzyskać bardziej spójny wygląd. Gdy błoto zaschnie, zadrapania będą niewidoczne.

Po zakończonej pracy wyjęła z kieszeni kluczyk, otworzyła drzwi, przesunęła fotel kierowcy w przód, do pozycji, w której zwykle go ustawiała. Po wszystkim zamknęła forda i wróciła do willi.

55

Nadeszła moja kolej zmywania naczyń po kolacji. Cieszyłam się, że mogę zająć się czymś innym, odseparować się na pewien czas od pozostałych, nie uczestniczyć w gładkiej rozmowie, nie udawać, że wszystko toczy się normalnie.

Być z dala od Seana.

Nalałam wody do zlewu i zabrałam się do szorowania garnków i patelni. Z kranu leciał prawie ukrop, o mało nie poparzyłam sobie rąk. Targały mną mieszane uczucia bólu, krzywdy, konsternacji i rozpaczy, że już niczego nie da się naprawić. Pomimo usilnych starań nie potrafiłam pozbyć się widoku Izzy, która wchodzi na polankę w lesie w odpowiedzi na wiadomość wysłaną z telefonu mojego męża. Im dłużej o tym myślałam, tym bardziej stawało się oczywiste, że to Izzy – że od samego początku to była właśnie ona. Spośród nas jako jedyna była niezamężna. Dawna znajomość przerodziła się w końcu w większą zażyłość, w coś bardziej niebezpiecznego. I destrukcyjnego.

Dźwięczała mi w uszach nasza rozmowa z dnia jej przyjazdu. Z bezsilnością i pewnym niesmakiem zdałam sobie sprawę, że praktycznie sama to przede mną przyznała.

– *On jest żonaty, tak?*

– *Pozostawiam to bez komentarza.*

– *Jego żona wie?*

– *Myślę, że... może coś podejrzewać.*

Jak mogłam być tak ślepa?

Obiecałam sobie, że znajdę odpowiedź, dowiem się, gdzie leży źródło zdrady Seana. I się dowiedziałam. Wiedziałam więcej, niżbym chciała.

Pozostawało tylko jedno pytanie.

Co z tym zrobić?

Ale i na to pytanie znałam już odpowiedź.

Sean pojawił się obok mnie przy zlewie, ze ścierką do naczyń w ręku. Jego oddech zalatywał piwem, ten zapach otaczał go jak niewidzialna chmura. Nie tylko piwem, czymś jeszcze, czymś mocniejszym. Tequilą. Poczułam, jak sztywnieję.

– Pomóc? – zaproponował.

Nie spojrzałam na niego.

– Jeśli chcesz.

Zdjął patelnię z suszarki do naczyń i zaczął ją wycierać. Ruchy miał powolne, przesadnie ostrożne, jakby bardzo starał się niczego nie upuścić.

– Daniel leży już w łóżku i czyta książkę – oznajmił. – Za dziesięć minut idę zgasić mu światło.

– To dobrze.

Zaległa długa cisza, którą wypełniłam zapamiętałym szorowaniem patelni, odskrobywaniem resztek makaronu, które przywarły do dna. Chciałam rzucić mu prosto w twarz mój gniew z całą siłą, jaką zdołałabym z siebie wykrzesać.

Dlaczego akurat ona? Co ma takiego, czego mnie brakuje? Co ty sobie, do cholery, wyobrażasz?

Jak mogłeś mi to zrobić? I dzieciom?

Z jedną z moich najlepszych przyjaciółek?

Schował wytartą patelnię i wziął z suszarki kolejną.

– Co u ciebie, Kate?

– A to cię w ogóle obchodzi?

Pauza.

– Tak – odparł cicho. – Obchodzi.

– Wszystko dobrze.

Odwrócił wzrok.

– Przepraszam – powiedział zniżonym głosem.

Przestałam szorować.

– Za co?

– Za tę kłótnię.

Wbiłam wzrok w mydliny w zlewie.

Powiedz mu. Powiedz, że wiesz. Prosto w oczy. Teraz.

– Za co jeszcze przepraszasz?

– Hm, niech się zastanowię. – Ta wesołość była udawana. – A ile masz czasu?

Zwróciłam na niego wściekły wzrok akurat w chwili, gdy na jego ustach zamierał wymuszony uśmiech.

– Serio? Masz zamiar dowcipkować?

Uśmiech zgasł zupełnie.

– Przepraszam, Kate. Przepraszam.

Zanurzyłam ostatni garnek w zlewie, woda chlapnęła mi na stopy. Zaczęłam szorować z jeszcze większą energią.

– A tak na marginesie, jak się miewa twój telefon?

Poruszył się nerwowo, jakby wyczuwał zasadzkę.

– Umarł na dobre. Nawet się nie włącza.

– Jaka szkoda, prawda? Jak dajesz sobie bez niego radę?

Na odbiciu w okiennej szybie widziałam, jak Sean rzuca mi szybkie spojrzenie, po czym umyka wzrokiem.

– Dobrze.

– Śledzisz na bieżąco wiadomości? – Wylewał się ze mnie sarkazm. – Pilnujesz swoich spraw?

– Świat się nie zawali, jeśli zajmę się nimi po powrocie do Anglii.

Skończyłam zmywać, wypuściłam wodę ze zlewu i wytarłam ręce.

Sean zrobił pół kroku w moją stronę, wyciągnął ręce, jakby chciał mnie przytulić, ale pokręciłam głową.

– Nie – powiedziałam ostrzegawczym tonem. – Nawet nie próbuj.

– Kate, ja…

– Co?

Zawahał się, jak gdyby ważył słowa.

– Wiesz, że nigdy nie umiałem kłamać.

– Ostatnio chyba bardzo się w tym podciągnąłeś.

– Nie bardzo.

Ciasno skrzyżowałam na piersi ramiona.

– Dlaczego po prostu mi nie powiesz?

Wydawało się, że zamierza to zrobić, ale się rozmyślił i spuścił oczy.

– Nie ma nic do powiedzenia.

– Kłamiesz! – wyrzuciłam z siebie głośniej, niż zamierzałam.

– Dlaczego nie potrafisz się na to zdobyć?! Nie znoszę tego! Nienawidzę!

Wybiegłam z kuchni, zanim zdążył zobaczyć moje łzy, zanim zdołał cokolwiek powiedzieć. Już sama jego bliska obecność była dla mnie bolesna, a co dopiero rozmowa. Poszłam na górę do naszej sypialni, usiadłam na łóżku w chłodzie klimatyzatora, czekając, aż serce zwolni do w miarę normalnego rytmu, otarłam oczy chusteczką.

Była to wyrafinowana tortura. Dlaczego on się nie przyzna, nie skróci mojej męki? Czy ja tracę zmysły? Wariuję? Nie. Mam dowód. Widziałam i słyszałam rzeczy, których nie może się wyprzeć ani ich usprawiedliwić, bez względu na to, jak bardzo by się starał. Pulsowała mi głowa. Otworzyłam szufladę nocnego stolika w poszukiwaniu paracetamolu. Odsunęłam na bok książki, ładowarki i paszporty, sięgnęłam w głąb. Zawsze chowałam tabletki na dnie szuflady, w razie gdyby któreś z dzieci…

Jest, opakowanie paracetamolu. Ale coś mi nie grało. Czegoś brakowało. Czegoś nie było na swoim miejscu. A ściślej, nie było tego wcale. Schowałam to tutaj dwa dni temu, a teraz zniknęło.

Taśma z nagraniem Seana i Jennifer.

56

Sprawdziłam jeszcze raz, wywracając zawartość szuflady do góry nogami. Ani śladu taśmy. Ktoś ją gdzieś przełożył, zabrał. *Sean?* Zatrzasnęłam drzwi sypialni, przeniosłam się na jego stronę łóżka i szybko przejrzałam jego stolik nocny, następnie kieszenie w podszewce jego walizki, a na końcu szuflady komody, w których leżały starannie poukładane podkoszulki i szorty, ale minitaśmy nigdzie nie było. Przepadła bez wieści.

Znad basenu niósł się śmiech. Nie mogę się tu wiecznie ukrywać. Zerknęłam kontrolnie w lustro, głęboko westchnęłam i wyszłam na korytarz. Drzwi pokoju Daniela były lekko uchylone. Zapukałam cichutko i otworzyłam je szerzej.

Mój syn leżał zwinięty na boku, zaczytany w *Harrym Potterze*.

– Miałem właśnie gasić światło. – Odłożył książkę i zdjął okulary.

– Masz jeszcze dziesięć minut, jeśli chcesz.

– Nie trzeba. I tak zamykają mi się już oczy.

Przysiadłam na jego łóżku, odgarnęłam mu włosy z czoła.

– Jak się czujesz? Bolą cię te zadrapania i otarcia?

Otoczyłam go ramionami, czując ciepło jego drobnej piersi, uroczy zapach dziecka, dotyk chudych obejmujących mnie rąk. Ciekawe, jak długo jeszcze będzie pozwalał mi na takie gesty, kiedy zaczną go krępować, kiedy zacznie się ich wstydzić. I czy będzie obwiniał mnie za to, co wydarzyło się między mną a Seanem. Poczułam gorące łzy.

Nie płacz. Nie martw go.

– Nic ci nie jest, mamusiu?

– Oczywiście, że nic – odparłam, z trudem przełykając ślinę i starając się panować nad głosem. – Dlaczego miałoby być inaczej?

– A u taty też wszystko w porządku?

– Tak.

– Aha.

– Dlaczego o to pytasz, Danielu?

– Nie wiem – powiedział, opierając drobny podbródek na moim ramieniu. – Bo jakoś inaczej się zachowuje.

– W jakim sensie?

– Tak trochę dziwnie.

Wypuściłam go z objęć i przyjrzałam mu się w świetle nocnej lampki.

– Dziwnie? Wobec Izzy?

– Może... – Wzruszył ramionami. – Chyba nie lubi Jake'a.

– Dlaczego?

– Ciągle pyta, co robimy, kiedy idziemy penetrować okolicę, powtarza, że jeśli nie chcę, wcale nie muszę się z nimi bawić.

– Tatuś po prostu dba o twoje bezpieczeństwo, i tyle. A Jake lubi ryzykować, prawda?

– Uhm. – Ziewnął. – Co jutro robimy?

– Coś przyjemnego. – Pocałowałam go w czoło. – Dobranoc. Kocham cię.

Lucy nie było w pokoju. Został tylko jej telefon podłączony do ładowania, który mrugał i migał w ciemności, sygnalizując lawinę wiadomości nadchodzących od znajomych w Anglii. Podczas kolacji bateria wyczerpała się całkowicie, a ja byłam w duchu zadowolona, widząc moją córkę uwolnioną na chwilę od komórki, mogąc z nią porozmawiać i nie mieć bez przerwy wrażenia, że próbuję – bezskutecznie – rywalizować z iPhone'em o jej uwagę.

Nalałam sobie w kuchni wina i zeszłam po kamiennych stopniach nad basen. Pomimo wieczornej pory powietrze nadal było gorące i nieznośnie wilgotne. Russ wyciągnął się na leżaku, w luźno zwieszonej dłoni trzymał tlącego się papierosa z pięcioma centymetrami popiołu. Obok siedział Sean z piwem w ręku, przy stoliku zastawionym szklankami i miseczkami przekąsek, pustymi butelkami wina i piwa oraz opróżnioną do połowy butelką tequili. Kątem oka widziałam, że siedzi przodem do mnie i próbuje ściągnąć na siebie moją uwagę.

Sączyłam wino, nie odrywając oczu od basenu, gdzie Lucy i Rowan oraz Alistair, Jake i Ethan grali w piłkę. Podwodne oświetlenie osadzone głęboko w ścianach basenu sprawiało, że woda jaśniała nieziemską poświatą na ciemnym tle nocy, kolorowa mozaika przedstawiająca trzy delfiny odcinała się jaskrawo od dna, woda była idealnie przejrzysta.

– Wchodzisz, Kate? – zawołał Alistair, zapraszając mnie gestem. Na jego brodzie połyskiwały krople wody. – Potrzebujemy szóstego gracza do piłki wodnej.

– Nie dzisiaj – odparłam najpogodniej, jak umiałam. – Może innym razem.

– Wielka szkoda – rzekł z nienaturalnie promiennym uśmiechem. – A ty, Sean?

Mój mąż pokręcił głową.

– Wypiłem o jedno piwo za dużo. Poszedłbym na dno jak kamień.

– Bzdura! – krzyknął Alistair ożywionym od alkoholu głosem. – Na tym etapie wieczoru orzeźwiająca, regenerująca kąpiel to zalecenie lekarskie.

– Dzięki, poprzestanę na kibicowaniu.

– Jak również doskonała terapia chłodząca w śródziemnomorskim upale.

Sean znowu pokręcił głową i ułożył się wygodniej na leżaku.

– Wierzę ci na słowo.

Lucy uderzyła płasko dłonią o taflę wody, pryskając na Seana.

– Chodź, tato. Potrzebuję cię do mojej drużyny.

– No...

– Proooooszę. Nawet jesteś już w kąpielówkach.

Sean westchnął, wypił spory haust piwa i odstawił butelkę na brzeg basenu. Zdjął przez głowę koszulę, zrzucił klapki i niepewnie wskoczył do wody z głośnym pluskiem.

– Super! – pochwalił Alistair, unosząc piłkę nad głową. – Zaczynamy grę!

57

Siedziałam na leżaku, patrząc, jak chlapią, śmieją się i grają, odbijają piłkę tam i z powrotem, jakby nikt nie miał absolutnie żadnych zmartwień. Wieczorna kąpiel w basenie, ucieczka przed lepkim upałem, odświeżające zanurzenie w wodzie w przerwie między kolejnymi porcjami alkoholu, Sean w głębokiej wodzie, próbujący ściągnąć moje spojrzenie, posłać mi ten swój słynny uśmiech, od którego mój żołądek fikał koziołki na początku naszej znajomości. Ten czarujący, skrzący się uśmiech, który dawał poczucie wtajemniczenia w sprawy zrozumiałe tylko dla nas dwojga. Przynależności do tajnego klubu niedostępnego dla nikogo poza nami.

Te czasy minęły. Teraz ten sam uśmiech sprawiał, że pogrążałam się w żalu tak głębokim, że nie widziałam dna tej czarnej otchłani. Miałam absolutną pewność, że pół godziny temu w kuchni był na granicy powiedzenia prawdy, ale wycofał się w ostatniej chwili. Dlaczego? Po co marnować czas? Miałby to już z głowy. Może nie chciał robić tego tutaj, na wakacjach, na oczach naszych przyjaciół. Tak, to jest pewnie powód: woli być na własnym terytorium, na dobrze znanym gruncie.

Dźwięczały mi w głowie jego słowa.

Przepraszam.

Jego obecność tutaj, zabawa z naszą córką w basenie, oznaczała przynajmniej tyle, że nie może spędzać tego czasu z *nią.* Z Izzy. Zachodziłam w głowę, jak wygląda ich plan, jak zamierzają to załatwić. Czy mam czekać, dopóki sam nie postanowi mi powiedzieć, póki nie natknę się na ich kolejne sekretne wiadomości, póki nie przyłapię ich na gorącym uczynku? Siedzieć i czekać, aż zostanę powiadomiona, że moje małżeństwo się skończyło?

Nie. Wykluczone. Jeśli Sean nie zdobędzie się na odwagę, wówczas sama ich zmuszę – stanę przed Izzy i każę jej powiedzieć prawdę, przyznać się otwarcie. Jeszcze dziś wieczorem. Kiedy znów się tu pojawi, bo na razie gdzieś przepadła.

Tymczasem gra w piłkę wodną toczyła się w najlepsze: Sean, Lucy i Rowan kontra Alistair z synami. Sean i Alistair obstawiali bramki na dwóch przeciwległych końcach basenu, a Rowan wraz z trojgiem nastolatków robili blokady, zmyłki i przerzucali piłkę. Sean wydawał się rozkojarzony, jego spojrzenie ciągle błądziło w moją stronę, a ja odmawiałam mu kontaktu wzrokowego, którego szukał. Nie odrywałam oczu od Lucy, której złociste włosy układały się w wachlarz na powierzchni wody: pływała, nurkowała i z gracją wykonywała zwroty niczym piękna syrena. *Moja córeczka.* Jake i Ethan zostawili swoje komórki na stoliku. Niemal bez przerwy piszczały i wibrowały od przychodzących powiadomień, płynął nieprzerwany strumień coraz to nowszych wieści z mediów społecznościowych. Ich częstotliwość wydawała się szaleńcza nawet jak na nastoletnie standardy. W każdym razie miło było widzieć Lucy – a w zasadzie całą trójkę nastolatków – zajętą czym innym niż siedzeniem z nosem w komórce, nieustannym zamieszczaniem zdjęć, udostępnianiem treści, porównywaniem się ze znajomymi, z niemą obawą, że coś ją ominie, co napędzało ciągłą potrzebę podłączenia do sieci. Dzień w dzień, dwadzieścia cztery godziny na dobę.

Z początku wyglądało to dyskretnie.

Na tyle dyskretnie, że niemal tego nie zarejestrowałam.

Kiedy jednak wśród śmiechów i pryskania wodą zawodnicy przerzucali piłkę tam i z powrotem, stopniowo zakradał się we mnie niepokój. Z każdym golem, z każdym zablokowanym rzutem odległość pomiędzy graczami – a konkretnie między Lucy, Jakiem a Ethanem – malała. Coraz bardziej, aż wreszcie dzielił ich od siebie odstęp co najwyżej metra. Bracia przesuwali się w kierunku głębszej części basenu, na połowę Lucy.

Obserwując grę, czułam pełznące po karku napięcie. W pewnej chwili Lucy przejęła piłkę i uniosła ją wysoko, celując do bramki. Ethan rzucił się na nią z wyciągniętymi w górę ramionami, zamierzając odebrać piłkę, napierał na Lucy całym ciałem, jego twarz znalazła się zaledwie kilka centymetrów od jej twarzy, stykały się ich ramiona, dłonie, pierś przy piersi, skóra przy skórze, nos przy nosie. Atakował coraz agresywniej, próbując wyrwać jej piłkę w pełnym bojowym zwarciu, szeroki w barkach dominował nad szczupłą Lucy, w końcu wyszarpnął piłkę i uniósł wysoko nad głową, ja zaś wiedziałam, po prostu wiedziałam, o co mu chodzi: żeby Lucy odpowiedziała atakiem, zrobiła to, co on przed chwilą.

Zamiast Lucy do akcji wkroczył Jake, doskoczył do brata, odebrał mu piłkę, odrzucił ją w bok i popchnął Ethana. Odseparował go od Lucy.

– Ethan, pogięło cię, do cholery?! – krzyknął ze złością. – To nie wybijanie piłki w rugby, jasne? Tu nie ma miejsca na pełny kontakt!

– Wyluzuj, bracie. – Ethan prysnął Jake'owi wodą w twarz. – To tylko gra, no nie?

Alistair ruszył naprzód, żeby rozdzielić chłopców, ale po chwili najwyraźniej się rozmyślił. Wycofał się do bramki i sięgnął po piłkę.

Ja pochyliłam się do przodu, gorąca fala gniewu rozlała mi się w piersi, byłam rozdarta pomiędzy macierzyńskim instynktem chronienia córki a rodzicielską intuicją, żeby nie zawstydzać nastolatki. Lucy zanurkowała i wypłynęła kawałek dalej, odgarnęła włosy z twarzy i podniosła ręce w gotowości do dalszej gry.

Może to tylko moja wyobraźnia. Moja córka nie sprawiała wrażenia zdenerwowanej, więc krzyk zamarł mi w gardle.

Oszczędź jej żenady. Nie rób kolejnej sceny. W ostatnich dniach zrobiłaś ich wystarczająco dużo.

Sean popijał piwo z butelki, którą ustawił sobie w zasięgu ręki, i chyba niczego nie zauważył.

Wznowili grę. Lucy przejęła lecącą do bramki piłkę i cofnęła ramię, chcąc cisnąć ją w przeciwnym kierunku, lecz Ethan natychmiast przypuścił atak. Znów się na nią rzucił i chyba niespecjalnie zależało mu na odebraniu piłki. Z rękami w górze naparł na Lucy z jeszcze większą siłą niż poprzednio. Szarżował, szarpał, ciągnął, przysuwał twarz do jej twarzy. Tym razem Lucy nie zamierzała tak łatwo się poddać, odwróciła się, zrobiła unik, on jednak błyskawicznie znalazł się przy niej, siłował się z nią, ze śmiechem wyrywał piłkę, chwycił Lucy oburącz za ramiona, nieomal wskoczył jej na plecy, próbując obrócić ją w swoją stronę. Kłębią się ciała, woda bryzga na wszystkie strony, Jake błyskawicznie interweniuje, odciąga brata od Lucy, szykuje się do walki z gotową do ciosu pięścią. Alistair pędzi w ich stronę, rozpościera ramiona, chcąc rozdzielić synów, Ethan mu się wymyka i...

Dłonie Alistaira lądują prosto na piersiach Lucy.

Jej pisk przerażenia.

Gniewny krzyk Seana.

Lucy daje nura pod wodę, mocno pracuje nogami i wynurza się obok Seana w głębokiej części basenu, łapiąc oddech. Jedno ramiączko bikini luźno zwisa z jej ramienia, wysoko na ręce widać czerwony ślad odciśniętych palców. Jej twarz jakby zastyga w przerażeniu, pierś faluje, dłonie kurczowo zaciskają się na krawędzi basenu.

Sean zamienia z nią po cichu kilka słów, delikatnie przytrzymuje ją za łokieć. Lucy poprawia ramiączko, coś mu odpowiada ze spuszczoną głową, a potem wychodzi z basenu i owija się ręcznikiem, mocno przyciskając go do piersi.

Podbiegłam do niej, położyłam jej dłonie na ramionach. Drżała, nie chciała spojrzeć mi w oczy. Drżałyśmy obie.

– Lucy, wszystko okej?

– Tak.

– Może pójdziesz do swojego pokoju? Zaraz do ciebie dołączę.

Kiwnęła głową i szybko weszła po schodach na taras, nadal ze zwieszoną głową. Sean z twarzą pociemniałą od wzburzenia brnął w wodzie na środek basenu.

Najwyraźniej zinterpretował całe to zajście inaczej niż ja.

– Co ty sobie, do cholery, wyobrażasz? – zwrócił się do Alistaira.

Alistair odzyskał piłkę i z miną niewiniątka wrzucił ją do pustej bramki.

– Co takiego? Nie dosłyszałem.

– Obmacujesz moją córkę? Co to ma znaczyć?

– Nikt nikogo nie obmacywał – odparł obojętnym głosem. – Piłka wodna zawsze wiąże się z szamotaniną.

– Z s z a m o t a n i n ą? – powtórzył Sean. Jego głos nabrał ostrości, którą słyszałam tylko kilka razy w życiu, irlandzki akcent mocno wybijał się na pierwszy plan. – Ubaw po pachy, co?

– Sean, jesteś pijany.

– A z ciebie cholerny zboczeniec.

Alistair odwrócił się do niego plecami i ruszył w kierunku schodków w płytkiej części basenu.

– Nie zamierzam tego słuchać. Chodźmy, chłopcy – rzucił do Jake'a i Ethana. – Gra skończona, czas wychodzić z wody.

– Ej! – krzyknął Sean, podążając za nim. – Mówię do ciebie!

Ociekający wodą Alistair go zignorował. Wyszedł z basenu i sięgnął po ręcznik. Sean go dogonił, chwycił za ramię i gwałtownie obrócił w swoją stronę.

– Powiedziałem, że do ciebie mówię! Wiesz, że ona ma dopiero szesnaście lat, prawda? I wiesz, kim wobec tego jesteś?

Na szyi i ramionach Seana wystąpiły żyły, twarz zamieniła się w maskę wściekłości, dłonie zwinęły się w pięści. Był wyższy i bardziej barczysty niż Alistair, no i w zdecydowanie lepszej formie. Podbiegłam do nich, bojąc się, co z tego za chwilę wyniknie.

– Sean – zaczęłam – wydaje mi się, że nie tak to...

– Widziałem, co zrobił – przerwał mi Sean. – Obmacywał ją.

Alistair, wycierając się ręcznikiem, lekko przechylił głowę i posłał Seanowi zatroskany uśmiech. Jennifer nazwała kiedyś tę jego minę „obliczem terapeutycznym”.

– Sean, sprawy mają się nieco inaczej.

– Wal się! Wszystko widziałem!

Z basenu wyszedł Ethan, za nim Jake. Obaj nie spuszczali oczu z ojca, na wypadek gdyby doszło do prawdziwej wymiany ciosów.

Alistair znalazł się w sytuacji bez wyjścia. Bo niby co miał powiedzieć? *To nie ja złapałem twoją córkę za piersi, Sean, zrobił to mój syn. A ja próbowałem powstrzymać starszego syna przed rozkwaszeniem temu młodszemu twarzy. Okej?*

Położyłam dłoń na ramieniu męża.

– Sean?

Jakby tego nie zauważył. Dźgnął Alistaira palcem w pierś. Raz. Drugi.

– Pieprzysz.

Alistair spojrzał na wycelowany w siebie palec.

– Wiesz – odezwał się lekko drżącym głosem – formalnie rzecz biorąc, to jest napaść.

– Coś ci powiem: jeszcze raz położysz łapska na mojej córce, a pokażę ci, jak wygląda napaść. Formalnie rzecz biorąc, urwę ci ten twój pieprzony łeb. Co ty na to?

Russ wstał z leżaka, wsadził ręce między Seana a Alistaira i delikatnie ich od siebie odsunął.

– Chłopcy, chłopcy – wycedził głosem spowolnionym przez alkohol. – Ochłońmy trochę, dobrze?

Sean nie ruszył się z miejsca, stał niczym niemal dwumetrowa ściana gniewu.

– Ostrzegam – warknął, nie przestając wwiercać palca w pierś Alistaira. – Trzymaj się od niej z daleka.

Russ położył dłonie na ramionach obu mężczyzn.

– Panowie, jesteśmy podobno na wakacjach, mamy się cudownie bawić i relaksować. A nie wymieniać ciosy na odległość. – I dodał właściwie do siebie: – Choć mogłoby to być niezłe widowisko.

Alistair się odwrócił i założył okulary.

– Chodźcie, chłopcy, idziemy do domu.

Jake i Ethan, pochłonięci już swoimi telefonami, zdawali się go nie słyszeć.

58

Russ

Russ trzymał w rękach książkę, choć nie było takiej potrzeby: czytał *Tygrysa, który przyszedł na herbatę* już tyle razy, że znał tekst na pamięć. Sądził, że Odette też miała go w małym palcu i wreszcie zasypiała. Była to już trzecia historyjka, którą czytał jej na dobranoc, siedząc na podłodze przy jej łóżku i przewracając kartki. Dziewczynka pomału poddawała się senności, opadały jej powieki, mrugała coraz wolniej.

– Pożarł gotującą się w rondlach kolację, opróżnił lodówkę i spałaszował wszystkie zapasy ze spiżarni…

Oczy Odette prawie się zamknęły.

Russ przerwał. Jej powieki natychmiast zatrzepotały i lekko się uniosły, jakby chciała powiedzieć: „Tatusiu, przeczytaj do końca”.

Uśmiechnął się i kontynuował łagodnym, przyciszonym głosem.

Kiedy skończył, posiedział jeszcze chwilę przy córce, obserwując jej oddech i pomału trzeźwiejąc. Poczuł dobrze znane wyrzuty sumienia: lubił tę część dnia, lubił, kiedy Odette zasypiała, a powinien chyba woleć z nią przebywać, kiedy nie spała. Dlaczego nie potrafił być dla niej milszy w ciągu dnia, okazywać jej większej cierpliwości? Dlaczego nie umiał jak najlepiej wykorzystywać czasu spędzanego ze swoim jedynym dzieckiem?

Jak zwykle postanowił, że bardziej się postara. Od jutra.

Delikatnie pocałowawszy Odette w czoło, powolutku wycofał się z pokoju i przygasił światło.

Zszedł na dół, wziął z lodówki kolejną butelkę kronenbourga, wsypał do miski duże opakowanie chipsów kukurydzianych i zamierzał wyjść z tym wszystkim na taras.

– Russ?

Odwrócił się w stronę, z której dobiegał głos, próbując przeniknąć mrok salonu.

Siedział tam Alistair, samotnie, zapadł się w przepastnym fotelu.

– Hej, Alistair.

– Masz chwilkę?

– Jasne. – Russ podszedł do niego. – Co tam?

– Chodzi… o to, co się stało wcześniej. Chciałem ci podziękować za wkroczenie do akcji.

– Ach, o to? – Wzruszył ramionami. – Nie ma za co, drobnostka.

Alistair przesuwał opuszką palca po krawędzi prawie opróżnionego kieliszka wina.

– Mimo wszystko jestem ci wdzięczny za interwencję. – Zniżywszy głos, dodał: – Nie jestem pewien, czy dobrze by się to dla mnie skończyło, gdybyś się nie wtrącił.

Russ przyglądał mu się przez chwilę, usłyszawszy lekkie drżenie w głosie rozmówcy.

– Wiele hałasu o nic – skwitował Russ z szerokim uśmiechem, oglądając się za siebie i sprawdzając, czy nikt nie słucha.

– Alistair... wszystko w porządku?

– Tak, oczywiście. Całkowicie. Lepiej być nie może.

Russ wziął ze stolika butelkę wina i bez pytania napełnił kieliszek Alistaira.

– Dzięki... – powiedział Alistair. – To nie było tak, jak wyglądało, wiesz, tam, w basenie. Nie zrobiłem tego, o co Sean mnie...

– Wiem, stary, widziałem. Ethan musi... – Russ szukał odpowiednich słów. – No wiesz, dorosnąć, zrozumieć, czy co tam jeszcze. Możesz z nim o tych rzeczach porozmawiać, to jeszcze bardzo młody chłopak, prawda?

Alistair wypił duży łyk czerwonego wina.

– Ma w sobie dużo agresji – stwierdził.

– Ethan?

– Sean.

– Tak uważasz?

– Wszyscy to widzieliśmy. Jest w nim ogromne napięcie, nierozładowany niepokój szukający gwałtownego ujścia.

– Stawiałbym raczej na alkohol i ten upał, przez który wszyscy robią się drażliwi – zauważył Russ.

– To przypuszczalnie dodatkowe czynniki obciążające.

– Agresję mamy w sobie wszyscy, nie jest tak? Jeśli tylko ktoś naciśnie właściwy guzik...

Alistair pokręcił głową.

– Nie powinna ukrywać się tak płytko, tuż pod powierzchnią. Z tego, co zaobserwowałem, w tym tygodniu Seanowi niebezpiecznie łatwo puszczają nerwy.

Russ wlał w siebie pół butelki piwa naraz, po czym otarł usta wierzchem dłoni.

– Powiedz mi jedną rzecz. Czy ty analizujesz każdą napotkaną osobę?

– Zboczenie zawodowe. Przepraszam.

– Więc co powiedziałbyś o mnie?

– Cóż, skoro naprawdę...

– A właściwie... wiesz co? – Russ podniósł rękę i wszedł Alistairowi w słowo. – Zapomnij o tym, chyba nie chcę wiedzieć. Napijmy się jeszcze i korzystajmy z wieczoru, co ty na to?

– Niezły plan.

– Idziesz na taras? Lepiej dołączmy do pań.

Alistair z ociąganiem pokiwał głową.

– Tak – powiedział, wstając. – Chyba tak wypada.

59

Na szczęście Sean nie zareagował, gdy Alistair i Russ pojawili się po drugiej stronie tarasu. Wyczuwałam, że na nich patrzy, wodzi za nimi wzrokiem, obserwuje, jak siadają z przyniesionymi z kuchni chipsami i alkoholem. Był spięty, ale nie wykonał żadnego ruchu, nie powiedział niczego, co mogłoby rozniecić konflikt na nowo. Po chwili powrócił do tasowania kart i machinalnie rozdał je Rowan oraz mnie.

Rozgrywaliśmy partyjkę, ja lada moment wypadłabym z gry, lecz wtedy na tarasowych schodach pojawiła się nagle Jennifer.

– Ali, widziałeś chłopców?

Alistair wzruszył ramionami, napychając sobie usta kukurydzianymi chipsami.

– Jakiś czas temu. Teraz nie. Zaglądałaś do ich pokojów?

– Tak – wycedziła pełnym napięcia głosem. – Oczywiście.

– Na pewno są gdzieś w pobliżu. Przecież chyba nie ma jeszcze nawet dziewiątej.

– Jest po wpół do dziesiątej! Kiedy ich ostatnio widziałeś?

– Z półtorej godziny temu – odparł, chrupiąc kolejnego chipsa. – Po grze w piłkę wodną siedzieli z telefonami, a później dokądś poszli.

Jennifer podparła się pod boki.

– Mógłbyś chociaż udawać, że martwisz się o swoich synów.

– A jest powód do zmartwienia?

– Jezu, czasem jesteś beznadziejny!

Wstałam.

– Jennifer, pomóc ci w szukaniu chłopców?

– Nie – odpowiedziała nieco zbyt skwapliwie. – Nie, nie trzeba, Izzy mi pomaga.

– Wszystko w porządku?

– Nie wiem, Kate. Wcześniej, po wyjściu z basenu, wydawali się jacyś tacy nakręceni. Jeśli ich zobaczysz, powiedz, żeby się stąd nie ruszali do mojego powrotu, okej?

Przerwał nam głos od strony bramy do winnicy:

– Mógłby mi ktoś pomóc?

Skierowały się tam wszystkie spojrzenia. W dole na końcu ogrodu zamajaczyła jakaś idąca ramię w ramię para, słabo widoczna w ciemnościach. Jedna osoba znacznie wyższa od drugiej, obie posuwały się niesłychanie powoli w naszym kierunku.

Jennifer wystartowała pierwsza, potykając się po drodze.

– Jake? – zapytała i dodała podniesionym głosem: – To ty, Jake?

Para wkroczyła w krąg światła: Izzy niezgrabnie otaczająca ramieniem szczupłą talię Jake'a. I trzecia postać – uzmysłowiłam sobie, że to Ethan – która wlokła się za nimi, a potem położyła się plackiem na trawie.

Jennifer poderwała się do biegu, ja tuż za nią.

– Jake! – zawołała. – O mój Boże, Jakey, nic ci się nie stało?!

W odpowiedzi jęknął, jego zwieszona głowa przetaczała się z boku na bok. Chwyciłyśmy go z Jennifer pod ramiona, uwalniając Izzy od jego ciężaru.

– Byli na dole w wąwozie – poinformowała.

– Jakey? Mów do mnie. Jesteś chory? – dopytywała się Jennifer.

Chłopak znów jęknął, wsparł dłonie na kolanach i głośno zwymiotował na trawę u swoich stóp.

Był w kiepskim stanie. Na podkoszulku miał ciemną, mokrą plamę, bił od niego odór rozlanego wina i świeżych wymiocin, niczym dusząca woda kolońska. Zaprowadziłyśmy go z Jennifer na leżak. Klapnął ciężko i znów dopadły go torsje, z jego ust ciągnęły się długie nitki śliny. Alistair podszedł bliżej i ze smutnym uśmiechem przyjrzał się starszemu synowi.

– O kurczę. Trochę nadużyłeś, co, Jake? – stwierdził. – No cóż, z drugiej strony tobie i bratu przyda się taka nauczka. Przyniosę z kuchni wodę.

Jennifer uklękła, kładąc Jake'owi dłonie na kolanach.

– Powiedz coś, skarbie. Co się stało? Upadłeś? Uderzyłeś się w głowę? Coś cię boli?

Wymieniłyśmy z Rowan zakłopotane spojrzenia. Dla mnie było aż nadto jasne, dlaczego jej syn tak okropnie się pochorował, nie mogłam zatem pojąć, jakim cudem Jennifer nie doszła do takiego samego wniosku.

Jake znów jęknął, wydając gardłowy dźwięk jak zwierzę w potrzasku. Zaczęła falować mu pierś, żołądkiem wstrząsały silne skurcze, lecz jedynym ich efektem była cienka strużka żółci, która wyciekła mu z ust. Jennifer ani drgnęła.

– Ojej, Jakey, co my z tobą zrobimy? Zaszkodziła ci kolacja? Może coś zjadłeś? – Odwróciła się do nas z pytaniem: – Co mieliśmy na kolację: makaron z kurczakiem? Może kurczak był niedogotowany?

Izzy odezwała się z westchnieniem:

– To nie kurczak, Jennifer, tylko saint-chinian. Na dnie wąwozu stały dwie puste butelki po winie, a Jake najwyraźniej wypił większość.

Jennifer spojrzała na nią gniewnie.

– Nie mamy pewności, prawda? – Po czym zapytała półszeptem: – Jakey, zażywasz swoje lekarstwa?

W odpowiedzi chrząknął wymijająco.

– Och, biedaku – powiedziała współczująco Jennifer, gładząc syna po plecach. – Mój ty biedaku.

Podeszłam do Ethana leżącego kilka metrów dalej. Wyciągnął się na wznak na szorstkiej trawie, miał otwarte oczy i patrzył w nocne niebo. Uklękłam obok niego.

– Ethanie, jak się czujesz? Twój tato poszedł po wodę. Robi ci się niedobrze?

Odwrócił głowę, obrzucając mnie chłodnym spojrzeniem.

– Jest okej.

– Na pewno?

– Muszę tylko się kimnąć.

– Ile wypiłeś?

– Trochę. Może z pół butelki.

– Naprawdę?

– Jake wypił dużo więcej. – Zamrugał wolno. – Znaczy wina.

– Większość już chyba zwrócił.

– Uhm. – Pociągnął nosem i ponownie utkwił wzrok w gwiezdnym baldachimie nad głową. – Miał misję.

– Zdaje się, że mieliście ją obaj. – Przypomniałam sobie swoje nastoletnie lata, alkohol szmuglowany z domu rodziców i wypijany w parku, śmiech. Śmieszyło nas wszystko, śmialiśmy się do rozpuku, do łez. Jake i Ethan nie wyglądali na rozbawionych. – Co to za misja?

Ethan powoli przymknął oczy i je otworzył. I znowu. Wreszcie wymamrotał coś, czego nie zrozumiałam.

Pochyliłam się niżej.

– Słucham?

Zamknął oczy.

– Jak to się nazywało? Pieśń Bastylii?

Plótł bez sensu.

– Jaka pieśń, Ethanie?

Wycedził powoli, dzieląc słowo na sylaby:

– Zapomnienie.

Obejrzałam się na Jake'a leżącego nieruchomo na trawie. *Misja zakończona.* Nie wiem, jak Jennifer rozmawiała z nim o wcześniejszym incydencie – zostawieniu Daniela samego w willi – niemniej reakcja Jake'a na upomnienie wydawała się skrajna. A może miała związek z wydarzeniem w basenie.

– Nie ruszaj się stąd, twój tato za chwilę tu przyjdzie.

Ethan leciutko kiwnął głową.

– Bez pośpiechu.

Powróciłam do zatroskanych dorosłych: Jennifer, Izzy, Russa i Seana, którzy otoczyli półkolem na wpół żywego Jake'a ułożonego bezpiecznie na boku.

– Ethan jest w dużo lepszym stanie niż… – Wskazałam starszego z chłopców. – Porządny sen i dwie tabletki paracetamolu powinny załatwić sprawę.

Nikt się nie odezwał. Nagle zdałam sobie sprawę z dziwnej, napiętej atmosfery między dwiema kobietami.

Jennifer kiwnęła głową i uśmiechnęła się do mnie zaciśniętymi ustami, po czym z powrotem przeniosła uwagę na Izzy.

– Mówię tylko, że droga powrotna zajęła wam niesłychanie dużo czasu.

W jej głosie słychać było jednoznacznie oskarżycielską nutę.

Izzy zmarszczyła czoło i podparła się pod boki.

– Wiesz co? Zwykłe „dziękuję" by wystarczyło.

– Dziękuję – rzuciła niechętnie Jennifer. – Ale co wyście robili tyle czasu?

– Coś sugerujesz? Co według ciebie mogliśmy robić? Wracaliśmy pod górę z dna wąwozu, we troje. Próbowałam dzwonić, żeby dać ci znać, ale urywał się zasięg.

– Tak czy siak, to nie jest półgodzinny spacer.

– Widziałaś, w jakim on jest stanie? Pijany w sztok. W dodatku za każdym razem, kiedy przystawaliśmy, bo chciało mu się wymiotować, zbierało mu się na rozmowy.

Jennifer gwałtownie podniosła wzrok.

– Na rozmowy? Z tobą?

– Tak. Ze mną.

– O czym?

– O wszystkim. Głównie raczył mnie pijackim strumieniem świadomości.

– Pewnie wygadywał jakieś bzdury.

– Częściowo tak.

– Najlepiej nie zwracać uwagi.

Izzy obrzuciła ją dziwnym spojrzeniem – było w nim jakby współczucie albo troska, może rozczarowanie. Po sekundzie zniknęło.

– Pewnie tak.

Sean położył Izzy dłoń na ramieniu.

– Grunt, że Izzy ich znalazła i są już bezpieczni, prawda? To się liczy. Może zaprowadzimy chłopców do domu?

Widząc, jak Sean dotyka jej z taką swobodą, bez żadnego skrępowania, poczułam silne ukłucie zazdrości. Czy moja zazdrość miała w ogóle sens? Czy cokolwiek miało jeszcze sens? Może wobec tego to nie zazdrość. Tylko gniew. *Jak skwapliwie stajesz w jej obronie, trzymasz jej stronę, dotykasz jej. Na moich oczach. Nawet kiedy stoję tuż obok. Jak możesz być tak bezczelny, tak zupełnie się z tym nie kryć? Jak mogłeś myśleć, że prędzej czy później się nie dowiem?*

Pojawił się Alistair z dwiema dużymi szklankami wody.

– Proszę – powiedział pogodnie, podając je Jennifer. – Kto mi pomoże zataszczyć pacjenta do środka?

Russ podniósł rękę, zapalając kolejnego papierosa.

– Ja odpadam, stary. Dopiero co pozbyłem się zapaskudzonych pieluch. Nie zajmuję się zarzyganymi nastolatkami. Jeszcze nie.

Alistair zwrócił się do mojego męża, jakby nic między nimi wcześniej nie zaszło.

– Sean? Mógłbyś mi pomóc?

Sean spiorunował go wzrokiem, gniew wciąż był wyryty na jego twarzy.

– Dobra – burknął. – Chodźmy.

Wzięli Jake'a pod pachy, delikatnie postawili na nogi i zaczęli prowadzić go do willi.

60

Daniel

Daniel nie mógł zasnąć. Próbował wszystkich sugerowanych przez tatę sposobów – liczenia wstecz od tysiąca, robienia listy prezentów świątecznych, wyobrażania sobie podróży autostradą do domu dziadka w Reading – ale żaden nie działał. Przede wszystkim za dużo hałasu. Głosy, które brzmiały tak, jakby się śmiali albo prowadzili głośną, długą i nudną rozmowę, jedną z tych, w które dorośli często się wdawali, kiedy pili wino. A potem były jeszcze krzyki.

Zsunął nogi z łóżka, wyjął coś z szuflady nocnej szafki i cichutko podreptał do drzwi. Kafle na podłodze chłodziły bose stopy.

W korytarzu było ciemno, oświetlała go tylko mała lampka przy schodach. Daniel ruszył po skosie ku drzwiom po przeciwnej stronie, dwa pokoje dalej, mając nadzieję, że będą odrobinę uchylone. Nic z tego. Zamknięte. Przystanął i nasłuchiwał, przyciskając ucho do gładkiego drewna. Cisza.

Proszę, niech nie będą zamknięte na klucz.

Kiedy był mały, robił tak czasem, gdy przyśniło mu się coś złego, a mama i tato nie położyli się jeszcze spać. Zakradał się do pokoju siostry i właził do jej łóżka, a ona wymyślała głupawe historyjki, które pozwalały mu zapomnieć o koszmarach i na nowo zasnąć. Za każdym razem budził się rano we własnym łóżku, jakby za sprawą jakichś czarów. Jednak od dawna tego nie robił – od kiedy Lucy zaczęła rosnąć. Bo od tamtej pory siostra zamyka się w sypialni na klucz. Nie wolno mu nawet wchodzić do jej pokoju, bo wtedy okropnie się wścieka. Ale nie byli teraz w swoim domu, więc może nie będzie miała mu za złe.

Nacisnął klamkę. Drzwi ustąpiły z cichym kliknięciem.

Daniel stanął w progu, z ręką za plecami. Po tej stronie willi było ciszej, basen znajdował się po przeciwnej. Ciemność rozpraszała jedynie nikła poświata ekranu komórki.

– Lucy? – wyszeptał.

Brak odpowiedzi. Gdy oczy przywykły do mroku pokoju, dostrzegł zarys jej pleców. Leżała na dużym podwójnym łóżku odwrócona do niego tyłem. Przyklejona do telefonu. Jak zwykle.

– Lucy? – ponowił próbę.

Lekko się poruszyła, tak że zobaczył lewą połowę jej twarzy oświetloną bladym światłem telefonu.

– Co? – zapytała ostrym tonem.

– Śpisz?

– Jak widać nie.

– Nie mogłem zasnąć, bo dorośli wydzierają się na dole.

– Czego chcesz?

Zaczął iść w stronę łóżka.

– Niespodzianka.

– A pozwoliłam ci wejść?

Zatrzymał się.

– Mam coś dla ciebie. Chciałem dać ci wcześniej, ale byłaś…
trochę zajęta.

Westchnęła.

– Co?

Stanął przy łóżku.

– Przepraszam za ten film, który nakręciłem kamerą taty.
Nie chciałem cię zdenerwować. – Zamaszystym gestem wyjął
zza pleców rękę z torebką truskawkowych cukierków. – Kupiłem
dla ciebie. Na przeprosiny.

– Aha…

Długo stał z wyciągniętą ręką, nim wreszcie przyjęła od niego słodycze. Uśmiechnął się, wsadził ręce do kieszeni piżamy,
zadowolony ze swoich starań, mimo że wydał na tę paczuszkę
połowę wakacyjnego kieszonkowego.

I wtedy stało się coś dziwnego.

Jego duża siostra się rozpłakała. Tak bardzo cichutko.

Daniel zmarszczył czoło. Nie tego się spodziewał, miała się
ucieszyć.

– Nie lubisz takich? Myślałem, że lubisz. To zawsze były twoje ulubione.

Przyglądała się torebce, jakby w tej sekundzie zobaczyła ją
po raz pierwszy.

– Lubię – odparła półszeptem, a po jej policzku spłynęła łza.
– Najbardziej ze wszystkich.

Daniel przycupnął na skraju łóżka, patrząc na siostrę zmar-
twionym wzrokiem. W końcu zapytał nieśmiało:

– Luce, dlaczego płaczesz? Co się stało?

Ze złością otarła oczy prześcieradłem.

– Nieważne.

– Nie lubię, kiedy płaczesz.

– Ja też nie. – Pociągnęła nosem. – Ale dziękuję za cukierki.

– Masz mokre włosy.

– Od basenu.

Daniel wskazał na plamy krwi na pościeli.

– Skaleczyłaś się?

Lucy zesztywniała i ciaśniej owinęła się prześcieradłem, przyciskając rękę do brzucha.

– Kilka drobnych zadrapań.

– Jak to się stało?

– Otarłam się o ścianę basenu – powiedziała pospiesznie. – Przy wychodzeniu.

– Boli cię?

Szybko zaprzeczyła.

– Właściwie nie.

– No to otworzysz torebkę z cuksami?

Uśmiechnęła się. Leciutko.

– Poczęstujesz się, braciszku?

Uśmiechnął się w odpowiedzi. Lubił, kiedy tak go nazywała.

– Umyłem już zęby.

Patrzyła na brata z niedowierzaniem.

– Mówisz serio?

– Ale ty sobie zjedz, żebyś nie była dłużej smutna.

Wyjęła cukierka z torebki i włożyła go do ust.

– Gdy trochę podrośniesz, będziesz żałował, że minęły czasy, kiedy twoim jedynym zmartwieniem było jedzenie cukierków po umyciu zębów.

– Uhm – mruknął Daniel, próbując uwierzyć jej na słowo. – A czym się martwisz?

– Tym, że dzieją się złe rzeczy. Takie, których nie można naprawić. – Pokręciła głową. – I tak byś nie zrozumiał.

Daniel wrzucił sobie cukierka do ust.

– Mama mówiła, że już nic złego się nie wydarzy.

– A jeśli już się wydarzyło?

– Znaczy jak?

– Że już się stało.

– Kiedy?

– Co za różnica?

– Możesz mi powiedzieć. Nie polecę z tym do mamy.

Uśmiechnęła się.

– Polecisz. Bo jesteś takim maminsynkiem.

– Wcale że nie.

– Wcale że tak.

Danielowi wydawało się przez chwilę, że siostra zamierza jednak mu powiedzieć. Ale zamiast tego podała mu kolejnego cukierka.

– No powiedz.

W milczeniu pokręciła głową.

– Przejmujesz się egzaminami?

– Coś się wydarzyło, a ja czuję, że to z mojej winy. Tak jakbym tego chciała.

Przez moment ssał w ciszy cukierka.

– A chciałaś?

– Nie. Absolutnie nie.

Daniel skubał nitkę wystającą z góry od piżamy.

– Myślałem, że na tych wakacjach będzie naprawdę fajnie, a wszystko się sypnęło, prawda? Chciałbym już wracać do domu. Ty też?

Spuściła wzrok.

– Nie. Wolę być tutaj.

– Myślisz, że mama i tato się rozwiodą?

Lucy przestała poruszać ustami.

– Co?

– Czy się rozwiodą. Tak jak Ant z Ant & Dec[*].

– Nie. Skąd ten pomysł?

---

[*] Popularny w Wielkiej Brytanii duet komików i prezenterów telewizyjnych.

– Jakoś dziwnie się zachowują. Nie rozwiodą się, prawda? Isaac z mojej klasy ma rozwiedzionych rodziców i mówi, że jest spoko, ale ja widzę, że mu smutno.

Lucy milczała, jej twarz oświetlał od dołu ekran telefonu.

– Nie powinieneś martwić się takimi rzeczami, braciszku. Na pewno się dogadają.

– Serio?

– Serio.

Daniel wstał, zrobił kilka kroków w stronę drzwi, lecz nagle się zatrzymał i odwrócił do siostry.

– Proszę, nie powtarzaj mamie i tacie, co mówiłem o ich rozwodzie.

– Dobrze. Pod warunkiem że ty im nie powiesz, że się rozkleiłam.

– Umowa stoi.

Lucy odłożyła torebkę cukierków na nocny stolik i opadła na poduszkę.

– I dziękuję za prezent.

– Fajnie, że ci smakują. – Uśmiechnął się w ciemności. – No to dobranoc.

– Dobranoc, Danielu.

Zamknął za sobą drzwi i przekradł się korytarzem do swojego pokoju. Wszedł do łóżka, przykrył się po szyję i zawinął w prześcieradło. Robił tak zawsze, żeby w nocy nie powłaziły mu pająki ani inne robale. Hałas przy basenie ucichł i teraz słyszał przez otwarte okno tylko cykanie świerszczy, ścianę dźwięku pośród nocy, bez granic, bez początku i końca.

Po przeciwnej stronie korytarza Lucy leżała bezsennie w swoim pokoju. Z telefonem w jednej ręce i małym ostrzem w drugiej.

Miesiąc wcześniej

Mama dobija się do drzwi sypialni.

– Spóźnimy się.

– Mam to gdzieś! – krzyczy przez łzy. – Nie idę!

– Nie wygłupiaj się, oczywiście, że idziesz. Będą tam wszyscy.

– Daj mi spokój!

I tak nie ma ochoty iść na to głupie przyjęcie w ogrodzie. Nic jej się nie chce. Ani wychodzić z domu, ani z pokoju, ani nawet z łóżka. Nie teraz. I już w ogóle nie. Nie po tym, co zrobił.

Zamyka oczy, podciąga kolana pod brodę, ból w piersi jest jak czarna dziura połykająca każdą myśl. Jak mogła być taką idiotką? Jak mogła tak opacznie zrozumieć jego intencje? Jak mógł okazać się taką świnią? Dlaczego to zrobił? Czym sobie na to zasłużyła?

Nigdy dotąd nie darzyła nikogo takim uczuciem. Zrobiła dla niego wszystko, pozwoliła sobie na wyobrażanie wspólnej przyszłości. A on pozbył się jej, jakby była niczym, jakby w ogóle się nie liczyła. Porzucił ją w najgorszy możliwy sposób.

Ukrywa twarz w kołdrze.

Mama znów puka do drzwi.

CZWARTEK

61

Obudziłam się z tkwiącym głęboko w żołądku kłębkiem strachu, wiedząc, co mnie czeka. Odkładałam to już ponad dobę, ale dramatyczne wydarzenia wczorajszego wieczoru skierowały moją uwagę gdzie indziej. Nie mogłam jednak tego uniknąć. Ani obejść.

Zostawiłam Seana śpiącego w łóżku, wzięłam szybki prysznic i się ubrałam, odhaczając w myślach wszystko to, czego się dowiedziałam w ciągu kilku ostatnich dni. Izzy przyznała, że spotyka się z żonatym mężczyzną, ale nie chciała zdradzić jego imienia. Potwierdziła, że on pochodzi z Limerick, tak jak Sean. Próbowała zbić mnie z tropu, zapewniając, że Sean nigdy nie nadużyłby mojego zaufania. A najbardziej obciążał ją fakt, że to właśnie ona pojawiła się w umówionym miejscu, gdy wysłałam wiadomość do CoralGirl z telefonu mojego męża. Zastawiłam sidła, ona w nie wpadła. Przybyła na wezwanie.

Ale co z innymi dowodami? Długi uścisk z Rowan na plaży, jego obrączka w jej szufladzie. Przeświadczenie Russa, że jego żona ma romans. Sean kategorycznie zaprzeczył, jakoby cokolwiek go z nią łączyło – patrzył mi prosto w oczy i przysiągł, a nigdy nie umiał kłamać. To jedna z rzeczy, które w nim kochałam. *Kiedyś*, pomyślałam z głębokim bólem w sercu.

Do tego jeszcze Jennifer i Sean uchwyceni kamerą przez Daniela bez ich wiedzy, jej dziwna reakcja, gdy ich dłonie musnęły się podczas lunchu, ich poranny wspólny „spacer" do miasteczka i powrót, opóźniony rzekomo odwiedzeniem cotygodniowego targu – targu, który odbywa się w inne dni.

To wszystko poszlaki. I wszystkie bladły w porównaniu z widokiem Izzy wspinającej się na polanę przy urwisku: niezbity dowód, nie do podważenia i niedający się fałszywie zinterpretować.

Czas to zakończyć, zaraz, teraz, nie roztrząsać tego w nieskończoność. Zanim się rozmyślę albo nim znowu opuści mnie odwaga.

Prawda była taka, że skrzywdziłam je wszystkie. Każdą w inny sposób.

Na studiach zakochałam się w chłopaku Jennifer.

Przyczyniłam się do ściągnięcia narzeczonego Izzy w miejsce, gdzie spotkała go śmierć.

Powtórzyłam złośliwe pomówienia, które zniszczyły pierwsze małżeństwo Rowan.

Jaka ze mnie przyjaciółka? Może w pełni zasłużyłam na to, czego właśnie doświadczałam.

Myślałam też ciągle o Lucy. Chciałam jeszcze raz porozmawiać z nią o tym, co zaszło wczoraj wieczorem na basenie, ale jeszcze spała w zaciemnionym pokoju. Zza drzwi Daniela także nie dochodził żaden dźwięk. W gruncie rzeczy w całej willi panowała nienaturalna cisza i pustka. Zeszłam do kuchni, żeby zaparzyć kawę: żadnych głosów, brzęku naczyń z jadalni, klapania podeszew na wypolerowanych kaflach podłogi. Daniela nie było w salonie, gdzie zwykle zastawałam go o tej porze dnia – może wreszcie zaczął sobie pozwalać na późne wstawanie. Dwa dni przed planowanym powrotem do domu. Cóż, lepiej późno niż wcale.

Na kuchennym blacie obok czajnika leżała karteczka. *Pojechaliśmy na lunch do Béziers, wracamy po południu.* J + I x Béziers było najbliższym większym miastem, pół godziny jazdy samochodem na południe w tym samym kierunku co plaża. Wszystko wskazywało na to, że Jennifer z Alistairem i chłopcami zdecydowali się dzisiaj na zmianę otoczenia, a Izzy do nich dołączyła. Spojrzałam na zegarek – minęła dopiero dziewiąta – czując jednocześnie rozczarowanie i ulgę, że ostateczna rozgrywka z Izzy będzie musiała zaczekać do jej powrotu. Zyskam dzięki temu czas na przygotowanie się do tej rozmowy.

Nie zdziwiłam się za bardzo, że Jennifer z rodziną wyjechała tak wcześnie. Po wieczornej scysji między Alistairem a Seanem oraz po tym, w jakim stanie chłopcy wrócili z wąwozu, było rzeczą zupełnie zrozumiałą, że wszyscy woleli uniknąć niezręcznego poranka. To typowa taktyka Jennifer: zrobić unik, zignorować, odwrócić wzrok, odsunąć problem, zaczekać, aż sprawa rozejdzie się po kościach i zostanie zapomniana. Za to Izzy przeciwnie: miała tendencję do szczerości i nieowijania w bawełnę, co niektórzy poczytywali za niegrzeczność. Ja znajdowałam się chyba gdzieś pośrodku.

Przekroiłam croissanta, posmarowałam masłem i zaniosłam go wraz z kawą na taras. Słońce już mocno przygrzewało, powietrze było ciężkie od wilgoci, klaustrofobiczna parność zapowiadała nadciągającą nieuchronnie burzę. Mimo to niebo miało nieskazitelną barwę lazuru, bez jednej chmurki i najlżejszego powiewu wiatru. Jedyny dźwięk wydawała para jaskółek krążących wysoko nade mną, nawołujących się nawzajem, wykonujących nagłe zwroty i uganiających się za sobą w bezustannym tańcu.

Spędzenie kilku godzin osobno i zajęcie się własnymi sprawami było, prawdę powiedziawszy, dobrym pomysłem. Ciągle powracały do mnie wspomnienia minionego wieczoru: błaganie

Daniela o powrót do domu, połowiczne przeprosiny mojego męża w kuchni, przerażenie na twarzy Lucy, gdy uciekała z basenu po grze w piłkę, Sean szykujący się do bójki z Alistairem, nabrzmiałe żyły na jego szyi, pogróżki, co zrobi, jeśli Alistair nie będzie trzymał rąk przy sobie. Słowo na ustach pijanego, leżącego na trawie Ethana. *Zapomnienie.*

Te wakacje nie udały się pod tyloma względami, że straciłam już rachubę.

Na taras wyszła Odette w swoim błyszczącym różowym kostiumie kąpielowym, pałaszując brioszkę. Za nią pojawiła się Rowan z kawą w jednej ręce i kluczykami samochodowymi w drugiej.

– Wybieramy się na parę godzin na plażę. Macie też ochotę?

– Moi jeszcze śpią.

– Jak Lucy? – Posłała mi zatroskane spojrzenie. – No wiesz, po wczorajszym.

– Była wytrącona z równowagi.

– Myślałam, że Sean uderzy go w twarz.

– Uważaj, to się jeszcze może zdarzyć.

– Uściskaj ją ode mnie.

Russ wyłonił się z kuchni, niosąc płócienną torbę plażową. Wsiedli do land rovera i odjechali, zostawiając w willi tylko naszą czwórkę.

Mnie, oszukującego mnie męża oraz moje straumatyzowane dzieci.

To dobry moment na przeszukanie pokoju Izzy, pomyślałam. Sprawdzenie, czy nie ukryła tam czegoś, co potwierdziłoby moje podejrzenia ponad wszelką wątpliwość. Choć zupełnie nie wiedziałam, cóż mogłoby to być. Może coś, co do niego należy, jakiś liścik, zdjęcie, telefon, wszystko jedno co. Dowód. Pobiegłam na piętro i miałam właśnie wejść do jej pokoju, gdy po drugiej stronie korytarza otworzyły się drzwi, zza których wyszedł kompletnie ubrany Daniel z książką w ręku.

– Dzień dobry, mamo. Co robisz?

– Och… szłam sprawdzić, czy Izzy ma tę książkę, którą chciałam przeczytać. Nic ważnego.

Lucy i Sean najwyraźniej postanowili pospać dłużej, więc wybraliśmy się z Danielem do miasteczka. Syn kurczowo trzymał mnie za rękę, gdy snuliśmy się po starych uliczkach, zbyt wąskich dla samochodów, między murami domów z nadszarpniętego zębem czasu kamienia, ściśniętych jeden obok drugiego i pnących się w górę. Za kościołem znaleźliśmy plac zabaw i ławki w cieniu wysokich platanów. Usiadłam i patrzyłam, jak Daniel bawi się na huśtawkach i zjeżdżalniach, drabinkach i karuzeli, zastanawiając się, jak mu wytłumaczę, co zrobił jego ojciec i co to oznacza dla naszej rodziny. Jak mój mały syn zrozumie taką zdradę, o tak daleko sięgających konsekwencjach? Czy wybaczy swojemu tacie? Czy w rezultacie będzie obwiniał mnie?

W końcu zmęczyła go zabawa, więc przenieśliśmy się na placyk na kanapkę *croque monsieur* i oranżinę. Usiedliśmy w cieniu skromnego ratusza, obserwując starszych mężczyzn grających bez końca w bule na długim prostokącie piasku obok baru.

Daniel poprosił, żebyśmy po lunchu wstąpili jeszcze do sklepu, wybraliśmy więc okrężną drogę obok ruin średniowiecznych murów obronnych i weszliśmy w chłód klimatyzowanego supermarketu, który przycupnął pomiędzy biurem nieruchomości a malutkim sklepikiem ze starzyzną, zamkniętymi na przerwę obiadową. Mały supermarket był nastawiony głównie na zaopatrywanie turystów, półki uginały się od wina, piwa, świeżych owoców i warzyw, kremów z filtrem, zabawek plażowych i węgla drzewnego do grilla. Wzięłam kilka produktów, a Daniela zastałam w dziale ze słodyczami. Ważył w rękach dwie duże torebki cukierków.

– Nie możesz być głodny po tak obfitym lunchu.

– To nie dla mnie. Dla Lucy.

– Kochany z ciebie braciszek. – Potarmosiłam ciemną czu-prynę. – Bardzo się ucieszy.

Przypomniałam sobie, że potrzebny nam środek owadobój-czy, przeszłam więc do innej alejki, żeby obejrzeć wystawione produkty. Lokalne środki działały znacznie silniej niż wszystkie te, które można dostać w Anglii, a i tak zdawały się nie zwal-czać miejscowych komarów – na samych nogach naliczyłam już ponad tuzin ukąszeń.

Przez szczelinę między półkami Daniel powiedział:

– Próbuję ją rozweselić.

– Miło z twojej strony.

– Zwykle lubi żelki Haribo. Jest teraz smutna.

Znalazłam sensownie wyglądający sprej na komary i od razu wsadziłam go pod pachę.

– Uhm.

– Nakręciłem ten film, a ona okropnie się rozgniewała. Cze-ka na wyniki egzaminów i w ogóle, znajomi ze szkoły są wredni, no i jeszcze ten, no, jak mu tam, Bayley. – Zawahał się. – Gada-łem z nią wczoraj wieczorem i była nie w sosie.

– Jaki „jak mu tam"? – zapytałam. Zauważyłam w głębi półki opakowanie świec odstraszających komary i wcisnęłam je pod pachę obok spreju.

– No wiesz, ten chłopak, który był w szpitalu, Alex. Na Face-booku jest poświęcona mu strona.

– Nie jesteś za młody, żeby wchodzić na Facebooka?

– Tak naprawdę nie sprawdzają wieku. Wystarczy, że zazna-czysz okienko, że masz tyle lat, co trzeba.

– Myślałam, że aby założyć profil, musisz mieć trzynaście lub czternaście lat.

– Wszyscy tak robią. – Wziął do ręki dwie paczki cukierków. – Które dla niej wziąć: starmiksy czy tangfastiki?

Zaproponowałam, że zapłacę za słodycze, ale uparł się, że wyda na nie swoje ostatnie wakacyjne kieszonkowe, po czym dumnie wyniósł ze sklepu foliową torbę w paski.

Kupiliśmy w trafice włoskie lody i powoli zaczęliśmy piąć się krętą drogą na wzgórze. Daniel opowiadał z przejęciem, że Ethan już znowu się z nim koleguje.

Wróciliśmy do domu wczesnym popołudniem. Po upale na dworze wnętrze domu wydawało się oazą chłodu. Lucy nadal nigdzie nie było widać.

Ostrożnie zapukałam do jej drzwi.

– Lucy?

W jej sypialni z grubymi zasłonami na oknach było naprawdę ciemno. I chłodno – klimatyzacja obniżyła temperaturę do kilkunastu stopni.

– Lucy? – odezwałam się cicho. – Wszystko dobrze?

Żadnej odpowiedzi.

Oczy powoli wyłuskały z mroku jej postać na łóżku, odwróconą plecami, nieruchomą.

– Skarbie, minęła pierwsza po południu. Wstajesz?

Nadal cisza. Chciałam delikatnie nią potrząsnąć, lecz w tej samej chwili Daniel zawołał z dołu:

– Mamo! Idę na basen! Też pójdziesz?

Wycofałam się z pokoju Lucy, cicho zamykając za sobą drzwi.

62

Drzemałam przy basenie w cieniu dużego parasola, z miękką poduszką pod głową i telefonem na kolanach, i nagle zdałam sobie sprawę, że ktoś nade mną stoi. Głosy, kroki, ożywienie, ruch na tarasie, czyjaś obecność tuż obok. Zapach. Męski.

Otworzyłam oczy. Ujrzałam patrzącego na mnie Ethana, który znalazł się nieco zbyt blisko mojego leżaka.

– Podwieczorek gotowy – oznajmił z uśmiechem. – Ile można spać?

Chciałam spojrzeć na zegarek, ale nie było go na moim nadgarstku.

– Która godzina?

– Dochodzi piąta.

Ziewnęłam, zestawiłam nogi na ziemię, upuszczając przy tym komórkę. Sprawdziłam, czy nie ma rys na ekranie, odblokowałam telefon. Otworzył się na wspomnianej wcześniej przez Daniela stronie na Facebooku. W ciągu ostatniej godziny przybyły dziesiątki poruszających komentarzy. Wyszłam z aplikacji i powoli ruszyłam za Ethanem. W słońcu nadal było wściekle gorąco, parno nie do zniesienia. Powietrze gęste jak zupa – ale nareszcie podnosił się wiatr. Po raz pierwszy od kilku dni zobaczyłam na horyzoncie chmury, skłębiony tuman szarości na południu, nadciągający od morza. Od kilku dni zapowiadano burzę. Może wreszcie nadchodziła.

Spojrzałam w dół na ogród. Okazało się, że w jego odległym kącie na rzeźbionej ławce z białego kamienia siedzi mój mąż, częściowo ukryty w cieniu drzewa oliwnego. Obok niego – tak blisko, że niemal stykały się ich głowy – Izzy.

Oboje pochylali się do przodu, mieli spuszczone głowy i prowadzili ożywioną rozmowę. Byłam za daleko, by cokolwiek usłyszeć, widziałam tylko, że Sean raz po raz kręci głową, natomiast Izzy przeciwnie, kiwa nią stanowczo, dobitnie, splótłszy przed sobą dłonie.

Patrzcie tylko na tę zażyłość. O czym tak rozprawiacie? Jak zamierzacie przekazać tę nowinę? Jak macie zamiar mi powiedzieć?

Boleśnie ścisnęło mi się gardło.

A może pozostała już tylko kwestia kiedy?

Wyglądało to tak, jakby Sean się z nią nie zgadzał. Może wolał się wstrzymać do czasu powrotu do domu, a ona nie chciała dłużej zwlekać? Gdy jak zahipnotyzowana obserwowałam ze zgrozą tę scenę, podniósł wzrok i mnie zauważył. Nasze spojrzenia spotkały się na krótką chwilę. Sean zesztywniał, gwałtownym ruchem odwrócił głowę, jak gdyby znalazł się tam wbrew własnej woli. Zerwał się z ławki i odszedł od Izzy w stronę kamiennych schodów wiodących na taras, gdzie podano podwieczorek.

Zajęłam miejsce przy stole obok Daniela.

Lucy zjawiła się w podkoszulku z długimi rękawami. Miała poszarzałą twarz, nieuczesane włosy. Usiadła bez słowa po mojej drugiej stronie. Nalała sobie lemoniady z dzbanka ustawionego pośrodku stołu i piła drobnymi łyczkami, niezainteresowana jedzeniem. Na dużym stole wyłożono różne rodzaje wędlin, serów, owoców, ciasta, świeżo pokrojone bagietki oraz trzy pizze wielkie jak kołpaki, prosto z pieca, z bulgoczącym jeszcze serem. Wszyscy – z wyjątkiem Lucy – zaczęli nakładać sobie smakołyki na talerze w niemal całkowitym milczeniu, przerywanym jedynie paplaniną Odette, która z podnieceniem opowiadała Rowan, jak było na plaży.

Jennifer i Izzy przyszły jako ostatnie, obie milczące, z obojętnym wyrazem twarzy. Jennifer usiadła na końcu stołu obok Alistaira i synów, Izzy przesuwała się za krzesłami do ostatniego wolnego miejsca po przeciwnej stronie. Mijając mnie, zatrzymała się na moment i dotknęła mojego ramienia.

– Kate? – rzekła łagodnym, niemal przepraszającym tonem. – Musimy porozmawiać.

Wstrząsnęło mną, jakbym dotknęła przewodu pod napięciem.

– Dobrze – odparłam prawie łamiącym się głosem. – O czym?

Patrzyła mi w oczy, a potem spuściła wzrok.

– Wkrótce ci powiem. Jak zjemy.

Usiadła na wolnym krześle u szczytu stołu.

Żołądek podjechał mi do gardła.

– Lepiej wcinajmy, zanim to coś do nas dotrze. – Alistair wskazał ścianę ciemnych chmur na południu. – Nadciąga burza.

63

Straciłam apetyt. Mimo to położyłam sobie na talerzu dwie kromki chleba, żeby zająć czymś ręce, sięgnęłam też po ostry nóż i ukroiłam kilka cienkich plasterków roqueforta, na który nie miałam najmniejszej ochoty.

Musimy porozmawiać.

A więc się doczekałam. Chwili prawdy, wyznania. Chwili, w której wreszcie się przyzna, wreszcie skróci moje męki. Wydawało mi się, że czekam na ten moment od miesięcy, od lat, a w rzeczywistości minął niecały tydzień. Poprzysięgłam sobie znaleźć dowody, zdemaskować ją. I oto rezultat.

Było mi słabo, czułam strach i złość. Odrętwienie.

Rozmowa przy stole się nie kleiła. Jake i Ethan mamrotali coś między sobą, Daniel wypytywał o dodatki do pizzy. Tylko głos Odette świdrował w uszach, gdy dziewczynka po raz nie wiadomo który wskazywała na stole rzeczy, których nie lubi i nie tknie, czyli praktycznie wszystko prócz tego, co znajdowało się na talerzu jej matki. Rowan namówiła ją do zjedzenia plasterka pomidora. Odette zaczęła mielić go w ustach i niemal natychmiast wyplūła na obrus.

Sean nie spuszczał wzroku z Alistaira na drugim końcu stołu. Patrzył na niego ze zmarszczonym czołem i z nieudolnie maskowaną podejrzliwością, tak jakby czekał na najbłahszy powód, najlżejszą prowokację, by móc na nowo wszcząć awanturę.

Nawet jeśli Alistair w ogóle się tym przejmował, nie dawał niczego po sobie poznać, odkorkował butelkę Faugères i napełnił stojące w pobliżu kieliszki.

Musimy porozmawiać.

Każde słowo ciążyło jak ołów.

Wypiłam łyk wina, gorzki smak rozlał się na języku.

Jedzenie w szybkim tempie znikało z talerzy, wszyscy pałaszowali w takim pośpiechu, jakby chcieli czym prędzej zakończyć ten posiłek w sztywnej atmosferze. Po jakichś dziesięciu minutach Jennifer, jak gdyby czując potrzebę wypełnienia ciszy, zastukała widelcem w kieliszek – dzyń, dzyń, dzyń – i odchrząknęła. Jej uśmiech nie zwiódł nikogo: od zawsze nie znosiła być w centrum uwagi.

– Słuchajcie, skoro jesteśmy tu w komplecie, chcielibyśmy coś ogłosić.

Zwróciły się na nią oczy wszystkich.

– Tak się składa – spojrzała wymownie na Seana – że postanowiliśmy wrócić do Anglii nieco wcześniej, niż planowaliśmy.

Przy stole zapadła głucha cisza.

– Wyjeżdżacie? – zdziwiłam się, natychmiast zapominając o Izzy. – Kiedy?

– Wielka szkoda – rzekła Rowan. – Źle się wam tu wypoczywa?

Jennifer zignorowała pytanie.

– Mamy lot dziś wieczorem. Musimy tylko się spakować, zorganizować i ruszamy w drogę.

Odłożyłam widelec i odsunęłam talerz.

– Jen, chyba nie ma takiej potrzeby? – zapytałam. – Zostały jeszcze tylko dwa dni.

Jake wyprostował się na krześle i po raz pierwszy włączył się w rozmowę dorosłych.

– Chwila. Że co?

– Zmieniliśmy rezerwację, Jakey. Odlatujemy dzisiaj o dziesiątej z Béziers.

– Dlaczego?

– Uznaliśmy z tatą, że tak będzie najlepiej.

– Najlepiej dla kogo?

Spojrzenie niebieskich oczu Jennifer ponownie spoczęło na Seanie.

– Dla wszystkich.

– Nie chcę wracać do domu. – Jake poczerwieniał na twarzy. Nigdy dotąd nie widziałam, żeby się rumienił. – Chcę zostać razem ze wszystkimi.

– Porozmawiamy po podwieczorku, dobrze, Jakey?

Chłopak wstał.

– Chrzanię to.

– Jake, licz się ze słowami…

Odsunął krzesło, wyrzucił w górę rękę i ze złością odmaszerował.

– A tam…

Ethan wstał również, patrząc na Daniela.

– Idziesz?

– Chyba tak – odparł mój syn, szukając u mnie aprobaty. – Mogę?

– Skarbie, nie skończyliśmy podwieczorku.

– Ja skończyłem.

– Masz na talerzu cały kawałek pizzy.

Teraz i Daniel zaczął się czerwienić. Narobiłam mu wstydu przed starszym kolegą.

– Proszę… To ostatnia okazja do wspólnej zabawy.

– A co z pizzą?

Wpakował sobie na raz do ust pół kawałka i z pełną buzią oznajmił:

– Zjadłem.

Westchnęłam.

– No to idź.

Pognał za Ethanem przez ogród w stronę winnicy.

Odette także odepchnęła swoje krzesło.

– Ja też chcę iść, mamusiu.

– Zaczekaj, aż mama i tata skończą jeść.

– To nie fair! – Tupnęła nogą. – Wszystkie inne dzieci poszły!

– Nie, nie wszystkie. Spójrz, Lucy tu siedzi.

– Ona to nie dzieci.

Odette puściła się biegiem, chcąc dogonić chłopców, i krzyczała przy tym, ile tchu w piersi:

– Sardynki!

Jennifer zerwała się z miejsca.

– Powinnam porozmawiać z chłopcami. Wytłumaczyć im.

– Jen – rzekł Alistair – zostaw ich w spokoju. Daj im robić, co chcą.

Nie posłuchała i odeszła szybkim krokiem.

Reszta – sześcioro dorosłych plus Lucy – siedziała w milczeniu, nikt nie wiedział, co powiedzieć. Jakby wybuchła bomba i jakbyśmy powoli wygrzebywali się spod gruzów, próbując oszacować straty.

– Kolejny uroczy wspólny posiłek – mruknął Russ.

Rowan szturchnęła go łokciem w żebra.

– Wielka szkoda, że wyjeżdżacie przed czasem – zwróciła się do Alistaira.

Alistair nalał sobie kolejny kieliszek wina.

– No cóż… sprawy zaczęły toczyć się tu własnym biegiem, prawda? Nie ma sensu tego przeciągać…

– Dzieci chyba dobrze się ze sobą dogadują, poznają się nawzajem.

– Być może. – Zerknął na Seana. – Ale zawsze powtarzam, że trzeba umieć wycofać się w porę.

Kontynuowaliśmy posiłek w milczeniu, nasłuchując odległych krzyków dzieci hasających po winnicy. Po kilku minutach Lucy wstała i bez słowa wyszła do ogrodu.

Później, gdy panowie wybrali się na poszukiwanie dzieci, a my sprzątnęłyśmy ze stołu i zaniosłyśmy naczynia do kuchni, Izzy ściągnęła na siebie moją uwagę.

Nadszedł czas.

64

Daniel

Daniel wlókł się za starszymi chłopcami, kopiąc czubkiem sandała wyschniętą, kamienistą ziemię. Był zmęczony, znudzony i nie bardzo wiedział, po co w zasadzie poszli do tego lasu. Rzucali już kamieniami na dno wąwozu, łazili po drzewach, strugali patyki, a teraz snuł się za nimi tylko dlatego, że nie miał lepszego pomysłu.

W sumie cały dzień był do chrzanu. Lody po lunchu smakowały, ale na tym przyjemności się kończyły. Wszyscy inni pojechali robić jakieś fajne rzeczy, tylko nie jego rodzina; oni nie robili praktycznie nic. Daniel poszedł z mamą do miasteczka, zjedli razem lunch, potem wrócili do willi, mama się zdrzemnęła, Lucy zachowywała się naprawdę dziwnie, a tato nie chciał się z nim bawić. Później mama Jake'a i Ethana oznajmiła wszystkim przy stole, że wracają wcześniej do domu, jeszcze tego samego wieczoru, a to było już zupełnie nie fair, bo oznaczało, że z dzieci zostają w willi tylko on i jego siostra oraz Odette, która zdążyła już sześciokrotnie oznajmić, że nie lubi chłopców.

Poprzedniego wieczoru wydarzyło się coś złego, ale żaden z chłopaków nie chciał mu zdradzić co. Z tego, co Daniel podsłuchał od dorosłych, Jake źle się poczuł i tatusiowie musieli wnieść go do domu. A dzisiaj Jake był zły, szczególnie po ogłoszeniu jego mamy, że wracają do Anglii. Powtarzał w kółko „p... to" i „p... tamto". Zawsze był trochę stuknięty, ale dzisiaj to już całkiem mu odbiło, puściły mu wszystkie hamulce. Stał się przez to jeszcze bardziej nieprzewidywalny niż zwykle. A przez to – w jakiś dziwny sposób, którego Daniel nie potrafił wyjaśnić – bycie częścią ich paczki, znalezienie się choć raz w gronie wtajemniczonych, a nie tkwienie z boku, ekscytowało go jeszcze bardziej.

Jake kucnął znienacka, a brat natychmiast poszedł w jego ślady. Na górze pomiędzy drzewami stał jakiś mężczyzna. Tyłem do nich. Tato Jake'a i Ethana.

– Jake! – wołał Alistair. – Ethan? Panowie, zechcielibyście wrócić zaraz do domu? Musimy się spakować.

– Kryć się! – syknął Jake.

Wszyscy trzej padli za krzakiem na ziemię, obserwując Alistaira. Rozglądał się wokoło, gładząc ręką brodę.

– Jake?! – ponowił wołanie. – Ethan?! Czas się zbierać, chodźcie.

Jeszcze raz omiótłszy wzrokiem teren, pokręcił głową i zaczął głębiej wchodzić w las, jednocześnie się od nich oddalając.

Po minucie Jake podniósł się na kolana, pozostali tak samo.

– Macie swoje zapalniczki? – zapytał.

– No – odparł Ethan, grzebiąc w kieszeni, po czym wyjął mały niebieski przedmiot.

Daniel też przytaknął, rumieniąc się przy tym i mając nadzieję, że nie zauważyli.

– Mamy.

Prawda była taka, że zdążył już zgubić swoją żółtą zapalniczkę, którą od nich dostał jako członek ich bandy. Miał ją u siebie w pokoju. Ale szukał jej tam wczoraj i zniknęła. Zaglądał pod łóżko, do szuflady nocnej szafki, do pustej walizki i nic – przepadła jak kamień w wodę. Nie chciał pytać Jake'a i Ethana, bo pomyśleliby sobie, że jest głupi, skoro ją zgubił. Musiała wypaść mu z kieszeni, kiedy bawili się na dworze.

Nosił ją po kryjomu, w głębokiej tajemnicy, więc nie mógł zapytać rodziców, czy gdzieś jej nie widzieli. Zmyliby mu głowę, gdyby się dowiedzieli, że ma taki niebezpieczny przedmiot. Chociaż ostatnio byli trochę dziwni, nie zwracali na nic uwagi. Mama cały czas chodziła smutna, a tato rozkojarzony. Człowiek coś do niego mówił, wydawało się, że tato słucha, a tak naprawdę wcale nie słuchał. Jakby było się przezroczystym. A potem nagle mówił coś od czapy na zupełnie inny temat.

Tak czy siak, Daniel nie zamierzał się przyznawać do zgubienia swojej zdobyczy.

Ethan wyciągnął przed siebie zapalniczkę i nacisnął kółko, żeby wydobyć wysoki płomień.

– Prawie pełna. Możemy się zabawić przed wyjazdem.

Na polankę przed nimi weszła Odette w różowej letniej sukience i błyszczącej opasce przytrzymującej długie rude włosy.

Wydaje się malutka i trochę zagubiona, kiedy błąka się tak samotnie po lesie, pomyślał Daniel.

Jake odwrócił się do niego z szerokim uśmiechem i schował zapalniczkę do kieszeni.

– Mam pomysł – szepnął. – Chodźcie za mną.

65

Izzy weszła za mną do jadalni. Usiadłyśmy na końcu dużego stołu. Przez ogromne okno patrzyłam na pejzaż, jakbym widziała go po raz pierwszy: żeby tak cudowna sceneria była tłem tak ponurego wydarzenia, które zaraz nastąpi … Nadciągające z południa chmury znajdowały się teraz znacznie bliżej, niebezpiecznie blisko: ściana szarości i czerni przesłaniała słońce. W willi było cicho. Rowan przygotowywała w kuchni koktajle – najwyraźniej chcąc poprawić nam humory – a cała reszta rozproszyła się po ogrodzie i winnicy.

– Przepraszam za to tajniackie zachowanie przy podwieczorku – rzekła Izzy. – Nie chciałam robić tego na oczach wszystkich.

– Oczywiście – odparłam bezbarwnym głosem.

Westchnęła, zdmuchując przy wydechu grzywkę z czoła.

– To bardzo trudne, Kate, ale gruntownie przemyślałam sprawę i zrozumiałam, że w obecnych okolicznościach jest to słuszne rozwiązanie. Przecież przyjaźnimy się od tak dawna…

– Racja.

Już nie.

Trzymanie w ryzach emocji zwykle nie przychodzi mi z trudem, ale teraz kipiał we mnie gniew tak silny, że ciężko było mi zmusić się do patrzenia na Izzy. Odpychałam go od siebie, tłumiłam tak długo, że wolałam nie myśleć, co się stanie, gdy wreszcie dam mu upust. W dodatku ta jędza patrzyła na mnie tak, jakby mi współczuła, uśmiechała się do mnie smutno, jak gdyby chciała powiedzieć: „To będzie trudne dla nas obu". W jednej sekundzie wezbrała we mnie furia, musiałam mocno się hamować, żeby nie uderzyć Izzy prosto w twarz, żeby nie spoliczkować jej z całej siły.

Jak mogłaś, Izzy?

Opamiętałam się. Zamiast wymierzyć jej policzek, splotłam dłonie na kolanach, zacisnęłam palce. Wiedziałam, co nastąpi, wiedziałam, co zamierza mi powiedzieć. Czy ta wiedza pomoże mi to łatwiej znieść? Czy jest jakimś pocieszeniem? Nie miałam takiego wrażenia. Czułam, że od tygodnia moje życie to swobodne spadanie i że teraz wreszcie sięgnę ziemi. Panicznie bałam się tego zderzenia z gruntem, lecz jednocześnie byłam na nie gotowa, chciałam mieć już to za sobą.

– Kate, nie wiem, jak ci to powiedzieć. Biłam się z myślami... Przerwałam jej. Nie zasługiwała na tę chwilę, nie zasługiwała na satysfakcję przekazania mi tej informacji jako pierwsza.

– Wiem, co zamierzasz powiedzieć, Izzy.

Przez jej twarz przemknął cień zdziwienia.

– Naprawdę?

– Zajęło mi to trochę czasu, ale w końcu się połapałam.

– Ach tak... Rozumiem. – W jej głosie słychać było nutę konsternacji. – Odnosiłam wrażenie, że nie wiesz.

– Sean ci tak powiedział?

Wolno skinęła głową.

– Tak.

– Chciał utrzymać to w tajemnicy, prawda? Widziałam, jak sprzeczaliście się na ławce w ogrodzie.

– On... eee... uważał, że lepiej to ukrywać.

– Jakżeby inaczej.

Zawahała się i zapytała, starannie dobierając słowa:

– Od jak dawna wiesz?

– W ogólnym zarysie od zeszłego tygodnia. A bardziej szczegółowo od paru dni. Pamiętasz, jak we wtorek dostałaś od Seana wiadomość z prośbą o spotkanie? To nie on ją wysłał, tylko ja.

– We wtorek?

– Odblokowałam jego telefon i przeczytałam waszą wymianę informacji na Messengerze. Waszą potajemną komunikację. – W tym momencie przypomniała mi się nasza poniedziałkowa rozmowa w Gorges d'Héric i znów poczułam gwałtowny przypływ złości, że mnie oszukiwała. – Dlaczego nie powiedziałaś mi od razu w poniedziałek? Czy nie zasługuję na choć odrobinę uczciwości? Dlaczego zwlekałaś z tym aż do teraz?

Zmarszczyła czoło.

– Przede wszystkim do wtorku nie zdawałam sobie sprawy, że…

Nagle drzwi się otworzyły i do pokoju wpadła Rowan z szeroko otwartymi z przerażenia oczami.

– Mój Boże, chodźcie! Szybko! – krzyknęła i odbiegła, stukając obcasami, po czym znikła na tyłach willi.

Zerwałyśmy się z Izzy na równe nogi i wybiegłyśmy za Rowan na taras. Po raz pierwszy od naszego przyjazdu słońce skryło się za wielkimi ciemnymi chmurami, które zasnuły całe niebo. Wiatr się wzmógł, smagał nam twarze, rozwiewał włosy, powietrze niemal trzeszczało od napięcia przed nieuchronną burzą.

– Dziewczyny! – zawołała zdyszana Rowan. – Widzicie to?

Obróciłyśmy się we wskazywanym przez nią kierunku. Tam, gdzie rzędy winorośli dochodziły do granicy lasu.

Dym.

66

Odette

Odette kucnęła pośród liści, ciasno oplótłszy ramionami kolana. Musi siedzieć cicho. Cicho jak myszka, bo chłopcy po raz pierwszy pozwolili jej się z nimi bawić. To znaczy ona powiedziała, że będzie się z nimi bawić, i myślała, że parskną śmiechem i każą jej odejść, ale tak się nie stało. Zgodzili się, powiedzieli, że może się z nimi bawić, i nawet nie protestowali, kiedy oznajmiła, że to ona będzie się chować, zamiast szukać. A to wcale nie była taka zwykła zabawa w chowanego – to dobre dla małych dzieci – ale coś fajniejszego: zabawa w sardynki w puszce. Jedna osoba się chowa, inne liczą z zakrytymi oczami do pięćdziesięciu. Potem jej szukają, każdy z osobna, a kto pierwszy ją znajdzie, chowa się w kryjówce razem z nią. Tłoczą się tam razem jak malutkie myszki w gnieździe. I tak po kolei, aż zostaje tylko jeden szukający i wtedy przegrywa. A gdyby udało się jej ukrywać tak długo, aż wszyscy się poddadzą, to wygra ona.

Chłopcy kazali jej schować się w lesie, a potem będą jej szukać. A miała takie świetne miejsce, że nie znajdą jej, nawet gdyby szukali przez godzinę. Nawet do pory kładzenia się spać. Siedziała skulona w zagłębieniu w ziemi, w takiej jamie przy wywróconym drzewie. Ponieważ była drobna – i bardzo giętka – wcisnęła się do pustego w środku pnia i umościła sobie gniazdko pośród szeleszczących liści i sosnowych igieł. Jak chomik albo podobne zwierzątko. Trudno było stamtąd coś zobaczyć, bo widok zasłaniały krzaki, ale widziała wąziutką ścieżkę i polankę, na którą mama zabroniła jej przychodzić.

Świetnie umiała się chować. Mogłaby to robić przez cały dzień. Pokaże im, że jest na tyle duża, że może bawić się tak jak oni, że może do nich dołączyć i być dużą dziewczynką. A nawet z nimi wygrać, jeśli zechce.

Pień drzewa miał dziwny zapach zgnilizny czy stęchlizny, taki jak drewno, które tato układał w domu przy kominku. Było ciemno, po korze łaziły tam i z powrotem jakieś robale, ale się nimi nie przejmowała, ani trochę, bo gdyby któryś się do niej zbliżył, ona zrobi to, co robił jej tato z pająkiem, muchą albo jakimś innym stworem. Zdejmie but i palnie robala podeszwą. *Plask.* I po robalu. Mamusia próbowała ratować je szklanką i tekturką, ale tatuś nie. On walił w nie butem.

Odette siedziała z brodą opartą o kolana i zastanawiała się, co to jest sardynka. Daniel powiedział, że to taka rybka, ale przecież to niemożliwe: ryby żyją w morzu. Może to coś podobnego do myszki? Albo chomika? Sardynka to śmieszna nazwa.

Szkoda, że nie bawi się z nimi Lucy. Ona jest taka ładna, nigdy nie widziała ładniejszej dziewczynki. Wygląda jak księżniczka, a może jest nawet piękniejsza niż księżniczka. Czasem na tych wakacjach żałowała, że Lucy nie jest jej starszą siostrą, bo wtedy mogłyby się codziennie razem bawić i się nawzajem czesać, i robić wszystko to, co robią siostry. Ale Lucy nie było, kiedy zaczęli się bawić, więc nie mogła do nich dołączyć.

Zastygła. Hałas, kroki na ścieżce. Rozmowy, śmiechy. Niskie głosy. Dorośli? Nie. Chłopcy.

Starała się nie poruszać, była nieruchoma jak posąg, tak jak w tej zabawie, w którą się bawi na urodzinach, wstrzymywała oddech, dopóki chłopcy jej nie minęli. Rozmawiali niskimi głosami. Gdy wyjrzała przez szczelinę w pniu, widziała ich stopy na ścieżce, szli rzędem i uderzali patykami w każde mijane drzewo. Oburzyła się, aż zapiekły ją policzki. Nie mieli chodzić razem, każdy z nich miał jej szukać osobno. Oszukują, to nie fair. Chłopcy zawsze oszukują. Dlatego Odette nie lubi się z nimi bawić. Tak na co dzień.

Miała ochotę wyczołgać się z kryjówki i powiedzieć im coś do słuchu, wytłumaczyć, jakie są zasady, jak się bawi w sardynki. Żeby wiedzieli, jak się to poprawnie robi. No ale wtedy musiałaby zdradzić swoją kryjówkę w pustym pniu powalonego drzewa.

Kroki się oddaliły, chłopcy weszli głębiej w las. Gdy była pewna, że sobie poszli, zmieniła pozycję, bo było jej trochę niewygodnie, oparła się plecami o gładki, zaokrąglony od środka pień. Było tu całkiem przyjemnie, mogłaby tu uwić sobie małe gniazdko, przynieść lalki i urządzać herbatki z…

Chłopcy wracali, tym razem nadchodzili z drugiej strony. Znów okropnie hałasowali, uciszali się nawzajem, a potem chichrali, coraz bliżej, tak blisko, że musieli stać tuż obok pnia, nawet nie zdając sobie sprawy, że ona tam jest! Odette musiała zakryć dłonią usta, żeby stłumić chichot. Chłopcy są tacy głupi.

Głos Jake'a brzmiał donośnie w cichym lesie.

– Nie ma jej tutaj, panowie.

Dwaj pozostali chłopcy znów parsknęli śmiechem.

– To prawdziwa zagadka, nie mam pojęcia, gdzie mogła się schować – stwierdził. – Może zeszła do wąwozu.

I znów odgłos oddalających się ciężkich kroków, gdy przedzierali się przez krzaki.

Odette śledziła chłopców przez szparę w pniu, bo a nuż nagle zawrócą. Byli tuż-tuż i zupełnie się nie zorientowali, że ona się tu chowa! Wygra! Ale będą mieli miny, kiedy powie im, że stali tak bliziutko.

W jej schronieniu było ciepło. Przytulnie. A w łóżku w willi spało się tak źle... Nie tak jak w domu. Było za twardo. A czasem za miękko. Nie mogła wygodnie się ułożyć ze wszystkimi zabawkami. Za to legowisko we wnętrzu drzewa było w sam raz, chociaż liście trochę drapały. Prawdę mówiąc, leżało się tu lepiej niż na łóżku w tym dużym domu.

Zaczęły ciążyć jej powieki.

Zamknęły się oczy.

Obudziła się, nie wiedząc, że spała. Zabolały ją ramiona, gdy oparła się o korę, światło na dworze trochę się zmieniło. Ale nikt jej nie znalazł. Żaden z chłopców nie domyślił się, gdzie się ukryła. Czyli wygrała.

W lesie robiło się coraz hałaśliwiej.

Głosy, nawoływania wszystkich dzieci.

Z nią włącznie.

– Odette! Gdzie jesteś?

Wiedziała, o co im chodzi: próbują podstępem wywabić ją z ukrycia, żeby zdradziła im, gdzie się schowała. Chcą ją zrobić w konia.

Uśmiechnęła się pod nosem. Jest sprytniejsza, niż im się wydaje. Jeszcze im pokaże. Ale jakoś dziwnie tu pachnie, tak jak wtedy, kiedy mama przypali grzankę, a w domu włącza się alarm. Nic z tego, nie da się nabrać na żadne sztuczki – wie, jacy są chłopcy.

Tak łatwo się nie podda, szczególnie że to znów jej kolej na chowanie się.

Nie wyjdzie do tych głupich chłopców.

Nie pokaże się nikomu.

67

Przez sekundę po prostu stałyśmy we trójkę i patrzyłyśmy.

Kłęby dymu przetaczały się przez winnicę, zasnuwając zbocze wzgórza gęstą szarą chmurą. Pomarańczowe płomienie lizały krzewy winorośli w pobliżu lasu, pełzając od jednego do drugiego. Ogień był widoczny także w lesie, migał i tańczył w dusznym powietrzu, które falowało i drżało od gorąca ponad koronami drzew. Cała okolica w promieniu kilku kilometrów była wysuszona na wiór po tygodniach nieustannego słońca, gotowa do zajęcia się ogniem.

Rowan drgnęła pierwsza.

– O Boże! – krzyknęła w panice. – Tam są dzieci! Wszystkie!

Pognała na oślep, zbiegając po dwa stopnie naraz, tuż za nią Izzy i ja. Za żelazną bramą winnicy nieomal zderzyłyśmy się z wracającym z przeciwnej strony Alistairem. Był czerwony na twarzy i zdyszany, prawą ręką podtrzymywał lewą, jakby osłaniał ranę.

– Idę po telefon – oznajmił, przeciskając się bokiem. – Wezwę straż pożarną.

– Nic ci się nie stało? – zawołała za nim Izzy.

Zbył ją machnięciem ręki i potykając się, poszedł dalej.

Pierwsza biegła Izzy, za nią ja i Rowan pół kroku za mną. Sadziłyśmy wielkimi susami ku płomieniom, przerażony głos Rowan za moimi plecami wdzierał mi się do uszu:

– Odette! Odette! Już pędzę!

Nie widziałam nikogo. Ani dzieci, ani dorosłych. Tylko dym, gęsty szary dym unoszący się nad niżej położoną częścią winnicy, a także nad lasem, języory pomarańczowego ognia liżące drzewa oraz rosnące najbliżej lasu rzędy winorośli. Coś w tym widoku zwróciło moją uwagę i zapadło w pamięć, ale nie było czasu na analizę, nie miałam w głowie miejsca na nic poza bezpieczeństwem Daniela i Lucy.

Pędziłyśmy dalej, niesione wiatrem smugi dymu wyciągały po nas swoje macki, próbując nas udusić. Słyszałam wyraźnie mój rzężący oddech, w którymś momencie zgubiłam klapki, spadły mi z nóg, gdy biegłam. Kamienisty grunt kaleczył mi stopy, ale prawie na to nie zważałam.

Gdy dotarłyśmy do linii drzew, Izzy krzyknęła przez ramię:

– Poszukam Jen!

Skręciła w lewo między drzewa.

Ja pobiegłam w prawo przez winnicę ku wijącej się w lesie ścieżce. Po drodze nawoływałam:

– Daniel! Lucy?! – Machałam ręką przed twarzą, rozgarniając dym. – Gdzie jesteście?

Brak odpowiedzi.

Panika zaczęła podchodzić mi do gardła jak żółć. Dym jest ryzykowny, a płomienie niebezpieczne, jeśli ogień mocno się rozprzestrzeni, ale największe zagrożenie czaiło się po drugiej stronie polanki. Krawędź urwiska i trzydziestometrowa przepaść ze skałami w dole, czyhające na jeden fałszywy krok, jedno stąpnięcie w niewłaściwym kierunku pośród dymu i chaosu.

– Daniel! Lucy! Słyszycie mnie?

Żar bijący od płomieni, które z trzaskiem i sykiem przeskakiwały z gałęzi na gałąź, buchał prosto w twarz. Wciągnęłam w płuca gryzący dym i natychmiast zaczęłam kasłać. Próbowałam wołać dalej, ale przeszkodził mi w tym dławiący knebel, który rozrywał gardło. Unoszący się dym gęstniał i piekł w oczy. *Jest.*

Krzyk dziecka. Wysoki, pełen przerażenia.

Poczułam strach, jakiego nie zaznałam od wielu lat, od czasu jego narodzin, gdy maleńki i cichy, z sinymi ustami spoczywał bez ruchu w ramionach położnej po zdjęciu okręconej wokół szyi pępowiny. Tak bardzo chciałam, żeby oddychał, chciałam dobić targu z losem i wymienić moje życie na jego, usłyszeć jego płacz. Usłyszeć jego oddech. Instynktowny lęk ścisnął mi serce i ściskał coraz bardziej, aż do utraty tchu, paniczny strach czaił się tuż-tuż, czułam na karku jego gorące tchnienie, przerażona, że może to jest chwila, w której zawali się mój świat. Cisza. Lekarze i pielęgniarki uwijający się jak w ukropie, wprawne dłonie rozpaczliwie starające się podtrzymać cienką nić życia. I dalej cisza. Nic, tylko cisza. *Proszę, niech zapłacze. Proszę, niech wszystko będzie dobrze. Zrobię wszystko, żeby usłyszeć jego krzyk. Wszystko.* I wreszcie cud: zapłakał. Dobył z siebie mocny gulgoczący krzyk, który przeszył mnie strzałą czystej miłości, gdy leżałam wyczerpana na łóżku, czując gorące łzy na policzkach. A po chwili znalazł się w moich ramionach, maleńki i doskonały, z wykrzywioną czerwonosiną buzią, wrzeszcząc wniebogłosy wysokim, przenikliwym głosikiem kipiącym życiem, najpiękniejszym na świecie.

Teraz też krzyczał.

– Mamo! Mamo!

Odwróciłam się w kierunku głosu mojego syna, zbaczając ze ścieżki i rzucając się na oślep w las po mojej prawej stronie. Dym wyciskał mi łzy z oczu.

– Daniel! Idę!

– Mamo! – zawołał jeszcze raz napiętym z przestrachu głosem. Na lewo ode mnie ktoś się poruszał. W dymie, obok polanki. Ale to byli dorośli. O nich się nie bałam, przynajmniej nie w tej chwili. Daniel był na wprost mnie. Mój syn. Moje dziecko.

Już szedł do mnie chwiejnym krokiem, z brudną, zalaną łzami twarzą, potykał się między drzewami. Mocno chwyciłam jego drobną dłoń i kasząc oraz krztusząc się dymem, pobiegliśmy w stronę winnicy.

– Szybko! – krzyknęłam, ciągnąc go za sobą. – Musimy wdrapać się wyżej!

W połowie wzgórza, zostawiwszy za sobą dym i płomienie, przystanęliśmy, żeby złapać oddech.

– Gdzie twoja siostra? – zapytałam mocno zdyszana. Drapało mnie w gardle. – Gdzie jest Lucy?

– Nie wiem, nie widziałem jej.

– Nic ci się nie stało? – Uklękłam i zaczęłam go oglądać, odgarnęłam mu włosy z czoła, sprawdziłam, czy nie ma żadnych widocznych obrażeń na ramionach i głowie. – Coś cię boli?

– Trochę gardło.

– Coś jeszcze?

– Nie. – Spuścił wzrok. – My… zostawiliśmy Odette w pniu powalonego drzewa.

– Co?

– Bawiliśmy się w sardynki, ale Jake powiedział, że spłatamy jej figla, każemy jej się schować, a potem nie będziemy zawracać sobie głowy jej szukaniem. – Słowa płynęły z jego ust ciurkiem, jedno zazębiało się o drugie. – Wiedzieliśmy, gdzie się ukrywa, ale udawaliśmy, że nie wiemy, a ona siedziała w pniu drzewa niedaleko wąwozu. Nic jej nie jest? Nie…

Z dymu wypadł Sean z nagim torsem i koszulką zawiązaną na ustach i nosie.

– Sean! – krzyknęłam. – Tutaj!

Podbiegł do nas i delikatnie położył naszą córkę na ziemi. Zgubiła jeden sandał, miała rozciętą w kilku miejscach skórę na ramieniu. Była przytomna, ale zaciskała usta z bólu.

– Lucy, co się dzieje?

– Skręciłam kostkę.

Sean zsunął z ust koszulkę.

– Ktoś wezwał straż pożarną?

– Alistair.

– Kto jeszcze został na dole?

– Nie wiem. Ale Daniel mówi, że Odette chowa się w pniu wywróconego drzewa. Widziałeś ją?

Jakby w odpowiedzi zza chmury dymu dotarł do nas kobiecy głos.

– Odette! – Krzyk Rowan brzmiał dziko, rozpaczliwie, panicznie. – Odette! Gdzie jesteś?!

Sean wstał.

– Wracam tam – powiedział. – Zaopiekuj się naszymi dziećmi.

Ponownie zasłonił usta i nos koszulką, pobiegł w dół i wskoczył w obłok dymu.

68

Patrzyłam, jak mój mąż znika w szarych kłębach, które zasnuły położoną w dole część posiadłości. W miarę rozprzestrzeniania się ognia dym gęstniał, strzelające wysoko płomienie, podsycane ciepłym wiatrem z południa, szybko obejmowały kolejne gałęzie.

Uważaj, powinnam była za nim krzyknąć. Wracał przecież do strefy zagrożenia, narażał własne bezpieczeństwo, żeby szukać cudzego dziecka. Ale nie krzyknęłam. Nie wiem dlaczego. Nie odezwałam się wcale. Tylko stałam i patrzyłam, jak się oddala, jak nieustraszony, nie bacząc na konsekwencje, wbiega do lasu, gdzie wszystko przesłania dym.

Zastanawiałam się, czy widzę go teraz po raz ostatni.

Proszę, Sean, niech nic ci się nie stanie. Cokolwiek zrobiłeś, cokolwiek zaszło między nami, kogokolwiek wybrałeś zamiast mnie, nie chcę, żeby tak się to skończyło.

Od strony miasteczka dało się słyszeć wycie strażackich syren.

Pospieszcie się.

Ogień tańczył, dym ciemniał na błękitnym niebie. Wiatr na chwilę zmienił kierunek, spychając na nas drażniący gardło i wyciskający łzy z oczu tuman. Od wdychania go głowa zaczęła mi pękać z bólu.

Minęła co najwyżej minuta, gdy na granicy dymnej kurtyny zarejestrowałam jakiś ruch, który wkrótce zmaterializował się i przybrał ludzką postać. Dorosłego człowieka.

Russ szedł chwiejnym krokiem, ciasno oplatając ramionami Odette.

Rowan wytoczyła się za nim, zasłaniała usta i nos bluzką. Pięli się po zboczu, aż wreszcie cała trójka bezładnie zwaliła się obok nas na ziemię, kaszląc, sapiąc i płacząc z ulgi. Rowan próbowała delikatnie rozluźnić kurczowy uścisk przywierającej do ojca Odette i dokładnie ją obejrzeć, ale dziewczynka wczepiła się w Russa jak małpka, jakby od tego zależało jej życie.

Sean pojawił się na końcu, osłaniając się ramieniem przed dławiącym dymem. Szedł w górę, chwiejąc się na nogach, aż wreszcie padł wyczerpany obok mnie i zsunął z nosa koszulkę.

– Wszyscy wyszli? – wysapał, z trudem łapiąc oddech. – Wszyscy się wydostali?

– Chyba tak.

– To dobrze. Nic wam nie jest?

– Nie. Tylko trzeba przynieść dzieciom wodę i ktoś musi obejrzeć kostkę Lucy.

Bacznie mu się przyjrzałam. Twarz i tors umazane brudem i lśniące od potu, dzikie spojrzenie, oczy nabiegłe krwią, pokaleczone i krwawiące kolana. Oraz niewielkie pionowe zadrapania na piersi i wysoko na prawym policzku.

Mocno kasłał i spluwał na ziemię.

– Sean? – powiedziałam ciszej.

Wydawał się mnie nie słyszeć. Szeroko otwartymi oczami wpatrywał się w płomienie.

– Sean? – powtórzyłam.

Raptownie odwrócił do mnie głowę.

– Co?

– Jak się czujesz? Krwawisz.

Zbył tę uwagę machnięciem ręki. Zauważyłam wtedy, że całe jego ciało drży od adrenaliny.

– Drobnostka. Wpadłem na jakiś cholerny krzak, biegłem po omacku. Ledwo widać tam rękę, którą trzymasz przed twarzą.

Przez chwilę patrzyliśmy w ogień jak zahipnotyzowani.

– Chryste – powiedział półgłosem. – Od czego się to właściwie zaczęło?

– Dobre pytanie. – Piekło mnie w gardle, głowa bolała tak, że trudno było mi zebrać myśli. Ale przypomniałam sobie, co przykuło moją uwagę, gdy tylko ujrzałam pożar – wtedy nie rozumiałam, co to znaczy. Jeszcze nie.

Jennifer przyniosła z domu zgrzewkę wody mineralnej. Siedzieliśmy, przepłukując usta i gardła, podczas gdy straż pożarna gasiła pożar.

Sapeurs-pompiers w niebieskich kombinezonach ochronnych i czerwonych kaskach z wężami strażackimi w rękach dogaszali ogień tlący się jeszcze na drzewach oraz trzech rzędach winorośli, które zaledwie kilka minut temu stały w płomieniach. Strażacy przybyli z ochotniczej jednostki w sąsiednim miasteczku Magalas, ostrożnie wjechali z boku wzdłuż garaży i posuwali się dalej wzdłuż winnicy na jej przeciwległy kraniec. Alistair pokierował ich na miejsce, porozmawiał z szefem ekipy, która szybko i skutecznie stawiła czoło pożarowi.

Zafascynowany Daniel obserwował ich z podziwem i szacunkiem, jakim mali chłopcy darzą strażaków.

– Karetka też przyjedzie?

– Ci panowie sami potrafią udzielić pomocy, Danielu.

– Ekstra.

Starszy strażak, wysoki kapral o surowym wyglądzie, który przedstawił się jako Bernard Lepine, przyniósł apteczkę i obejrzał dzieci. Rowan – jako że najswobodniej posługiwała się francuszczyzną – pełniła funkcję tłumaczki, gdy mężczyzna zakładał Lucy opatrunek na skręconą kostkę, a następnie zają się niewielkim oparzeniem na ramieniu Alistaira. Sean odrzucił pomoc medyczną, uparł się, że sam oczyści swoje skaleczenia i zadrapania.

Lepine spakował apteczkę i zamaszystym krokiem ruszył w dół wzgórza, by skontrolować pracę swoich podwładnych. Pożar opanowano, las oraz teren w jego sąsiedztwie gruntownie zlano wodą, by zapobiec ponownemu rozniecieniu ognia z tlących się iskier. Zastęp strażaków przemierzał zarośla, sprawdzając sytuację, upewniając się, czy źródło pożaru zostało całkowicie ugaszone. Burza jeszcze się nie rozpętała, popołudniowy skwar wciąż okrutnie dawał się we znaki, powietrze parne jak w saunie zdawało się napierać na człowieka ze wszystkich stron.

Lepine wrócił po kilku minutach, gestykulując i mówiąc coś ze wzburzeniem do Rowan. Z jego srogiej miny oraz gwałtowności, z jaką wyrzucał z siebie słowa, wywnioskowałam, że wygłasza reprymendę na temat nieprzestrzegania francuskich norm bezpieczeństwa.

W końcu Rowan zwróciła się do nas z gorzkim uśmiechem:

– Nie wolno urządzać grilla ani rzucać nigdzie niedopałków. Nie pozwalać na ogniska, nie zostawiać nigdzie szklanych butelek, tylko umieszczać je w pojemnikach do recyklingu, pilnować, żeby dzieci nie bawiły się zapałkami, zapalniczkami i papierosami.

– Oczywiście – przytaknęłam.

– Aha – dodała Rowan – i pyta jeszcze, czy doliczyliśmy się wszystkich osób z naszej grupy.

W panice i chaosie ostatnich dwudziestu minut zupełnie wyleciało mi to z głowy. Byłam tak zaabsorbowana zapewnieniem dzieciom bezpieczeństwa, dramaturgią przybycia straży pożarnej, a przy tym lekko otumaniona od wdychania dymu, że nie przyszło mi do głowy, by to sprawdzić. Dobrze, że zapytał.

Szybko policzyłam obecnych, by mieć pewność, że jesteśmy tu w komplecie, w dwanaścioro. Cali i zdrowi.

Policzyłam raz.

Niemożliwe.

Przeliczyłam ponownie.

Jedenaście.

69

Z niedowierzaniem kręciłam głową, próbując rozjaśnić umysł.

Tylko jedenaścioro. Nie dwanaścioro. Musi chyba być gdzieś w willi?

W kieszeni na piersi Lepine'a zatrzeszczało radio. Młody zdyszany i naglący głos wywoływał go kilkakrotnie. Lepine się zgłosił. Natychmiast zalał go wartki potok francuszczyzny. Lepine zadał dwa krótkie pytania. Otrzymał dwie szybkie odpowiedzi.

Rowan przyłożyła dłoń do ust.

Kapral dał jej znak, by za nim poszła. Szybko. Ja także wstałam, czując, jak lodowate palce zaciskają się wokół mojego serca. Daniel wziął mnie za rękę, chciał mi towarzyszyć. Lepine pomachał palcem, kręcąc przy tym głową.

– *Non, madame. Pas avec le garçon.*

Nie z chłopcem.

Miałam wrażenie, że grunt usuwa mi się spod nóg. Daniel spojrzał na mnie z niepewną miną.

– Co on powiedział?

– Żebyś tu został – odparłam drżącym głosem. – Z tatą.

Puściłam dłoń syna i zaczęłam schodzić za Lepine'em w dół, do osmalonych drzew nasiąkniętych teraz wodą. Te najniższe powykręcały się i sczerniały. Francuz maszerował z przodu razem z Rowan. Ja z Alistairem szliśmy gęsiego tuż za nimi.

Miałam nogi jak z waty. Z każdym kolejnym krokiem stawianym na wyboistym gruncie winnicy wydawało mi się, że lada chwila nie wytrzymają i ugną się pode mną. Słychać było jedynie odgłos naszych stóp obutych w sandały i klapki, których podeszwy chrzęściły na grudkach ziemi, kamieniach i suchych liściach. Żadnej bieganiny, gorączkowej krzątaniny, żadnego wycia syren, żadnego terkotu śmigła nadlatującego helikoptera. Żadnego pośpiechu ratowania życia.

Tylko nas troje oraz Lepine statecznie kroczący przed siebie, niosący pod pachą brezentową płachtę zapakowaną w szczelny worek.

Oto wydeptana ścieżka wijąca się za okazałymi dębami i sykomorami, oto spadek terenu, zagłębienie, dalej w górę, kolejny zakręt, wielki głaz i powalone drzewo, w którego pniu chowała się Odette. Krzywo wbity w ziemię znak ostrzegawczy ze spłowiałym czerwonym napisem „UWAGA!". Dotarliśmy do polanki na krawędzi urwiska i ruszyliśmy za Lepine'em w dół po wyciosanych w wapiennej ścianie stopniach. Przez całą drogę moje nogi groziły odmową posłuszeństwa. Z roztargnieniem zdałam sobie sprawę, że schodzę do wąwozu po raz pierwszy od naszego przyjazdu.

Nie wiedziałam, co strażak powiedział do Rowan, słabo znałam francuski. A zarazem wiedziałam. Wbrew mojej woli, wbrew wszystkim nerwom mojego ciała. Wiedziałam, jaki zastaniemy tam widok. Przede mną Rowan cichutko szlochała, jej barki unosiły się i opadały, szła z ciasno skrzyżowanymi ramionami. Widząc ją, nie potrafiłam dłużej się powstrzymać. Pierwsze łzy napłynęły, gdy znajdowaliśmy się w połowie drogi, a nim dotarliśmy na dno wąwozu, łkałam i ja.

Stał tam najmłodszy ze strażaków, trzymając oburącz przed sobą hełm. Nie mógł mieć dużo więcej niż osiemnaście lat, był blady jak płótno. On także wydawał się bliski płaczu.

Spuścił wzrok i odsunął się na bok, gdy podeszliśmy bliżej.

– *Mesdames* – rzekł zdławionym głosem.

Była tam. Z ramionami rozpostartymi na gładkiej skale u stóp urwiska.

Nieruchoma.

Izzy.

70

Leżała na plecach, w ciemnej aureoli krwi.

Otwarte oczy patrzyły w nicość. Jedna noga podwinięta pod drugą, ramiona rozrzucone na jednym z płaskich kamiennych bloków, które wyściełały dno wąwozu. Z tyłu głowy powoli sączyła się krew, spływała po krawędzi skały do szemrzącego niżej strumienia, ciemnoczerwone krople mieszały się z wodą, rozcieńczały i znikały niesione prądem górskiego potoku. Krążyła nad nią mucha, wreszcie usiadła tam, gdzie krew ściekała po groteskowo wygiętym ramieniu. Odgoniłam ją ze złością, podobnie jak kolejne muchy, które gromadziły się wokół jej głowy.

Rowan mówiła coś do Lepine'a naglącym, rozgorączkowanym tonem, zasypywała go gradem pytań. Lecz on tylko na nią patrzył i wolno, przepraszająco kręcił głową. Izzy nie żyła.

Alistair się cofnął, jego twarz zastygła w szoku. Ja i Rowan zbliżałyśmy się powoli do ciała, ręka w rękę, nie chcąc widzieć. Bo zobaczyć znaczy uznać rzeczywistość. I jej ostateczność.

Nasza przyjaciółka.

– O Boże. – Mój głos brzmiał dziwnie, bezcieleśnie, jak nie mój. – Nie...

Rowan drżała, nie dowierzając własnym oczom, przyciskała dłoń do ust, wstrząsał nią głęboki, przejmujący szloch, który odbijał się od ścian wąwozu. Przytuliłam ją. Przez kilka minut trwałyśmy w objęciach, płacząc, próbując się pocieszyć, choć obie wiedziałyśmy, że nie znajdziemy pociechy. Już nigdy.

– Jak... – zaczęła Rowan pomiędzy kolejnymi spazmami. – Jak to się mogło stać?

– Nie wiem. Nie mogę uwierzyć, że...

Nie byłam w stanie dokończyć zdania. Miałam wrażenie, że unoszę się nad tą sceną, że w niej nie uczestniczę. W pracy widywałam zwłoki – w nieunikniony sposób należało to do mojego fachu, aczkolwiek zdarzało się sporadycznie – ale nigdy nie widziałam ciała znajomej osoby. Kogoś, kto znaczył dla mnie tak wiele, z kim dzieliłam kawał życia, kto był częścią mojej własnej przeszłości.

Lepine odchrząknął i powiedział coś cicho po francusku. Rowan kiwała głową i odpowiadała niemal szeptem. Z tego, co zdołałam zrozumieć, prosił ją o zidentyfikowanie ciała. Rowan jeszcze raz skinęła głową i dodała coś łamiącym się głosem.

Lepine delikatnie dotknął jej ramienia, jego surowa twarz złagodniała.

– *Je suis vraiment désolé, madame.*

Rozwinął płachtę i ostrożnie zakrył zwłoki.

Nie mogłam znieść widoku jej połamanego ciała, ale nie chciałam też, żeby było przykryte. Wydawało się to takie bezduszne, ostateczne, potwierdzało, że ona jest już po drugiej stronie, że nie ma nadziei, że więzy przyjaźni łączące nas przez połowę życia zostały brutalnie przerwane. Bezwiednie uklękłam i pogłaskałam jej wyciągniętą rękę. Skóra była chłodna w dotyku, woskowata.

Moja przyjaciółka. Niewiele ponad godzinę temu siedziałam naprzeciwko niej przy stole, starając się zapanować nad furią, zaciskałam dłonie na kolanach, żeby nie rzucić się na nią z pięściami.

A teraz…

Wydawało mi się, że to moja wina, że to ja ponoszę odpowiedzialność. Moje podejrzenia, wrogość i złość na Izzy doprowadziły ją do tego upadku.

Przepraszam, Izzy. Naprawdę przepraszam.

– Trzeba skontaktować się z jej rodziną – rzekła Rowan roztrzęsionym głosem. – Z jej bratem. Zadzwonić do irlandzkiego konsulatu.

– Zajmie się tym chyba policja.

– *Madame?* – rzekł Lepine z przepraszającym uśmiechem. Dawał mi znaki, żebym odsunęła się od ciała.

– Oczywiście. – Wstałam. – Przepraszam. *Pardon.*

– O co chodzi? – zapytała Rowan.

– Raczej nie powinniśmy tu niczego dotykać.

– No tak. Oczywiście.

Kapral znów coś powiedział, a Rowan przetłumaczyła mi jego słowa.

– Zadzwoni do rejonowego komisariatu i zawiadomi policję. Jeden z jego ludzi zostanie tu na miejscu do czasu przybycia funkcjonariuszy. Zostanie… z Izzy.

Alistair odezwał się po raz pierwszy matowym głosem:

– Nie powinniśmy zanieść jej do willi? Moglibyśmy zrobić z czegoś nosze, może z...

Przerwałam mu, do akcji wkroczył mój zawodowy instynkt.

– Nie – ucięłam.

– Przecież nie możemy jej tu tak zostawić!

– Trzeba zabezpieczyć dowody, policja będzie chciała, żeby wszystko pozostało nietknięte.

– Dowody? – Wydawał się zbity z tropu. – Co sugerujesz?

– Ponieważ... – Zawahałam się, nie miałam ochoty tego mówić, ale wiedziałam, że muszę, i nienawidziłam siebie za to w tej chwili. – To potencjalne miejsce zbrodni.

71

Nikt się nie odzywał.

Wstrząśnięci siedzieliśmy w salonie w głuchej ciszy, zebrani wszyscy w jednym miejscu, próbując przyswoić sobie potworną wiadomość z wąwozu, którą przekazaliśmy pozostałym. Niektórzy płakali, skuleni, inni wbili wzrok w podłogę. Lucy i Daniel siedzieli tuż obok mnie, oboje we łzach, trzymając się za ręce. Nie robili tego od lat.

Dwaj żandarmi z komisariatu w Béziers zostali powiadomieni o sprawie i zjawią się w willi w ciągu godziny, poinformował Lepine. Pomimo obietnicy pozostawienia jednego z ludzi w wąwozie do czasu przybycia policji musiał w ostatniej chwili wycofać stamtąd swoją młodą załogę, ponieważ potrzebował jej w komplecie do pomocy przy wypadku drogowym na pobliskiej D909. Ciało Izzy przykryto i ogrodzono czerwono-białą taśmą, a Alistair zaoferował, że zejdzie na dół do wąwozu i zaczeka na funkcjonariuszy, pilnując, by nikt w nic nie ingerował.

Zapowiedziano nam – kategorycznie i bez wyjątków – że nikomu nie wolno dotykać ani przesuwać zwłok.

Milczenie przerwał w końcu Russ.

– Miejsce zbrodni? Serio?

– Potencjalne miejsce zbrodni – sprecyzowałam.

– Sądziłem, że to nieszczęśliwy wypadek.

Zapłakany Sean ponuro kiwał głową. Wyglądał na zdruzgotanego. Załamanego.

– Ja też – przyznał.

Otarłam oczy chusteczką higieniczną, kompletnie już mokrą od łez.

– Jasne, ale policja musi wziąć pod uwagę wszystkie możliwe scenariusze i podążać dalej tym tropem. Musi wykluczyć wszystkie inne opcje, zanim oświadczy, że to nieszczęśliwy wypadek. Tak postąpiono by w Anglii.

Jennifer siedziała obok synów, kurczowo trzymając ich za ręce, i patrzyła przed siebie niewidzącym wzrokiem. Wydawała się wstrząśnięta, pokonana, całkowicie przybita. Jak my wszyscy.

– Nie mogę uwierzyć, że już jej nie ma – powiedziała jakby do siebie.

– A jeśli to nie wypadek? Jeśli było inaczej? – odezwał się Russ.

– Na przykład? – zapytał Sean.

Ponownie zapadło długie milczenie. Nikt nie chciał powiedzieć tego na głos. Wreszcie ja się odważyłam.

– Przestępstwo – rzekłam cicho.

– To szalony pomysł – skwitowała Rowan, rozglądając się po salonie. – Nie sądzicie?

– Tak – stwierdził ostro Sean.

– Oczywiście – zawtórował mu Russ.

– Szalony – powtórzyła Jennifer.

Przyglądałam się ich twarzom. Zaledwie godzinę temu było dwanaście osób, teraz pozostało nas dziesięcioro. Przyjaciele i członkowie rodzin. Rowan i Russ, Jennifer, Jake i Ethan, Lucy, Daniel, mała Odette.

I siedzący obok mnie Sean, który obejmował mnie swoim silnym ramieniem.

Dopiero teraz dotarła do mnie potworność całej sytuacji. Miałam wrażenie, że skupiają się na mnie oczy wszystkich.

Izzy związała się z moim mężem. Zamierzała przyznać się do romansu, zdetonować bombę podłożoną pod nasze małżeństwo. Obnażyć kłamstwa i cudzołóstwo Seana.

A teraz nie żyła.

Raz po raz zerkałam ukradkiem na zadrapania na prawym policzku mojego męża, trzy wściekle czerwone pionowe kreski, blisko siebie, od skroni do ucha. Powiedział, że upadł, że podrapał go ciernisty krzew, gdy szukał naszych dzieci w powstałym zamieszaniu i dymie. Moim jednak zdaniem nie pasowało to do odniesionych obrażeń – były zbyt regularne, zbyt do siebie podobne. Zbyt proste.

Przypominały ślady paznokci.

Tuż potem zaświtała mi okropna, chorobliwa myśl.

Izzy była leworęczna. Leworęczna osoba rzuciłaby się na napastnika z prawej strony...

Od wybuchu pożaru Sean przebywał w lesie najdłużej z nas wszystkich. Sam. Wrócił też sam. I wyruszył sam. Nie widziałam, co robił. Nikt nie widział. Więc i nikt nie był świadkiem tego, w jaki sposób Sean się pokaleczył.

Może nie cały czas był sam.

Mój logiczny umysł ułożył przeraźliwie wiarygodny scenariusz, wyświetlił go jak gotowy film dokumentalny. Bez względu na to, jak bardzo się starałam, nie mogłam się pozbyć tego obrazu. Nie umiałam wyłączyć projektora. Ilekroć próbowałam, powracał coraz wyraźniej i coraz bardziej przekonująco: Jake i Ethan, wściekli, że muszą wcześniej wracać do domu, bawią się w lesie zapałkami, przez przypadek wzniecają pożar nie w jednym, lecz w dwóch różnych miejscach. To dlatego widok ognia tak mnie zastanowił na samym początku – ponieważ paliło się nie w jednym miejscu, lecz w dwóch, oddalonych od siebie o około dziesięć metrów. Może nastoletni chłopcy rywalizowali o to, czyj pożar szybciej się rozprzestrzeni? A gdy las rzeczywiście zajął się ogniem, wpadli w panikę i uciekli, zostawiając wszystko na pastwę losu. W kłębach dymu, w ogólnym zamęcie Sean napotyka Izzy przy urwisku. Albo ona jego. Przypadkowe spotkanie i kłótnia między kochankami wybucha na nowo – ona chce ujawnić ich romans, on desperacko próbuje zachować tajemnicę. Emocje sięgają zenitu, sytuacja wymyka się spod kontroli. Ona zawsze była zadziorna, lecz on przewyższa ją wzrostem o prawie trzydzieści centymetrów i ma znacznie więcej siły. Ona stawia ultimatum: może rzuca się na niego, a on po prostu się broni, może nie zdaje sobie sprawy, że stoją niebezpiecznie blisko przepaści, i wtedy...

Zaczynam czuć, że nie zniosę dłużej jego dotyku.

Ten scenariusz zapętla mi się w głowie, ten okrutnie wiarygodny montaż scen, który, im dłużej o nim myślę, tym bardziej wydaje się realny. Jeżą mi się włosy na głowie.

Sean, co ty zrobiłeś?

Mój Boże, Sean, coś ty zrobił?

72

Obejmujące moje plecy ramię Seana nieznośnie mnie parzy. On zawsze był jak kaloryfer, ogrzewał nasze łóżko w zimne noce, a ja często żartowałam, że jest gorącokrwistym Irlandczykiem, który stopił moje chłodne angielskie serce.

Gorącokrwistym czy porywczym jak zabójca?

Odsunęłam się od niego na sofie.

– Szalony czy nie – rzekłam, starając się zapanować nad głosem – jeżeli policja mimo wszystko podąży tym tropem, będzie miała natychmiast listę podejrzanych.

– Czyli? – zapytała Rowan.

– Osoby znajdujące się w tym pokoju.

– Nas?

– Tak.

I znów zapadło niezręczne milczenie, ponieważ wszyscy oswajali się z tą myślą.

– Wobec tego – odezwała się w końcu Rowan – powinniśmy chyba uporządkować wersję wydarzeń.

– Wersję wydarzeń? Co masz na myśli?

– No... wiesz. Tego, co się stało.

Najbardziej zależało mi na relacji Seana. Miałam dość podejrzeń, nieustannych domysłów, tego, że znana mi była tylko połowa faktów, a drugą połowę musiałam rozpracowywać samodzielnie. Od chwili przeczytania wiadomości w jego telefonie minęło pięć dni, pięć dni kłamstw, cierpienia i bólu, które zakończyły się tragedią. Chciałam więc usłyszeć prawdę z jego ust. Byłam to winna mojej przyjaciółce. A zarazem przerażało mnie, co takiego mógłby powiedzieć.

– Może po prostu wystarczy prawda? – zasugerowałam.

– Właśnie o to mi chodzi – odparła Rowan.

– Dobrze. Mówimy prawdę. – Spojrzałam na męża. Mój wzrok znów przykuły trzy pionowe zadrapania na jego policzku. – Może zaczniemy od ciebie, Sean?

– Ode mnie?

– Widziałeś Izzy w lesie?

Wzruszył ramionami i pokręcił głową.

– Chyba nie. Natknąłem się na Lucy daleko od ścieżki, a kiedy później wróciłem do lasu, Russ wynosił już stamtąd Odette.

Kłamca.

Ale Rowan kiwała głową.

– Tak, szedłeś z powrotem w stronę polany, gdy my wychodziliśmy z lasu.

– Co dalej? – zapytałam.

– Rozglądałem się za innymi, ale dym zdążył już zgęstnieć do tego stopnia, że niewiele widziałem. Wtedy jak ostatnia oferma nadziałem się na ten kolczasty krzak i uznałem, że czas stamtąd wiać.

– I nie widziałeś Izzy? – powtórzyłam.

– Nie. – Łamał mu się głos. – Wielka szkoda.

– Czy ktokolwiek ją widział?

Wszyscy pokręcili głowami.

– Nikt nie był świadkiem jej upadku?

Cisza.

Z racji mojego zawodu wiedziałam coś, czego nie wiedział nikt inny w tym pokoju. Zepchnięcie kogoś z dużej wysokości – okna wieżowca, dachu czy krawędzi urwiska – nastręcza śledczym ogromnych problemów, ponieważ taki czyn nie pozostawia praktycznie żadnych śladów kryminalistycznych, chyba że poprzedzałaby go walka. Nie ma narzędzia zbrodni – tylko grawitacja; nie ma śladów krwi na ubraniu napastnika. Brak obrażeń świadczących o obronie własnej. Brak jakichkolwiek śladów, które pozwalałyby połączyć ofiarę i sprawcę. Bez świadków, kamer przemysłowych albo przyznania się do zbrodni niesłychanie trudno udowodnić, że ofiara nie spadła sama.

Z kryminalistycznego punktu widzenia to zbrodnia prawie doskonała.

Czy kiedykolwiek mówiłam o tym swoim przyjaciołom? Na lekkim rauszu, przy butelce wina? Gdy rozpoczynałam szkolenie, bardzo ich ciekawiło, które procedury pokazywane w serialach policyjnych są najbardziej wiarygodne z punktu widzenia kryminalistyki, a które wyssane z palca. Uważali, że mam niezwykle interesującą pracę.

Ale czy opowiadałam im akurat o tym? Może tak, może nie. Nie potrafiłam sobie teraz przypomnieć. Uświadomiłam sobie, że jeśli w ogóle komuś o tym wspominałam, to najprawdopodobniej Seanowi.

– No dobrze – kontynuowałam, otrząsając się z tej myśli. – A co z pożarem? – Zwróciłam się do Jake'a i Ethana: – Teraz kolej na was. Wiecie, jak doszło do zaprószenia ognia?

Nie zdążyli odpowiedzieć, ponieważ ubiegła ich Jennifer.

– Chwileczkę! – wtrąciła się z wyraźnym oburzeniem w głosie. – Dlaczego moi chłopcy mieliby coś o tym wiedzieć?

– Bo tam byli.

– Bawiły się tam wszystkie dzieci.

– Widzieliście coś, chłopcy?

Obydwaj pokręcili głowami, ale żaden z nich nie patrzył mi w oczy.

– Czy ktokolwiek widział, jak doszło do pożaru?

Znów przeczące ruchy głowami.

– Może jakieś miejscowe dzieci przyszły do lasu od strony wąwozu – podsunęła Jennifer.

– W porządku. Czy ktoś widział tam jakieś obce dzieci dziś po południu?

Wzruszyła ramionami.

– Ja akurat nie.

– A czy ktokolwiek spotkał tam dzieci z miasteczka w którymkolwiek dniu od naszego przyjazdu?

Przeczące pomruki z każdej strony.

– Może należałoby zaczekać na policję, zanim zaczniemy wdawać się w szczegóły? – zaproponował Russ.

Zwróciłam się w jego stronę. Kipiałam od frustracji.

– Musimy zebrać wszystko, co wiemy, zastanowić się, jak mogło do tego dojść.

Sean zdjął rękę z moich ramion.

– Jeden ze strażaków znalazł okulary Izzy na polance – powiedział. – Nieopodal krawędzi urwiska. Włożył je do plastikowej torebki na dowody rzeczowe.

Rowan przytaknęła.

– Tak, też widziałam. Jedno szkło było stłuczone.

– Musiała je zgubić w tym zamęcie – dodał Sean. – Stracić orientację w dymie. Może biegła?

W jego głosie słychać było jakąś szorstkość i napięcie, których nie znałam.

Kłamca, pomyślałam.

Ale i tym razem Rowan mu przytakiwała.

– Wszędzie kłębił się dym. Mogła nie zauważyć urwiska.

Zrobiła to po raz trzeci w ciągu kilku minut. *Za każdym razem, gdy Sean coś mówi, ona potwierdza jego słowa. Dlaczego? O co tu chodzi?*

Odpowiedź pojawiła się, jeszcze zanim skończyłam zadawać sobie to pytanie. Odpowiedź w najwyższym stopniu cyniczna, okrutna i niesprawiedliwa w obecnych okolicznościach, ale czy takie samo nie stało się moje życie? Oto jak funkcjonował teraz mój mózg.

Chcesz uniknąć skandalu, prawda, Rowan? Żadnych brudnych spraw, żadnych przestępstw i nieczystych zagrywek, żadnego śledztwa. Po prostu tragiczny wypadek. Nic, co mogłoby przeszkodzić ci w twoich cennych interesach – i wielomilionowej dywidendzie.

73

Jennifer jakby się opamiętała. Usiadła prosto na krześle.

– No dobrze. – Popatrzyła na mnie znacząco. – O co jeszcze będą pytać detektywi?

– Nie znam się za bardzo na francuskich procedurach policyjnych, ale zakładam, że będą chcieli przesłuchać nas wszystkich, ustalić fakty, rozejrzeć się na miejscu i wówczas podjąć decyzję o dalszych działaniach.

– Co jeszcze, Kate?

– To znaczy?

Jennifer spojrzała na rozpartych na sofie synów.

– Ej, a może cała młodzież zeszłaby na dół do sali gier, a dorośli by sobie porozmawiali? Co wy na to? Wzięlibyście sobie jakieś napoje, może włączyli DVD? Zrobiłbyś to dla mnie, Jakey?

Jake wzruszył ramionami i wstał, za nim jego młodszy brat. Potem Lucy, która złapała Daniela za rękę i poprowadziła go do schodów. Z pięciorga dzieci została tylko Odette z kciukiem w buzi, jakby przytwierdzona do kolan matki, z głową przyciśniętą do jej piersi. Paplająca zwykle jak najęta dziewczynka od czasu powrotu do willi po pożarze siedziała cicho jak mysz pod miotłą i teraz również się nie odezwała – ani nie ruszyła z miejsca. Rowan pogłaskała ją po długich rudych włosach, komunikując wszystkim tym gestem: „Moje dziecko zostaje ze mną".

Jennifer uśmiechnęła się do Rowan ze współczuciem i znów zwróciła się do mnie:

– Słuchaj, Kate, wiem, że to był wypadek, wiemy to wszyscy. Myślę, że nie musimy opowiadać policji o pewnych rzeczach.

– Na przykład o jakich?

– Naprawdę mam o tym mówić?

Po wyjściu dzieci została nas równo połowa: ja, Jennifer, Rowan, Odette, Russ i Sean. Wszyscy patrzyli teraz na mnie, na rumieniec, który wypływał mi na policzki. W sumie dlaczego nie? Dlaczego nie wyłożyć kawy na ławę? Nie miało to już teraz znaczenia, absolutnie żadnego. Wydarzenia tygodnia stały się odległe i banalne w porównaniu z dzisiejszą tragedią.

– Skoro musisz…

– No... na przykład o temacie naszej wczorajszej rozmowy w kawiarni. – Zawahała się, po czym brnęła dalej: – Że podejrzewałaś Izzy o romans z Seanem.

Russ aż się poderwał.

– Co?!

Siedzący obok Sean złapał się za głowę.

– Jezu Chryste... Nie, nie, nie.

– Romans? Co tu jest grane? – nie rozumiał Russ.

Odwróciłam się do mojego męża.

– Przeczytałam wiadomości na twoim telefonie, Sean. Od CoralGirl. W dniu naszego przyjazdu. Jak to nie możesz przestać o niej myśleć i nie jesteś w stanie dłużej tak funkcjonować. I czy Kate coś podejrzewa.

W pokoju zapadła cisza jak makiem zasiał.

Kręcił głową, ale milczał.

– Żałuję, że nie zapytałam cię o to od razu, ale zabrakło mi odwagi. – Łzy toczyły się po moich policzkach. – Żałuję, że tego z siebie nie wyrzuciłam i nie zażądałam wyjaśnień. Boże, gdybym to zrobiła, może Izzy by żyła.

Rowan usiadła obok mnie.

– Nie obwiniaj się, Kate.

– Wiedziałam tylko, że chodzi o którąś z was trzech. Prawdę mówiąc, najpierw podejrzewałam ciebie, Rowan.

– Wiem, ale się myliłaś. – Posłała mężowi surowe spojrzenie. – I ty także, Russ.

– Teraz to wiem – rzekłam. – Potem wydawało mi się, że może to Jen, ponieważ zarejestrowała ich razem kamera Daniela, chodzili na długie wspólne spacery do miasteczka i tak dalej. Chciałam jednak zdobyć niezbity dowód, więc odblokowałam komórkę Seana, kiedy drzemał, podszyłam się pod niego i poprosiłam CoralGirl o spotkanie w lesie. Nie pojawiła się na nim Jen. Przyszła Izzy.

– Jezu – szepnął Russ. – Kiedy to było?

– Dwa dni temu. We wtorek. Gdy zobaczyłam Izzy, nie wiedziałam, co zrobić, ponieważ wyszło na to, że znów popełniłam błąd. Kompletnie zbiło mnie to z tropu. Wróciłam do willi. Sean specjalnie zniszczył swój telefon, wskoczył do basenu z komórką w kieszeni kąpielówek, żeby zatrzeć ślady.

– Czy to prawda, Sean? – zapytała Rowan.

Pokręcił tylko głową, nie odrywając wzroku od podłogi.

Powiedz mi, proszę. Dość oszustw. Dość kłamstw.

– Powiedz mi, Sean – błagałam. – Muszę znać prawdę.

– Nie. – Jego głos był niewiele głośniejszy od szeptu.

– Nie wierzę ci. Dlaczego nawet na mnie nie patrzysz?

Podniósł głowę, spojrzał mi prosto w twarz. Miał czerwone, załzawione oczy.

– Powiedziałem: nie. To nieprawda.

Nawet teraz nie potrafił się przyznać. Zachodziłam w głowę, co stało się z człowiekiem, którego poślubiłam, jak dawno temu zaczęło się między nami psuć.

No i proszę, co z tego wszystkiego wynikło: skrzywdzona żona i zdesperowany kochanek. De facto podejrzani w sprawie śmierci naszej drogiej przyjaciółki.

– Możesz zaprzeczać, to i tak nie ma znaczenia – oznajmiłam. – Izzy sama zamierzała mi powiedzieć, poprosiła mnie o rozmowę w cztery oczy dzisiaj po kolacji. W osobistej sprawie. I nawet już zaczęła, ale wtedy wybuchł pożar i wszystko stanęło na głowie…

– I stało się, co się stało – dokończyła cicho Rowan.

– Nie zrobiłem Izzy nic złego! – wybuchnął nagle Sean. – Przysięgam. Nigdy bym jej nie skrzywdził!

Jennifer uśmiechnęła się do niego współczująco.

– Wiem, Sean, wszyscy o tym wiemy.

Czyżby?

– Przepraszam, że poruszyłam tę kwestię, Kate – ciągnęła.
– Po prostu uważam, że lepiej będzie nie wspominać o tych rzeczach policji. Bo to daje ci chyba… motyw.

– Nigdy bym jej nie tknęła!

– Wiem i właśnie do tego zmierzam. Jeżeli powiemy o tym policji, zaczną szukać wiatru w polu, a na tym nikomu z nas nie zależy. Bardzo byśmy nie chcieli, żeby rodzina Izzy musiała być świadkiem szargania jej imienia, wciągania jej w te bzdury rodem z brukowców.

– Zgadza się – przyznała Rowan.

Wnętrzem dłoni otarłam łzy.

– W ogóle nie widziałam jej w lesie, kiedy rozpętało się to piekło.

Jennifer poklepała mnie po kolanie.

– Nikt jej nie widział, Kate. To nie twoja wina.

Siedząca na kolanach Rowan Odette zaczęła szeptać coś matce do ucha. Rowan zmarszczyła czoło.

– Skarbie, możesz powtórzyć?

Odette stanowczo zaprzeczyła.

– Kochanie, proszę. Nic się nie stanie, przysięgam.

Dziewczynka przysunęła usta do ucha Rowan i znów zaczęła coś szeptać, tym razem głośniej, ale nie na tyle, byśmy i my usłyszeli.

– Jesteś pewna, skarbie? – zapytała cicho Rowan. – Tak super-, superpewna?

Odette skinęła głową. Nieznacznie, niemal niedostrzegalnie. Leciutko pochyliła brodę, nie zrywając kontaktu wzrokowego z matką.

– Co się dzieje? – spytałam. – Chce dołączyć do pozostałych dzieci w sali gier?

– Nie – odparła Rowan, ciemniejąc na twarzy. – Mówi, że… że coś widziała. Kiedy chowała się w pniu drzewa, widziała Izzy na krawędzi urwiska. Z kimś.

Wzdrygnęłam się na dźwięk odległego grzmotu, który przetoczył się przez niebo.

– Z kim? Kto z nią był?

Odette popatrzyła na nas wszystkich, jej wielkie piwne oczy jakby widziały nas po raz pierwszy. Powoli, niepewnie podniosła rękę i wskazała palcem.

74

Siedzący obok mnie Sean stężał, zwinął dłonie w pięści, poczułam, jak twardnieją naprężone mięśnie jego ramion.

Jest świadek tego, co zrobiłeś, Sean. Prawdziwy żywy świadek.

Ale czy uwierzą na słowo pięcioletniej dziewczynce zamiast dorosłemu mężczyźnie?

Rozkojarzona zastanawiałam się, jak Sean zareaguje na oskarżenie, czy będę odwiedzać męża we francuskim więzieniu albo czy dzieci będą chciały się z nim widywać. Gdzie będzie odsiadywał wyrok? Na ile lat go skażą? A może zostanie poddany ekstradycji do Wielkiej Brytanii?

Odette nawet nie drgnęła powieka. Milczała, nie płakała ani nie zasłaniała twarzy. Tylko wskazywała palcem. Drżącym, tak jak cała jej dłoń, wycelowanym w stronę jednej osoby, która siedziała naprzeciwko.

Jennifer.

Czas zwolnił, oczy wszystkich zwróciły się w tamtym kierunku.

– Co? – rzekła zmieszana Jennifer, leciutko się uśmiechając.

Wreszcie Odette odzyskała głos.

– Krzyczały na siebie. Różne wstrętne rzeczy. A potem przywiało dym, a kiedy znów było widać, stała tam tylko mama Jake'a i Ethana. Tej drugiej pani nie było.

– Nieprawda – zaprzeczyła Jennifer. – Nie było mnie w pobliżu urwiska.

Rowan ponownie zwróciła się do córki:

– Może widziałaś jakąś inną panią, Odette? Inną mamę?

Dziewczynka w milczeniu pokręciła głową.

– Może to była mama Lucy? – Rowan wskazała na mnie.

Odette ponownie zaprzeczyła.

– Wysoka pani. Blondynka.

– Lucy też ma blond włosy – zauważyła Jennifer.

– Mama Jake'a i Ethana! – powtórzyła z oburzeniem dziewczynka.

– Wydaje się zupełnie pewna – rzekła Rowan – że to byłaś ty, Jen.

Jennifer wzniosła ręce.

– Na litość boską, ona ma pięć lat! Trudno ją uznać za najbardziej wiarygodnego świadka, prawda?

– Ona nie kłamie.

– Zabiega o uwagę! – wypaliła Jennifer podniesionym głosem. – Robi to od samego początku, tylko wszyscy są na tyle kulturalni, że wam tego nie wytykali!

– Co? – Rowan poczerwieniała z gniewu. – Co ty sobie, do cholery, wyobrażasz? Czepiasz się mojej...

– W tej chwili też gra! Żeby tylko zwrócić na siebie uwagę!

– Zamiast być wzorem wszelkich cnót jak twoi chłopcy?

– Jak śmiesz! – krzyknęła Jennifer i oskarżycielsko wytknęła palec. – Nie masz zielonego pojęcia, o czym mówisz.

– A jak ty śmiesz krytykować moje dziecko, podczas gdy twój starszy syn tarzał się wczoraj wieczorem we własnych wymiocinach!

Zaczęły się przekrzykiwać, atakować, obsypywać nieprzerwanym gradem oskarżeń i kontroskarżeń, ich podniesione, mocno podenerwowane głosy ścierały się ze sobą, zderzały.

– Nie masz prawa mieszać moich synów do...

– A ty nie masz prawa mówić o mojej córce...

– Jest rozpieszczona jak...

Włączył się Russ. Na szyi nabrzmiały mu żyły.

– Masz cholerny tupet...

– Ja mam tupet?! I to mówi facet, którego córka mogła się utopić, podczas gdy on...

– To kompletne bzdu...

– A w dodatku praktycznie oskarżył moich synów o...

– Z tego, co wiemy, to właśnie twoi synowie mogli zaprószyć ogień...

– Z tego, co wiemy, mogliście namówić Odette do...

– Namówić? Czyś ty zwario...

Rowan gwałtownie umilkła.

Odette przyciskała ręce do uszu i cicho płakała, po jej piegowatych policzkach toczyły się łzy wielkie jak grochy.

– Ciii... – mówiła Rowan, drżącą ręką głaszcząc córkę po głowie. – Już dobrze, skarbie, przepraszam, koniec krzyków. Przepraszam. Spokojnie...

Powróciła cisza. Wrzaski umilkły, ale napięcie pozostało, zalegało w pokoju jak zepsute powietrze.

W końcu Jennifer podniosła ręce.

– Próbuję pomóc Kate i zrobić to, co trzeba, dla Izzy. Nic więcej.

– Wiemy – odparłam. – Wszyscy jesteśmy w szoku.

– Ale nie mam pojęcia, dlaczego Odette sądzi, że widziała mnie z Izzy. Przede wszystkim martwiłam się, żeby wyprowadzić z lasu moich synów.

To prawda, że Odette trudno traktować jak w pełni wiarygodnego świadka. Gdybyśmy choć raz mieli być wobec siebie całkowicie szczerzy – a jako rodzice wiedzieliśmy doskonale, że nigdy nie należy być całkowicie szczerym we wzajemnych rozmowach o dzieciach – musielibyśmy przyznać, że rzeczywiście zachowywała się dość nieznośnie od dnia naszego przyjazdu. Napady złości, grymaszenie przy stole, przedłużający się w nieskończoność rytuał kładzenia się spać – to wszystko sposoby na ściągnięcie na siebie uwagi rodziców, którzy poświęcali jej więcej swoim telefonom.

A jednak...

A jednak była pewna, absolutnie przekonana, że widziała Jennifer z Izzy nad przepaścią. Znajdowała się dość blisko tego miejsca, mogła widzieć pomimo dymu. Na tyle blisko, by słyszeć ich kłótnię.

Krzyczały na siebie. Różne wstrętne rzeczy. A potem przywiało dym, a kiedy znów było widać, stała tam tylko mama Jake'a i Ethana. Tej drugiej pani nie było.

To mi nie pasowało, nie miało sensu. Nie zgadzało się ze stanem mojej wiedzy.

Jeszcze kilka minut temu byłam pogodzona z faktem, że odkryłam wstrętną, brudną prawdę w samym środku mojego małżeństwa, że nie będę kłamać przed policją, nie będę zatajać dowodów, sprzeniewierzać się wszystkiemu, w co wierzę. Pogodziłam się z faktem, że mój mąż – ojciec moich dzieci, mężczyzna, którego kochałam całym sercem, mężczyzna, z którym chciałam się zestarzeć – mnie zdradził. I że ta zdrada przeistoczyła się w morderstwo.

Jednak słowa Odette kłóciły się z tym obrazem.

I było coś jeszcze, coś więcej, tuż poza polem widzenia. Wyczuwałam tego obecność, ale kiedy próbowałam się rozejrzeć, umykało.

A jeśli przez cały czas patrzyłam na wszystko z niewłaściwej strony? Kilka dni temu byłam przekonana, że winowajczynią jest Rowan, potem, że Jennifer, a na końcu Izzy. Przez cały tydzień tkwiłam w błędzie. Teraz moja przyjaciółka nie żyje – a ja być może nadal się mylę. A jeśli pozwoliłam, by emocje wzięły nade mną górę? A jeśli nie odłożyłam na bok „trybu zawodowego", jak lubił mawiać Sean, tylko zaprzęgłam go do pracy na wakacjach?

Pamiętam pierwsze miejsce zbrodni, na które wezwano mnie po tym, jak zdałam egzamin kwalifikacyjny. Włamanie do domu, nic nadzwyczajnego, poza sporą ilością biżuterii, gotówki i sprzętów elektronicznych skradzionych przez włamywaczy, którzy nie pozostawili po sobie ani jednego śladu. Żadnych odcisków palców, żadnych odcisków stóp, żadnego DNA. Staranna robota. I całkowita mistyfikacja: właściciel domu, fan *CSI: Kryminalnych zagadek Miami*, próbował wyłudzić od firmy ubezpieczeniowej odszkodowanie. Wpadł kilka miesięcy później, gdy udokumentowano, że zdjęcia „skradzionego" rolexa zostały zrobione już po rzekomym włamaniu.

Jako kompletna nowicjuszka w zawodzie, pracująca zaledwie od tygodnia, dałam się wtedy całkowicie zwieść. I teraz gnębiło mnie pytanie: czy i tym razem dałam się oszukać?

Powróciłam myślami do rozmowy z Izzy, którą odbyłyśmy zaledwie dwie godziny temu. Co powiedziała? Co faktycznie powiedziała?

To bardzo trudne, Kate, ale gruntownie przemyślałam sprawę i zrozumiałam, że w obecnych okolicznościach jest to słuszne rozwiązanie.

Kate, nie wiem, jak ci to powiedzieć. Biłam się z myślami...

Przede wszystkim do wtorku nie zdawałam sobie sprawy, że...

Że co? Wtedy założyłam, że nie zdawała sobie sprawy, że o nich wiem, że wiem o zdradzie Seana. Ale może pochopnie wyciągnęłam niewłaściwe wnioski.

Burza była coraz bliżej. Coś zaskoczyło w mojej głowie i w końcu, w końcu pomyślałam, że być może zaczynam rozumieć...

75

Przyglądałam się moim przyjaciołom siedzącym naprzeciwko mnie na sofie. Rowan pociesza córkę, delikatnie kołysząc ją na kolanie. Russ wytrząsa na dłoń papierosa z paczki marlboro i ma taką minę, jakby chciał kontynuować pyskówkę. Jennifer znów bliska łez, z czerwonymi plamami na policzkach.

– Jen – powiedziałam – dlaczego odesłałaś dzieci?

– Co?

– Dziesięć minut temu. Odesłałaś pozostałą czwórkę do sali gier na dole.

Wzruszyła ramionami, miała nieobecny wyraz twarzy.

– Uznałam, że to nie są sprawy odpowiednie dla dzieci. – Wymownie spojrzała na Rowan. – Z czego teraz cholernie się cieszę.

– Coś jeszcze?

– Nastolatkom trudno radzić sobie ze smutkiem, z żałobą. To dla nich nowe doświadczenie, nie chciałam jeszcze bardziej zachwiać ich równowagi. Są wystarczająco załamani, próbując uporać się z tym, co się stało. I… – Zawahała się. – Chciałam też oszczędzić ci zażenowania.

– Wszystko to rozumiem i doceniam. – Tym razem ja się zawahałam. – Ale jaki był inny powód?

– Inny powód czego?

– Odsunięcia dzieci od naszej rozmowy.

– Nie rozumiem, do czego zmierzasz.

– Co to wszystko ma wspólnego z dziećmi?

Wzruszyła ramionami.

– Nic. Poza tym, że są tu z nami wszystkimi od tygodnia.

W moim mózgu obracały się trybiki. Łzy mojej córki. Rozmowa na plaży. Strona „ku pamięci" na Facebooku. Rozciągnięty na trawie Ethan wpatrzony w nocne niebo. Jaki tak pijany, że nie może ustać. Izzy prowadząca go z wąwozu.

W dodatku za każdym razem, kiedy przystawaliśmy, bo chciało
mu się wymiotować, zbierało mu się na rozmowy, mówiła.

O czym?

O wszystkim.

O wszystkim.

– Zastanawiam się, co Jake powiedział wczoraj wieczorem
Izzy. Kiedy był pijany.

– Nie mam pojęcia – odparła Jennifer.

– Naprawdę? Żadnego?

Prawie nieuchwytny, niewidoczny, lecz nie całkiem: leciuteń-
ki skurcz mięśni pod okiem Jennifer.

– Widziałaś, w jakim był stanie – stwierdziła. – Niemal zamroczony, mówił bez ładu i składu.

– Wedle słów brata „szukał zapomnienia". Z jakiego powodu?

– To nastoletni chłopcy. Sprawdzają, jak daleko mogą się
posunąć, szukają nowych doznań.

Zmieniłam taktykę.

– Czy chłopcy znają niejakiego Alexa Bayleya?

Wydawało mi się, że przez jej twarz przemknął jakiś nieokreś-
lony grymas. Trwał ułamek sekundy i zniknął. W tym tygodniu
moja ocena sytuacji okazywała się tak chybiona, że niewiele brakowało, bym go zignorowała.

– Nie – odparła. – To znaczy nie sądzę, żeby znali. Chodził
do ich szkoły?

Wyłapałam w tej odpowiedzi fałszywą nutę, ale na razie nie
drążyłam dalej.

– A pożar? – ciągnęłam. – Dlaczego akurat dzisiaj? Jak do
niego doszło?

Z irytacją rozłożyła ręce.

– Już to przerabialiśmy. Co to ma być: gra w dwadzieścia
pytań?

– Można sobie wyobrazić, że jeden pożar wybuchł przypadkiem. Mnie się jednak wydaje, że paliło się w dwóch różnych miejscach, i początkowo myślałam, że Jake i Ethan...

Jennifer wstała, miała oczy pełne łez.

– Dosyć! Od jak dawna się przyjaźnimy? Wprost nie do wiary, że waszym zdaniem te ataki na moich synów są w porządku. I to nie pierwszy raz. To okropnie krzywdzące i bolesne, aż nie wierzę własnym uszom. Wszyscy jesteśmy zdruzgotani i zrozpaczeni tym, co się stało, ja tak samo jak wy.

Uniosłam ręce w uspokajającym geście.

– Pozwól mi dokończyć, Jen. Na początku pomyślałam, że dwaj chłopcy to dwa źródła ognia. A jeśli było inaczej? Jeśli to oznacza coś zupełnie innego?

– Na przykład co? – zapytał Russ.

– Dwa zarzewia dla pewności, że las zajmie się ogniem. Że wystrzelą płomienie i będzie dużo dymu. I że nie da się tak szybko tego ugasić.

– A co miałoby to na celu?

– Odwrócenie uwagi.

– Zasłona dymna – dodał Russ.

– Właśnie. – Zwróciłam się do jego żony: – Pamiętasz, Rowan, jak zauważyłyśmy dym i biegłyśmy we trójkę przez winnicę? Ty, ja i Izzy?

– Tak, byłam przerażona.

– A pamiętasz ostatnie słowa Izzy, gdy wbiegałyśmy do lasu?

Zmienił się wyraz jej twarzy, spojrzenie błyskawicznie przeniosło się na Jennifer i wróciło do mnie.

– Mówiła, że idzie poszukać Jen, pomóc jej zgarnąć chłopców.

– Tak. Ja zapamiętałam to samo.

Cisza ciągnęła się przez długą chwilę.

– No i? – przerwała milczenie Jennifer. – Co z tego?

– Izzy poszła szukać ciebie. Ruszyła ci na pomoc. I cię znalazła, ponieważ widziała was Odette.

Jennifer poszła w stronę drzwi.

– Wiesz co? Nie muszę tego wysłuchiwać, to jakiś absurd! – Głos drżał jej z oburzenia. – Moja przyjaciółka zginęła w wyniku potwornego, koszmarnego wypadku, a ty koniecznie chcesz znaleźć winnego. A może byś tak poszukała bliżej siebie, Kate? Przyjrzała się swojej roli w tym wszystkim? To ty śledziłaś przez tydzień własnego męża, to ty wykoncypowałaś, że pieprzy się z twoją bliską przyjaciółką, to ty zażądałaś od niej wyjaśnień. Może opowiesz o tym wszystkim policji? Zobaczymy, jak na tym wyjdziesz!

– Tak – odrzekłam z dziwnym spokojem, który ogarnął mnie po raz pierwszy od kilku dni. – Właśnie tak powinniśmy zrobić. Powiedzieć o wszystkim policji.

Spojrzała na mnie z niedowierzaniem przemieszanym z litością.

– Powodzenia, kochana.

Po czym wypadła z pokoju jak burza i zawołała do Jake'a i Ethana, żeby poszli do swoich pokojów i zaczęli się pakować.

Ku mojemu zdziwieniu Sean zerwał się z miejsca i wybiegł za nią. Kilka sekund później dotarły do nas ich głosy, co prawda ściszone, ale prowadzące zajadłą dyskusję.

Rowan przekazała Odette mężowi, a sama usiadła obok mnie.

– Kate, jak się czujesz?

– Podle. A ty?

– Ja też. – Ścisnęła moją rękę. Po raz pierwszy, odkąd pamiętam, wydawało się, że zabrakło jej słów. – Naprawdę myślisz, że to zrobiła?

Wzruszyłam ramionami.

– Szczerze? Nie wiem. O tym zdecyduje policja, nie my.

– I co teraz? – Zniżyła głos do szeptu. – Jeśli byłaby zdolna do czegoś takiego, kto wie, czego jeszcze można się po niej spodziewać?

Nie miałam dla niej odpowiedzi. Wypłynęliśmy z bezpiecznej przystani na nieznane wody, bez mapy, która wskazałaby nam drogę do domu. Mogliśmy zrobić tylko jedno: płynąć dalej.

– Musimy cierpliwie czekać na przybycie policji. A tymczasem porozmawiam z Seanem. Zadam mu kilka pytań.

Był w kuchni, spierali się z Jennifer. Gdy stanęłam w drzwiach, kłótnia zamarła im na ustach.

– Muszę się przewietrzyć, Sean. Może wyjdziemy na taras?

Skinął głową. Wyglądał jak człowiek w drodze na szubienicę, który wie, że jego dusza jest już potępiona.

– Dobrze – odparł cicho.

Nadszedł moment prawdy.

76

Powietrze na dworze było gęste od wilgoci, burza na południe od nas pogrążyła ziemię w głębokim cieniu. Zbliżała się z dużą prędkością, wkrótce znajdzie się nad nami. Na razie wieczorne słońce prażyło z bezlitosną śródziemnomorską intensywnością, przypiekało skórę, gdy tylko wyszliśmy na zewnątrz. Usiedliśmy na drugim końcu tarasu, przed nami niczym akwarela malowana żywą zielenią i głębokimi, ziemistymi brązami roztaczał się pejzaż francuskiej wsi.

– Sean, zanim powiem coś więcej, chciałabym, żeby jedno było między nami jasne.

– Okej – rzucił niepewnie.

– W całym moim życiu nie ufałam nikomu tak, jak ufam tobie. Nawet rodzicom czy siostrze. Ufam ci całkowicie, powierzam ci rozmaite sprawy, dzielę się różnymi myślami.

Kiwał głową, ale milczał.

– W tym tygodniu moje zaufanie zostało wystawione na ciężką próbę, doprowadzone do punktu, od którego, jak sądziłam, nie ma już odwrotu. Do punktu, po którego przekroczeniu już nic nie będzie takie samo. Mimo wszystko nadal uważam, że mamy jeszcze szansę. A ty?

Głośno przełknął ślinę.

– Mam nadzieję.

– Nie stracimy jej pod jednym warunkiem: że mi zaufasz. Musisz mi zaufać. Musisz mi powiedzieć, co się tutaj dzieje, teraz. Muszę znać prawdę.

– Wiem.

– I przysięgam na Boga, przysięgam na własne życie: jeśli nie powiesz mi całej prawdy – naprawdę całej – pierwszą rzeczą, jaką zrobię po powrocie do domu, będzie złożenie pozwu rozwodowego. Zabije mnie to, ale tak zrobię.

– Nie rób tego – powiedział pospiesznie. – Nie.

– A więc żadnych tajemnic.

– Żadnych tajemnic – zgodził się.

– Dobrze.

Zdawał się zapadać pod własnym ciężarem, osunął się na krześle, jakby ukrywał coś od tak dawna, że zużył na to całą energię. Gdy się odezwał, jego głos był niewiele donośniejszy od szeptu:

– Nie zrobiłem tego. Nie zepchnąłem Izzy w przepaść.

Ujęłam oburącz jego dużą dłoń.

– Wiem, Sean. Wiem, że tego nie zrobiłeś.

Podniósł wzrok i zamrugał zaskoczony.

– Wiesz?

– Tak.

– Przecież myślałaś, że...

– Już tak nie myślę. Zdołałam wreszcie rozgryźć parę rzeczy.

– Nie było w tym ani krztyny prawdy, musiałam jednak przekonać go, że jest inaczej, skłonić w ten sposób do szczerości. – Potrzebuję tylko twojej pomocy w ułożeniu wszystkich elementów we właściwej kolejności.

Odchylił głowę tak daleko w tył, że widział przed sobą tylko niebo i zbierające się nad nami ciemne chmury.

– Jezu, ale się porobiło... Ale się, do kurwy nędzy, porobiło.

– Znów na mnie spojrzał. – Dopiero kiedy wspomniałaś o Alexie Bayleyu, zrozumiałem, że nie ma sensu dłużej tego ciągnąć. Że to już koniec.

– Mów. Całą prawdę.

Potarł dłońmi twarz, ciężko westchnął, przez chwilę patrzył na ciemne wzgórza w oddali, po czym skierował na mnie całą swoją uwagę.

– Wszystko zaczęło się kilka tygodni temu.

– I?

Zawahał się, ale brnął dalej.

– Wyszedłem pobiegać, trenowałem do półmaratonu, w którym zamierzałem wystartować. Pora była późna, na drodze cicho i pusto. Biegłem jedną z tych bocznych uliczek przy polu golfowym i w pewnym momencie znalazłem się za samochodem, który stał na skrzyżowaniu z włączonymi światłami i zapalonym silnikiem. Tylko ten samochód, wokół ani żywej duszy. Pomyślałem, że może zabłądził albo coś. Dopiero kiedy się z nim zrównałem, zobaczyłem siedzącego za kółkiem kierowcę, z telefonem w ręku, a przed nim na drodze leżał rower górski, kompletnie powyginany. Popatrzyłem na kierowcę i go rozpoznałem.

Przypomniałam sobie poprzedni dzień, Daniela pozostawionego samopas w willi, zapewnienia Jennifer, że jej chłopcy nigdy nie wzięliby samochodu.

– To był Jake, prawda?

– W aucie Jennifer. Chciałem zapukać w szybę, ale nie zdążyłem, bo wcisnął gaz do dechy i popędził na złamanie karku. Zostałem więc ja i ten poskręcany rower. I wtedy zauważyłem rowerzystę. Siła uderzenia odrzuciła go w żywopłot dużo dalej. Musiałem być w szoku. Sprawdziłem puls chłopaka, nadal wyczuwalny, ale było z nim kiepsko. Nie miał na głowie kasku, cała twarz we krwi. Wyjąłem telefon, chciałem wezwać karetkę, ale gdy zacząłem wybierać numer, komórka zaczęła dzwonić mi w ręku. Jen, zalana łzami, błagała mnie, żebym nie mówił, co widziałem, nie podawał rejestracji auta, żebym nie mieszał do tego Jake'a. Nie wiedziałem, co robić. Była totalnie roztrzęsiona.

Udało mi się nie wstrzymać oddechu.

– Więc się zgodziłeś.

– Nie wiedziałem, co robić! Chciałem postąpić właściwie, Jennifer była w rozpaczy. Chciałem jej pomóc, więc zadzwoniłem na pogotowie i powiedziałem, że znalazłem na drodze chłopaka i rower. Nic więcej.

– Nie wspomniałeś o samochodzie ani o kierowcy.

Pokręcił głową. Wiatr smagał mu włosy.

– Jen była w strasznym stanie, uznałem, że to najlepsze, co mogę zrobić.

– Skłamałeś przed policją?

– Wiele bym dał, żeby móc cofnąć czas.

Jedno kłamstewko, jedno małe oszustwo, żeby pomóc przyjaciółce. I oto do czego nas to doprowadziło, wstrząśniętych, pogrążonych w żalu, oczekujących na przybycie policji.

– Dlatego przestałeś biegać. Myślałam, że oszczędzałeś energię na romans. Boże, jaka ze mnie idiotka.

– Utworzyliśmy fejkowe profile na Messengerze, żeby być w kontakcie, w razie gdybyście ty albo Alistair zajrzeli do naszych telefonów. Trzymaliśmy rękę na pulsie, przekazywaliśmy sobie na bieżąco informacje, ja wyciągałem od ciebie wiedzę dotyczącą policyjnych śledztw na tyle, na ile się dało, obmyślając, jakie powinniśmy podjąć dalsze kroki, gdyby zaczęło robić się gorąco. Rowerzysta leżał na intensywnej terapii i wszyscy mieli nadzieję, że z tego wyjdzie.

Muszę z tobą porozmawiać
Czy K coś podejrzewa?
Nie ma o niczym pojęcia. Ale nie mogę tego tak ciągnąć
Zdecydujemy we Francji. Wymyślimy, co zrobić
Nie mogę przestać myśleć o tym, co powiedziałaś

– To ona jest CoralGirl. Wiadomości, które przeczytałam w twoim telefonie, pochodziły od niej.

– Zanim przeprowadziła się z rodziną do Anglii, chodziła w LA do podstawówki Coral Bay. Czy coś w tym stylu.

– A kiedy we wtorek odblokowałam twój telefon i wysłałam jej zaproszenie? Odpowiedziała na nie Izzy.

Wbił wzrok w ziemię.

– Gdy tylko poszłaś do domu, sprawdziłem telefon i zobaczyłem, co zrobiłaś. Zdążyłem wysłać Jennifer drugą wiadomość, odwołać spotkanie. Wpadłem w panikę, byłem pewien, że już wiesz, co jest grane, zasugerowałem więc, żeby wysłała tam Izzy, a sama zajęła się przygotowywaniem podwieczorku.

– I Izzy spełniła prośbę.

Wykrzywił się, jakby lada chwila znów miał się rozkleić.

– Starała się pomóc.

– Sean, tym rowerzystą był Alex Bayley, prawda?

Potwierdził.

Przypomniałam sobie teraz akta, które przewinęły się przez moje biurko w pracy – to dlatego nazwisko wydawało mi się znajome.

– Kiedy umarł?

– Wczoraj. Jego znajomi założyli na Facebooku stronę poświęconą jego pamięci.

– I dlatego Jake chciał się upodlić. – Mignął mi przed oczami obraz Izzy z trudem podpierającej nastolatka, prowadzącej go z mozołem przez ogród. – Dlatego szukał zapomnienia.

– Jakoś z grubsza się trzymał, póki Alex leżał w szpitalu i wszyscy sądzili, że się wykaraska. Dopiero po wczorajszej zabawie w basenie dowiedzieli się, że zmarł wskutek odniesionych obrażeń.

Pomyślałam o komórkach Jake'a i Ethana pikających co kilka sekund, kiedy grali w piłkę wodną, o powiadomieniach w mediach społecznościowych, o wiadomościach rozchodzących się wśród rówieśników jak niekontrolowany ogień.

– W mediach społecznościowych aż huczało?

– Wszędzie. Jake wyszedł z wody, dowiedział się, że Alex nie żyje, i… po prostu stracił głowę.

Kolejny element układanki trafił na swoje miejsce.

– Dlatego dał sobie w gaz. A kiedy Izzy go znalazła, powiedział jej, co zrobił, prawda? Po pijaku wyznał, że kogoś zabił?

– Izzy zapytała o to Jen wprost dziś po południu. Jen błagała, żeby Izzy zachowała to w tajemnicy, ale Izzy odmówiła ze względu na tamtą tragedię z przeszłości. Z narzeczonym.

Przypomniał mi się pękający w szwach kościół, w którym były tylko miejsca stojące. Izzy porażona smutkiem, rozpaczająca po stracie Marka, mężczyzny, którego miała wkrótce poślubić.

– Zabitym przez kierowcę, który zbiegł z miejsca wypadku i którego nigdy nie znaleziono. Nie chciała nawet słyszeć o powtórnym przeżyciu takiej sytuacji?

– Nie było mowy.

– Na taką rzecz nie przymknęłaby oka za żadne skarby świata, bez względu na to, kto byłby w nią zamieszany. Ponieważ tak samo zginął jej narzeczony. – Ciężko westchnęłam. – Chciała mi o tym dzisiaj powiedzieć, ale ja, uparta jak osioł, nie słuchałam. A zaraz potem wybuchł pożar.

– Tak.

Chmury przesłoniły słońce, temperatura od razu spadła o kilka stopni, zerwał się wiatr.

– Podkładanie ognia w co najmniej dwóch oddalonych od siebie punktach, by mieć pewność, że się zapali i że nie da się szybko ugasić płomieni, to klasyczna strategia podpalacza – spotkałam się z nią nie raz w sprawach o podpalenie. Wskazuje to na działanie z premedytacją, a nie zabawę nastolatków. – Pokręciłam głową. – Gdy tylko zobaczyłam dym, wiedziałam, że coś tu nie gra.

– Nie przyszło mi do głowy, że Jen posunie się do czegoś takiego. Nie miałem pojęcia, że jest do tego zdolna.

– Za wszelką cenę nie chciała dopuścić do tego, żebym się dowiedziała.

– Tak.

Obraz zaczynał się klarować, ale nadal nie rozumiałam jednej kluczowej sprawy.

– Jen i Alistair są naszymi przyjaciółmi, chcemy jak najlepiej dla nich i dla ich synów, to zrozumiałe. Natomiast nie pojmuję, dlaczego mi o tym nie powiedziałeś.

Patrzył na mnie, jak gdyby odpowiedź była oczywista.

– Ze względu na to, kim jesteś, jaki wykonujesz zawód. I na to, jaka jesteś. „Prawda, cała prawda i tylko prawda". Mało tego, na miejsce wypadku przysłano twojego kolegę, to on zbierał dowody. Gdybym ci o tym powiedział, znalazłabyś się w klinczu, a przecież oboje wiemy, jaka jesteś: w twoim świecie wszystko jest czarne albo białe, natychmiast zmusiłabyś mnie do udania się prosto na komisariat i zmiany zeznań.

Zastanowiłam się.

– Chyba masz rację.

– Wiem, że mam.

– Nie mogą stać poza prawem. Nikt nie może.

– Może i nie mogą. Ale jest jeszcze jeden powód, dla którego ci nie powiedziałem. O wiele istotniejszy.

– Jakie może być usprawiedliwienie dla zatajenia dowodów i utrudniania policji śledztwa przy tak poważnym wypadku?

– Ponieważ, Kate, to nie był wypadek – powiedział wolno. – Nasza córka poprosiła go, żeby to zrobił.

77

Daniel

Daniel nie pamiętał, kiedy ostatnio siostra wysłała mu wiadomość. Może wcale. W Anglii w zasadzie go nie zauważała, a co dopiero mówić o rozmowie. Czy o SMS-ie. Ale tutaj, na wakacjach, było inaczej. Dał jej wczoraj wieczorem cukierki, a potem sobie pogadali, tak na serio, o różnych rzeczach. Daniel uwielbiał rozmawiać z nią na poważnie. Owszem, lubił też ją podpuszczać, prowokować, ale z drugiej strony był w nią zapatrzony, czuł dumę z siostry, choć nie umiał tego tak do końca wyjaśnić, a kiedy ona była miła, to była naprawdę bardzo miła, troskliwa, urocza i dobra, tak że aż się zastanawiał, gdzie ta fajna siostra podziewa się przez resztę czasu.

Dzisiaj dokupił w miasteczku cukierków, więc może znowu uda im się pogadać, a bardzo tego chciał po tym, co się stało w wąwozie. Za każdym razem, kiedy myślał o Izzy, czuł w gardle dziwną twardą gulę. I zaczynały mu trzepotać powieki, tak jakby miał się znów rozpłakać. Spadła z urwiska, rozbiła sobie głowę i teraz…

Wolał nie myśleć o tym w samotności.

Chciał za to porozmawiać z siostrą. Wziął do ręki telefon, starego iPhone'a z pękniętą szybką, o którego błagał, gdy tato dostał nową komórkę i Daniel mógł przejąć po nim tę poprzednią.

I oto jak za sprawą czarodziejskiej różdżki usłyszał piknięcie. Wiadomość.

Jak tam? Mam coś dla ciebie na pocieszenie,
braciszku X

Siedząc ze skrzyżowanymi nogami na łóżku, odesłał jej trzy emotikonki z uśmiechniętą buzią i trzy z całusem. Pognał korytarzem do jej pokoju, delikatnie zapukał do drzwi, ale jej tam nie było. Pokój był pusty. Wysłał jeszcze jedną wiadomość.

Gdzie jesteś? x

Odpowiedź przyszła natychmiast. Przeczytał ją i zmarszczył czoło, odpisując najszybciej, jak umiał.

Wolno nam? x
Oczywiście, braciszku x

Znów się uśmiechnął. Nie przypominał sobie, żeby kiedykolwiek dostał od niej prezent. Może kiedy był mały, znaczy zupełnie malutki, ale odkąd pamiętał, to nie. Na myśl o tym, że wyszła do miasteczka i wydała własne pieniądze na niespodziankę dla niego, poczuł w środku dziwne ciepło i od razu zrobiło mu się weselej.

Mam coś dla ciebie na pocieszenie, napisała.

Daniel zachodził w głowę, co to może być. Miał nadzieję, że cukierki. A może dmuchana zabawka do basenu albo frisbee na plażę. Dobrze grał we frisbee.

Pobiegł do swojego pokoju, chwycił paczkę żelków Haribo kupioną w sklepie w miasteczku i pognał schodami na parter. Mama i tato dalej siedzieli na tarasie, pogrążeni w rozmowie. Pochylali do siebie głowy, tak jakby rozmawiali o czymś ściśle tajnym. Coś mu podpowiadało, że nie powinien im teraz przeszkadzać, wrócił więc do willi, zbiegł do sali gier, a stamtąd bocznym wyjściem wyszedł prosto na basen. Nie było tam nikogo. Wiatr marszczył wodę w basenie, wielkie szare chmury zasnuły niebo i zakryły słońce, więc zrobiło się bardziej jak w Anglii niż jak na wakacjach. A do tego było jakoś dziwnie ciemno, jakby nadeszła już pora snu.

Daniel pobiegł przez ogród – omijając plamy wymiocin Jake'a z wczorajszego wieczoru, których dorośli jeszcze nie sprzątnęli – i dalej przez żelazną bramę do winnicy.

W połowie wzgórza wzdrygnął się, bo niemal tuż nad jego głową trzasnął potężny piorun.

A potem zaczęło padać.

Najpierw kilka kropli bębniących o liście winorośli, kapnięcia ciepłego deszczu na przedramionach i policzkach, padające coraz szybciej i szybciej, po każdej nowej kropelce dwie kolejne, aż w ciągu kilku sekund przekształciły się w huczący wodospad, a nad głową chłopca w całej swej krasie rozpętała się wściekła burza. Przemknęło mu przez myśl, żeby zawrócić i schować się w willi. No ale Lucy jest w lesie i na niego czeka. Nie chciał jej zawieść. Siostra ma dla niego prezent.

Postanowił pobiec dalej.

Błyskawica rozświetliła dolinę, niebo rozdarł kolejny potężny łoskot, tak głośny, że Daniel się skulił i ukrył głowę w ramionach. Wydawało się, że centrum burzy znajduje się dokładnie nad nim.

Niedaleko wypalonej trawy na granicy lasu zatrzymał się, by złapać oddech. Deszcz bombardujący liście drzew hałasował jak spuszczana z zapory woda. Koszulka przemokła mu na wylot, włosy przykleiły się do głowy, okulary zachlapał deszcz. Daniel zdjął je i przetarł mokrym T-shirtem, lecz gdy tylko wsunął je z powrotem na nos, woda znów rozmazała się na szkłach. Jakby patrzył przez szybę samochodu ze zbyt wolno poruszającymi się wycieraczkami. Bacznie wypatrywał Lucy między drzewami.

Jest tam. Mignęły mu blond włosy siostry.

Ruszył w jej kierunku.

78

Myślałam, że się przesłyszałam.

– C o zrobiła Lucy?

Sean nie spuszczał oczu z mojej twarzy.

– Wiedziałaś, że ze sobą chodzili? Ona i Alex Bayley.

– Co?! Nie!

– Była w nim zakochana po uszy. To on był tym przystojniakiem grającym w akademii rugby, chyba w Saracenach.

– Dlaczego nam nie powiedziała?

– Bała się, że nie zaaprobujemy tego związku, że on będzie ją rozpraszał, że przez niego nie skupi się na egzaminach. Tak czy owak, zerwali ze sobą jakiś miesiąc temu, a on miał... miał pewne nagranie, które udostępniał swoim kumplom.

Poczułam nagły chłód na karku, dotknięcie lodowatych macek.

– Jakie nagranie?

– Z tych najgorszych.

Przypomniałam sobie rozmowę z Lucy sprzed kilku dni.

Film, na którym jesteś? Coś, czego nigdy byś mi nie pokazała?
Powiedziała mi, czy raczej próbowała mi powiedzieć. Ale ja nie zrozumiałam, zbyt zaabsorbowana własnymi problemami.

– Chryste – szepnęłam. – Mów dalej.

– Pamiętasz grilla u Russa i Rowan, kiedy spotkaliśmy się wszyscy u nich w ogrodzie i planowaliśmy te wakacje?

– Przypominam sobie, że Lucy wyjątkowo wtedy marudziła. Była opryskliwa i spóźniliśmy się przez nią pół godziny, bo nie chciała wstać i się ubrać.

– Przez całe popołudnie Jake nie odstępował jej na krok, pamiętasz? A potem zniknęli na godzinę w tej biurowej kanciapie, którą Russ postawił na końcu ogrodu.

– Daniel droczył się z nią z tego powodu.

– Tak. – Sean spojrzał na niebo. Złowieszcze ciemne chmury wisiały teraz tuż nad nami. Wiało coraz mocniej. – Wejdźmy do środka, za chwilę otworzą się niebiosa.

Usiedliśmy w jadalni na końcu długiego stołu, gdzie zaledwie kilka godzin wcześniej rozmawiałam z Izzy. Na myśl o niej zrobiło mi się ciężko na sercu, pierś przygniótł kawał ołowiu. Pod powiekami znów zebrały się łzy, powstrzymałam je z trudem.

Sean wyciągnął do mnie rękę.

– Masz przy sobie komórkę?

Wyjęłam z kieszeni telefon i go odblokowałam.

– Co robisz?

Wziął go ode mnie, wszedł w aplikację VideoVault i się zalogował.

– Jake miał zwyczaj robić ukradkiem znajomym dziewczynom zdjęcia i później je sobie oglądać. Miał kilka fotek Lucy. Krótkie filmiki też, nagrywane po kryjomu.

Sean znalazł to, czego szukał, i przekręcił telefon, żebyśmy mogli oglądać we dwoje.

– Co mi pokazujesz?

– Po prostu patrz.

Film się załadował. Bez tytułu, bez wstępu, rozedrgany obraz kręcony komórką. Kamera skierowana w górę, na Lucy, tak jakby filmowano ją z wysokości kolan. Siedziała blisko, po lewej stronie ekranu, można ją było z łatwością rozpoznać. Za jej plecami drewniana ściana – prawdopodobnie wnętrze ogrodowego biura Russa – a na niskim stoliku przed nią otwarta butelka jego ulubionego koniaku. Nasza córka w pozycji półleżącej na sofie, ramiączko bluzki z głębokim dekoltem zsunięte z ramienia, ciemne plamy złości na policzkach.

– Ten pieprzony Alex Bayley to kawał sukinsyna. – Po jej twarzy płyną łzy, Lucy lekko bełkocze, ale da się rozróżnić słowa. – I ujdzie mu to płazem, nie poniesie żadnej kary, bo jest wielkim rugbistą, na którego lecą podobno wszystkie dziewczyny. Chciałabym, żeby poczuł się przez kogoś tak jak ja, chociaż raz. Przez jeden dzień albo przez godzinę. Żeby czuł się wykorzystany, brudny, nic niewart, żeby chciał umrzeć. Chciałabym, żeby… – Macha ręką w powietrzu. Mówi niepewnym głosem, z wahaniem: – Żeby wpadł pod autobus. Żeby spadł ze skały. Żeby, kurwa…

Bierze do ręki kieliszek koniaku, wlewa w siebie trunek i z trzaskiem odstawia szkło na stolik.

– Chciałabym… żeby umarł!

Ukrywa twarz w dłoniach. Zapada cisza, słychać tylko szmery i szumy. Milczenie przerywa głos Jake'a, wyraźny, blisko kamery.

– Zrobię to dla ciebie.

Lucy prycha, podnosi głowę.

– Co?

– Rozprawię się z nim, jeśli chcesz. Zrobię to. – Jake mówi ze sztuczną, wystudiowaną nonszalancją, jego głos ma zmienną wysokość, jest pełen młodzieńczej brawury. – Skurwiel sam się o to prosił.

Lucy marszczy czoło, jak gdyby nie potrafiła się zorientować, czy Jake żartuje, czy mówi poważnie.

– Serio?

– Ethan widuje go na trasie treningowej, jak jeździ na rowerze. Wiem dokąd. Chcesz, żeby miał wypadek?

Ona pochyla się do przodu, szybko mruga, oblizuje górną wargę. Wypija kolejny łyk koniaku, opiera się na sofie, przeczesuje palcami jasne włosy. Zakłada jedną długą nogę na drugą.

– Tak – odpowiada zimnym, zdecydowanym tonem. Twardym, ostrym, jakiego nigdy u niej nie słyszałam. – Chcę.

Ekran ciemnieje, nagranie się kończy.

Próbowałam ułożyć sobie w głowie to, co zobaczyłam, pojąć sens, zrozumieć pełną skalę uruchomionych przez naszą córkę wydarzeń. Spisku zmierzającego do pozbawienia życia. Zrobiła to nasza córka, nasza inteligentna, utalentowana, piękna córka. Gdyby to nagranie wyszło na jaw, mogłaby odpowiadać za spowodowanie śmierci. Zostać oskarżona. Jej świetlana przyszłość ległaby w gruzach.

– Zaraz, czy to nagranie krąży gdzieś w Internecie? Ile osób je widziało?

– Znajduje się na mniej znanej platformie przesyłania plików, przeznaczonej wyłącznie do prywatnego wglądu, co zasadniczo oznacza, że musisz znać hasło, żeby mieć do niej dostęp – hasło, które znamy tylko ja i Jennifer. Jen przesłała mi link do tego nagrania i zapowiedziała, że jeśli ktokolwiek dowie się, że Jake brał udział w wypadku, ona w ciągu trzydziestu sekund zniesie ograniczenie dostępu i wrzuci film na YouTube'a, żeby mógł go obejrzeć cały świat. To będzie usprawiedliwienie czynu Jake'a.

– Cały czas cię tym szantażuje?

– Tak.

Przypomniałam sobie wiadomości przeczytane w jego telefonie.

Nie mogę przestać myśleć o tym, co powiedziałaś
Mówiłam całkiem serio

– Lucy nie zdawała sobie sprawy, że on ją filmuje?
– Nie.
– A wie, że to Jake potrącił Alexa?
Pokręcił głową.
– Nie wie nawet o istnieniu nagrania, na którym go o to prosi. Wiemy tylko ja, Jennifer i Jake.
– I ja.
– I ty. Co w tej sytuacji robimy? Co z Jennifer? – Zerknął na zegarek. – Wkrótce zjawi się tu policja.
Z sercem przepełnionym czułością patrzyłam na mojego męża, na tego dzielnego, dobrego, opiekuńczego mężczyznę.
– Wiesz, co trzeba zrobić, Sean. Wiedziałeś od początku.
Wstał po dłuższej chwili.
– Tak. – Pokiwał głową. – Wiem.
Pozostała jeszcze jedna rzecz, która nie dawała mi spokoju.
– Sean, co robiły w twojej walizce prezerwatywy? Znalazłam je w kieszeni.
Wydawał się skonsternowany.
– Nie pakowałem żadnych prezerwatyw, przysięgam.
– Kto używał tej walizki przed tobą?
Znałam odpowiedź, jeszcze zanim skończyłam zadawać pytanie.
– Lucy – odpowiedziałam sama sobie. – Pojechała z nią na wycieczkę do Niemiec.
– Tak – potwierdził po namyśle. – W semestrze letnim.
Rozejrzał się.
– A swoją drogą, gdzie są dzieci?
– W sali gier?
– Pójdę sprawdzić.

Poszedł na dół, a ja w tym czasie wzięłam do ręki telefon i przewinęłam ekran w poszukiwaniu lokalizatora. Aplikacja się załadowała, pokazując dwa urządzenia, które była w stanie namierzyć. Komórki naszych dzieci.

Wybrałam numer Lucy i czekałam, aż aplikacja uczyni swoje cuda.

Po kilku sekundach na mapie pokazała się lokalizacja Lucy: zachodnia część posesji w pobliżu wąwozu. Nie było żadnego powodu, dla którego nasza córka miałaby tam przebywać w samym środku burzy. Zdjęła mnie nagła panika na myśl o Lucy stojącej nad urwiskiem, pełnej nienawiści i obrzydzenia do samej siebie, wykorzystanej, zbrukanej i bezwartościowej we własnych oczach, z gardłem ściśniętym z poczucia winy, że wprawiła w ruch ten tragiczny bieg zdarzeń. Wysłałam jej krótką wiadomość i także wstałam, szykując się do wyjścia na ulewę.

Wrócił Sean z zafrasowaną miną.

– Dzieci nigdzie nie ma, ani na dole, ani w pokojach.

Pokazałam mu na mapce w telefonie lokalizację komórki Lucy.

– Lucy poszła do wąwozu, nie wiadomo po co. Będzie przemoczona do suchej nitki.

W tej samej chwili nasza córka zjawiła się w progu z zaczerwienionymi od płaczu oczami.

– Czy ktoś widział mój telefon? – zapytała. – Ładował się w salonie, a teraz nie mogę go nigdzie znaleźć.

Ponownie spojrzałam na swoją komórkę, kliknęłam w ikonkę z numerem Daniela, oczekując z walącym sercem, aż aplikacja zlokalizuje sygnał. A gdy wskazała miejsce, w którym znajdował się iPhone mojego syna, ogarnął mnie paniczny strach.

79
Daniel

Daniel pobiegł.

Deszcz przypominał wartki górski potok, wodospad spadający z hukiem na liście drzew wokół niego oraz grunt pod nogami. Daniel ociekał wodą, jakby wskoczył do basenu. Przemókł na wylot, do suchej nitki. Lucy pewnie wzięła parasol, więc oboje będą mogli się pod nim schronić i poczekać, aż minie ulewa.

Mrużył oczy za zachlapanymi szkłami okularów. Zobaczył ją przed sobą. Blisko urwiska, gdzie... Nie chciał myśleć o tym, co stało się z Izzy, to było okropnie smutne. Dlaczego jego siostra chciała przyjść tu znowu – tego zupełnie nie pojmował. Ale ma dla niego prezent i specjalnie wysłała mu SMS-a, więc się zjawił. Przypomniawszy sobie o paczuszce haribo w ręku, schował ją za plecami, żeby zrobić Lucy niespodziankę.

Na polance obok przewróconego drzewa zwolnił kroku. Stała tyłem do niego na samym skraju przepaści, włosy całkiem przykleiły się jej do głowy. Szedł coraz wolniej, żeby złapać oddech.

Powoli zaczęła odwracać się w jego stronę.

Uśmiechnął się najpromienniej. Do swojej siostry.

Och nie, to nie ona.

To nie jest Lucy.

Dotarło to do niego dopiero po chwili, gdy myśli nadążyły za tym, co widział. To nie Lucy. To mama Jake'a i Ethana, Jennifer. Mrugając, patrzył na nią przez ścianę deszczu. Rozmazał się jej makijaż, po policzkach spływały z oczu czarne strużki.

Ona też tu jest? Trochę dziwne... I trzyma w ręku telefon, który wygląda tak samo jak komórka Lucy. A właściwie identycznie.

– Dzień dobry – powiedział. – Widziała pani moją siostrę?

Jennifer uśmiechnęła się do niego.

– Już tu idzie. – Wskazała na rękę, którą Daniel chował za plecami. – Co tam masz, Danielu?

Pokazał jej paczkę cukierków.

– Prezent dla Lucy.

– Urocze. Wyobraź sobie, że i ja mam dla ciebie prezent.

– Jaki?

Sięgnęła do kieszeni.

– Niespodzianka, złotko.

Daniel zrobił krok naprzód. W rozmazanym makijażu i z tym uśmiechem na ustach skojarzyła mu się z klaunem z jego urodzin, kiedy był jeszcze mały. Klaun uśmiechał się cały czas, ale jakoś tak sztucznie, jakby udawał, że jest miły, a tak naprawdę był straszny i groźny. Od tamtej pory Daniel bał się klaunów.

– Skąd pani wie, że Lucy tu idzie?

– Powiedziała mi. – Przywołała go do siebie skinieniem. – Nie jesteś ciekaw niespodzianki?

– Yyy… jestem.

Wyciągnęła rękę i otworzyła dłoń, na której spoczywała zapalniczka z przezroczystego żółtego plastiku.

– Twoja, prawda? Niestety, nie zostało w niej zbyt dużo benzyny, przykro mi. Za to daje piekielnie dobry płomień, prawda?

Daniel zamrugał, by strząsnąć z powiek krople deszczu, i zanim ugryzł się w język, wypalił:

– To pani wywołała pożar?

Podsunęła mu dłoń z zapalniczką i uśmiechnęła się jeszcze szerzej.

– Nie gniewasz się, mam nadzieję, że ją sobie pożyczyłam.

– Nie, nic nie szkodzi. Dziękuję.

Gdy wyciągał rękę po swoją zgubę, Jennifer błyskawicznie chwyciła go za przegub. Miała żelazny uścisk, jakby metalowe pręty miażdżyły mu kości nadgarstka.

Rzuciła zapalniczkę na ziemię i pociągnęła go na skraj urwiska.

80

Usłyszałam go szybciej, niż zobaczyłam. Jego krzyki przebijały się przez ryk burzy, która rozpętała się nad wzgórzem.

– Au, to boli! Mamo! Tato! Ratunku…

I cisza.

Strużki deszczu płynęły w kierunku wąwozu, a ja pośliznęłam się na mokrej ziemi. Zanim straciłam równowagę i upadłam na wszystkie cztery kończyny, za ścianą deszczu mignęły mi między drzewami dwie postaci. Poderwałam się i umazana błotem rzuciłam się naprzód.

Gdy dotarłam do polanki, stanęło mi serce.

Jennifer trzymała mojego syna na samym skraju urwiska. Stopy Daniela znajdowały się w połowie na skalnym występie, w połowie poza nim, przód sandałów wystawał nad przepaścią. Dla równowagi rozłożył ramiona. Jennifer ściskała w garści tył jego podkoszulka, jej wyrzeźbione na siłowni mięśnie silnych ramion wyraźnie rysowały się pod skórą.

Jedno szybkie pchnięcie i Daniel spada w przepaść.

Obejrzał się przez ramię, miał wytrzeszczone z przerażenia oczy i jaskrawoczerwony ślad na policzku po świeżym ciosie. Przy wysokiej Jennifer wydawał się malutki, chudziutki i bezbronny.

– Mamo! – wydyszał zdławionym ze strachu głosem.

Próbowałam coś powiedzieć, ale nie mogłam wydobyć z siebie słowa, zaciśnięte z trwogi usta odmówiły posłuszeństwa.

Narastała we mnie panika, która rozsadzała mi pierś i wypełniała gardło, poczułam gorycz żółci na języku, mdłości. Uniosłam ręce w geście kapitulacji i zrobiłam kolejny krok w ich stronę.

– Nie zbliżaj się! – warknęła Jennifer. Miała dziki wzrok, patrzyła z dziwną intensywnością, która mroziła mi krew w żyłach. Wyglądała jak obłąkana. Jakby jakaś struna w jej ciele była naciągana tak długo, póki wreszcie nie pękła z trzaskiem, ostatecznie.

Zatrzymałam się.

– Jennifer, proszę, nie rób mu krzywdy, błagam cię. – Mój głos wydawał się odległy i słaby. – Danielu, wszystko będzie dobrze.

Piorunowała mnie wzrokiem.

– Powiedział ci, prawda? Sean wszystko ci powiedział.

– Tak.

– Więc muszę ci wyjaśnić. Żebyś zrozumiała, przejrzała na oczy.

– Proszę, tylko odsuń się trochę od brzegu.

Pokręciła głową.

– Pamiętasz, Kate, jak przyszłyśmy tu pierwszy raz? Gdy Jake stał dokładnie w tym miejscu, gdzie teraz stoję?

– Tak, pamiętam.

– A pamiętasz, co mu powiedziałam?

Zaczęłam szukać w pamięci. Miałam wrażenie, że od tamtego czasu minęło ze sto lat.

– Nie wiem… chciałyśmy, żeby był bezpieczny, żeby wszystkie dzieci były bezpieczne.

– Powiedziałam mu coś ważnego: nie patrz w dół. Bo jeśli to zrobisz, spadniesz.

– Tak – odparłam prawie bez tchu. – Teraz pamiętam.

– Mój syn, Kate, patrzy właśnie w dół. Patrzy prosto w otchłań, tak samo jak twój. I tylko ty możesz go ocalić. No i jakie to uczucie? Mieć moc decydowania o życiu i śmierci czyjegoś dziecka?

– Obie możemy go uratować, Jen. Wiem, że twoi synowie są dla ciebie wszystkim. Tak jak Daniel dla mnie.

– Twój syn. Mój syn. Nie ma różnicy, prawda? Znaczą dla nas to samo. Musiałam znaleźć sposób, żeby to do ciebie dotarło. – Wolną ręką wskazała na przerażonego Daniela. – Żeby cię przekonać do dochowania naszej tajemnicy. Dla swoich dzieci zrobiłabyś to samo, prawda?

– Uwierz mi, Jennifer, rozumiem, co...

– Jeśli powiesz policji, swoim kolegom z pracy, właśnie to zrobisz mojemu Jake'owi. – Potrząsnęła trzymaną w garści koszulką Daniela, zaciskając palce, aż zbielały jej kostki. Zachwiał się na krawędzi, wymachiwał ramionami dla utrzymania równowagi. Okulary spadły mu z nosa i pokoziołkowały w przepaść. – Zniszczysz go. Tak właśnie się stanie. On sobie z tym nie poradzi. Zabijesz go. Równie skutecznie, jak gdybyś zrobiła to własnymi rękami.

Do gardła znów podeszła mi żółć, o mało się nią nie zakrztusiłam. Lejący bez ustanku deszcz ukrywał moje łzy.

– Jennifer, proszę!

Spomiędzy drzew po naszej prawej stronie ukazała się Rowan z jakimś nieznanym mi mężczyzną u boku. Był młody, najwyżej dwudziestokilkuletni, szczupły, gładko ogolony, trzymał przed sobą policyjną odznakę, żeby widziała ją Jennifer. Powiedział coś do niej po francusku, lecz ona tylko spojrzała na niego kątem oka i ponownie skupiła się na mnie.

– Obiecaj mi, Kate.

– Obiecuję – wykrztusiłam. – Zrobię wszystko, proszę.

– Przysięgnij na życie własnego syna.

– Przysięgam na jego życie. Nie pisnę ani słowa. Nikomu.

Nagle Daniel się zakołysał. Przez ułamek sekundy myślałam, że pociągnie za sobą Jennifer, ona jednak zaparła się nogami i w ostatniej chwili wciągnęła go z powrotem.

– Mój Boże, Jen, puść go! Proszę!

Obiecałabym jej wszystko, absolutnie wszystko, byle odsunęła się od przepaści i oddała mi syna. Najwyraźniej to wyczuła.

Młody policjant znów powiedział coś do niej po francusku z prędkością karabinu maszynowego.

– Detektyw mówi, żebyś odsunęła się od krawędzi, Jennifer – przetłumaczyła Rowan.

Jennifer nawet nie drgnęła.

– Izzy miała zamiar ci powiedzieć, wyłożyć karty na stół. Nie mogłam do tego dopuścić, ale ona nie chciała słuchać głosu rozsądku. Nie chciała spojrzeć na sytuację z mojej strony, ze strony Jake'a. – Jej głos przybrał twardy, nieustępliwy ton. – Nie zamierzałam... nie było tak, jak sądzisz. Zwyczajnie się pośliznęła.

– Wierzę ci, Jennifer. Wierzę.

– Naprawdę?

– Całkowicie. Oczywiście.

Uśmiechnęła się, lecz po sekundzie uśmiech zamarł na jej ustach.

– Wiesz co, Kate? Zawsze byłaś zbyt uczciwa. Zbyt zasadnicza. I nigdy nie potrafiłaś kłamać.

– Nie kłamię!

Niebo przecięła błyskawica, kolejny grzmot przetoczył się nad naszymi głowami.

W tym momencie jeszcze jedna postać wypadła zza drzew od naszej lewej strony: krępy, brodaty mężczyzna w marynarce i dżinsach, pędzący ku Jennifer i Danielowi z szeroko rozłożonymi ramionami.

Wszystko działo się jak w zwolnionym tempie.

Marynarka mężczyzny rozchyla się, odsłaniając pistolet i przypięte do pasa kajdanki. Brodacz wykrzykuje po francusku komendy. Traci równowagę na rozmiękłym gruncie, potyka się, zatacza, młóci ramionami powietrze, próbuje chwycić się czegokolwiek, by powstrzymać upadek dziecka ze skały – ale jest zbyt wolny, dobiega za późno, odległość między nimi jest zbyt duża. Ruszam naprzód, nogi mam jak z ołowiu. Jennifer odwraca się do brodatego mężczyzny, cofa się o krok. Dopada jej drugi policjant, chwyta ją, ściska jedno ramię i próbuje złapać drugie.

Jennifer wypuszcza z rąk koszulkę Daniela. Sięgają po niego dłonie, wymachują, lecz łapią tylko powietrze. On przechyla się, wyciąga ramiona, stara się czegoś chwycić. Spada szybko, zbyt szybko, a my jesteśmy zbyt wolni.

Nie widzę nic, tylko twarz mojego syna. Nie słyszę nic, poza jednym słowem:

– M a m o!

W ostatniej sekundzie patrzy na mnie szeroko otwartymi oczami. Chude ręce nie mają się czego przytrzymać. Znika za krawędzią. I już go nie widać.

Mój syn.

Leci w dół.

MIESIĄC PÓŹNIEJ

81

Wolnym krokiem szliśmy przez cmentarz pod szarym angielskim niebem.

Setki odzianych w czerń żałobników o pobladłych ze smutku twarzach kroczyło w milczeniu, rozmowa w tym dniu i tym miejscu okazała się bezcelowa, pozbawiona sensu. Zebrali się przyjaciele i rodzina, niemowlęta i odrobinę starsze maluchy, dzieci i nastolatki, rodzice i dziadkowie, starzy i młodzi. Bardzo wielu młodych. Zdecydowanie zbyt wielu.

Z uczuciem, jakby wbijano mi nóż w serce, przypomniałam sobie ostatni raz, kiedy byłam w kościele.

Na chrzcinach Daniela.

Znów napłynęły łzy. Lucy wzięła mnie pod rękę, podtrzymując ramieniem. Weszłyśmy do środka przez kamienny łuk kościelnych drzwi, zajęłyśmy miejsca z przodu. W tle grała cicha muzyka organowa, przebijając się przez szmer prowadzonych szeptem rozmów i szuranie nóg. To niewyobrażalne, niemożliwe, że tu jesteśmy, że musimy znieść coś, czego znieść się nie da. Nie powinno tak być, to wbrew naturze, żeby opłakiwać kogoś tak młodego. Nie tak miało się wszystko potoczyć. Porządek rzeczy stanął na głowie. .

A jednak... Siedzieliśmy tu gotowi na ostatnie pożegnanie.

Od kiedy się to stało, płakałam każdego dnia, absolutnie wszystko wyciskało mi łzy z oczu. Co rano budziłam się po nocnych koszmarach z mokrymi policzkami. Byłam otępiała od płaczu, zapadłam się w sobie z rozpaczy i żalu. Nie mogłam pracować, nie mogłam jeść, prawie nie spałam. Wszystko, co wydawało mi się dotąd dobrze znane, okazało się inne, niż myślałam, i już nic nigdy nie będzie takie samo.

Obok mnie pojawiła się Rowan, wymieniłyśmy uściski. Jej ciąża – którą ukrywała przed mężem, przed potencjalnymi nowymi wspólnikami, przed wszystkimi – zaczynała być widoczna. Test ciążowy, który znalazłam w willi, należał do niej, wyrzuciła go gdzieś, gdzie nie mógłby natknąć się na niego Russ. Podała mi świeżą chusteczkę, uścisnęła dłoń i poszła usiąść w ławce razem z Russem i Odette. Słyszałam ściszone głosy ludzi w rzędzie za nami, dopytujących się, gdzie jest Jennifer, strzępy szeptanych rozmów krążących za moimi uszami.

Dlaczego jej tu nie ma?
Nie słyszałaś?
Och, to potworne.
Niemożliwe!
Nie do wiary.

A potem nagła cisza, gdy zdali sobie sprawę, że siedzimy tuż przed nimi.

Jennifer z nami nie było. Nic dziwnego. Pozostała tam, gdzie trafiła tamtego tragicznego dnia, w więzieniu w Béziers. Zwolnienia za kaucją nie brano pod uwagę, gdy w prokuraturze toczyły się dyskusje, jakie zarzuty należy jej postawić. Wspólnie ustaliliśmy wersję wydarzeń, by uchronić Lucy i Jake'a przed odpowiedzialnością – w zamian za milczenie w sprawie całej reszty.

Na myśl o Jennifer ogarnęła mnie zimna furia.

Przed ołtarzem kładziono na stojaku niewielką trumnę przykrytą białymi liliami. Sean cofnął się wraz z innymi niosącymi ją osobami, wszyscy ustawili się twarzami do krzyża i jednocześnie skłonili głowy. Nigdy nie pojmę, skąd wziął na to siły.

Wrócił do mnie z poszarzałą twarzą.

Lucy cichło łkała u boku ojca. W końcu otworzyła się przede mną i opowiedziała mi o Alexie Bayleyu, o tym, co między nimi zaszło i jak ją potraktował. Pokazała mi stare blizny pod żebrami i świeże na przedramionach, z dnia, w którym dowiedziała się o jego śmierci. Zgodziła się zagrać dziś na pianinie utwór Debussy'ego, zastanawiałam się jednak, czy będzie do tego zdolna, gdy nadejdzie stosowny moment. Ja z pewnością nie nadawałam się ani do czytania, ani do wygłoszenia mowy żałobnej, ani do żadnego innego osobistego gestu na tak publicznym forum. Sean przemówi za nas oboje.

Rozmawialiśmy o tym, co powie. Jakie dobierze słowa, gdy stanie przed ołtarzem i zajmie miejsce przy pulpicie. Tyle jest bowiem do powiedzenia, tak wiele uczuć, wspólnych doświadczeń i przeżyć, a mimo to słowa są tu w najwyższym stopniu niedoskonałe. Niezręczne i toporne, beznadziejnie nieudolne jako środek wyrażenia naszej miłości, naszej straty, naszej rozpaczy, naszego bólu. Ale słowa to wszystko, co mamy.

Moje myśli wędrują do Francji, skupiają się na moim synu. Moim dzielnym chłopcu, w przeddzień tamtego brzemiennego w skutki wieczoru. Zastałam go pokaleczonego, ze zdartą skórą na dłoniach i ramionach, z zakrwawionymi i ubłoconymi kolanami, zapłakaną buzią. W podartej koszulce. Wciąż roztrzęsionego, ale stanowczo odmawiającego powiedzenia mi, co się stało. Dopiero później dowiedziałam się o podjętym przez niego wyzwaniu: skoku przez półkolistą szczelinę na skraju urwiska.

O „inicjacji", by stać się członkiem paczki starszych chłopców.

O skoku, który okazał się odrobinę za krótki.

O chwili absolutnej paniki, o rękach desperacko szukających jakiejś liny ratunkowej.

O grubym zakręconym korzeniu drzewa tuż poniżej krawędzi skały, który utrzymał ciężar małego chłopca.

To właśnie wiedza o istnieniu tego korzenia ratuje mu życie następnego dnia podczas burzy, gdy na moich oczach Daniel znika w tym samym miejscu przepaści. Kiedy Jennifer rozluźnia uścisk, a ja patrzę, jak mój syn spada do wąwozu i odwraca się w ostatniej sekundzie, nie robi tego wcale po to, żeby na mnie spojrzeć, lecz aby chwycić się korzenia, chwycić się życia. Jego przerażone oczy ani przez ułamek sekundy nie tracą ze mną kontaktu, gdy dwaj francuscy policjanci wciągają go na bezpieczny grunt.

„Nieźle jak na kujona, mamo", mówi do mnie przez łzy.

„Nieźle", odpowiadam, też ze łzami w oczach. „Całkiem nieźle".

Daniel śledzi porządek mszy, ja trzymam go za rękę, już bez bandaży. Ściskam ją delikatnie, a on odpowiada dwoma uściskami. Nasz tajny kod.

Chris, nowa miłość Izzy, którą była tak podekscytowana, siedzi obok Daniela.

A właściwie Christine, bo tak brzmi jej pełne imię.

Założyłam oczywiście we Francji, że jej nowy partner jest mężczyzną, ale Izzy nigdy tego nie potwierdziła. Teraz wiem, dlaczego była tak powściągliwa i skryta, dlaczego nie zdradzała szczegółów – chciała powiedzieć nam w wybranym przez siebie momencie, po swojemu. Nie mogła się doczekać tego nowego rozdziału w życiu, tak się cieszyła ze swojej drugiej szansy.

Niestety, życie już nigdy nie dopisze dalszego ciągu tej historii. Ksiądz wstał.

– Kochani, spotykamy się tu dzisiaj, aby uczcić pamięć Isobel Margaret O'Rourke, czy, jak mówiliście na nią wszyscy, Izzy. Ukochana córka, oddana siostra, czuła ciocia, lojalna i szczera przyjaciółka.

Ścisnęło mi się gardło i spodziewałam się napływu łez. Ale tym razem moje oczy pozostały suche.

Lojalna i szczera przyjaciółka.

82

Dzień po pogrzebie dostałam e-mail z nieznanego adresu. W tytule wpisano po prostu: *Przypomnienie.*

Nie było treści, a jedynie link do nagrania wideo. Od razu wiedziałam, co się za nim kryje i kto go przysłał, ale i tak w niego kliknęłam. Obejrzałam wideo jeszcze raz, choć znałam na pamięć każdą kwestię, każde słowo. Wryła mi się w pamięć każda sekunda.

„Chcesz, żeby miał wypadek?"

I w odpowiedzi głos Lucy:

„Tak. Chcę".

Nagranie nadal było prywatne, chronione hasłem, dostępne tylko dla nas czworga i tylko my wiedzieliśmy o jego istnieniu. Ja, Sean, Jennifer, no i oczywiście Jake.

Ponownie przeczytałam tytuł e-maila.

Przypomnienie.

Przypomnienie mi o obietnicy, o przysiędze, którą złożyłam Jennifer, że dochowam tajemnicy. Dałam jej słowo. A ona wiedziała, że może mi ufać, ponieważ dobrze mnie znała, ponieważ byłam, jaka byłam: uczciwa do bólu. Zawierasz układ i przestrzegasz ustaleń.

Przekonaliśmy się jednak wszyscy, co sekrety robią z ludźmi, nawet z najlepszymi przyjaciółmi. Z przyjaźnią, która przetrwała pół życia. Tajemnica, która połączyła mnie teraz z Jennifer, jednocześnie nas od siebie oddaliła. Od powrotu z Francji dużo

o tym myślałam, o sekretach i kłamstwach, o braniu odpowie-
dzialności za swoje czyny. O duchach, które nas prześladują,
o krzywdzie, jaką za sobą pozostawiamy.

O sprawiedliwości.

Myślałam o tym także teraz, siedząc w samochodzie na spo-
kojnej uliczce Ealingu.

W pewnym sensie byłam jej wdzięczna za przysłanie tego przy-
pomnienia, ponieważ pomogła mi w ten sposób zyskać całkowicie
jasny obraz sytuacji, w razie gdyby dręczyły mnie jeszcze jakieś
wątpliwości: bezpieczeństwo Lucy oznaczało odmówienie Izzy
oraz Alexowi Bayleyowi prawa do sprawiedliwości. Oznaczało,
że ta jedna pochopna wypowiedź mojej córki będzie ciążyła nad
nią na wieki, będzie miała moc zaprzepaszczenia jej świetlanej
przyszłości, choć to nie ona prowadziła wtedy samochód.

Oznaczało mówienie nieprawdy – do końca życia.

Chyba że… sama przejęłabym inicjatywę.

Jennifer dokonała wyboru. Była gotowa poświęcić wszystko –
nawet życie mojego syna – żeby chronić własne dzieci. Wskazała
mi drogę.

Teraz kolej na mój wybór.

Lojalna i szczera przyjaciółka.

Zginęły dwie osoby, ich życie zgasło. Jeśli pozwolimy, by nikt
nie poniósł za to kary, w zasadzie wszyscy jesteśmy przegrani. Ich
bliscy zasługują na prawdę. Prawdę, całą prawdę i tylko prawdę.

A przynajmniej na tyle prawdy, ile to możliwe.

Rodzina Izzy zasługuje na sprawiedliwość. Rodzina Alexa
Bayleya również.

Jak zdążyłam się przekonać, sprawiedliwości trzeba czasem
dopomóc.

Rozejrzawszy się jeszcze raz po ulicy, wysiadłam z samochodu prosto w poranny kapuśniaczek. Z bijącym jak szalone

sercem rozłożyłam parasol i trzymałam go nisko nad głową, idąc krótkim podjazdem w stronę domu. Otworzyłam boczną furtkę do ogrodu i podeszłam pod tylne drzwi. Miałam ze sobą podkładkę do pisania, przewieszoną przez ramię torbę, na szyi smycz z identyfikatorem. Byłam ubrana w spodnium i białą bluzkę, a do tego założyłam okulary z bezbarwnymi szkłami. Przygodny przechodzień wziąłby mnie za anonimową kwestarkę zbierającą pieniądze na cele dobroczynne, która puka od drzwi do drzwi i generalnie naprzykrza się mieszkańcom. Albo, co gorsza, za zabiegającą o głosy osiedlową radną lub świadka Jehowy rozdającego egzemplarze „Strażnicy". Czyli osobę, której w miarę możliwości należy unikać.

Tyły domu wychodziły na tory kolejowe i nie były widoczne dla sąsiadów ani z jednej, ani z drugiej strony. Wyjęłam z kieszeni jednorazowe rękawiczki z lateksu oraz foliowe ochraniacze na buty.

Żadnych śladów. Żadnych odcisków palców.

Z drugiej kieszeni wydobyłam klucz do tylnego wejścia, który miałam od wielu lat. Jeszcze raz rzuciwszy okiem na ulicę, sprawnie otworzyłam drzwi i weszłam do środka. Koty – Korniszon i Mysia – od razu mnie obstąpiły, ocierając się o moje nogi, i pobiegły do kuchni. Dla nich byłam po prostu osobą, która karmi je pod nieobecność Alistaira i Jennifer. Moje przybycie oznaczało pełną miskę.

– Nie dzisiaj, moi drodzy – rzekłam, zamykając za sobą drzwi. – Przykro mi.

Szybko obeszłam dom i starannie sprawdziłam każdy pokój. Obserwowałam rano, jak wszyscy wychodzili, ale wolałam się upewnić. Chłopcy byli w szkole, Alistair w pracy, żaden z nich nie powinien wrócić wcześniej niż za kilka godzin. Nienawidziłam się za to, co zamierzałam zrobić, brzydziłam się takim zakradaniem się chyłkiem do pustego domu przyjaciół. Ale musiałam, żeby chronić Lucy. Żeby chronić własną rodzinę.

Miałam do wykonania dwa zadania.

Najpierw samochód.

Z korytarza przedostałam się do garażu. Po spowodowanym przez Jake'a wypadku Sean odradził Jennifer wstawianie samochodu do warsztatu, uważając, że pospieszna naprawa wyglądałaby zbyt podejrzanie. *Lepiej zaczekać kilka tygodni, aż chłopak wyjdzie ze szpitala i trochę opadnie kurz*, pisał do niej po kryjomu na Messengerze. Byłam mu teraz wdzięczna za tę zapobiegliwość. Niebieskie volvo Jennifer stało w garażu, z widocznymi drobnymi uszkodzeniami na prawym błotniku i masce – wgnieceniami i zadrapaniami lakieru w miejscach zderzenia z rowerem Alexa Bayleya. Wyglądały tak, jakby ktoś próbował je wyczyścić, ale to nieistotne: usunięcie wszystkich, nawet najdrobniejszych śladów krwi jest praktycznie niemożliwe. Wyjęłam z torby narzędzia, zdrapałam odrobinę lakieru z uszkodzonych miejsc i wsypałam je do szczelnej foliowej torebki na dowody.

Następnie udałam się do pokoju Jake'a.

Sean wszystko mi wyjaśnił. „Każdy plik – każdy dokument, wideo, e-mail – pozostawia unikatowy ślad. Jeśli dysponujesz odpowiednimi narzędziami i wiesz, czego szukać, możesz prześledzić cały cykl życiowy danego pliku, całe jego »drzewo genealogiczne«, łącznie z tym, ile razy został skopiowany, gdzie wysłany i zapisany". Sam postąpił w ten sposób po włamaniu się na konto Alexa Bayleya, żeby odnaleźć i usunąć kopie filmu z naszą nagą córką.

Jednak nagranie z Lucy podżegającą do zbrodni było dużo ważniejsze.

Wiedziałam, że Jennifer ograniczyłaby kopie tego wideo do absolutnego minimum. Puszczenie w obieg zbyt wielu kopii tak obciążającego materiału byłoby zbyt niebezpieczne w sytuacji, gdy Alex Bayley leżał z poważnymi obrażeniami w szpitalu. I okazało się, że przynajmniej tym razem się nie pomyliłam: śledztwo Seana wykryło tylko dwie dodatkowe kopie prócz tej załadowanej na VideoVault: oryginalny plik MP4 na urządzeniu mobilnym i drugą, przechowywaną stacjonarnie. Żadnych przesłanych mailem. To zbyt ryzykowne.

Używanie w szkole telefonów komórkowych było ściśle zabronione pod karą tygodniowej konfiskaty. „Całego tygodnia towarzyskiej śmierci", jak mawiała Lucy. Zakaz okazał się skutecznym środkiem odstraszającym: komórka Jake'a znajdowała się tam, gdzie się jej spodziewałam, podłączona do ładowania w jego pokoju. Odpięłam ją od ładowarki i wyjęłam z torby wręczone mi przez Seana urządzenie – nie większe od pendrive'a, z kabelkiem. Podpięłam je do telefonu Jake'a i obserwowałam, jak odblokowuje się ekran, jak najpierw robi się czarny, potem biały, a następnie pojawia się krótkie pytanie:

Czy na pewno chcesz przywrócić domyślne ustawienia fabryczne? Tak/nie

Wybrałam „Tak" – ekran znów pociemniał, a telefon usuwał wszystkie pliki, wszystkie aplikacje, zdjęcia, filmy, powracając do stanu pierwotnego, tuż po zakupie. Ponownie podłączyłam komórkę do ładowania i odłożyłam tam, gdzie ją zastałam.

Pozostały dwie kopie.

Przeniosłam się do małego gabinetu, uruchomiłam komputer i włożyłam urządzenie do portu USB.

Uruchomić BlueScreen w tym komputerze? t/n

Kliknęłam „tak".

Ekran ściemniał, kilkakrotnie zamrugały ciągi kodów, piknęło raz, drugi. Ekran zrobił się niebieski. Wcisnęłam wszystkie klawisze. Wyłączyłam i zrestartowałam komputer. Znów niebieski ekran.

Żadnego kursora, wygaszacza ekranu, w ogóle nic.

„Niebieski ekran śmierci", jak nazywał go Sean.

Pozostała jedna kopia.

Kilka lat temu Jennifer – cała w nerwach, ponieważ zapomniała, że wygasa jej ubezpieczenie samochodu, a wyjechali całą rodziną za granicę – poprosiła mnie o zalogowanie się na jej konto z tego właśnie komputera i odnowienie polisy, zanim wyruszą w drogę powrotną z lotniska Gatwick. Wszystkie hasła miała zapisane odręcznie na kartkach A4 wpiętych do czarnego plastikowego segregatora.

Otworzyłam szufladę, wsadziłam rękę pod stos wyciągów z banku i znalazłam czarny segregator. Tam, gdzie zawsze. Jennifer nie zmieniła nawyków. Nazwa użytkownika i hasło do konta na VideoVault były dopisane na końcu listy. Wzięłam do ręki tani telefon na kartę i wysłałam SMS-a na identyczny telefon – oba wkrótce wylądują na wysypisku śmieci.

Kilkanaście kilometrów dalej w centrum Londynu mój mąż czuwał przy klawiaturze. Po dwóch minutach piknęła moja jednorazowa komórka.

Zrobione x

Wyjęłam swój zwykły telefon, odszukałam e-mail zatytułowany *Przypomnienie* i po raz drugi tego ranka kliknęłam w link do nagrania.

Błąd
Nie znaleziono pliku

Dla pewności powtórzyłam tę samą czynność.

Błąd
Nie znaleziono pliku

Nie pozostała ani jedna kopia.

Na końcu zajrzałam jeszcze do sypialni i garażu, żeby sprawdzić, czy zostawiłam wszystko w idealnym porządku, a następnie wróciłam do kuchni. Koty siedziały na blacie, patrząc na mnie z nadzieją. Wsypałam im do misek trochę suchej karmy i z telefonu na kartę wysłałam mężowi szybką odpowiedź:

Tu tak samo x

Znalazłszy się za drzwiami w ogrodzie, zdjęłam foliowe ochraniacze na buty oraz lateksowe rękawiczki i włożyłam je do kieszeni żakietu. Z rozłożonym parasolem oraz podkładką pod pachą zamknęłam za sobą boczną furtkę. Deszcz przybrał na sile, lało teraz jak z cebra. Ulewa zwiastowała koniec lata i początek zimnej, ponurej jesieni.

Wsiadłam do samochodu, zapaliłam silnik, odjechałam.

Wiedziałam, jak postąpi Jennifer po usunięciu dowodów na udział Lucy w zbrodni. Weźmie na siebie całą odpowiedzialność, całą winę za śmierć Izzy i Alexa, ponieważ przyznanie się do jednego zabójstwa stanie się równoznaczne z przyznaniem się do drugiego – a żeby nie mieszać w to swojego syna, będzie musiała zostawić w spokoju także Lucy. Przyjmie rolę kozła ofiarnego, żywej tarczy.

Ale przynajmniej stanie się zadość sprawiedliwości wobec Izzy.

Miałam nadzieję, że to wystarczy.

83

Sierżant śledcza Foster

Sierżant śledcza Hayley Foster zatrzymała samochód, mrużąc oczy w promieniach niskiego wrześniowego słońca.

– Okej – rzekła. – Przy którym jesteśmy numerze?

Świeżo upieczony policjant z wydziału dochodzeniowo-śledczego, którym opiekowała się w pierwszym tygodniu jego pracy, kiedy nie przysługiwał mu jeszcze mundur, przesunął palcem wzdłuż trzymanej na kolanach listy. Zawierała nazwiska i adresy, w większości odhaczone na niebiesko rozmazanym długopisem.

– Przy trzynastym. Po nim zostaną nam jeszcze tylko trzy.

– Wiesz, Rob, trzynastka to mój szczęśliwy numer.

– Naprawdę?

– Nie. – Ciężko westchnęła, odpinając pas. – Chodźmy, miejmy to już z głowy.

Wysiadła z samochodu i odebrała listę z rąk kolegi. Przeszli przez ulicę i znaleźli się na krótkim podjeździe. Już drugi dzień krążyli po okolicy, pukając do drzwi i odfajkowując nazwiska. Zaczynała podejrzewać, że ich obszar poszukiwań jest zbyt mały. Jeśli te adresy nie wypalą, trzeba będzie rozszerzyć zakres na cały zachodni i północny Londyn i tak dalej, i tak dalej. Po śmierci Bayleya tamten wypadek wskoczył na listę zadań priorytetowych, wzbudzał rosnące zainteresowanie mediów, a władze wywierały coraz większą presję, by doprowadzić do rozwikłania sprawy. Na szczęście dokładniejsze badanie roweru ofiary przez ekspertów kryminalistyki ujawniło mikroskopijne ślady ciemnoniebieskiego lakieru, który osadził się na ramie. Dalsza analiza dopasowała lakier do modelu Volvo V40.

Cząsteczki farby przeoczono przy pierwszych oględzinach.

W bezpośrednim sąsiedztwie wypadku, w dzielnicach: Ealing, Acton i Wembley, zarejestrowano łącznie szesnaście odpowiadających opisowi pojazdów i od tych miejsc policja wszczęła na nowo śledztwo.

Sierżant Foster spojrzała na listę w ręku i nacisnęła dzwonek.

Drzwi otworzył brodaty mężczyzna przed pięćdziesiątką, zaniedbany, z zaczerwienionymi oczami.

– Słucham?

– Alistair Marsh?

– Tak.

Pokazała policyjną odznakę.

– Sierżant śledcza Foster, a to – wskazała kolegę – konstabl McKevitt. Moglibyśmy wejść na kilka minut?

– Z jakiego powodu?

– Prowadzimy dochodzenie w sprawie wypadku samochodowego, którego sprawca zbiegł. Niedaleko stąd doszło do potrącenia rowerzysty, który zmarł wskutek doznanych obrażeń. Być może pan o tym czytał albo oglądał w wiadomościach?

– Owszem – odparł i lekko się wyprostował. – Co to ma wspólnego ze mną?

– Czy jest pan właścicielem niebieskiego volvo V40? – Odczytała numery rejestracyjne.

Alistair Marsh skrzyżował ramiona.

– Nie.

Sierżant Foster ponownie sprawdziła swoją listę.

– Jest zarejestrowany pod tym…

– To samochód mojej żony.

– Jennifer Marsh?

– Zgadza się.

– Czy pojazd znajduje się pod tym adresem?

– Stoi w garażu.

– Będziemy musieli go obejrzeć.

Przez sekundę wydawało jej się, że mężczyzna nie wyrazi zgody, on jednak tylko skinął głową i rzekł:

– Rozumiem.

– Czy żona jest w domu? Chcielibyśmy porozmawiać także z nią.

– Moja żona… nie, nie ma jej teraz w domu.

– A kiedy można się spodziewać jej powrotu?

– Jennifer… – zaczął, ściszając głos – …jest we Francji. I raczej szybko stamtąd nie wróci.

– Wakacje?

– Początkowo były to wakacje. Ale bardzo się przedłużyły.

– Tak? Z jakiego powodu?

Alistair przeniósł wzrok z kobiety na mężczyznę i zwiesił ramiona.

– Porozmawiajmy w środku.

Wpuścił oboje do domu i cicho zamknął za nimi drzwi.

PODZIĘKOWANIA

Pamiętam, kiedy *Wakacje* zaczęły przybierać realny kształt. W dniu moich urodzin podczas długiego lunchu z żoną rozmawialiśmy o fabule i postaciach, o wątkach, miejscach akcji i wtedy rozmaite elementy, które już od pewnego czasu chodziły mi po głowie, powoli ułożyły się w całość. A więc dziękuję Ci, Sally – jak zawsze. Pozdrawiam też gorąco jej wieloletnie przyjaciółki: Charlotte, Jenni i Rachel – fakt, że od dawna wyjeżdżacie we czwórkę na długie weekendy, to absolutny zbieg okoliczności (serio).

Dziękuję jak zwykle mojej znakomitej agentce Camilli Bolton, której doświadczenie, wskazówki oraz entuzjazm okazały się kluczowe w powstaniu tej powieści. A także jej współpracownicom z Darley Anderson – Sheili, Mary, Kristinie, Rosannie i Royi – nie ma od Was lepszych.

Moje znakomite redaktorki z Bonnier Zaffre, Sophie Orme i Margaret Stead, pomogły ulepszyć tę opowieść pod wszystkimi względami. Dziękuję również Jennie Rothwell, Francesce Russell i Felice McKeown za ich ciężką zakulisową pracę przy tej oraz moich poprzednich powieściach.

Przede wszystkim wielkie podziękowania dla Was, czytelnicy, za wybranie tej książki. Dla każdego, kto polecił ją znajomej osobie albo wyrażał się życzliwie o tej powieści lub dwóch poprzednich – wyrazy wdzięczności.

Wszystkim blogerom, którzy poświęcili moim książkom czas oraz miejsce, cudownej kadrze bibliotecznej, która prosiła mnie o spotkania z czytelnikami, organizatorom festiwali, którzy zapraszali mnie do zabrania głosu na swoich imprezach – szczere podziękowania. Jestem ogromnie wdzięczny Danowi Donsonowi z księgarni Waterstones w Nottingham za zapewnienie wspaniałego miejsca na promocję mojej książki oraz stworzenie okazji do spotkania z jednym z moich ulubionych pisarzy, Michaelem Connellym.

Dziękuję doktor Gill Sare za rady w kwestiach medycznych. Mam też dług wdzięczności wobec Paula Boyera, nadzwyczajnego francuskiego winiarza, który hojnie ofiarował mi swój czas, opowiadając o wszystkim, co dotyczy Langwedocji (a przy okazji jego ekologiczne wina cieszą się wielkim uznaniem). Dziękuję mojej zaprzyjaźnionej autorce Diane Jeffrey za pomoc we francuskim i za skontaktowanie mnie z Michaelem Moranem, który odpowiedział na moje pytania odnoszące się do francuskiej policji. Każdy, kto był w Autignac i okolicach, zorientuje się, że pozwoliłem sobie na kilka geograficznych odstępstw dla celów fabularnych, co nie zmienia faktu, że jest to absolutnie zachwycające małe miasteczko w pięknym rejonie południowej Francji.

Dziękuję moim dzieciom, Sophie i Tomowi, pierwszym czytelnikom książki, za wyłapanie rzeczy, których nie zauważył nikt inny. Moim rodzicom za ich nieustanne wsparcie, Jenny i Bernardowi, Johnowi i Sue za promowanie moich książek w kraju i za granicą (naprawdę powinniście dostawać prowizję).

Dedykuję tę książkę moim starszym braciom, Ralphowi i Olliemu, z którymi spędziłem wiele wakacji w czasie dorastania – na szczęście nie zachowywali się tak jak Jake i Ethan (choć raz zakopali mnie w jamie w ogrodzie). Dziękuję Wam za życzliwe słowa zachęty, pomysły i zainteresowanie moim pisarstwem przez te wszystkie lata. Piwo stawiam ja.

Wiadomość od T. M. Logana

Jeżeli podobały się Wam *Wakacje*, może wstąpicie do Klubu Czytelniczego T. M. Logana, odwiedzając stronę www.tmlogan.com?

Dziękuję za wybranie *Wakacji*! Mam nadzieję, że czerpaliście taką samą przyjemność z lektury tej książki, jaką ja miałem z jej pisania.

W żadnym innym kraju nie spędzałem wakacji tak często, jak we Francji i od pewnego czasu myślałem o umieszczeniu tam akcji mojej powieści. Kilka lat temu trafiliśmy do miasteczka Autignac na północ od Béziers i do dziś pozostaje ono jednym z moich ulubionych miejsc – wybór był zatem oczywisty, gdy zastanawiałem się, gdzie ma się rozgrywać akcja mojej trzeciej książki.

W mojej głowie zrodził się pomysł przyjaźni czterech kobiet, które znają się od wczesnej młodości i przeżyły razem to, co dobre, i to, co złe. Przyjaźni, która powinna przetrwać do grobowej deski. Cóż takiego musiałoby wydarzyć się w ich życiu, żeby zerwać tę więź? Z jakiego powodu jedna z nich mogłaby zdecydować się na zdradę tej przyjaźni? Dla miłości? Dla pieniędzy? Z zemsty? Czy z jakiejś innej przyczyny? Taki był rdzeń pomysłu, który dał początek *Wakacjom*.

W moim następnym thrillerze psychologicznym śledzę losy mężczyzny walczącego o ochronę swojej rodziny – po tym, jak pojawienie się nowej osoby zaczyna grozić jej rozpadem. James jest zachwycony, że pozna wreszcie chłopaka swojej córki. Dwudziestodwuletnia Abbie jest zakochana po uszy w swoim nowym mężczyźnie. „I wiesz co, tato? Zaręczyliśmy się!" Bystry, przystojny, odnoszący sukcesy Ryan wydaje się idealnym zięciem.

Gdyby nie jeden problem.

W Ryanie jest coś dziwnego. Coś, co kryje się głęboko w jego oczach. I czego nie zauważa nikt poza Jamesem.

Z obawy, że jego córka zaangażowała się w związek z psychopatą, James postanawia odkryć mroczną przeszłość jej narzeczonego – jednocześnie nie ujawniając własnej. Ale nikt mu nie wierzy. A im głębiej kopie, tym bardziej alienuje się od córki oraz reszty rodziny, przekonanej, że Ryan jest dla Abbie „tym jedynym".

James wie swoje. Z sobie tylko znanych powodów potrafi rozpoznać potwora, gdy widzi go przed oczami...

Jeśli chcesz dowiedzieć się czegoś więcej o moich przyszłych książkach, odwiedź stronę www.bit.ly/TMLogan i dołącz do T.M. Logan Reader's Club. Zarejestrowanie się zajmuje tylko chwilę, nie ma tu żadnych haczyków ani opłat, a nowi członkowie automatycznie otrzymują ode mnie przeznaczoną tylko dla nich treść, zawierającą scenę wyciętą z oryginalnej pierwszej wersji *Wakacji* – potraktuj ją jak dodatek do filmu DVD z komentarzem autora, tyle że w formie tekstu! Twoje dane pozostaną prywatne i poufne i nigdy nie zostaną przekazane stronom trzecim. Nie będę zasypywał Cię spamem, będę za to kontaktował się od czasu do czasu, przesyłając informacje o książkach. W każdej chwili możesz zrezygnować z subskrypcji.

A jeśli chcesz zaangażować się szerzej w dyskusję o moich książkach, zrecenzuj, proszę, *Wakacje* na stronach Amazon, GoodReads, sklepów internetowych, na własnym blogu i w mediach społecznościowych albo porozmawiaj o tej powieści ze znajomymi, z rodziną lub grupami czytelniczymi! Dzielenie się opiniami pomaga innym czytelnikom, a i ja sam bardzo lubię dowiadywać się, co inni sądzą o moich książkach.

Jeszcze raz dziękuję za poświęcenie czasu lekturze *Wakacji* i mam nadzieję, że wrócisz do moich kolejnych książek, które dopiero powstaną.

Z pozdrowieniami
Tim

Spis treści

A GDYBY OKAZAŁO SIĘ, ŻE SŁYSZYSZ WOKÓŁ SAME

KŁAMSTWA

T. M. Logan

BUKOWY●LAS

A gdyby okazało się, że słyszysz wokół same kłamstwa

Joe Lynch jest zwykłym facetem, szczęśliwym mężem i ojcem. Aż do czasu, gdy jedna decyzja w ułamku sekundy rujnuje mu życie.

Pewnego dnia zauważa, że jego żona w godzinach pracy jedzie na hotelowy parking. Zaintrygowany rusza za nią i staje się świadkiem jej kłótni ze wspólnym znajomym, Benem. Postanawia interweniować, wdaje się w szarpaninę. Zadaje z pozoru nieszkodliwy cios, a Ben upada na ziemię i przestaje się ruszać…

Podaj mi jedno nazwisko. Wymień jedną osobę.
Ja sprawię, że ten ktoś zniknie...

Kiedy Sarah spontanicznie wybawia z kłopotów obcą dziewczynkę, nie spodziewa się niczego w zamian. Ten odważny gest
sprawia jednak, że potężny i niebezpieczny mężczyzna uważa, że
ma u niej dług. Nieznajomy ma swój własny kod honorowy i wierzy, że długi należy spłacać – i to w jedyny znany mu sposób.

Mężczyzna oferuje Sarah skuteczne rozwiązanie trudnej sytuacji z szefem. Jednorazowy układ, który sprawi, że wszystkie jej
problemy znikną.

Bez konsekwencji. Bez odwrotu. Bez szans na wykrycie.

Wystarczy 29 sekund rozmowy telefonicznej.

Bo przecież każdy ma kogoś, kogo chciałby usunąć ze swojego
życia.